Eine mysteriöse Mordserie schreckt die Bewohner Torontos auf. Die Opfer haben zwei Merkmale gemeinsam: Sie sind alle männlichen Geschlechts, und ihre Leichen sind sorgfältig numeriert. Es muß eine Verbindung zwischen den Morden geben, aber es lassen sich keine weiteren Hinweise finden. Es gibt keine Zeugen, keine Fingerabdrücke und kein erkennbares Motiv: Die Polizei steht vor einem Rätsel. Die Männer in der Stadt bekommen es mit der Angst zu tun. Die Polizei empfiehlt, dunkle Straßen, Aufzüge und Tiefgaragen zu meiden. Die Angst steigert sich bald zur Hysterie.

In den Fall verwickelt werden auch der erfolgreiche junge Strafverteidiger David Jenning und seine Frau Sylvia, die in einem Ort in der Nähe Torontos leben. Eines Tages läuft Sylvia ein schwarzer Kater zu, von dessen instinktiver Schläue und Unabhängigkeit sie einiges lernen kann und der ihr schließlich das Leben rettet …

Shirley Shea, geb. 1924 in Sudbury Ontario, gestorben 1997, war Redakteurin bei verschiedenen Zeitungen und Rundfunksendern und hat in einer Werbeagentur gearbeitet. Ihre Romane und Krimis wurden alle Bestseller.

Unsere Adresse im Internet: www.fischerverlage.de

Shirley Shea

Katzensprung

Roman

Aus dem kanadischen Englisch
von Helga Bilitewski

Fischer Taschenbuch Verlag

Veröffentlicht im Fischer Taschenbuch Verlag,
einem Unternehmen der S. Fischer Verlag GmbH,
Frankfurt am Main, August 2004

Lizenzausgabe mit freundlicher Genehmigung
des Orlanda Frauenverlages, Berlin
Die kanadischen Originalausgabe erschien unter dem Titel
›Victims. A Pound of Flesh‹
bei Simon & Pierre Publishing Co. Ltd., Toronto

Gesamtherstellung: Clausen & Bosse, Leck
Printed in Germany
ISBN 3-596-16206-8

Für meine Tante Stella,
die glaubte,
aber nicht warten konnte.

Dezember 1984

Der Ford-Lieferwagen bog von der Seitenstraße ab und kam zwischen den etwas heruntergekommenen Gebäuden mit geübter Präzision zum Stehen. Der junge Mann am Steuer stieg aus in den frostigen, noch dunklen Morgen und warf einen Blick über die Schulter, ehe er sich vom Lieferwagen entfernte. Dies war eher eine Geste der Gewohnheit als der Vorsicht. Sie war so tief verwurzelt, daß sie, ohne ihm bewußt zu sein, häufig bei ihm vorkam. Gelegentlich neckten seine Freunde ihn deswegen, und er ertrug ihre gutmütigen Hänseleien ohne Groll.

Seine Kollegen in der Farbenfabrik nannten ihn Mac. Er nahm es kommentarlos hin. Es hatte etwas gedauert, sich an diesen Spitznamen zu gewöhnen. Manchmal kam es noch vor, daß er nicht darauf reagierte, aber das war eher die Ausnahme als die Regel. Genauso war es mit den düsteren Anfällen von Depression, die ihn in der Vergangenheit mit biorhythmischer Regelmäßigkeit ergriffen hatten.

Auf der Erde lag eine dünne Schneedecke, die nur von seinen Reifenspuren und Fußabdrücken gezeichnet war. Windstöße wirbelten das feine weiße Pulver zu Wehen auf und erzeugten eine Dünenlandschaft, die sich unablässig wandelte.

Für den Nachmittag war ein Schneesturm vorausgesagt. Nach der Sturmwarnung in den Morgennachrichten war den ZuhörerInnen empfohlen worden, möglichst zu Hause zu bleiben. Mac, der schon lange nicht mehr an die Wettervorhersage glaubte, hatte die Warnung ignoriert.

Die Gebäude, die auf dem hektargroßen Grundstück im Industriegebiet der Stadt standen, waren menschenleer. Die Fabrik war über Weihnachten geschlossen, und Mac, der sich zum Bereitschaftsdienst gemeldet hatte, genoß es, allein zu sein. Er hatte einen phobischen Drang nach Alleinsein, der ihn manchmal veranlaßte, sich zu Hause im Badezimmer einzuschließen, wo er blieb, bis ihn jemand mit einem drängenderen Bedürfnis herausholte. Die Schließung über Weihnachten war ideal. Sie bot ihm eine willkommene Entschuldigung, täglich für ein paar Stunden von zu Hause wegzukommen, und förderte seinen Ruf als guter Kollege.

Nachdem er die Tür des Hauptgebäudes aufgeschlossen hatte, ging er hinein und stampfte sich die Füße auf der abgenutzten Sisalmatte in der Eingangshalle ab. Er knipste die Neonlampen im Büro an und hängte seinen Parka an den Garderobenständer neben dem Schreibtisch vom alten Mr. Brown. Nachher würde er die Gebäude überprüfen, um festzustellen, ob alles in Ordnung war, aber zunächst brauchte er eine Tasse Kaffee und die Tageszeitung vom Vortag, die er von zu Hause mitgebracht hatte.

Er stöpselte den elektrischen Kessel ein und löffelte etwas Pulverkaffee in den Becher, den er in der Schublade aufbewahrte. Es gab keine Sahne, und so trank er ihn schwarz, mit kleinen Schluk-ken, während er sich durch die Zeitung arbeitete und jeden Artikel mit dem gleichen Interesse las. Es gab wieder Entlassungen beim örtlichen Autohersteller, Gerüchte über einen Kabinettswechsel in Ottawa, einen Dank an die LeserInnen, die die von der Gemeinde zu Weihnachten durchgeführte Spielzeug- und Altkleidersammlung unterstützt hatten.

Der Anzeigenteil mit den nachweihnachtlichen Sonderangeboten war umfangreicher als die Nachrichten und Reportagen. Er studierte die Größen, Farben und Preise mit derselben peinlichen Sorgfalt, die er für die ersten Seiten aufgewendet hatte. Eines der Geschäfte hatte Schneeanzüge für Kinder im Sonderangebot. Er nahm sich vor, auf dem Heimweg dort hineinzuschauen.

Das ernste, jungenhafte Gesicht entspannte sich zu einem Lächeln. Immer wenn er an seine junge Familie dachte, durchströmte ihn eine sanfte Wärme. Trotz der Zeiten, in denen er sich zurückziehen mußte, um nichts als Leere um sich herum zu spüren, wußte er, daß er ohne seine Familie nicht überleben könnte. Sie war der Sinn seines Lebens, sein Silberstreifen am Horizont.

Früher wäre er manchmal lieber tot gewesen. Jetzt gab es viele gute Gründe zum Leben. Jeden Tag dankte er dem Heiland, der ihn aus der Wildnis in das gelobte Land geführt hatte, für die Wiedergeburt.

Er faltete die Zeitung zusammen und warf sie in den Papierkorb, dann spülte er den Becher aus und stellte ihn zurück. Zwanghaft sauber nannten ihn seine Freunde. Wenn ihre Frauen ihn als Vorbild anführten, fanden manche ihn insgeheim zum Kotzen.

Die alte Uhr über den Aktenschränken zeigte acht, genug Zeit, um die Nebengebäude zu überprüfen und bis neun zum Telefondienst zurück im Büro zu sein. Nicht daß er eine Flut von Anrufen erwartete. Die Aufträge waren in den letzten paar Monaten stark zurückgegangen. Es hieß, daß sich das nicht vor dem Frühjahr ändern würde. Am Montag gab es einen Anruf, bei dem sich herausstellte, daß jemand sich verwählt hatte. Am Dienstag morgen rief seine Mutter an und erkundigte sich, ob er sich einsam fühle. Am Dienstag nachmittag erhielt er einen Anruf von zu Hause mit der Bitte, Milch mitzubringen. Das entsprach nun wirklich nicht dem üblichen Betrieb, war aber um so mehr Grund, für alle Fälle zur Stelle zu sein.

Nu Colour Paints war ein Familienunternehmen, das vor einem halben Jahrhundert von einem Bauern gegründet worden war, der feststellte, daß er mit dem Mischen von Farben für die Nachbarschaft mehr Geld verdienen konnte als mit dem Verkauf von Milch an die örtliche Molkerei. Das ursprüngliche Bauernhaus stand noch auf dem Gelände, halb versteckt hinter einer dichten Gruppe ausgewachsener Zedern im hinteren Teil des Grundstücks. Der schmale Feldweg, der zu dem verlassenen Haus führte, war mangels Benutzung zugewachsen, umrankt von Zweigen, war er jetzt kaum mehr als ein Pfad.

Die Fabrik auf dem vorderen Teil des Grundstücks bestand aus einem großen und zwei kleineren Gebäuden mit einem angrenzenden Parkplatz für Besucher und Personal. Auf den angrenzenden Grundstücken, einst Weideland für Kühe, befand sich ein Labyrinth von Fabriken und Industrieanlagen. Während des Aufschwungs in den siebziger Jahren hatten die Fabriken drei Schichten pro Tag gefahren, ohne Betriebsferien zu machen. Dieses Jahr hatten sie alle geschlossen, um Produktionskosten zu sparen und die Betriebskosten zu senken.

Mac zog den Parka über und ging durch das Lager und den Versand zum Hintereingang. Die Lackabteilung war nur wenige Meter entfernt in einem schuppenähnlichen Gebäude untergebracht, das vom Eingang aus einen ungehinderten Blick ins Innere ermöglichte.

Alles schien normal zu sein, trotzdem spürte er, daß etwas nicht stimmte. Macs animalischer Instinkt, seit Jahren eingemottet, schickte ein Warnsignal an sein Gehirn. In dem kleinen Gebäude war es gerade so warm, daß die Rohrleitungen nicht einfroren, aber sein Frösteln war mehr als eine Reaktion auf die Temperatur.

Vorsichtig, mit angespanntem Körper und auf alles gefaßt, trat er ein. Fenster und Hintereingang waren geschlossen, die Riegel vorgeschoben, wie er sie am Vortag hinterlassen hatte. Überzeugt, daß das Gebäude unberührt war, trat er an die frische Luft und drückte, nachdem er das Schloß einschnappen gehört hatte, nochmals gegen die Tür, um sicherzugehen, daß sie verschlossen war. Stirnrunzelnd ging er hinüber ins Pulvergebäude, wo die Pigmente angerührt und zu pastellenen und kräftigen Tönen in allen Regenbogenfarben gemischt wurden.

Auch dieses Gebäude war menschenleer, aber das Gefühl, daß vor kurzem jemand dagewesen sein mußte, verstärkte sich. Ob es sich nun um Déjà-vu, Telepathie oder Intuition handelte – Mac wußte, ohne zu wissen, woher, daß er den Spuren eines anderen Menschen folgte.

Weder drinnen noch draußen gab es Hinweise, daß sich jemand unbefugt Zutritt verschafft oder irgendwo herumhantiert hatte. Die Fenster waren nicht gewaltsam geöffnet, und auch die Tür war nicht aufgebrochen worden. Genausowenig gab es Fußspuren im Schnee. Er zuckte die Achseln. Wer immer hiergewesen sein mochte, sagte er sich, war schon längst wieder fort, ohne Schaden angerichtet zu haben.

Er warf einen Blick über die Schulter, als er zum Hauptgebäude zurückging. Sobald alle wieder zurück waren, dachte er, würde er nochmals die Idee mit dem Wachhund ansprechen. Nicht daß er sich Sorgen über einen Einbruch machte. Es gab nichts in der Fabrik, was sich zu stehlen lohnte. Doch seit seiner Beförderung zum Vorarbeiter war er von dem Gedanken an Vandalismus besessen.

Die Brandgefahr war so groß, daß ein Stein durchs Fenster und ein Kind mit einem Streichholz reichten, um den ganzen Laden in die Luft zu jagen. Er hatte eine Farbenfabrik am Seeufer von Toronto explodieren sehen, Stahltrommeln, die wie Champagnerkorken durch die Luft schossen und sich mühelos über aufquellende Wolken schwarzen Rauchs erhoben. Es war ein furchterregender, meilenweit sichtbarer Anblick gewesen. Er hatte kein Verlangen nach einer Wiederholung.

Zurück im Lager, schloß er die Tür und klappte den schweren Sicherungsbalken wieder runter, bevor er die Büros im Erdgeschoß und die Lagerräume überprüfte. Er sah nichts, spürte nichts.

Die Beizabteilung stand an letzter Stelle auf seiner Checkliste. Er hatte sich in dem kleinen, dunklen Kellerraum mit den beiden Säuretanks und dem rohen Estrich, der schräg zur Mitte auf ein Siel zulief, noch nie besonders wohl gefühlt. Die fensterlosen Backsteinwände waren eine böse Erinnerung an eine andere Zeit und an einen anderen Ort. Diesen Raum mied er, wann immer er konnte. Er schickte andere hinunter, um die Stahltrommeln zu reinigen und jeden Abend das Sieb im Siel zu prüfen. Dem Beizraum zu entkommen war einer der Vorteile, die er durch seine Beförderung gewonnen hatte.

Vorsichtig, als ob er ihren unmittelbaren Einsturz befürchtete, stieg er Stufe für Stufe die enge Treppe hinunter. Das Holz war alt und knarrte unter seinem Gewicht. Er war fast unten, ehe er bemerkte, daß die Tür am Fuß der Treppe offenstand. Auch sie war alt, und das Schnappschloß neigte dazu aufzuspringen. Doch er war sicher, daß er sie am Tag zuvor geschlossen hatte. Noch etwas, das bei der Wartung überprüft werden mußte, sobald der normale Betrieb wieder anlief.

Er drückte den Lichtschalter. Die durch ein Drahtgeflecht geschützte Glühbirne an der Decke leuchtete auf und warf einen orangefarbenen Schimmer auf die Tanks und die Reihe der Stahltrommeln. Die schale Luft war still und reglos wie in einer Gruft.

Als er in den Raum trat, spürte er es. Er wußte, diesmal war es mehr als ein Gefühl, mehr als ein Wispern, daß jemand dagewesen und wieder gegangen war. Diesmal war ein lebendiges, atmendes Wesen da. Es war da und lag auf der Lauer.

Seine Haut prickelte, als sich seine Nackenhaare und die Härchen auf seinen Handrücken sträubten. Er stand wie angewurzelt und suchte, den Oberkörper wie einen wärmeempfindlichen Detektor drehend, den engen Raum mit zusammengekniffenen Augen und gespitzten Ohren ab. Sein Körper war in voller Alarmbereitschaft, aber er hatte keine Angst. Aufgrund seiner ausgezeichneten körperlichen Kondition, dem Ergebnis des jahrelangen, täglichen Trainings mit Gewichten und Expandern, war er angesichts der Gefahr zuversichtlich.

Er bemerkte keine Bewegung, keinen unbekannten Schatten, keine Atemgeräusche außer seinen eigenen.

»Ist da jemand?« Seine Stimme prallte an den Wänden ab, und seine Worte kamen wie Geschosse zurück. Er wartete einen Augenblick, rechnete aber eigentlich nicht mit einer Antwort. Dann ging er auf die Plattform neben dem großen Färbekessel zu.

Als er sich dem Tank näherte, warf er einen Blick über die Schulter. Das Licht ging aus, und die Tür schlug zu, als wäre beides mit seiner Kopfbewegung koordiniert gewesen.

Mac duckte sich, bereit zum Kampf. Es war still im Raum. »Wer sind Sie? Was wollen Sie?« Er sprach mit klarer, scharfer Autorität.

Sekunden verstrichen. Das Schweigen hielt an. Mac spürte die alte, fast vergessene Wut in sich hochwallen, heißes Adrenalin durch die Adern schießen. Er wollte wieder Licht haben. Er wollte eine Erklärung, wer immer da war. Er wollte, daß das Spiel aus und vorbei sei.

Er bewegte sich langsam auf die Tür zu, tastete entlang der Wand nach dem Lichtschalter. Als nur noch ein Schritt fehlte, ging das Licht genauso plötzlich an, wie es ausgegangen war. Er blinzelte, und seine Augen versuchten, sich nach der pechschwarzen Dunkelheit wieder an das Licht zu gewöhnen.

Wie bei einem eben eingeschalteten Fernseher kam der Raum allmählich scharf ins Bild und mit ihm die Gestalt des Eindringlings. Groß. Schlank. Locker, mit leicht gespreizten Beinen, die Hände hinter dem Rücken verborgen, stand er da.

Ungläubig starrte Mac die Gestalt vor sich an. Er hatte das Gefühl, die Wände würden ihn gleich erdrücken. Er spürte die erstikkende Atmosphäre dieses Raumes, den er so haßte, die Wut, daß jemand Katz und Maus mit ihm spielte, und er sprang los.

Die dadurch ausgelöste Reaktion war blitzschnell und zugleich langsam wie in Zeitlupe. Die Zeit schlüpfte in eine andere Dimension, undiszipliniert wie in einem Alptraum, wo die Ereignisse vorbeiströmen, aber der Träumende stehenbleibt.

Es passierte zu schnell für Mac, um sich zu wehren, dennoch sah er die ganze Szene in jedem winzigen Detail. Er sah, wie sich der Arm in einem graziösen Bogen hob, die Spraydose mit der Düse auf ihn zielte, erkannte das vertraute Markenzeichen eines Insektenmittels, das seine Frau benutzt hatte, um die Kakerlaken loszuwerden; er sah sich selbst, wie er nach der Schule auf dem Fahrrad heimfuhr, wie er im Fluß tauchte, bei seiner Hochzeit, beim Frühstück an diesem Morgen.

Das letzte, was er sah, war der feine, nebelartige Spray, der aus der Düse spritzte. Er traf ihn voll ins Gesicht, machte ihn blind, raubte ihm den Atem und drang in seine Poren. Mit tränenden Augen und nach Luft schnappend, krümmte er sich zusammen und verbarg das Gesicht in beiden Händen. Das war die perfekte Stellung. Die Eisenstange krachte auf seinen bloßen Nacken und zerschmetterte das Rückgrat. Der Kopf fiel zur Seite. Die gekrümmte Spitze der Stange, die benutzt wurde, um das Sielsieb einzuhaken, schlug auf den Boden und hackte Zementsplitter los. Kleine Fleischfetzen klebten am Metall. Mac lag zusammengekrümmt am Boden. Nach einigen Augenblicken hörte sein Körper auf zu zucken und war ruhig.

Es dauerte fast eine Stunde, die Kleidung auszuziehen, den Körper zu zerstückeln, die Teile in Mülltüten zu stopfen, jede mit einem Gepäckanhänger zu versehen, auf dem eine große schwarze 9 war, die Stange in den Säuretank zu schieben und den Fußboden mit dem Schlauch abzuspritzen.

Es dauerte fast noch mal so lange, den Feldweg zum Bauernhaus hinaufzugehen, um das Auto zu holen, die Mülltüten im Kofferraum zu verstauen und dann alles so ordentlich abzuschließen, wie Mac es getan hätte. Langsam fuhr der Wagen davon.

An der Straßeneinmündung bremste der Fahrer und schaute zurück. Der dichte Schneefall hatte die schäbigen Gebäude in eine unberührte Postkartenlandschaft verwandelt. In wenigen Minuten würde es keine Reifenabdrücke, keine Fährte, keine Spur mehr zu verfolgen geben. Nichts blieb zurück außer einem mit Schnee bedeckten Ford-Lieferwagen.

1

Ende Mai 1984

Es war ein sonniger warmer Sonntagmorgen in Etobicoke. David war nicht in der Stadt, eine Seltenheit am Wochenende. Sylvia hatte den ganzen Tag für sich. Ein angenehmer Gedanke. Draußen war es ruhig und still wie auf dem Land: Nur das Zetern der Vögel, die ein keckes schwarzes Eichhörnchen vom Erdnußfutter zu vertreiben suchten, war zu hören.

Sie schlug die Morgenzeitung auf und las die Schlagzeile:

BLONDINE JÜNGSTES OPFER DES APARTMENT-MÖRDERS

Die großen schwarzen Lettern wirkten wie eine drohende Ermahnung. Niemand war sicher. Die Angst herrschte nicht nur auf der Straße, sondern drang auch durch verschlossene Türen und herabgelassene Rollos. Sylvia zuckte die Achseln. Es wird immer schlimmer, dachte sie. Allerdings hatten die Frauen es noch nie leicht gehabt. Die Moralisten gaben den Opfern die Schuld: *Wenn die Frauen die Männer nicht herausforderten, würde ihnen nichts passieren.* Eine abgedroschene Ausrede. Früher, als die Frauen noch hochgeschlossene Kleider und Schnürstiefel trugen, waren sie ja auch erniedrigt, geschlagen und vergewaltigt worden. Was war also neu daran?

David und Sylvia Jenning wohnten zehn Minuten von der Innenstadt Torontos entfernt, aber Lichtjahre trennten ihre friedliche Wohnstraße vom brodelnden Zentrum der größten Stadt Kanadas. Durch eine Hauptverkehrsstraße im Osten und einen überwucherten Verschiebebahnhof im Westen, bevölkert von Kaninchen, Stinktieren, Rotdrosseln und Rangierloks, wurde ihre Straße für immer auf einen Block begrenzt. Der Verschiebebahnhof war ein ausgezeichneter Auslauf für Hunde. Nach den leeren Wein- und Whiskyflaschen zu urteilen, war er auch ein beliebter

Treffpunkt der lokalen Penner. Aber davon waren sie nicht nur einen halben Block entfernt – dazwischen lagen Welten. Hier hinten im Garten, dessen Privatsphäre durch einen Stahlzaun und dichtes Buschwerk geschützt wurde, hatte man selbst zum nächsten Nachbarn eine angenehme Distanz.

Sylvia schenkte sich Kaffee ein und nippte gedankenverloren daran. Der frühe Morgen war ihre liebste Tageszeit.

Der taubenetzte Rasen sah saftig und kräftig aus. Durchsichtig schimmerte das Wasser im Swimmingpool. Massen von blaßrosa Petunien und Fleißigen Lieschen verliehen dem Grün sanfte Farbtupfer. Sogar Prinnie, die streunende weiße Perserkatze, paßte mit ihren rosa Pfoten und Ohren perfekt zu den weißen Blumenschalen voller rosa Geranien, die in regelmäßigen Abständen um den Swimmingpool plaziert waren.

Die weiße Perserkatze war nur eine von dem halben Dutzend streunender Katzen aus der Umgebung, die Sylvia heimlich fütterte. Sie liebte Katzen nicht besonders, aber sie konnte den Gedanken nicht ertragen, daß sie inmitten einer übergewichtigen, diätbewußten Gesellschaft hungerten. Das Fell der Streuner, die Sylvia fütterte, war so glänzend wie bei verwöhnten Hauskatzen.

Nach dem Kaffee schwamm sie ihre übliche viertelstündige Runde im beheizten Swimmingpool, gefolgt von halbstündigen Übungen im Gymnastikraum im Souterrain. David hatte keine Zeit mehr für Gymnastik. Sylvia dagegen war zu einer Fitnessfanatikerin geworden. Da sie in dem Bergarbeiterstädtchen Sudbury im Norden Ontarios aufgewachsen war, hatte sie gelernt, in Seen aus eisigem Quellwasser zu schwimmen, ein Kanu durch rauhes Gewässer zu steuern und mit Schneeschuhen durch die Wälder zu stapfen. Als sie David begegnet war, hatten sich ihre Prioritäten verändert, ebenwo wie ihr Lebensstil. Im Laufe der Jahre war sie träge geworden. In jener Woche, als sie bei ihren Eltern im Wochenendhaus gewesen war und festgestellt hatte, daß sie nicht mehr über die kleine Bucht zwischen ihrer Insel und dem Festland schwimmen konnte, beschloß sie, etwas für ihren Körper zu tun. Auf ihren Wunsch ließ David den Swimmingpool bauen und den Gymnastikraum einrichten. Das Ergebnis war, daß sie mit neununddreißig besser in Form war als je zuvor in ihrer Ehe.

Sie war attraktiv, aber nicht schön. Sie war groß und schlank, und mit ihrem von der Sonne blondgesträhnten Haar und der gleichmäßigen Bräune besaß sie diesen gesunden Freizeit-Look, der ihr Vorstadtleben als Hausfrau Lügen strafte. Ihre großen, hellgrauen Augen, von dunklen Wimpern umrahmt, die in scharfem Kontrast zu dem sonnengebleichten Haar standen, waren ihr eindrucksvollstes Merkmal. Sie seien schön, hatte man ihr gesagt. Ihr Blick sei hypnotisch und leicht beunruhigend. Es amüsierte sie, daß der träumerische, abwesende Ausdruck, der selbst ihre engsten Freundinnen verwirrte, das Ergebnis ihrer Kurzsichtigkeit war. Daß ausgerechnet ihr körperlich schwächster Punkt als ihr schönstes Attribut galt, belustigte sie. Typisch für eine Welt, in der das Äußere wichtiger ist als der Kern, dachte sie.

Sie hatte erst zehn Minuten ihres Trainings hinter sich, als das Telefon klingelte. Sie dachte daran, nicht zu antworten, aber dann beeilte sie sich und nahm den Hörer beim fünften Klingeln auf, weil es David hätte sein können.

»Syl?«

Sie hätte sich selbst ohrfeigen können, daß sie es nicht hatte klingeln lassen. Die schrille, hohe Stimme gehörte Anne Campbell, einer kürzlich geschiedenen und vorübergehend männerfeindlichen Freundin. Manchmal genoß Sylvia ihre Gesellschaft, aber heute war sie nicht in der Stimmung.

»Ja, Anne.«

»Ich habe gehofft, dich zu erreichen. Hast du was vor?«

»Einen netten ruhigen Tag. Faulenzen. David ist nicht in der Stadt. Ich wollte ein bißchen herumtrödeln. Vielleicht ein wenig im Garten arbeiten.«

»Gut. Ich komme und helfe dir.«

Anne hatte aufgelegt, ehe Sylvia Gelegenheit hatte zu protestieren. Ihr war klar, daß sie einen Teil des Tages mit einer frisch emanzipierten Frau verbringen mußte, die das Leben als eine Reihe von Streitfragen betrachtete.

Zumindest ist David nicht da, um mit ihr zu streiten, dachte sie. Die beiden zusammen waren zuviel. David hatte Anne nie besonders gemocht, und seit ihrer Scheidung hatte sich seine Ablehnung zu einer kaum verhohlenen Feindseligkeit gesteigert. Nicht daß

Sylvia ihm deswegen Vorwürfe machte. Anders als viele andere Geschiedene schwelgte Anne in ihrer neuen Freiheit. Sie war eine wiedergeborene Feministin und regte sich über Ehe, Geschlechterrollen und männliche Überlegenheit auf. Zudem befaßte sie sich mit den Rechten von Minderheiten und dem Versagen der Justiz, gesetzestreue Bürger vor Schaden zu bewahren.

Besonders ihren Zynismus in bezug auf die Justiz konnte David nicht akzeptieren. Als einer von Kanadas erfolgreichsten Strafverteidigern war sein Leben der Gerechtigkeit und dem Recht gewidmet. Sylvia wußte, daß sie an seiner Stelle genauso reagieren würde. Selbst wenn sie mit Anne einer Meinung war und den Eindruck hatte, David fehle es an Argumenten, ergriff sie niemals Partei gegen ihn. Es hätte ihn überrascht, wenn er gewußt hätte, daß ihre stillschweigende Unterstützung eher aus einer Abneigung gegen Auseinandersetzungen als aus einer Übereinstimmung mit seinen Ansichten herrührte. Sie war viel zu praktisch veranlagt, um ihre Zeit und Energie für sinnlose Zwistigkeiten zu verschwenden.

Anne kam, als die Kirchenglocken gerade zum Gottesdienst riefen. Millie, Sylvias übergewichtige, gichtgeplagte Hündin, klopfte zur Begrüßung heftig mit dem Schwanz auf den Boden.

»O Syl, ich höre nie die Kirchenglocken. Sind die schön!«

Wie ein kleiner, dunkler Wirbelwind kam sie durch das Gartentor. Der ruhige, friedliche Morgen war vorbei und machte einem Gefühl von Energie und Spannung Platz. Lebendig. Das war Anne Campbell. Voller vibrierender Lebendigkeit. Wie elektrisiert. Selbst wenn sie stillsaß, schien sie sich zu bewegen. Ihre runden dunklen Augen blitzten und funkelten, das kurze dunkle Haar war voller Spannkraft, und in ihren lebhaften Gesichtszügen kamen unendlich viele Stimmungen zum Ausdruck. Sie war schon immer unbändig gewesen. Doch seit ihrer Scheidung von Ken war sie fast wie toll. An manchen Tagen genoß Sylvia ihre Gesellschaft. Dieser Tag gehörte nicht dazu.

»Mensch, ist das warm in der Stadt.« Fliegerhose. Seidenhemd. Ein Diamant, so groß, daß er unecht aussah. Annes modischer Geschmack war genauso eklektisch wie ihre Unterhaltung. Sie zog einen Stuhl in den Schatten und ließ sich hineinfallen, wobei sich die Hose unter ihrem wohlgeformten Po aufblähte. »Wie kannst du nur so in der Sonne liegen? Du wirst zergehen. Wo ist David? Was treibt er? Was hast du gemacht? Du siehst phantastisch aus. Wann kommst du zum Essen in die Stadt? Hier«, sie hielt Sylvia eine Flasche Gin in einer neutralen Einkaufstüte entgegen, »wie wär's mit einem Drink?«

Sylvia stellte die Tüte auf die Terrasse. »Es ist ziemlich früh. Willst du nicht lieber Kaffee trinken? Er ist frisch gemacht.«

Anne zuckte die Achseln. »Gut, Kaffee. Ich wollte dir nur keine Mühe machen.« Sie zündete sich eine Zigarette an und bot Sylvia das Päckchen an.

»Nein, danke. Ich habe aufgehört.«

»Du? Der größte Schlot der Welt? Wie kam denn das?«

»Es störte David. Er hatte aufgehört, und es störte ihn, daß ich rauchte. Also habe ich aufgehört.«

»Wunderbar. Ihr verheirateten Frauen seid eine Qual. Wenn er dir sagen würde, du solltest wie deine Großmutter ein Korsett tragen, würdest du wahrscheinlich sofort losrennen und eins kaufen. Frauen wie du sind schuld daran...«

Sylvia schenkte Kaffee ein und reichte Anne eine Tasse. »Möchtest du ein paar Korinthenplätzchen?«

Anne, mitten in ihrem Monolog unterbrochen, starrte sie einen Moment lang an, dann warf sie den Kopf zurück und brach in ein tiefes, heiseres Lachen aus. »Genau das mag ich an dir, Syl! Du wirst nie wütend. Regst dich nie auf. Wenn es nicht solche Menschen wie dich gäbe, wären Menschen wie ich in großen Schwierigkeiten.«

Als sie sich zurücklehnte und Sylvia liebevoll anlächelte, zerriß ein wütender Schrei die Luft. Einen Augenblick später erschien oben auf der Treppe ein schwarzweißer Kopf. Eine blutige Wunde verlief von einem Ohr bis über die halbe Kehle. Ein Paar böse grüne Augen starrten Anne unverwandt an. Doch nachdem sie als unbedrohlich eingestuft worden war, schleppte sich der Körper langsam zur Terrasse.

Anne zuckte erschreckt zurück. »O Gott, was ist denn *das*?«

»Du meine Güte, das ist nur ein armer alter, streunender Kater. Ich wußte nicht, daß du Angst vor Katzen hast.«

Anne schauderte. »Habe ich auch nicht. Aber das ist kein normaler Kater. Er sieht bösartig aus. Mein Gott, er greift mich gleich an.« Sie kauerte sich auf dem Stuhl zusammen.

Überrascht stellte Sylvia fest, daß sie wirklich Angst hatte. Mit Rücksicht auf Anne hob sie den Kater hoch und nahm ihn auf den Schoß. Er fauchte, als sie ihn anfaßte, dann rollte er sich auf ihrem Schoß zusammen und starrte Anne unverwandt an.

Nervös starrte Anne zurück. »An deiner Stelle würde ich versuchen, ihn loszuwerden, Syl. Irgend etwas stimmt nicht mit ihm.«

»Mit uns allen stimmt irgend etwas nicht«, erwiderte Sylvia ruhig. »Er ist halb verhungert, verwildert und wurde von einer Straßenseite zur anderen gejagt. Glaubst du, ich würde ihn dahin zurückschicken, wo ihn der sichere Tod erwartet?« Sie langte nach ihrer Kaffeetasse. Der Kater schlug zu und kratzte über ihren Handrücken.

»Siehst du«, schrie Anne, »dieses Tier ist verdammt gefährlich. Du wirst dir noch eine Blutvergiftung holen und sterben.«

»Er fängt gerade erst an, sich an mich zu gewöhnen«, erklärte Sylvia. »Ich füttere ihn schon seit ein paar Wochen, aber bis vor wenigen Tagen ließ er sich noch nicht einmal von mir anfassen.« Sie tätschelte sanft seinen Kopf und sagte freundlich: »Das ist böse, Ciba. Böse.«

Er schaute zu ihr auf, die grünen Augen sahen hell und bedrohlich aus, der Körper war gespannt – er war bereit zuzuschlagen.

Sylvia streichelte seinen Kopf, und er entspannte sich. Sie griff nach ihrer Tasse. Er rührte sich nicht. Die Spuren auf ihrer Hand waren nicht mehr als weiße Kratzer auf der braunen Haut. Er hatte sie nicht blutig gekratzt. Die tödlichen Klauen hatten ihre Haut kaum gestreift.

Keineswegs beschwichtigt murmelte Anne: »Es überrascht mich, daß David dir erlaubt, sein Haus in ein Asyl für diese abgerissenen Kreaturen zu verwandeln. Wie, zum Teufel, hält er das aus?«

»Gar nicht. Ich lasse sie nicht ins Haus. Ich füttere sie nur. Das ist kein Problem.«

»Es könnte eins werden. Du könntest dir eine Krankheit holen...«

Irgend etwas in Sylvias Augen ließ Anne verstummen. Sie waren reglos und unerbittlich, der Blick so kühl und unverwandt wie der des Katers auf ihrem Schoß.

Anne hatte das unheimliche Gefühl, als bestünde zwischen den beiden ein geheimes Einverständnis. Sie fühlte sich unbehaglich. Als sie ihren Blick abwandte, sah sie die Zeitung mit der Schlagzeile über die ermordete Blondine. Froh, das Thema wechseln zu können, fragte sie: »Hast du das über die Frau gelesen?«

Sylvia schüttelte den Kopf.

»Neunzehn, jung und schön. Dieses Schwein hat sie auf bestialische Weise ermordet, und niemand in diesem ganzen gottverdammten Wohnblock hat etwas gehört. Direkt in ihrer Wohnung. Mein Gott, wie kann so etwas nur passieren?«

Sylvia beobachtete ein Eichhörnchen, das in einer der hängenden Blumenschalen herumturnte und auf der Suche nach Erdnüssen eine Geranie ausgrub. In der Hoffnung, es zu vertreiben, klatschte sie in die Hände.

»Sie war nackt. Lag in einer Blutlache. Mit eingeschlagenem Schädel. Die Polizei vermutet«, fügte sie trocken hinzu, »es handele sich um ein Verbrechen.«

Sylvia bemerkte, daß die sonst so unerschrockene Anne zitterte. »So etwas kommt vor«, sagte sie leise. »Menschen sterben. Menschen werden getötet. Das gehört zum Leben.«

»Der Tod gehört vielleicht zum Leben. Aber Mord? Syl, glaubst du wirklich, Mord gehört zum Leben? Etwas, das wir als gegeben hinnehmen sollten?«

»Du weißt, wie ich das meine. Die Welt ist ein Ort der Gewalt. Menschen werden getötet. Manche tragen sogar selbst dazu bei. Sie wollen es und sorgen dafür, daß es passiert.«

»So'n Quatsch«, fuhr Anne sie hitzig an. »Das glaube ich dir nicht, Sylvia. Willst du tatsächlich behaupten, eine hübsche Neunzehnjährige, die ihr ganzes Leben vor sich hat, ermuntert jemanden, ihr den Schädel einzuschlagen und weiß der Himmel, was noch?«

»Nicht bewußt. Aber vielleicht ist sie losgezogen, hat jemanden abgeschleppt und es herausgefordert. Wer weiß?«

Anne beugte sich vor, als wollte sie sie schlagen.

Ciba hob den Kopf wie eine Schlange und fauchte warnend. Seine dürren Hinterbeine spannten sich. Sylvia legte die Hand auf seinen Rücken, um ihn am Springen zu hindern.

Annes unterdrückter körperlicher Impuls machte sich in ihrer Stimme Luft. »Verdammt noch mal, Sylvia, allmählich klingst du immer mehr wie David. So was würde er sagen. So was würden viele Männer sagen. Aber du solltest es besser wissen.«

»Hast du nicht selbst gesagt, sie sei sehr hübsch gewesen?«

»Ist das ein Verbrechen? Mußt du etwa in Sack und Asche rumlaufen und dein Gesicht verstecken, nur weil du gut aussiehst? Und was ist mit der anderen vor ein paar Wochen? Der Großmutter im Rollstuhl?«

»Welcher Großmutter?« Sylvia hob die Hand, bereute, daß sie überhaupt gefragt hatte. »Nein. Erzähl's mir nicht. Ich will es gar nicht wissen. Du bist von Gewalt besessen. Das ist krankhaft.«

»Krankhaft.« Anne war nahe am Explodieren. »*Gewalt* ist krankhaft. Nicht, darüber zu reden. Nicht, zu merken, daß es sie gibt. Das Leben an sich ist krankhaft.«

Anne ließ ihren Blick über den Garten schweifen und sprach mehr mit sich als mit Sylvia: »Drei Frauen sind in den letzten drei Wochen ermordet worden. Brutal ermordet. Alle in ihrer eigenen Wohnung. Alle hatten unmittelbare Nachbarn. Eine wurde bestialisch erschlagen. Eine erstochen. Und eine wurde mit ihrer eigenen Strumpfhose erwürgt, nachdem sie sexuell mißbraucht worden war. Das allein in den letzten drei Wochen.

Und dann noch die Frau, die am hellichten Tag in dieser geschäftigen Einkaufsstraße im Westend getötet wurde. Das Mädchen in The Beaches, das am Eingang seines Wohnhauses erstochen wurde. Das Kind, dieses kleine Mädchen, das im Eastend vergewaltigt und zerstückelt wurde. Oder das zehnjährige schwarze Mädchen, das im Abwasserkanal beim Marie Curtis Park gefunden wurde.

Was passiert hier eigentlich? Was zum Teufel geht hier vor? Hat sich eine Art Massenbewegung aufgemacht, alles, was weiblich ist, zu beseitigen? Interessiert sich denn niemand dafür?«

Annes verzweifelte Stimme löste bei Sylvia prompte Besorgnis aus. »Die meisten dieser Fälle werden aufgeklärt«, sagte sie beruhigend. »Und diejenigen, die jetzt noch nicht gelöst sind, werden eines Tages auch aufgeklärt sein. Das ist nur eine Frage der Zeit.«

»Nur eine Frage der Zeit«, wiederholte Anne und fügte mißmutig hinzu: »Vielleicht kriegen sie einen dieser Bastarde. Dann bekommt irgendein gerissener Anwalt ihn wieder frei. Oder er wird festgenagelt, und der Richter sagt noch, das sei der schlimmste Fall, den er je erlebt habe, und darum sei er entschlossen, ein Exempel zu statuieren. Dann wird dieses Schwein zu ein paar Jahren Gefängnis verurteilt, und ein paar Monate später ist er wieder draußen. Das ganze verdammte System stimmt nicht. Und ich wüßte nicht, wie das jemals geändert werden sollte.«

»David sagt, es sei vielleicht nicht perfekt, aber das beste, was wir haben.«

»David erzählt eben Scheiße.« Annes Augen funkelten vor Zorn. Die depressive Stimmung war vorbei.

Sylvia lächelte erleichtert. »Was hältst du von einer Runde im Swimmingpool? Und dann mache ich uns Frühstück.«

Der Rest des Tages war entspannt und locker. Anne redete weniger als gewöhnlich, und wenn sie es tat, gelang es Sylvia, sie von Problemen und Streitfragen abzulenken. Sie schwammen, frühstückten auf der Terrasse und ließen sich mit großen Gläsern Gin Tonic auf ihren aufblasbaren Poolsesseln im Wasser treiben. Das wirkliche Leben schien verschwommen und im Grunde gar nicht so wirklich.

Die Bars in der Yonge Street und die Striplokale, die Stadtstreicher und die schlurfenden Bag-Ladies, die Subkultur, die Bestandteil einer jeden großen Stadt ist, lagen weit jenseits des ruhigen Gartens an der schattigen Straße im Villenviertel des Westend.

Die einzige Erinnerung an das harte, rauhe Leben, wo die Gewalt auf ihr nächstes Opfer lauerte, war das ausgemergelte Wesen, das sich wie ein geprügelter Hund hinter Sylvia herschleppte. Nicht wie ein Hund, der aus Zuneigung anhänglich wurde, dachte Anne für sich, sondern wie ein räudiger Köter, der endlich seinen eigenen Knochen gefunden hat und ihn nie wieder loslassen wird.

Bis zum späten Nachmittag, als sie sich zum Gehen anschickte, erwähnte sie das Tier nicht mehr. Dann sagte sie fast schüchtern: »Syl, jag bitte diesen Kater fort. Irgend etwas ist nicht normal an ihm. Du solltest wirklich etwas unternehmen.«

»Das werde ich«, antwortete Sylvia. »Morgen habe ich einen Termin bei Wollmer.«

Der Tierarzt war ein Freund von Anne. Sie wirkte erleichtert. »Läßt du ihn einschläfern?«

Sylvia war verärgert. Sie erwiderte nüchtern: »Ich lasse ihn nicht einschläfern. Ich lasse ihn kastrieren. Er wird Spritzen bekommen, und ich werde seinen Hals untersuchen lassen.«

Anne gab sich geschlagen. »Kastrieren? Du kastrierende Hexe«, sagte sie grinsend. Sylvia erwiderte ihr Lächeln. »Nun, wer klingt jetzt wie David?« Sie umarmten sich zum Abschied und versprachen, sich bald wieder zu treffen.

Der Kater beobachtete sie, reglos wie der Tod. Nur seine Augen bewegten sich, folgten Anne, als sie den Rasen zum Gartentor überquerte. Er schaute ihr noch nach, lange nachdem der Wagen die Straße hinunter entschwunden war.

Den Rest des Tages blieb er auf der Terrasse. Am Abend, als er Davids Wagen in die Auffahrt einbiegen hörte, schleppte er sich in das Gebüsch neben dem Haus. Er tauchte erst wieder auf, nachdem David am nächsten Morgen zur Arbeit gefahren war.

David Jenning war sechs Jahre alt, als er von einem Großkotz aus der Nachbarschaft, der zweimal so alt und doppelt so groß war wie er, verprügelt wurde. Diese Erfahrung hatte eine tiefe und nachhaltige Wirkung. David beschloß, bei einem Kampf nie wieder auf der Verliererseite zu stehen. Weil er schmächtig war, würde er mit etwas anderem als mit den Fäusten kämpfen müssen. Er beschloß, Jura zu studieren.

Die Jennings hatten kein einfaches Leben. Davids Vater war tot, die Mutter hatte einen Bürojob, der gerade genug einbrachte, um sich, ihren Sohn und die beiden Töchter ernähren und kleiden zu können. Mit der Abfindung, die sie nach dem tödlichen Unfall ihres Mannes unter Tage erhielt, konnte sie ihren bescheidenen Bungalow abbezahlen, aber es blieb nichts für die Zukunft der

Kinder übrig. Sobald sie die High-School beendet hatten, waren sie auf sich selbst angewiesen.

David wußte das und war gelegentlich wütend über den vorzeitigen Abgang seines Vaters. Jahre später behauptete er, er sei dankbar für seine Vergangenheit und die Disziplin, die sie ihm aufgebürdet habe. Da war er schon erfolgreich und erinnerte sich nicht mehr an entgangene Fußballspiele und Verabredungen zu einer Cola nach der Schule, an die Stunden an der Benzinpumpe und die Arbeit in Straßenkolonnen im Sommer, während seine KlassenkameradInnen lange, faule Tage im Ferienlager oder im Ferienhaus der Familie verbrachten. Die Kinder, die er damals beneidete und die heute verheiratet waren, mit Schulden beladen und in aussichtslosen Jobs, beneideten jetzt ihn.

David Jenning war ein Selfmademan, und wie die meisten Selfmademen war er zufrieden mit seinem Werk.

Es war ein Sonntagnachmittag im Spätfrühling, und David befand sich auf dem Heimweg von einem erfolgreichen Treffen mit einer Gruppe wichtiger Mandanten. Der Tag war gut verlaufen, und er würde bedauern, wenn er vorbei war.

Sein Verstand, der unter Streß zu unglaublicher Konzentration in der Lage war, schaltete ab. Er hing Tagträumen nach. Bruchstückhafte Bilder tauchten vor seinen geschlossenen Augenlidern auf. Der lange, tiefliegende Wagen, der mit hoher Geschwindigkeit über die schmale Straße fuhr. Sylvia, als sie am ersten Tag des letzten Schuljahres die Schultreppe hinaufkam, das neue Mädchen, von dem er von Anfang an wußte, daß er sie eines Tages heiraten würde. Die Beerdigung seines Vaters, der offene Sarg und das Gesicht, das für immer zu einem Lächeln erstarrt war. Die kleine Kirche, wo er und Sylvia getraut wurden. Der Tag, an dem er als Anwalt zugelassen wurde, und die anschließende Feier, die in einem Liebesmarathon gipfelte, der den Höhepunkt ihrer körperlichen Beziehung markierte.

David öffnete die Augen und richtete den Blick auf einen festen Punkt in der Landschaft, um die leichte, sichere Bewegung des Wagens noch besser nachzuempfinden. Er unterwarf sich ganz dem leisen Pochen des kraftvollen Motors des Imperial und genoß den Luxus, den Beifahrer eines vollendeten Fahrers zu spielen. Er warf einen verstohlenen Blick auf den Mann neben ihm und bewunderte das markante, regelmäßige Profil.

Craig Faron war der einzige Mensch, dem David gestattete, seinen Wagen zu fahren. Sogar Sylvia war keine Ausnahme. Das hatte nichts mit ihrer Fahrkunst zu tun. Sie fuhr sogar besser Auto als er. Aber er wußte, daß ein Auto für seine Frau nicht mehr als ein Transportmittel war.

Für David war der Imperial mehr als ein Transportmittel, er war eine Erweiterung seiner selbst. Er liebte ihn. Und er war in ihn verliebt, reagierte körperlich auf die eleganten Formen und die samtweichen Lederbezüge, aber vor allem auf die Kraft, die ihn durchfuhr, wenn er aufs Gaspedal trat. Der Wagen löste in ihm dieselbe Erregung aus, die er früher bei Sylvia erlebt hatte, ehe sie das Interesse aneinander verloren. Er hatte nie darüber gesprochen, was er für sein Auto empfand, aber er wußte, daß sein Freund dieses Gefühl kannte und mit ihm teilte.

Craig scherte aus, um eine Reihe von Wagen zu überholen, und schlug knapp vor dem entgegenkommenden Verkehr wieder nach rechts ein. Er hatte den Abstand auf Haaresbreite abgeschätzt und das Überholmanöver mit computerähnlicher Genauigkeit ausgeführt.

David schaute hinaus auf die saftige, grüne Landschaft, die durch das Band der Straße säuberlich geteilt wurde. Die Landstraße von Niagara Falls nach Toronto gehörte nicht zu seinen Lieblingsstrecken. Die einspurige Fahrbahn war eng, und die Randstreifen waren schmal und von Spurrillen durchzogen. Es war eine gefährliche Strecke. Wenn er allein war, verlor er auf dem Heimweg keine Zeit. Heute hatte er keine Eile. Er hatte das Gefühl, er könnte immer so weiterfahren, wie jemand, der schwerelos und mühelos durchs Weltall reist.

»Gleich kommt das Beacon. Wollen wir uns die Beine vertreten?«

Ohne eine Antwort abzuwarten, bog Craig auf die Seitenstraße ab, die am See entlang zum Beacon Motel und Restaurant führte.

Als sie ankamen, stiegen sie aus und gingen schweigend zum Restaurant. Craig war groß und elegant, sein Gang so lässig wie der eines Mannes, der das Leben im Freien, viel Platz und körperliche Bewegung gewohnt war. David war untersetzt, trug einen teuren Maßanzug, und seine Haut war frisch wie nach der Sauna. Sie waren völlig unterschiedlich und ergänzten sich zugleich perfekt. Craigs blaue Augen, die unter den schwungvollen Brauen und dem dicken blauschwarzen Haarschopf durchdringend funkelten, blickten hinaus in weite Fernen. Davids nüchterne, dunkle Augen waren nach innen gerichtet und ständig mit Motiven, Befangenheiten und verborgenen Absichten beschäftigt. Der eine sah den Wald, der andere die Bäume. Zusammen bildeten sie eine Einheit, ein gemeinsames Ganzes, das größer war als die Summe von beiden.

Die letzten sonntäglichen Mittagsgäste waren im Aufbruch begriffen, so daß es kein Problem war, einen Tisch am Fenster zu finden. Das klare, glitzernde Blau des Sees wurde durch das bunte Treiben weißer Segel und leuchtender Spinnaker unterstrichen.

»Sylvia und ich haben früher oft hier angehalten«, sagte David, als sie Platz genommen hatten. »Aber das ist schon ein paar Jahre her.«

»Wie geht es ihr?«

»Gut, nehme ich an. Wir verbringen nicht mehr viel Zeit miteinander. Ich bin beschäftigt und sie auch, weiß Gott womit. Wir drängen uns einander nicht auf.«

»Sie ist eine attraktive Frau.«

David nickte. »Sie mag dich, Craig. Jetzt, wo du in der Stadt bist, mußt du mal zum Essen vorbeikommen.«

»Das würde ich gern. Wenn du sicher bist, daß es ihr nichts ausmacht.«

»Sie würde sich freuen. Sie hat sich gerade neulich noch nach dir erkundigt. Wollte wissen, wo du diesmal warst, was du vorhattest, ob du immer noch so viel Geld machst und es in Spekulationen steckst. Du bist einer der wenigen, für die sie sich zur Zeit noch interessiert.«

»Mir geht das ähnlich. Manchmal habe ich gern Gesellschaft. Dann wieder wird es mir zuviel. Wenn ich mich nicht zurückzöge, würde ich explodieren.«

»Warst du deshalb den ganzen Winter über weg? Hast du dich auf einer einsamen Insel versteckt?«

»So ungefähr. Einer meiner Klienten kam zu Geld und wurde sehr interessant für andere. So mußte ich in den Süden, um ein Übernahmeangebot abzuwehren. Eine heiße und schmutzige Sache. Als das erledigt war, bin ich nach oben ins Hinterland zurückgekehrt. Hab mir ein richtig altmodisches Blockhaus gebaut. Mit Hilfe einiger Indianer. Das ist Natur im Rohzustand. Es würde dir gefallen.«

»Eine Hütte im Wald? Das ist Kinderkram.«

Craig hörte den sehnsüchtigen Ton in Davids Stimme. »Du mußt mal für ein Wochenende kommen. Es wird dir bestimmt gefallen.«

Seine Stimme klang so sanft, daß David verlegen fortschaute. »Ich bin doch nicht Paul Bunyan, Craig«, überspielte er es. »Wo ist denn diese Hütte überhaupt?«

»Erinnerst du dich an die Insel, von der ich dir erzählt habe? Mit der Geisterstadt auf der einen und dem phantastischen Strand auf der anderen Seite? Nun, davon habe ich im letzten Winter einen Küstenstreifen gekauft. Wir mußten das Material übers Eis schaffen. Wir haben einfach losgelegt und es gemacht. Soweit zu mir. Und was hast du so erlebt?«

»Nicht viel. Es gab verdammt viel zu tun, aber nichts Besonderes. Eigentlich war's ziemlich langweilig.«

»Schade. Ich hatte gehofft, du hättest etwas Interessantes für mich zum Nachforschen.«

»Demnächst geht es um einen Vergewaltigungsversuch. Dabei könnte ich Hilfe gebrauchen. Wenn du herausfinden könntest, wo die Klägerin herkommt... mit wem sie zusammenwohnt, wo sie ihre Freizeit verbringt und so weiter.«

Ein Muskel zuckte in Craigs Wange. »Du weißt, was ich davon halte, David. Ich würde nicht einen Finger rühren, um einen dieser Hunde aus der Schlinge zu ziehen. Sie sollten den Rest ihres Lebens hinter Gittern verbringen.«

David, der sich sonst bei der kleinsten Provokation dafür einsetzte, daß jemand unschuldig sei, solange ihm seine Schuld nicht nachgewiesen werden könne, hatte früh in ihrer Beziehung gelernt, Craig niemals eine Grundsatzdebatte über dieses Thema aufzuzwingen. Craig Faron konnte darüber nicht rational diskutieren. David wußte nicht, warum, aber er war klug genug, es nicht zu versuchen. Die Freundschaft war ihm zuviel wert, als daß er einen Bruch riskiert hätte.

Craig spürte, daß es besser war, das Thema zu wechseln, und fragte: »Was ist aus Wynn und Pelham geworden?«

Froh, über etwas anderes zu sprechen, sagte David: »Wir legen Berufung gegen den Vorwurf des Betrugs ein. Die Manipulation bei Börsengeschäften. Erinnerst du dich?«

»Ging es dabei nicht um den mehrfachen Betrug, der in einem Verfahren verhandelt wurde?«

David nickte.

»Aber du hast doch einen Freispruch erzielt.«

»Das ist richtig. Aber die Staatsanwaltschaft hat Berufung eingelegt. Sie wurden in zwanzig verschiedenen Fällen schuldig gesprochen.«

»Können sie das denn machen?«

»Nein. Im Fall der Berufung kann nur etwas verhandelt werden, was vorher nicht strittig war. Darum fangen wir wieder von vorn an.«

»Bei dem Geschäft haben eine Menge Leute Geld verloren.«

»Die Leute verlieren jeden Tag Geld an der Börse. Das ist das Risiko, das sie eingehen.«

Mit der finanziellen Begabung eines Adam Smith und dem Beuteinstinkt eines bengalischen Tigers verlor Craig selten Geld bei seinen Investitionen. Im großen und ganzen war er mit David einer Meinung. Das Risiko war Teil des Spiels. Aber wenn Berufsspekulanten Kleininvestoren um ihre lebenslangen Ersparnisse prellten, war für ihn das Spiel vorbei.

Was für Craig eine moralische Frage war, war für David nicht mehr als eine rechtliche Angelegenheit. »Ich hätte von Anfang an nicht in die Berufung gehen sollen«, fuhr er fort.

»Taylor und der Vorstand müssen sehr wütend sein.«

»Sie sind nicht allzu glücklich. Seit über zwei Jahren zieht sich das schon hin. Eine ziemliche Sauerei. Aber ich glaube, sie fühlen sich jetzt besser. Der Zeitaufwand war es wert, Craig. Vielen Dank fürs Mitkommen. Darüber freue ich mich wirklich.«

»Das ist schon in Ordnung. Für mich hat es ja auch etwas gebracht. Habe nur ein paar Freunde getroffen, die ich schon eine Weile nicht gesehen hatte. Übrigens, ich war bei den Henrys.«

David sah ihn mit einem scharfen und durchdringenden Blick an. »Wie geht es ihnen?«

»Sie sind älter geworden, aber glücklich. Für sie hat sich schließlich doch noch alles eingerenkt. Nach all diesen Jahren.«

»Es sind brave Leute. Man braucht verdammt viel Mut, um das auszuhalten, was sie durchgemacht haben.«

Craig wollte etwas sagen, änderte aber seine Meinung und fragte David statt dessen, wie er seine Chance bei der Berufung von Wynn und Pelham einschätzte.

»Gut«, antwortete David. »Sicher kann man natürlich nie sein. Aber diesmal haben wir mehr als eine gute Chance.«

Craig blickte gedankenversunken hinaus auf den See. Das Bier, das er bestellt hatte, blieb unberührt. Wie so oft, wenn sie zusammen waren, fragte David sich, worüber Craig wohl nachdachte.

Während sein Blick ein Segelboot verfolgte, das sich im Wind zur Seite neigte, sagte Craig schließlich: »Es ist alles so verdammt kompliziert.«

»Nicht, wenn man die Regeln kennt.«

»Die Regeln! Zum Teufel mit den Regeln. Im Grunde genommen ist das Leben einfach. Man ißt, schläft, versucht, niemanden zu verletzen, versucht, nicht ans Sterben zu denken und zu vergessen, daß das Sterben das einzige ist, worum es eigentlich geht.«

»Ich glaube, wir sollten lieber gehen.« David trank seinen Scotch aus. »Du steigerst dich sonst noch in etwas hinein.«

Craig leerte sein Glas in großen Zügen. »Du hast recht.« Er zwang sich zu einem Lächeln. »Es fällt mir jedesmal schwer, wieder reinzukommen, wenn ich eine Weile weg war. Da draußen auf der Insel... nun ja, ich hatte vergessen, wieviel Dreck es gibt.«

In freundschaftlichem Schweigen gingen sie zurück zum Wagen. Craig nahm auf dem Fahrersitz Platz und wartete, bis David den Sicherheitsgurt angelegt hatte, ehe er den Motor anließ. Nachdem er sich in den Verkehr eingefädelt hatte, überholte er die langsameren Autos, bis die Straße vor ihnen frei war. David schaltete den Nachrichtensender ein. Ein heiterer Radiosprecher berichtete frohgemut von Streiks in Polen, einem Generalstreik in England und einer Autobombe in Paris. Der Litanei von Katastrophen folgte das aufmunternde Versprechen von »einem sonnigen Tag für morgen«. David schaltete um auf ein Programm mit alten Schlagern.

Als sie sich der Stadt näherten, wurden sie durch den aufkommenden Wochenendverkehr zum Schneckentempo genötigt. Werbeflächen, die auf der Landstraße verschwommen vorbeigeflogen waren, wurden nun deutlich sichtbar und waren eine willkommene Ablenkung von dem frustrierenden Stop-and-go-Verkehr. Es gab für jeden etwas. Eine der Leuchttafeln zeigte das Foto eines gutaussehenden Mannes mittleren Alters mit dem beruhigenden Slogan: HALLWORTH – Ein Name, dem Sie vertrauen können.

Craig warf einen Blick auf die Reklame, wandte sich David zu und fragte: »Was macht das Jenning Journal?«

»Darüber weißt du mehr als ich. Du und Sylvia. Ich habe nicht einmal mehr daran gedacht, seit ich dich das letzte Mal gesehen habe. Ich hatte einfach zu viel zu tun.«

Das Jenning Journal. Craigs Spitzname für Davids liebstes Hobby: Eine private Datenbank mit umfangreichen Angaben über Straftaten und Straftäter. Was einst mit der einfachen Sammlung seiner eigenen Fälle begonnen hatte, die Sylvia anlegte, als sie heirateten, hatte sich zu einer einzigartigen Bibliothek zeitgenössischer Materialien mit Querverweisen erweitert. Selbst Justizbehörden verfügten kaum über mehr Informationen über Straftaten. Es gab einen Journalisten, der ein Verzeichnis von aufgeklärten und nicht aufgeklärten Fällen aufgestellt hatte. Aber soweit David wußte, gab es nirgendwo sonst so viele Informationen über Straftäter und ihre Aktivitäten in der Vergangenheit und Gegenwart.

David, der sich für die Psychologie und die Motive von Gesetzesbrechern interessierte, verließ sich auf Craigs eher pragmatische Art, die Details systematisch festzuhalten. Craig verfolgte die Spuren der ausgewählten Personen im Gefängnis, bei der Bewährung, der Entlassung, beim Leben in der wiedergewonnenen Freiheit. Sylvia ordnete die Informationen und hielt die Unterlagen auf dem laufenden. David verstand Craigs Interesse an dem Projekt nicht, aber er war froh darüber. In den bereits vorhandenen Informationen steckte genug Stoff für ein Buch. Eines Tages, wenn er Zeit hätte, wollte er dieses Buch schreiben.

»Habe ich dir schon gesagt, daß ich einen Computer habe?«

»Ach ja? Was für einen?«

»Einen Apple. Damit kann man Papier sparen. Diese verdammten Ordner nehmen mein ganzes Arbeitszimmer in Beschlag. Da ist kaum noch Platz für mich.«

»Es wird Monate dauern, ihn zu programmieren. Kannst du das?«

»Nein. Ich hätte sowieso keine Zeit dafür. Sylvia will es vielleicht machen, aber sie wird Hilfe brauchen. Sie arbeitet schon seit ein paar Jahren zu Hause an einem Radio Shack TRS, und sie weiß offensichtlich, was sie tut.«

»Das ist ein kleiner Unterschied, David.«

»Ich weiß. Wie ich schon sagte, wird sie Hilfe brauchen. Vielleicht von einem Studenten. Manche von ihnen sind ziemlich auf Draht.«

»Nun, das wäre phantastisch, wenn du ihn erst mal eingerichtet hast. Ich habe einen Freund, der früher bei Wang gearbeitet hat. Wenn du willst, kann ich mit ihm sprechen.«

»Noch nicht. Ich habe mich noch nicht genau entschieden, was ich drin haben will.«

»Das Motiv. Die Tatmethode. Die Art der Waffe. Typische Opfer. Lieblingsaufenthalt...«

»Hee«, lachte David. »Du bist zu schnell. Ich möchte darüber nachdenken und es richtig machen.«

»Nun, auf jeden Fall wäre ich gern dabei, wenn es soweit ist.«

Die Autoschlange kam schrittweise voran und brachte sie zur Ausfahrt der Landstraße 10. Craig bog rechts ab und fuhr südlich in Richtung See. Er nahm den direkten Weg zum Haus der Jennings. Als David protestierte, sagte er, er würde zum Lakeshore Boulevard laufen und sich dort ein Taxi nehmen. Es seien ja nur ein paar Straßen. Er hätte Lust, sich die Beine zu vertreten.

»Kommst du nicht einmal auf einen Drink rein?« Craig blieb hart. Er wollte endlich nach Hause. David sah ihm nach. Wahrscheinlich wartete eine Frau auf ihn. Ein sexy aussehender Rotschopf in einem schwarzen Négligé. Satinbettwäsche und Champagner auf Eis. Er seufzte. Sylvia erwartete ihn nicht zum Essen. Das Haus sah kalt aus. Leer. Was er brauchte, waren Menschen, der Klang von Gelächter und Musik.

Er setzte aus der Ausfahrt zurück und fuhr am Ufer entlang in Richtung Stadt zum Pier 4. Die abendlichen Gäste waren bereits bei Kaffee und Likör angekommen; die Luft knisterte vor Lebensfreude. Nachdem er seine Stimmung mit Schnecken in Knoblauchsauce, malaysischen Garnelen und einer Flasche edlen Chablis wieder aufgehellt hatte, beobachtete David die Bootsleute beim Grillen an Deck der hochmastigen Schiffe, die am Kai angelegt hatten. Als der Kellner den Tisch abräumte, ging er auf einen Kaffee und einen doppelten Brandy an die Bar. Während er der Musik lauschte und die Gesichter in der Menschenmenge beobachtete, fühlte er, wie die Einsamkeit sich wieder einschlich.

Es war spät, als er nach Hause kam. Das Haus war dunkel. Sylvia war offensichtlich im Bett. Um so besser. Ihm war sowieso nicht nach Plaudern zumute. Dem üblichen ehelichen Wortwechsel. Was hast du den ganzen Tag gemacht? War deine Sitzung erfolgreich? Wer war alles da? Allzu große Vertrautheit erzeugte nicht immer Verachtung. Allzu oft erzeugte sie nichts als Langeweile. So empfand er, und er wußte, daß es Sylvia genauso ging.

Vom Wein angeheitert, zog er sich im Dunkeln aus, um Sylvia nicht zu wecken, und ging sofort ins Bett. Innerhalb weniger Minuten war er fest eingeschlafen.

Craig Faron wohnte in einem Hochhaus in der Innenstadt mit Aussicht auf ein Fleckchen Park. Seine Wohnung war geräumig, luftig und modern eingerichtet. Die Wände weiß, der Teppichboden schwarz. Das übergroße Badezimmer war mit schwarzem Marmor ausgestattet, die funktionale Kücheneinrichtung lackschwarz. Die Möbel waren mit weißem Leder gepolstert, und die Tische und Lampen bestanden aus Glas und Chrom. Die einzigen Farbtupfer waren das brillante, aber verwirrend abstrakte Gemälde von Cahen, die hängenden Körbe mit saftig grünen Blattpflanzen sowie der Bewohner selbst.

Er hatte den Tag mit David genossen, aber es war gut, zu Hause zu sein. Es war die Zeit der Dämmerung, wenn die Aussicht von seinem Balkon am schönsten war. Die Luft war blau, und langsam gingen unten die Lichter an und funkelten wie Leuchtkäfer. Zu dieser Stunde und aus dieser Höhe hatte die Stadt etwas Magisches, Mystisches an sich. Die Makel waren unsichtbar, der Stoßstange an Stoßstange fahrende Verkehr war eine Lichterkette, die pünktchengroßen Fußgänger waren glücklich, munter und wohlgenährt. Wenn es nur wirklich so wäre.

Im Kühlschrank war Schinken, in der Brottrommel ein Schwarzbrot. Er machte sich ein Sandwich, öffnete ein Bier und ging zum Essen auf den Balkon. Ausgestreckt auf der gepolsterten Chaiselongue, Sandwich und Bier neben sich, war Craig Faron im Gegensatz zu seinem Freund David ausgesprochen glücklich darüber, allein zu sein.

Gutaussehend wie er war, hätte er unter den Frauen frei wählen können, aber er war selten genauso an ihnen interessiert wie sie an ihm. Er zog die Gesellschaft von Männern vor. Doch es gab Zeiten, in denen selbst diese fade wurde und er nur mit sich allein sein wollte.

Im Teenageralter war er als Funker auf einer Reihe von Trampschiffen mitgereist. Später eröffnete er eine kleine Elektronikfirma. Nachdem er sie mit Gewinn verkauft hatte, verwendete er das Geld zum Kauf von Grundstücken. Das Einkommen aus seinen Immobilien ermöglichte es ihm, seiner unersättlichen Neugier und seinem Lebenshunger nachzugehen.

Er hatte in Australien Schafe geschoren, am Coral Reef gesurft, in einem zweitklassigen Film eine Nebenrolle gespielt und war in den Rocky Mountains geklettert.

Mit seinen fünfunddreißig Jahren hatte Craig Faron mehr erlebt als die meisten Männer in einem ganzen Leben, und in dieser Zeit hatte er gelernt, daß einem die Dinge den größten Spaß machen, die man am besten kann. Selten hatte ihm etwas besser gefallen als die Detektivaufgaben für David. Ihre von Pausen unterbrochene Freundschaft gehörte zu den wenigen langfristigen Beziehungen, die er bisher gehabt hatte.

Sie hatten sich vor zehn Jahren kennengelernt, als David einen jungen Mann verteidigte, der beschuldigt wurde, einen kleinen Milchladen überfallen und den ältlichen Besitzer erschossen zu haben, als dieser Widerstand leistete. Die Beweise gegen den Jugendlichen waren überwältigend. Es gab drei Augenzeugen sowie einen Abdruck vom Mittelfinger der rechten Hand des Angeklagten auf dem Ladentisch. Als er sich die Anklage des Staatsanwaltes anhörte, war Craig überzeugt, daß es sich bei dem Verfahren um kaum mehr als eine Formalität handeln würde, da der Ausgang sicher war.

Der Fall stand in einer Zeit zur Verhandlung, als Craig sich bei seiner rastlosen Suche nach neuen Erfahrungen auf die Rechtsprechung konzentrierte. Der Zufall führte ihn in den Gerichtssaal, in dem David als Verteidiger auftrat.

Wie die meisten Laien glaubte Craig, die Aussage eines Augenzeugen sei unwiderlegbar. Überzeugt davon, daß der Prozeß eine langweilige Aufzählung unbestrittener Tatsachen sein würde, beschloß er, bei der nächstbesten Gelegenheit zu gehen. Später war er froh, daß er seine Meinung geändert hatte und zur Nachmittagssitzung geblieben war. Das war sein erstes Zusammentreffen mit David Jenning, und er war beeindruckt.

David war damals noch schlanker, und der billige Anzug von der Stange paßte ihm genausogut wie die maßgeschneiderten, die er jetzt trug. Er war keine eindrucksvolle Gestalt; sein Mangel an Größe war ein offenkundiger Nachteil. Aber während der Prozeß voranschritt, wurde deutlich, daß er die Hauptrolle spielte.

Die erste Zeugin war die hinterbliebene Witwe. David entließ sie ohne Kreuzverhör. Ihr folgte der Fingerabdruckexperte, der sich mit ruhiger Autorität äußerte. David beschränkte sich auf zwei Fragen, die beide eher vom Staatsanwalt als vom Verteidiger hätten kommen können. »Sind Sie sicher, daß der Abdruck vom rechten Mittelfinger stammt?« »Wo genau befand er sich?«

Indem er Verwirrung über die Antwort auf seine letzte Frage vortäuschte, holte er eine Großaufnahme vom Ladentisch hervor und bat den Experten, die Stelle zu zeigen. Der Zeuge deutete auf den Rand des Ladentisches, wo ein Pappständer mit Schokoladenriegeln und Kaugummi stand. David kreiste die Stelle ein und ließ das Foto als Beweisstück aufnehmen.

Die nächste Zeugin war ein Schulmädchen, das den Laden während des Raubüberfalls betreten hatte. Sie war offen und aufgeweckt und machte mit fester Stimme eine klare, verständliche Zeugenaussage. David näherte sich ihr langsam, auf freundliche Weise.

»Wo gehst du zur Schule?... Welche Fächer hattest du an dem besagten Morgen?... Am Nachmittag stand eine Klassenarbeit an, hattest du davor Angst?... Hast du daran gedacht, als du Pause hattest?... Was geschah, als du in das Geschäft kamst?... Wie weit warst du von dem Täter entfernt?... Bist du vor oder nach den Schüssen eingetreten?... Wenn du vorher eingetreten bist, muß der Täter mit dem Rücken zu dir gestanden haben... Du sahst den Verstorbenen zurücktaumeln, dann zu Boden sinken... Bei der Zeugenvernehmung sagtest du, der Täter habe langes Haar, blaue Augen und eine verletzte Lippe... Du hast den Verstorbenen beobachtet, doch gleichzeitig sahst du das Gesicht des Mannes auf der anderen Seite des Ladentisches... Erzähl noch einmal genau, was von dem Augenblick an, als du zur Tür hereinkamst, geschah...«

In den Augen der Geschworenen und der Zuschauer schien David sein methodisch Bestes zu geben, um den Ablauf der Ereignisse zu entwirren. Das Mädchen, das er mit dem steten, reglosen Blick seiner dunklen Augen festhielt, unterlag nicht diesem Mißverständnis. Unter dem Druck, sich an das Ereignis im kleinsten Detail erinnern zu müssen, schwand ihre Zuversicht. Sie konnte nicht sagen, wie lange sie den Täter beobachtet hatte, in welchem Augenblick sie sein Gesicht sah, ob er, abgesehen von der verletzten Lippe, die ihn von anderen jungen Männern ähnlicher Statur und Kleidung unterscheiden würde, besondere Merkmale hatte.

Als sie gefragt wurde, ob die Person, die sie im Laden gesehen hatte, im Gerichtssaal anwesend sei, zögerte sie. Das Haar des Angeklagten war frisch geschnitten und die aufgeplatzte Lippe ohne Narbe verheilt. Er sah eher wie ein unschuldiger Schuljunge als wie ein wildgewordener Revolverheld aus. Ihr momentanes Zögern wurde von den Geschworenen zur Kenntnis genommen. In ihrer Glaubwürdigkeit erschüttert, verließ sie den Zeugenstand.

Die verbleibenden Augenzeugen, ein älteres Ehepaar, wurden derselben Behandlung unterzogen. David war höflich, ruhig und unnachgiebig. Er fragte nach dem Licht im Laden, der Verwirrung vor und nach der Schießerei, ob der Beschuldigte auf einem Foto oder bei einer Gegenüberstellung identifiziert worden sei, ob sie den Angeklagten mit dem ursprünglich Identifizierten oder dem beobachteten Täter in Verbindung brächten.

Die Frau benutzte eine Lesebrille, ihr Mann trug eine Brille mit Trifocalgläsern. David verweilte bei der Tatsache, daß beide ein vermindertes Sehvermögen besaßen. Für das ältere Ehepaar bestand kein Zweifel, daß sie den Angeklagten hatten schießen sehen, aber bei den Geschworenen hinterließen sie ernsthafte Zweifel.

Zu dem Zeitpunkt, als David sein Plädoyer hielt, war Craig Faron bereits gefesselt. Fasziniert beobachtete er, wie David die Geschworenen ansprach, sich an jeden einzelnen wandte, sie daran erinnerte, daß die meisten Fehlurteile auf eine falsche Identifizierung zurückzuführen seien, daß man aus diesem Grund besonders vorsichtig sein müsse, wenn die Identifizierung in Frage stehe. Er wies darauf hin, daß die menschliche Beobachtungsgabe bekanntermaßen unzuverlässig sei und durch eine Unmenge von unzusammenhängenden Faktoren beeinflußt werde. Wenn ein Augenzeuge sage, »ich sah«, meine er eigentlich, »ich glaube, ich sah«. Er sprach über das Schulmädchen, das Angst vor einer Klassenarbeit gehabt habe; die ältere Frau, die nicht einmal die größten Buchstaben ohne ihre Brille lesen könne; den Mann, der eine Brille mit Trifocalgläsern trug, und die Unschärfen, die bei wechselnden Abständen von nah auf fern auftreten können.

Er kehrte den Geschworenen den Rücken, ging zur Anklagebank und bat den Angeklagten beiläufig, ihm ein Notizbuch zu reichen, das er vorher auf den Tisch gelegt hatte. Der Junge hob es mit der rechten Hand auf, und David nahm es entgegen, wirbelte herum und schwenkte es triumphierend in der Luft. »Meine Damen und Herren Geschworenen«, rief er, »wie Sie gerade gesehen haben, ist der Angeklagte Rechtshänder. Wenn er den Revolver gehalten und den Abzug gezogen hätte, dann hätte er das mit der rechten Hand getan. Die Hand, von der wir wissen, daß sie zum Zeitpunkt dieses unglücklichen Vorfalls auf dem Ladentisch ruhte. Der Beweis, den die Staatsanwaltschaft vorbrachte, beweist die Unschuld des Angeklagten. Ich lege seine Zukunft in Ihre Hände.«

Die Geschworenen berieten sich weniger als eine Stunde und kamen mit einem Freispruch zurück. Craig blieb sitzen, während die Angehörigen des jungen Mannes sich lachend und lärmend um ihn scharten. Als sie den Gerichtssaal verließen, bot einer aus der Gruppe dem Freigesprochenen eine Zigarette an. Craig fragte sich, ob außer ihm jemand bemerkte, daß er mit der linken Hand danach griff.

David verließ den Gerichtssaal als einer der letzten. Auf dem Flur stand ein junger Polizeibeamter, und Craig fragte, mit dem Kopf auf David deutend: »Wer ist das?«

»David Jenning«, antwortete der Beamte kühl. Es war offensichtlich, daß der junge Rechtsanwalt nicht besonders hoch in seiner Gunst stand.

Am nächsten Tag rief Craig in Davids Büro an und machte einen Termin bei ihm. David hatte angenommen, Craig sei ein neuer Mandant. Statt dessen mußte er feststellen, daß sich ein Möchtegerndetektiv bei ihm vorstellte. Es vergingen ein paar Monate, ehe er Craig anrief, weil er Hintergrundinformationen über einen Hauptbelastungszeugen suchte, den er diskreditieren wollte. Das Dossier, das Craig ihm lieferte, enthielt alles, angefangen bei Zufallsbekanntschaften und Lebensgewohnheiten bis hin zu einem psychologischen Persönlichkeitsprofil. Das war der erste einer Reihe von Aufträgen, die Craig im Laufe der Jahre erledigte.

Craig aß das Sandwich auf und räumte den Teller und das Besteck in den Geschirrspüler. Hin und wieder kehrten seine Gedanken an diesem Abend zu David zurück. Er war immer noch der Ansicht, daß David Jenning einer der besten Anwälte des Landes war, aber die Bewunderung, die er für seine Kompetenz empfand, wurde durch ein wachsendes Unbehagen geschmälert, weil sich immer deutlicher zeigte, wie er das Recht zugunsten seiner Mandanten manipulierte.

Craig Faron glaubte nicht, daß Schuldige freigesprochen werden und Unschuldige leiden sollten. Als er anfing, für David zu arbeiten, nahm er die Aufträge ohne Fragen entgegen. In den letzten paar Jahren hatte er Unterscheidungen getroffen, hatte Fälle, in denen Gewalt vorkam, abgelehnt, wenn er von der Unschuld des

Mandanten nicht überzeugt war. Mittlerweile hatten sie einen Punkt erreicht, wo es sich bei den meisten Aufträgen, die er für David erledigte, um Zivilsachen und die Aktualisierung seiner persönlichen Unterlagen handelte.

Craig ging früh zu Bett. Er lag wach und dachte über seine Hütte nach. Die Straßenarbeiter, die aus öffentlichen Mitteln mitfinanziert wurden, um Straßen auf einer Geisterinsel zu bauen, wo zwei Traktoren und ein uralter Jeep die einzigen Fahrzeuge waren, hatten angeboten, eine Landebahn für ein leichtes Flugzeug freizumachen. Dann könnte er am Wochenende hinfliegen, vielleicht sogar dort wohnen und zur Arbeit hin- und zurückfliegen. Das war ein angenehmer Gedanke.

Während er in Schlaf sank, dachte er an die hohen Kiefern an der schroffen Küste, den verrückten Schrei der Seetaucher in der Dämmerung, den langen Strand, der nur von der Spur eines einzigen Rehs gezeichnet war. Als er schlief, träumte er von der Insel und der schattenhaften Gestalt einer Frau, die sie mit ihm teilte.

Am Morgen erinnerte er sich an den Traum, aber er erinnerte sich nicht daran, daß die Frau in seinem Traum Sylvia Jenning gewesen war.

2

Juni 1984

Der Beginn einer neuen Woche. Wie schnell die Zeit verflog. Sylvia saß David gegenüber, als er sein Frühstück aß, und dachte darüber nach, wie sie sich beide im Laufe der Jahre verändert hatten.

Der schlanke junge Idealist war ein rosig-rundliches Mitglied des Establishments geworden. Einst hatte er die Welt verändern wollen. Statt dessen hatte die Welt ihn verändert.

Als sie damals heirateten, hatte sie gearbeitet, damit er Jura studieren konnte. Später assistierte sie ihm als Sekretärin, als er sein erstes kleines Büro im Norden Ontarios eröffnete, und ließ sich keine Gelegenheit entgehen, ihn vor Gericht zu hören. Wie ein

Tiger hatte er für seine Mandanten gekämpft. Das zumindest hatte sich nicht geändert.

Da sie genauso hart an seiner Karriere gearbeitet hatte wie er, protestierte sie gelegentlich dagegen, wie ein Fall gehandhabt wurde oder wie er jemanden vertrat, der offensichtlich schuldig war und ihrer Meinung nach eine Strafe verdiente. Als sie merkte, daß er nicht länger an ihrer Meinung interessiert war, hielt sie sich zurück. Seine Karriere hatte eine Eigendynamik angenommen, an der sie keinen Anteil mehr hatte.

Seinen ersten größeren Fall bekam er in dem Jahr, als sie in die Stadt gezogen waren und er sich selbständig gemacht hatte. Sie hatten gemeinsam daran gearbeitet. Rückblickend war das die befriedigendste Zeit in ihrer Ehe gewesen.

Die Beklagte war eine unscheinbare Frau aus den abgelegenen Wäldern nördlich von Hearst. Sie war dreißig und sah aus wie über sechzig. Diese Frau, die durch die jahrelange Schinderei im Busch, meilenweit entfernt vom nächsten Nachbarn, völlig zermürbt worden war, wurde beschuldigt, ihren Lebenspartner mit einem abgesägten Gewehr hinterrücks erschossen zu haben. Nach der Schießerei ließ sie ihre sechs kleinen Kinder in der Obhut ihrer zehnjährigen Tochter zurück und kämpfte sich vier Meilen durchs Schneetreiben, um sich zu stellen. Nachdem sie bei der Royal Canadian Mountain Police ein Geständnis abgelegt hatte, verfiel sie in Schweigen und sprach mit niemandem mehr ein Wort bis zu dem Tag, als sie zusammenbrach und Sylvia ihre Geschichte erzählte.

Sylvia hatte von Lucy Menard aus einer sechszeiligen Meldung auf der letzten Seite des *Toronto Star* erfahren. Der Artikel, der auf die reinen Fakten reduziert war und aus Sudbury kam, berichtete von der Erschießung, aber nicht, wie oder warum es geschehen war. Sylvia kannte den Norden. Und sie wußte, daß keine Frau, die mitten in der Wildnis lebte und zum Überleben auf ihren Mann angewiesen war, zu solch drastischen Maßnahmen greifen würde, außer wenn es keinen anderen Ausweg gab. Es war ein Zufall, daß die Frau in Sudbury einsaß und daß dort ihr Prozeß stattfinden sollte. Es war jedoch kein Zufall, daß Sylvia beschloß, es sei Zeit für einen längst fälligen Besuch bei ihrer Familie.

Die Woche zu Hause war schnell vorbei. Sie begleitete ihre Mutter zum Einkaufen und zu Besuchen bei einer Reihe von alten Freunden der Familie. Ihr Vater führte sie zum Abendessen aus, wobei er stolz das neue japanische Restaurant vorführte (eine Rarität in der an Fleisch und Kartoffeln gewöhnten Bergarbeitergemeinde), dessen Scheitern Sylvia voraussagte. (Kurze Zeit später standen Chop Suey und Garnelen statt Reiskuchen in Aalhaut auf dem Menü.) Einmal verbrachte sie einen ganzen Vormittag mit Davids Mutter, einem schüchternen kleinen Heimchen, die sich der selbstsicheren jungen Schwiegertochter gegenüber niemals ganz unbefangen fühlte. Jeden Tag gab es irgend etwas zu tun. Trotzdem schaffte es Sylvia, dem örtlichen Gefängnis und Lucy Menard täglich einen Besuch abzustatten.

Reden war nicht Mrs. Menards Stärke. Erst am letzten Tag von Sylvias Aufenthalt taute sie auf, und auch nur deshalb, weil Sylvia Neuigkeiten von den Menard-Kindern mitbrachte. Die Kinder waren das einzige, was Lucy interessierte. Sie waren tatsächlich das einzig Gute in ihrem Leben. Nachdem sie von ihrer kranken, überarbeiteten Mutter nicht beachtet und von ihrem brutalen Stiefvater sexuell mißbraucht worden war, wurde sie mit dreizehn einem nichtsnutzigen dreißigjährigen Säufer übergeben. Die folgenden Jahre waren ein einziger Alptraum. Die einsame Hütte in dem unwirtlichen Buschland. Die Plackerei, um genug zu essen zu haben. Und dabei immer wieder Schwangerschaften, Fehlgeburten, Schläge und herzzerreißender Schrecken.

Sie hatte nie ein neues Kleid besessen, nie die Bequemlichkeit von fließendem Wasser, nie eine friedliche Nachtruhe gekannt. Genausowenig hatte sie sich bis zu dem Tag, als sie mit Sylvia sprach, jemals jemandem anvertraut.

Ruhig, den Blick auf den Tisch zwischen ihnen gerichtet, sagte sie: »Ich bereue es nicht. Immer hat er mich geschlagen. Er war eklig, wenn er nüchtern war. Aber wenn er betrunken war, dann drehte er total durch. Ich habe ihm eine Kugel verpaßt, und ich habe es noch keine Sekunde bereut.«

Als sie nach Toronto zurückkam, rief sie David im Büro an und erzählte ihm vom Fall Menard. »Ich wünschte, du würdest den Fall übernehmen, David. Sie braucht dich.«

Er sagte, das habe Zeit, bis er nach Hause käme, dann könnten sie es besprechen. Am Abend versuchte sie es noch mal, wies darauf hin, daß es Notwehr gewesen sei, daß die Familie seit Jahren mißhandelt worden sei und daß die Frau keine andere Wahl gehabt habe.

David war nicht überzeugt. Er erinnerte sie daran, daß »man da oben nichts anderes tun kann, als zu trinken. Manche Saufgelage dauern Tage. Kaum versieht man sich, gibt es Streit, und jemand wird umgebracht. Das passiert dort andauernd. Davon abgesehen hat sie inzwischen bestimmt schon einen Anwalt.«

Sylvia versicherte ihm, daß Lucy Menard keinen Anwalt habe. Ebensowenig habe sie Geld oder eine Familie, die sie unterstützen könne. Sie erklärte, daß es Lucy anscheinend egal sei, was mit ihr geschehe. Das einzige, was sie interessiere, seien die Kinder, fünf Mädchen und zwei Jungen, die jetzt in der Obhut der Jugendfürsorge seien.

Erst als sie ihm von den Kindern erzählte, war er bereit, den Fall zu übernehmen.

Menard hatte zu seiner ältesten Tochter Bella seit ihrem fünften Lebensjahr eine inzestuöse Beziehung. Als Bella von zu Hause wegging, nahm er die Nächstälteste. Kurz bevor er erschossen wurde, gab es die ersten Anzeichen dafür, daß er sich nun für die Vierjährige interessierte. Das überraschte Lucy nicht, obwohl sie gehofft hatte, daß er seine Aufmerksamkeit auf die ältesten Mädchen und sie selbst beschränken würde.

Es war ihr nie in den Sinn gekommen, daß er kein Recht darauf hatte, von den Körpern seiner Kinder Gebrauch zu machen. Sie war das von ihrem Stiefvater gewohnt. Sie hatte ihn ihre Mutter schlagen und treten sehen. Sie kannte kein anderes Leben. Jedoch nicht die Art und Weise, wie er mit den weiblichen Familienmitgliedern umging, führte zu seinem Tod. Sie fügten sich seinem Mißbrauch mit stoischer Ruhe. Menard wurde wegen seines Sohnes umgebracht.

Sylvia konnte noch immer die leise, ausdruckslose Stimme hören, mit der Lucy Menard beschrieb, wie es sich zugetragen hatte: »Er kam nach Hause und schlug mich. Er sagte, er würde mich eines Tages kaltmachen und die Mädchen auch. Er trank schwarzgebrannten Fusel, und das machte ihn verrückt.

Ich machte Abendessen, denn wenn er gegessen hatte, war er meistens sofort weg. Ich stellte den Teller hin, und er schlug mich mit der Faust. Ich fiel hin, und er trat mich. Hier. In den Bauch. Dann fing er an, mich mit den Fäusten zu bearbeiten.

Und dann sah ich Timothy mit dem Gewehr, und ich wußte, er würde ihn umbringen, und das schien nicht richtig zu sein, daß er es tat anstatt ich. So sagte ich: ›Tu's nicht, Timmy, tu's nicht‹, und er drehte sich rum und sah das Gewehr und griff nach Timmy und haute ihm eine rein. Ich hob das Gewehr auf und sah, daß es Zeit war, und zog den Abzug.«

Von allen Fällen, die David übernommen hatte, war der Fall Menard derjenige, auf den Sylvia am stolzesten war. Lucy wurde des Totschlags für schuldig befunden, aber wegen mildernder Umstände auf Bewährung freigelassen. Für Sylvia war es nur wichtig, daß Lucy frei war, aber David sprach nie wieder über den Fall, und sie wußte, daß er das Urteil als Niederlage empfand. Wenn sie ihn jetzt betrachtete, fragte sie sich, ob er jemals an Lucy Menard dachte und an die Rolle, die er in ihrem Leben gespielt hatte.

David war fertig mit Schinken und Eiern und fragte: »Was hast du gestern gemacht?«

»Nichts Besonderes. Anne kam für eine Weile vorbei. Wir saßen nur so rum. Wie war deine Fahrt?«

»Sie hat sich gelohnt. Craig hat mich begleitet und in der Zeit Besuche gemacht. Er ist ein angenehmer Begleiter.«

»Wie geht es ihm?« fragte sie rasch voller Interesse.

»Gut. Er war draußen im Busch und hat sich auf irgendeiner Insel ein Blockhaus gebaut. Er sieht großartig aus.«

»Er sieht immer großartig aus. Warum lädst du ihn nicht mal abends ein? Ich würde ihn gern wiedersehen.«

»Das habe ich schon. Ich habe ihn zum Essen eingeladen. Er sagte, ich solle dich erst fragen, ob du einverstanden bist.«

»David, ich wüßte nicht, wen ich lieber sähe. Soll ich ihn anrufen, oder tust du es?«

»Ich werde mit ihm sprechen. Hast du Zeit, meinen Anzug von der Reinigung abzuholen?«

»Ich werde mir die Zeit nehmen, wenn du ihn brauchst.«

»Gut. Grasski kommt morgen. Ich *werde* ihn brauchen.«

»Grasski. Ist das der Frauenmißhandler? Oder ist das der, der seinen Partner versichert hat, kurz bevor er in der Fabrik verbrannte?«

»Du meine Güte, Sylvia, wie redest du denn? Die Frau ist nicht mißhandelt worden. Sie ist über den Teppich gestolpert und die Treppe runtergefallen. Und was das Feuer betrifft...«

Sylvia tätschelte seinen Arm. »Entschuldige, David. Ich bringe bloß diese Leute immer durcheinander. Wer ist Grasski?«

»Erinnerst du dich an den Einbruch in New Toronto? Vor drei Jahren? Der arme Kerl hatte etwas getrunken und wollte eine alte Freundin besuchen. Leider war sie aber umgezogen. Anstatt nun zu erklären, daß sie dort nicht mehr wohnte, riefen die neuen Bewohner die Polizei. Die ganze Sache hätte gar nicht passieren müssen.«

Sylvia überlegte einen Augenblick. »Ich erinnere mich. Er war sturzbetrunken. Er verschaffte sich gewaltsam Zutritt und drohte, alles kurz und klein zu schlagen, wenn sie nicht herunterkäme und mit ihm spräche. Es war niemand da außer zwei Frauen, die zu Tode erschrocken waren. Als sie die Polizei riefen, floh er in seinem Wagen, durchbrach eine Straßensperre, machte zwei Polizisten lebenslänglich zu Krüppeln und überfuhr einen Fußgänger.«

»Genau. Wenn die beiden Frauen ihren Verstand benutzt hätten, wäre das alles nicht passiert.«

»Ist das nicht der Mann, der noch nie vor die Geschworenen getreten ist, David?«

»Warum sollte er für einen Tag auf seinen Lohn verzichten, wenn wir vorher schon wissen, daß die Sache vertagt wird. Jedenfalls zieht sie sich schon seit drei Jahren hin. Ich bin froh, daß sie endlich erledigt ist.«

»Du sagtest, daß sie morgen ansteht. Wie kann sie dann erledigt sein?«

»Wir haben einen Vergleich ausgearbeitet.«

Sylvia starrte ihn an. »Was für einen Vergleich?«

»Einen für beide Parteien fairen Vergleich.« Als er ihr Mißfallen bemerkte, fügte er hinzu: »Sei doch nicht so naiv, Sylvia. Du weißt so gut wie ich, wie das läuft.«

Sylvia stand auf und begann, den Tisch abzuräumen. »Das weiß ich nicht, David. In letzter Zeit gibt es eine Menge Dinge, die ich überhaupt nicht verstehe.«

Er stürmte an ihr vorbei und griff sich im Flur seine Aktentasche. Als er die Tür öffnete und in die Auffahrt trat, huschte ein zottiger schwarzer Körper unter seinem Wagen hervor und brachte sich unter der Hecke in Sicherheit.

David schlug mit der Aktentasche gegen die Hecke, dann hämmerte er an die Tür, bis Sylvia erschien. »Ich habe dir gesagt, daß du diesen Kater wegschaffen sollst. Ich will nicht, daß er sich hier herumtreibt. Entweder du machst das, oder ich rufe beim Tierschutzverein an, und der kümmert sich dann darum.«

Er sah erhitzt aus, und der weiße Fleischwulst über seinem Kragen war hochrot. Für einen Mann, der berühmt dafür war, niemals die Ruhe zu verlieren oder im Gerichtssaal die Stimme zu erheben, war dieser Wutausbruch völlig uncharakteristisch.

Mit ausdrucksloser Miene und ruhiger Stimme sagte Sylvia: »David, was in aller Welt ist nur mit dir los? Wenn du nicht aufpaßt, wirst du einen Herzinfarkt bekommen.«

David starrte sie an, sein Mund war eine einzige schmale Linie. »Ich will diesen Kater hier nicht noch einmal sehen. Tu etwas dagegen. Und zwar heute.«

Sylvia sagte nichts.

David stieg in den Wagen und schlug die Tür zu.

Ciba lag unter der Hecke. Seine großen grünen Augen starrten Sylvia an. Sein Schwanz schlug durch das feuchte Gras. Kaum war der Wagen außer Sicht, kroch der Kater unter der Hecke hervor und stolzierte zielbewußt auf Sylvia zu. Seine Beine waren stocksteif, und sein Schwanz schlug fortwährend hin und her. Er sah so bösartig aus, daß Sylvia unwillkürlich einen Schritt zurücktrat, als er sich ihr zu Füßen warf. Eine Tatze lag über ihrem Fuß, die Krallen fest im Riemen ihrer Sandale. Vorsichtig beugte sie sich vor und hob die Tatze an. Blitzschnell bewegte sich der Kopf, und der kräftige Kiefer schloß sich um ihr Handgelenk. Für einen Sekundenbruchteil hielt er sie fest, dann ließ er los und rieb seinen Kopf an ihrem Knöchel.

Die einzige Spur auf ihrem Arm war ein winziger Abdruck von

einem seiner Fangzähne. Sie trat vorsichtig von ihm zurück. So abgezehrt er auch war, die Kraft seines Bisses war tödlich.

Sylvia empfand keine tiefe Zuneigung für den Kater. Sie hätte ihn gern einem barmherzigen Samariter übergeben, der ihn wieder gesund pflegen würde. Aber sie hatte nicht die Absicht, ihn töten zu lassen. Sie wußte nicht, wie sie mit Davids Ultimatum umgehen sollte. Sie beschloß, später darüber nachzudenken.

Es war Nachmittag, als David anrief und sagte, sie solle nicht mit dem Abendessen auf ihn warten, da er eine wichtige geschäftliche Verabredung habe.

Sie legte die angetauten Steaks in den Kühlschrank und schaute im Gemüsefach nach, ob sie noch genügend frische Zutaten für einen Salat hatte. Es gab einen viertel Kopf Salat, der an den Rändern braun wurde, und eine einzige Tomate. Eine kurze Fahrt zum Gemüsemarkt stand an.

Ciba lag auf der Veranda. Sie wäre fast über ihn gestolpert, als sie aus der Tür trat. Gähnend und sich streckend erhob er sich. Sie strich über seinen Rücken und fühlte die Rückenwirbel.

»Zwei Dosen am Tag, und trotzdem bestehst du nur aus Haut und Knochen. Wie lange soll das noch dauern, bis du aufgepäppelt bist?«

Er hob sich auf die Hinterbeine und rieb seinen Kopf an ihrer Hand. Sie setzte sich auf die Stufe, und er setzte sich auf die Hinterpfoten und blickte sie an.

»Hör zu. Du kannst nicht für immer hierbleiben. David will dich hier nicht haben.«

Der Kater erwiderte ihren Blick, als verstünde er jedes Wort.

»Ich schlage dir einen Handel vor. Du bleibst außer Sicht, wenn David da ist, und ich kümmere mich um dich, bis du wieder für dich selbst sorgen kannst. Okay?«

Sollte sie ihn einsperren, damit er auch da war, wenn sie mit ihm zum Tierarzt wollte? Sie entschied sich dagegen, lieber wollte sie einkaufen gehen und so bald wie möglich zurückkommen. Als sie die Auffahrt hinunterfuhr, drehte sie sich um und sah ihn reglos dasitzen wie eine Statue.

Zuerst hielt sie beim Gemüseladen, wo sie Tomaten, frischen Spinat und einen Kopf Salat auswählte. Als sie an der Gefriertruhe vorbeikam, sah sie eine Packung gefrorene Leber und legte sie ebenfalls in den Einkaufskorb. Obwohl Leber zu Davids Lieblingsgerichten gehörte, kaufte sie sie selten. Sie haßte es, sie zuzubereiten. Aber diese war nicht für David, sondern für Ciba. Je schneller er sich erholte und weiterzog, desto besser.

Sie beugte sich ins Auto, um die Einkäufe auf dem Rücksitz zu verstauen, als das Handgemenge ausbrach. Sie schaute gerade rechtzeitig auf, um zu sehen, wie ein muskulöser Teenager eine ältere Frau gegen eine Hauswand stieß. Er zerrte an der Handtasche der Frau. Sie hielt den Riemen umklammert und schrie um Hilfe. Sylvia sah das scharfe Blitzen eines Messers, sein wütendes, verzerrtes Gesicht, die Hilflosigkeit des weißhaarigen Opfers. Rasender Zorn, der aus ihrem tiefsten Inneren kam, schoß durch ihren Körper.

Erbost über den Widerstand, ließ der Junge die Tasche los und schlug mit der Faust zu. Die alte Frau sank stöhnend zu Boden. Ihr Angreifer riß die Handtasche aus ihrer schlaffen Hand und begann zu laufen. Niemand bewegte sich. Es ging viel zu schnell.

Er lief in Sylvias Richtung. In einer Hand baumelte die Tasche, aus der anderen ragte das unbenutzte Messer hervor. Sie wartete. Wie bei einer Standaufnahme, die sich allmählich in Bewegung setzt, traten die Passanten zurück und gaben den Weg frei. Der Teenager, ganz mit seiner Flucht beschäftigt, blickte nur geradeaus.

Als er Sylvias Höhe erreichte, machte sie eine halbe Drehung und stellte ihm in vollem Lauf ein Bein. Mit einem dumpfen Schlag fiel er zu Boden, wobei er den Fall mit den Ellbogen auffing. Wie besessen raffte er sich wieder auf. Mit der Handkante schlug Sylvia gegen seinen Wangenknochen, und er ging wieder zu Boden.

In der Ferne hörte sie die Frau wimmern, aufgeregte Stimmen nach einem Krankenwagen rufen, die Geräusche von laufenden Schritten. Mühsam richtete er sich halb auf. Sylvia stieß mit dem Knie unter sein Kinn. Sein Kopf flog zurück. Er schrie. Sie ergriff ein Büschel Haare, zog seinen Kopf hoch und schlug ihm mit flacher Hand ins Gesicht. Blut strömte aus seiner Nase. Ein eiförmiger, dunkelroter Abdruck erschien auf seiner Wange. Die Tasche und das Messer lagen noch dort, wo sie hingefallen waren.

Sie fuhr fort, auf ihn einzuschlagen, bis zwei Polizisten sie fortzogen und ihre Arme festhielten. Die Stimmen, die anfangs gedämpft klangen wie bei einem schlecht eingestellten Sender, wurden allmählich lauter, als werde er jetzt richtig eingestellt. »Heilige Maria, Mutter Gottes, Sie bringen ihn ja um.«

Mit den Stimmen wurde auch die Umgebung wieder scharf. Sylvia sah die Szene wie von außen, so als würde sie von einem der oberen Fenster herunterschauen. Sie sah den Menschenauflauf, die Ankunft des Krankenwagens, die Frau, die auf eine Bahre gelegt und abtransportiert wurde, den Jungen, der bewußtlos zu ihren Füßen lag. Und daneben eine attraktive, gutgekleidete Frau, die von zwei aufgeregten Männern in Blau festgehalten wurde. Es war wie das Erwachen aus einem Traum. »Was ist passiert?« fragte sie.

Der Polizist zu ihrer Rechten sagte: »Lady, Sie sind gefährlich. Sie hätten den Kerl fast umgebracht. Ich muß Sie festnehmen.«

»Mich festnehmen?« Langsam kam sie wieder zu sich und sagte: »Er hat die Frau überfallen. Er hat sie niedergeschlagen und ihre Handtasche geraubt.«

»Sie hätten ihn fast umgebracht«, wiederholte der Beamte. Er war wütend und konnte es gar nicht fassen. »Sie können nicht einfach hier herumlaufen und sich so benehmen.«

»Er hätte *sie* umbringen können«, konterte Sylvia.

»Es ist mir egal, was er getan hat. Sie können das Recht nicht einfach selbst in die Hand nehmen. Sie müssen mit aufs Revier kommen.«

»Heißt das, Sie wollen mich anzeigen?«

»Ja«, schnappte er, unerbittlich wie eine Bulldogge.

»Und was werfen Sie mir vor?«

Verdutzt suchte er nach einer Antwort. Sie konnte geradezu sehen, wie es in ihm arbeitete. Nach einer langen Pause erwiderte er schließlich mit offenkundiger Erleichterung: »Notwehrexzeß.«

Diesmal war es Sylvia, die es nicht glauben konnte. »Herr Wachtmeister«, sagte sie ruhig, »er hatte ein Messer. Er war bewaffnet.« Sie streckte beide Hände aus, die Handflächen nach oben. »Notwehrexzeß? Das kann doch nicht Ihr Ernst sein!«

Er starrte sie an. Die Umstehenden wurden unruhig, fingen an zu murmeln. Der Polizeibeamte blickte hinunter auf den zusammengekrümmten Jungen, der auf dem Gehweg lag. »Wenn das kein Notwehrexzeß ist…«, knurrte er. Dann: »Wer sind Sie? Haben Sie den schwarzen Gürtel?«

»Nein«, antwortete Sylvia. »Aber ich habe Selbstverteidigung gemacht. Ihr Chef hat gesagt, Frauen sollten Selbstverteidigung lernen.«

Der Beamte warf seinem Kollegen einen schnellen Blick zu. Der Kollege schaute weg. Ein Mann rief: »Was ist los, Bulle, haste Angst, deinen Job zu verlieren?« Eine Frau schrie: »Schämen Sie sich, Wachtmeister.« Das Gesicht des Beamten wurde dunkelrot.

»Ich muß Ihren Namen aufnehmen.«

Sylvia reichte ihm ihren Führerschein. Er notierte ihre Personalien und gab ihn ihr zurück. Sie steckte ihn in die Tasche und stieg ins Auto. Der zweite Beamte trat an die Beifahrerseite, beugte sich hinunter und sagte: »Wir werden uns melden, Madam.« Er war höflich, fast entschuldigend.

»Natürlich.« Sie lächelten einander an. Sie startete den Wagen und fuhr vorsichtig aus der Parklücke. Erst als sie fast zu Hause war, fiel ihr Davids Anzug ein.

Sie fuhr einmal um den Block und zurück zum Lakeshore Boulevard. Ein Feuerwehrwagen heulte hinter ihr, und sie lenkte zum Straßenrand, um ihn vorbeizulassen. Jedesmal, wenn sie die Sirene hörte, dachte sie an die Tragödie, die dahinterstand. Irgendeines Menschen Leben veränderte sich unwiderruflich, während die übrige Welt wie immer ihren Geschäften nachging. Die alte Frau war einer dieser Fälle. Sylvia fragte sich, wie schwer sie verletzt war und ob sie sich erholen würde. An den Jungen, der sie überfallen hatte, verschwendete sie keinen Gedanken. Sie hatte ihn bereits aus ihrer Erinnerung gelöscht.

Als sie schließlich heimkam, wartete Ciba noch auf derselben Stufe, wo sie ihn verlassen hatte. Sie packte die Einkäufe weg, hängte Davids Anzug in den Schrank und holte den Katzenkäfig aus dem Keller.

Als Ciba sie mit dem Käfig herauskommen sah, wurde er steif und wich zurück, bis sich sein Körper flach an die Wand preßte.

Sylvia hob ihn an den Schultern hoch und sprach leise auf ihn ein, um ihn zu beruhigen. Er spreizte die Beine gegen den Käfig und schlug mit den Hinterläufen aus, wobei er ihren Arm zerkratzte. Sie zwängte ihn hinein.

Im Auto schrie er vor Zorn und riß an dem Gitter, bis seine Pfoten blutig waren. Als sie endlich in der Klinik ankamen, waren sie beide völlig erschöpft. Die tiefe Wunde in seinem Nacken, die teilweise bereits abgeheilt war, hatte sich geöffnet, und karmesinrote Tropfen befleckten seine weißen Pfoten und die weiße Brust. Er war still wie der Tod, aber die Atmosphäre um ihn herum war wie aufgeladen. Sylvia war schweißnaß, und Blut sickerte aus den Kratzwunden auf ihrem Arm. Beide wirkten furchterregend, wie sie in das ruhige Wartezimmer eintraten.

Sylvia stellte den Käfig auf den Boden und ließ sich auf den nächsten Stuhl fallen. Ciba kauerte sich lautlos und bedrohlich zusammen. Eine dicke Frau mit einem Pekinesen auf dem Schoß begab sich auf die andere Seite des Raumes. Ein riesiger Schäferhund, der von einem Herrn im Tweedanzug gehalten wurde, zerrte an seiner Leine und schnupperte an dem Käfig, dann zog er sich mit geducktem Kopf und eingezogenem Schwanz zurück. Niemand sprach ein Wort.

Als sie schließlich ins Behandlungszimmer gerufen wurden, bekam Dr. Wollmer große Augen und zischte durch die Zähne, eine Angewohnheit, die er, wie Sylvia seit langem vermutete, von seinen Patienten übernommen haben mußte. Der Zustand von Sylvia und dem Kater überraschte den Tierarzt, der sonst eher eine wohlerzogene Kundschaft von manierlichen Haustieren gewohnt war. Er bestand darauf, daß sie zunächst einmal den Käfig auf dem Boden abstellte und er ihren Arm säubern und verbinden konnte.

»War das dieser Kater, Mrs. Jenning?« Die Besorgnis verstärkte seinen Akzent, so daß er schwerer zu verstehen war als sonst.

Sylvia nickte.

Sein Gesicht drückte Mißbilligung aus. »Wollen Sie, daß ich ihn töte?« fragte er.

»Natürlich nicht.« Die Frage kam überraschend. Wollmer empfand eine tiefe Zuneigung zu Tieren und stellte deren Wohlergehen über das der meisten Menschen. »Ich möchte, daß Sie seine Halswunde behandeln. Ihn kastrieren. Ihn impfen und baden. Er sieht schrecklich aus.«

Wollmer schüttelte den Kopf. »Er ist gefährlich, dieser Kater.«

Sylvia hob den Käfig hoch und stellte ihn auf den Tisch. »Der Käfig hat ihn erschreckt. Jetzt geht es wieder. Er wird Ihnen keine Schwierigkeiten machen.«

Der Tierarzt betrachtete vielsagend ihren Arm.

»Dr. Wollmer«, drängte Sylvia, »ich komme schon seit Jahren zu Ihnen. Sie sagen, ich sei eine Ihrer besten Klientinnen. Ich möchte, daß Sie sich um diesen Kater kümmern. Er wird keine Schwierigkeiten machen.«

Schließlich erklärte Wollmer sich bereit, den Kater zu behandeln, aber nur wenn Sylvia ihn aus dem Käfig nahm und festhielt, während er ihn untersuchte. Ehe sie die Käfigtür öffnete, sagte sie eindringlich: »Ciba, diese Leute werden dich gesund machen. Ich will, daß du dich benimmst.«

Ruhig kam er aus dem Käfig und gestattete ihr, seine Beine festzuhalten, während Wollmer seinen Hals behandelte. Als er soweit war, daß er nach unten ins Katzenzimmer gebracht werden konnte, übergab sie ihn dem jungen Mädchen, das sich um die Tiere kümmerte, die zur Behandlung dort blieben. Er wehrte sich nicht, aber er beobachtete Sylvia und reckte den Kopf über die Schulter des Mädchens, bis sie die Treppe hinunter und außer Sicht waren.

Es war fast dunkel, als Sylvia wieder in die Auffahrt einbog. Nachdem sie Millie gefüttert hatte, machte sie sich einen Salat und einen Krug Eistee. Wäre David zu Hause, hätten sie im Eßzimmer gegessen. Da sie allein war, entschied sie sich für die Terrasse. Das Haus war ein Teil der Straße, und die Straße war ein Teil der Stadt; die Terrasse war ein Teil des Gartens, abgelegen, privat, eine andere Welt.

Sie stellte die Rückenlehne der gepolsterten Sonnenliege halb hoch, lehnte sich zurück und ließ sich in einen angenehmen Dämmerzustand fallen, in dem sie weder ganz wach war noch schlief. Es war ein anstrengender Tag gewesen. Als sie schließlich in die Wirklichkeit zurückkehrte, war die Sonne untergegangen und der erste Stern zu sehen. Das Gebüsch sah dunkel und undurchdringlich aus.

Ein flatterndes Wesen, größer als ein Schmetterling, aber kleiner als ein Vogel, kam über den Swimmingpool herabgeschossen. Sylvia griff nach einem Handtuch auf dem Geländer und wedelte damit über ihren Kopf. Fledermäuse, hatte man ihr erzählt, bauen Nester in deinem Haar. Diese Fledermaus kam jeden Abend, wenn es dunkel wurde, und blieb so lange, bis sie Sylvia ins Haus getrieben hatte. Wenn das Wetter schön war, wartete sie, bis die Fledermaus verschwunden war, kehrte dann wieder auf die Terrasse zurück und blieb manchmal bis Mitternacht dort sitzen. Obwohl der Himmel heute klar war, blieb sie im Haus. Ruhelos machte sie die Küche sauber, räumte das Wohnzimmer auf und schaltete den Fernseher an und wieder ab, als sie feststellte, daß es nichts Interessantes gab.

Es war heiß und stickig im Haus. Sylvia war gelangweilt und ruhelos. Heute hätte sie sich über Davids Gesellschaft gefreut, selbst wenn sie einander nicht viel zu sagen hatten.

Um zehn Uhr stellte sie die Nachrichten an und sah eine Reihe von Filmberichten, die schauriger waren als mancher Thriller im Spätprogramm. Die Situation im Nahen Osten verschlimmerte sich. Immer mehr Atomwaffen wurden produziert. Die Iren brachten sich gegenseitig um, die Lebenshaltungskosten stiegen weiterhin. Es war zu überwältigend, um es zu verstehen.

Anschließend folgten die lokalen Nachrichten, und sie reduzierten den unpersönlichen Schrecken der weltweiten Ereignisse auf ein Maß, das verständlicher, aber gleichzeitig unendlich erschreckender war. Bei einem Schwelbrand, ausgelöst durch Rauchen im Bett, kamen drei Menschen ums Leben. Eine Bank im Stadtzentrum wurde überfallen, und der Besitzer eines Milchladens war mit der Pistole bedroht und ausgeraubt worden. Wieder war eine Frau beim Verlassen der Untergrundbahn verfolgt, auf ein leeres Grundstück gezerrt und mit einem Messer an der Kehle vergewaltigt worden. Der Sprecher vermittelte den Eindruck, der Frau sei aber kein Schaden zugefügt worden, da ihr weiter nichts passiert sei. Sylvia schaltete das Gerät aus und ging nach oben.

Sie schlug das Bett auf, zog sich aus und wickelte sich in ein

Badetuch. Für einen Augenblick stand sie am Fenster und sah hinunter auf den Garten. Selbst in einer dunklen Nacht ohne Mondlicht warf der Swimmingpool mit den cremefarbenen Kacheln und der weißen Umrandung einen blassen Schimmer auf den Garten.

Die Südseite des Schlafzimmers bestand aus einer Fensterfront, die eine ungestörte Aussicht auf das Grundstück bot, aber vor den letzten Fenstern auf der rechten Seite ragten die Zweige des alten Fliederbusches empor. Als sie damals einzogen, wollte David den Baum beschneiden, aber sie hatte es ihm ausreden können. Im Frühling erfüllte der Flieder das Zimmer mit einem leichten, köstlichen Duft. Und an heißen Sommermorgen war es angenehm, beim Aufwachen grüne Blätter zu sehen und die Vögel in den Ästen zwitschern zu hören. David fand, der Baum sei eine Einladung für Spanner. Sylvia meinte jedoch, das sei lächerlich, da die dünnen Äste unter dem Gewicht brechen würden.

Der Pool sah einladend aus. Sie schaltete das Licht aus und ging wieder nach unten.

Anders als David schwamm sie oft nach Einbruch der Dunkelheit. Er benutzte den Pool kaum. Wenn er zu Hause war, saß er meistens mit seinen Papieren im Arbeitszimmer. Soviel zu unserem Zusammenleben, dachte sie, als sie das Handtuch am Rand des Pools fallenließ und am tiefen Ende geräuschlos ins Wasser glitt.

Das warme Wasser fühlte sich wie Seide auf ihrer Haut an. Das schönste am Schwimmen in der Nacht war, daß sie keinen Badeanzug tragen mußte. Sie schwamm schnell, bis ihre Arme ermüdeten, dann hockte sie sich vor die Düse und ließ den Wasserstrahl zwischen ihren Schulterblättern pulsieren. Sie war noch im Pool, als Davids Wagen in die Auffahrt bog.

Die Eingangstür war offen, aber die zweite Tür mit dem Fliegendrahtgitter war abgeschlossen. Sie wickelte das Handtuch um ihren nassen Körper und rief ihm zu, daß er durch das Gartentor kommen solle. Als sie ihn am Riegel fummeln hörte, wußte sie, daß er getrunken hatte.

»Mein Gott, Sylvia, was tust du allein hier draußen?« Vorwurfsvoll sah er sie an. »Du bist geschwommen. Allein.« Er schlug einen Zipfel des Handtuchs hoch. »Ohne was an. Mein Gott, du bist verrückt. Wie oft soll ich dir noch sagen, daß du dich nicht solchen Gefahren aussetzen sollst?«

Sylvia wandte sich ab. »David, du bist schlimmer als ein altes Weib. Ich bin hier sicher. Nichts wird passieren.«

Er folgte ihr über den Rasen, vorsichtig, um nicht zu stolpern. »Du hast ja nicht die geringste Ahnung! Du weißt nicht, was los ist! Auf dieser Welt herrschen die Gesetze des Dschungels, und du tust so, als wäre es eine verdammte Teeparty.«

»O David, du beschäftigst dich so viel mit Verbrechen, daß du die Perspektive verlierst. Es gibt noch eine Menge normale, anständige Menschen.«

»Verdammt.« Er stampfte über die Terrasse. »Ich komme gerade von einem deiner normalen, anständigen Menschen. Sieht aus wie ein Sängerknabe. War drei Jahre verheiratet. Hat ein zehn Monate altes Kind. Es heißt, er habe fünfzehn Frauen vergewaltigt und eine mit einem Messer umgebracht. Im vergangenen Jahr. Und du willst mir erzählen, daß ich mir keine Sorgen machen muß?«

Mit ruhiger, ausdrucksloser Stimme fragte Sylvia: »Ein neuer Mandant?«

»Ja, ein neuer Mandant.« Er klang müde.

»Und hat er das wirklich alles getan?«

David schob die Terrassentür zur Seite und schaltete drinnen das Licht an. »Das wird ihm vorgeworfen«, korrigierte er sie.

»Und wirst du ihn verteidigen?«

»Ja, ich werde ihn verteidigen.«

Sie kannte ihn gut genug, um zu wissen, daß er darüber nicht diskutieren wollte, und ihr wurde wieder einmal bewußt, wie weit sie sich voneinander entfernt hatten. Es gab Zeiten, in denen sie das Gefühl hatte, der untersetzte, gut gekleidete Mann, mit dem sie zusammenlebte, sei ein Fremder, in ihr Bett gezaubert durch eine erwachsene Version jener Fee, die ihr in ihrer Kindheit Pennies unter dem Kopfkissen hinterlassen hatte, während ihre Freundinnen Dimes und Quarters erhielten.

»Aber David, warum, wenn er schuldig ist?«

Er starrte sie an. Dann sagte er, als spräche er mit einem Kind.

»Du weißt genausogut wie ich, daß er nicht schuldig ist, solange kein Schuldspruch vorliegt. Er hat ein Recht auf die bestmögliche Verteidigung.«

Noch lange nachdem ihr Mann eingeschlafen war, lag Sylvia wach und starrte an die Decke. Sie war gerade am Einschlafen, als sie ein leises, kratzendes Geräusch am Fenster vernahm.

Die Zweige sollten beschnitten werden, dachte sie schläfrig. Sonst werden sie noch ein Loch ins Fliegengitter machen.

Als sie am nächsten Morgen aufwachte, fühlte sie sich erschöpft. Es dauerte länger als sonst, bis sie bei ihren Gymnastikübungen ihre gewohnte Form erreichte. Nach dem Duschen machte sie Frühstück und hatte das Loch im Fliegengitter bereits völlig vergessen.

Als sie später am Tag Ciba abholte, erkannte sie ihn kaum wieder. Sein Körper war immer noch hager und stand in keinem Verhältnis zu seiner Größe, aber sein bislang schäbiges Oberfell glänzte blauschwarz über dem dunklen, sandfarbenen Ton des Unterfells. Sein eckiger Kopf, auf einem Hals so dick wie sein Körper, war massig.

»Er ist wunderschön«, staunte Sylvia.

»Er ist seltsam«, sagte Dr. Wollmer. Das war kein Kompliment.

»Hat er sich schlecht benommen?«

Wollmer schüttelte den Kopf. »Er hat sich nicht gerührt. Hat nicht geschrien, ist nicht rumgelaufen, nichts. Er saß da und wartete.«

Als Sylvia ging, rief er ihr nach: »Dieser Kater schnurrt überhaupt nicht. Das ist sehr ungewöhnlich. Wenn eine Katze nicht schnurrt, stimmt etwas nicht.«

Später, als sie auf der Terrasse in der Sonne saß, fiel ihr die Bemerkung wieder ein. »Er macht nichts. Er sitzt da und wartet.« Vielleicht warte ich auch, dachte sie. Aber worauf?

Die alljährliche Poolparty der Jennings am Ende des Monats war wie immer ein Erfolg. Sylvia servierte eisgekühlte Gazpacho, Berge von kaltem Hummer und geeiste Melonenbällchen. David servierte Scotch, Rye, Bacardi und Perrier mit Unmengen von Eiswürfeln aus Perrier. Alle außer Sylvia amüsierten sich.

Früher hatte es ihr gefallen, Davids Kollegen kennenzulernen, jetzt fand sie es langweilig. Aus den eifrigen jungen Männern waren Profis in Nadelstreifen mit der öden Phantasie von Bankiers geworden. Zum Schutz gegen die Langeweile hatte sie David gebeten, Craig Faron einzuladen. Da Craig sich wegen einer bereits zugesagten Verpflichtung entschuldigte, lud sie Anne ein.

Obwohl der Tag brütend heiß war, schien sich niemand fürs Schwimmen zu interessieren. Wie üblich spaltete sich die Gesellschaft in zwei Gruppen, die durch das Geschlecht vorbestimmt waren. Die meisten Ehefrauen versammelten sich im Schatten am Ende des Gartens. Die meisten Männer standen um Davids improvisierte Bar herum.

Anne sprach mit den Männern. In der einen Hand hielt sie einen Drink, mit der anderen wedelte sie unter John Simmonds aristokratischer Nase herum. »Das Gesetz«, rief sie schrill, »ist dummes Zeug.«

Der Seniorchef von Simmonds und Woodhouse wich zurück, als hätte sie ihn geschlagen. »Gute Frau, das Gesetz ist die Grundlage der Gesellschaft.« Sein sauberer weißer Schnäuzer zuckte.

Anne grinste. »Erzählen Sie das nicht mir, sondern Charles Dickens. Er hat das gesagt. Glauben Sie, die Dinge haben sich gebessert seit Oliver Twist und Little Nell?«

David nahm Annes Glas und füllte es nach. »Hör nicht auf sie, John. Sie meint nicht die Hälfte von dem, was sie sagt.«

»Dann lösen Sie mir dieses Rätsel, Mr. Jenning. Warum kommen nur die Armen ins Gefängnis?«

»Das ist nicht wahr. Was ist mit Peter Demeter?«

»Und Sam Sheppard?«

»Und Jean Harris?«

»Genau«, sagte Anne. »Eine Handvoll Ausnahmen, die die Regel bestätigen.«

»Die Wahrheit ist die, Anne, daß die meisten Straftaten von armen Leuten begangen werden.« David klang wie ein Erzieher im Kindergarten.

Du meine Güte, hört er sich selbstgefällig an, dachte Sylvia. Selbstgefällig und gönnerhaft.

»Siebzig Prozent aller Straftaten werden auf Angehörige der

Gruppe mit niedrigem Einkommen oder jenseits der Armutsgrenze zurückgeführt«, fuhr er fort. »Die meisten Gewalttaten werden von jungen Männern zwischen vierzehn und fünfundzwanzig verübt. Wenn also weniger wohlhabende Menschen im Gefängnis sind, liegt das daran, daß die Wohlhabenden dazu neigen, weniger Straftaten zu begehen. So einfach ist das.«

»So'n Scheiß.«

John Simmonds ließ sein Glas fallen. Davids Gesicht wurde dunkelrot. Die Damen im Schatten drehten die Köpfe herum, als wären sie alle mit einem Faden verbunden. Amüsiert stellte Sylvia fest, daß es an der Zeit war einzuschreiten.

»Anne, könntest du mir in der Küche helfen?«

Außer Hörweite sagte Sylvia: »Warum machst du das nur? Du weißt doch, wie die Leute sich aufregen.«

Annes dunkle Augen funkelten. »Sie sind so verdammt selbstgerecht. Tut ihnen gut, etwas aufgerüttelt zu werden.«

Sylvia lachte. »Es ist hoffnungslos mit dir. Kein Wunder, daß Ken abgehauen ist.«

»Halt, halt. *Ich* habe *ihn* verlassen. Erinnerst du dich?«

»Wie auch immer.« Sylvia warf ihr ein Handtuch zu. »Hier, mach dich nützlich.«

Anne stellte ihr Glas auf den Tisch und trocknete gehorsam ab. »Ich weiß, daß ich eine Nervensäge bin. Aber verdammt noch mal, Sylvia, die ganze Welt ist doch eine einzige Schweinerei. Nimm zum Beispiel David.«

»Ich habe ihn bereits«, erwiderte Sylvia humorlos. Nach kurzem Schweigen fragte sie: »Was ist mit David?«

»Nun, er ist doch ein netter Kerl, oder? Er bezahlt die Rechnungen. Er sorgt gut für dich. Wahrscheinlich würde er nicht lügen, betrügen oder stehlen, um seine Seele zu retten.«

»Ist das schlecht?«

»Das ist gut. Aber er verdient seinen und deinen Lebensunterhalt, indem er Menschen hilft, die lügen, betrügen und stehlen. Auf eine Art ist er also genauso schlecht wie sie. Ohne ihn hätte die Gesellschaft nicht länger unter ihnen zu leiden. Das ist ein Teufelskreis.«

»Anne Campbell, beschuldigst du meinen Mann...«

Anne nahm Sylvia in den Arm. »Ich beschuldige ihn überhaupt nicht. Ich mag ihn, und ich mag dich. Darüber reden wir doch gar nicht.«

»Worüber reden wir denn?«

»Über Gerechtigkeit.«

»Du liebe Zeit, welch hehres Wort.«

»Glaubst du nicht an Gerechtigkeit?«

»Aber natürlich. Ich glaube, der Schuldige sollte bestraft und der Unschuldige freigelassen werden.«

»So'n Quatsch, Sylvia, wenn du das glaubst, dann ist wirklich alles zu spät. Du kannst nicht an die Gerechtigkeit und an das Gesetz glauben. Das sind zwei völlig verschiedene Dinge. Vielleicht gehörten sie einmal zusammen, aber irgendwann haben sie dann verschiedene Wege eingeschlagen.«

Sylvia stellte das letzte Glas zum Abtropfen auf den Geschirrständer und ließ das Wasser ablaufen. Sie wollte es nicht zugeben, aber sie war einer Meinung mit Anne.

»Nehmen wir einmal Davids letzten Fall«, fuhr Anne fort.

»Was ist mit Davids letztem Fall?« fragte David von der Tür aus. Belustigt macht er eine beschwichtigende Geste. »Schon gut. Entschuldige meine Frage. Ich will nur schnell was zum Mixen holen, und dann mache ich mich wieder aus dem Staub.«

Sylvia ignorierte ihn. »Welchen Fall, Anne?« fragte sie.

»Den Kerl, der seinen Spaß daran hatte, Frauen halb tot zu schlagen.«

»Hast du mir davon nicht erzählt, David? Der Fall ist noch nicht verhandelt worden, oder?«

»Er wurde eingestellt.« Er stöberte im Kühlschrank herum und holte ein paar Flaschen Soda heraus.

»Ist der Kerl einfach so davongekommen?«

»Das war keine Frage des Davonkommens, Sylvia. Er wurde freigesprochen.«

»Aber wieso?« fragte Sylvia. »In der Zeitung hieß es, er habe Blut an der Kleidung gehabt. Ein Messer. Zeugen. Eine Frau identifizierte ihn sogar.«

»Es stellte sich heraus, daß das meiste Gerüchte waren«, erklärte Anne trocken, »und nicht einmal in die Akten aufgenommen wurde. Ich habe dein Plädoyer gehört, David. Du warst phantastisch.«

Sylvia bemerkte den sarkastischen Unterton. David nicht. Er sah überrascht und erfreut aus. Falsch vor sich hin pfeifend kehrte er zu seiner Bar zurück. Anne starrte ihm nach, einen harten Zug um den Mund.

»Er hat geglaubt, du meinst das ernst.«

»Natürlich. Er war wirklich phantastisch. Warum sollte er denken, ich meinte es nicht ernst?« Anne setzte sich an den Küchentisch. Sylvia reichte ihr einen neuen Drink, goß sich selbst ein Perrier ein und gesellte sich zu ihr. Sie schien verwirrt.

»Ich verstehe dich nicht, Anne. Du bist eine überzeugte Linke. Du bist gegen die Polizei, die Regierung, die herrschende Ordnung. Du solltest aufstehen und jubeln, wenn jemand wie David die Unterprivilegierten vor dem langen Arm des Gesetzes schützt. Doch du lehnst ihn ab. Warum?«

Anne seufzte. »Das hat nichts mit links oder rechts zu tun, Syl. Jedesmal, wenn ein Mörder freigelassen wird, schadet es uns allen. Wenn diejenigen, die Gesetze brechen, für wertvoller gehalten werden als diejenigen, die sich an Gesetze halten, dann sind wir die Verlierer. Eine Gesellschaft, die ihre Mitglieder nicht schützen kann, ist zum Scheitern verurteilt. Ein System, das derart aus dem Gleichgewicht geraten ist, daß die Wahrheit nebensächlich ist, wird die Bedeutung der Wahrheit aus den Augen verlieren.«

Sie stand auf. »O Gott, es tut mir leid. Mitten auf deiner Party halte ich große Reden. Es wird nicht wieder vorkommen, das verspreche ich dir.« Sie zog Sylvia hoch. »Komm, keine weiteren Predigten mehr. Wir wollen uns amüsieren.«

Der Rest des Nachmittags verlief reibungslos. Anne führte harmlose Unterhaltungen, und David war so freundlich zu ihr wie schon seit Jahren nicht mehr. Eine der Ehefrauen bat Sylvia um ihr Gazpacho-Rezept, und John Simmonds trank genug, um Annes vorherigen Affront zu vergessen.

Dann stand Harold Temple auf, um einen Toast auszubringen: »Auf Sylvia, die perfekte Gattin und ausgeglichenste Frau, die ich kenne.«

David schwoll an vor Stolz. Leicht angetrunken schloß er sich dem Toast an: »Auf Sylvia, mein geliebtes Stepford-Weib.«

Alle lachten, bis auf Anne und Sylvia. Ihnen war Ira Levins Science-fiction-Roman über die zänkischen Hausfrauen, die durch Klonen zu perfekten Gattinnen wurden, viel zu realitätsnah, als daß sie ihn hätten witzig finden können.

Viel später, als die Gäste gegangen und sie allein waren, rief David Sylvia zu einem seiner Kamingespräche ins Wohnzimmer. Mit ernstem Gesicht, eine Tasse Kaffee zum Nüchternwerden in der Hand, sagte er: »Letzte Woche erfuhr ich etwas, Sylvia, das ich einfach nicht glauben kann.«

Mit ruhigem Gewissen wartete sie darauf, daß er fortfuhr.

»Vor ein paar Wochen warst du in einen Vorfall auf einem Parkplatz verwickelt. Du hast einen jungen Mann angegriffen und ihn bewußtlos geschlagen. Es *scheint*, als hättest du ihn angegriffen«, verbesserte er sich. »Die Gerüchte geraten außer Kontrolle. Wenn ich herausbekomme, wer sie in die Welt gesetzt hat, werde ich dagegen vorgehen. Aber ich glaube, im Moment wäre es klug, wenn du mir genau erzählen würdest, was passiert ist. Der Junge heißt Germaine.«

Merkwürdig. Sie hatte die Frau ausfindig gemacht, angerufen, um sich zu erkundigen, ob sie sich nichts gebrochen hatte, Blumen ins Krankenhaus geschickt. Aber an den Jungen hatte sie nicht gedacht. Sie konnte sich nicht einmal erinnern, wie er aussah.

»Nun?«

»Es gab da einen ... einen Vorfall. Einen Handtaschenraub.«

»Jemand hat deine Handtasche geraubt?«

Sie schüttelte den Kopf. »Da war eine alte Frau. Sie wurde überfallen, und ich habe ihr geholfen.«

»Du liebe Güte. Warum hast du mir das nicht erzählt?«

»Du bist so beschäftigt, David. Außerdem warst du nicht da, als es passierte. Und dann ... dann habe ich es wohl vergessen.«

»Vergessen!« Er holte tief Luft. »Du hast ihn also gar nicht richtig geschlagen? Er hat einen älteren Bruder, der behauptet, du hättest versucht, ihn umzubringen.«

»Er wollte weglaufen.«

»Mein Gott, was hast du mit ihm gemacht?«

»Ihm ein Bein gestellt.«

Er sah erleichtert aus. »Ist das alles?«

»Ich schlug ihn, als er aufstehen wollte.«

Er seufzte und schloß die Augen. »Du schlugst ihn. Wie oft?«

»Du liebe Güte, David, ich weiß es nicht. Es ging so schnell. Ich hatte das alles schon ganz vergessen.«

»Du hattest das alles schon ganz vergessen? Es heißt, du hättest ihn krankenhausreif geschlagen. Zwei Männer mußten dich festhalten. Und dir ist das einfach alles entfallen?« Er betrachtete sie, als wäre sie eine Fremde.

Sylvia überlegte, ob er an diesen Vorfall gedacht hatte, als er sie mit den Stepford-Frauen verglich. Es war egal. Sie hatte keine Schuldgefühle. Sie empfand keine Reue. »David«, sagte sie ruhig, »der Junge wurde verletzt. Ich weiß nicht, wie schwer. Ich weiß nur, daß er eine alte Frau überfiel, sie niederschlug und ihr die Handtasche entriß. Und alle standen rum und schauten zu. Ich hätte mich lieber auch nicht eingemischt, aber niemand sonst kümmerte sich darum.«

»Meine Güte, Sylvia, und wenn er gestorben wäre? Begreifst du denn nicht, in welchen Schwierigkeiten du dann wärst?« Erschöpft lehnte er sich zurück. »Ausgerechnet du. Du kannst Blut nicht mal sehen. Ein toter Vogel bricht dir das Herz. Das ergibt doch keinen Sinn.«

Das stimmte. Sie haßte Gewalt. Verabscheute den Anblick von gewaltsam vergossenem Blut. Und trotzdem hatte das Blut des Jungen sie nicht berührt. So wie ein Kassierer Geldnoten in der Bank wie Papier betrachtet und nur seine eigenen Geldscheine wie richtiges Geld, war für sie aus der Nase des Jungen nicht mehr als etwas Rotes geströmt. Sie konnte David das nicht erklären, obwohl sie wußte, daß er eine Erklärung erwartete. Oder eine Entschuldigung. Oder beides. Sie konnte es ihm nicht erklären, weil sie es sich selbst nicht erklären konnte.

Er wollte das Thema nicht weiter verfolgen. Es gab anscheinend nichts hinzuzufügen, und doch war er unzufrieden. Er brauchte irgend etwas, um seinen Gefühlen Luft zu machen. Da fiel ihm Ciba ein.

»Ich habe diesen Kater wieder gesehen, Sylvia.« Unheilvoll.

»Wirklich?« Höfliches Interesse.

»Ich habe dir schon vor Wochen gesagt, du sollst ihn wegschaffen.« Gebieterisch.

»Das tut mir leid. Ich dachte, du hättest gesagt, du wolltest ihn nicht mehr sehen.« Liebenswürdig.

»Nun, ich habe ihn aber gesehen. Wirst du ihn jetzt wegschaffen, oder soll ich das tun?« Nicht zu überbietende Autorität.

»Nein.« Unmißverständlich.

»Nein was?«

»Schlicht und einfach nein, David. Ich werde ihn nicht wegschaffen, und ich will nicht, daß du ihn wegschaffst.«

Er beugte sich vor, die Hände umklammerten die Armlehnen seines Sessels. »Ich weiß nicht, was in dich gefahren ist, Sylvia…«

»David, hör zu«, unterbrach sie ihn, »ich habe in unserer Ehe sehr wenig verlangt.«

»Für jemand, die wenig verlangt, hast du aber ganz bestimmt deinen Anteil bekommen.«

»Ich habe niemals um etwas gebeten«, sagte Sylvia entschlossen. »Ich habe dir niemals widersprochen. Aber das hier ist eine Sache, die ich nicht diskutieren will. Ciba ist nie da, wenn du hier bist. Er darf nie ins Haus. Er stört überhaupt niemanden. Er ist kein Problem. Er bleibt, David. Laß uns darüber nicht noch einmal reden.«

David starrte sie mit offenem Mund an. Er wollte etwas sagen, überlegte es sich anders und lehnte sich schweigend zurück.

Etwas in Sylvias ruhiger, selbstverständlicher Stimme hatte ihm zu verstehen gegeben, daß das Thema beendet war.

3

Juli/August 1984

Die Sommertage reihten sich aneinander wie blasse, gleichförmige Perlen. Der Kater wurde fett. Sylvia blieb schlank und fit. Da sie durch keinerlei Interessen mit der Außenwelt verbunden war, nichts ihre Zeit raubte noch ihre Gedanken beschäftigte, widmete sie sich zunehmend ihrem Körper. Dabei betrachtete sie ihr Äußeres eher abstrakt, frei von Egoismus und Eitelkeit, so wie ihr Auto oder ihre professionelle Fotoausrüstung. Ihr Körper war ein Instrument, das der Pflege bedurfte, wenn es mit reibungsloser Präzision funktionieren sollte.

Eines Tages fuhr sie in die Stadt, um sich neu einzukleiden. Lärm und Hektik trieben sie erschöpft und mit leeren Händen zurück nach Hause.

An einem anderen Tag, als David anrief, weil er ein paar Unterlagen vergessen hatte, brachte Sylvia ihm die Papiere in das Kellerrestaurant in der Nähe seines Büros und aß mit ihm zu Mittag. Er bestellte ein Steak und eine Karaffe Wein. Sie nahm einen Salat und ein Glas Sodawasser.

Und eines Morgens fand sie in Davids Nachttisch die Pistole. Sie öffnete die Schublade, sah sie, und bei diesem Anblick wurde ihr schwindelig. Schnell schloß sie die Schublade wieder und ging nach unten. Sie hatte Gänsehaut auf den Armen, und ihr stand kalter Schweiß auf der Stirn. Sie packte ihre Gedanken in das kleine Kämmerchen ihres Hirns, hinter dessen Tür die Dinge versteckt waren, an die sie nicht denken wollte, und beschloß, David später zu befragen.

Craig Faron wurde zum Abendessen erwartet. Sie räumte das Haus auf, ehe sie losfuhr, um den frischen Fisch und die Meeresfrüchte abzuholen, die sie Anfang der Woche auf dem Fischmarkt bestellt hatte. Sie erinnerte sich, daß Craig, kurz nachdem sie sich kennenlernten, gesagt hatte, das einzige, was er im Binnenland vermisse, seien die Küstenfischer, die täglich ihren Fang auf den Docks verkauften. Sie hatte ein Menü geplant, das ihm vermutlich gefallen würde – Bouillabaisse, Caesar-Salat, frische, in Cointreau eingelegte Ananasscheiben.

Als David mit Faron heimkam, sah das Haus wunderbar aus. Sylvia ebenfalls. Sie hatte einen Hauch von Make-up aufgelegt, ihr Haar glänzte, und ihre Haut schimmerte golden. Sie trug eine weiße Baumwollbluse, einen türkisfarbenen Seidenrock und in Silber gefaßten Türkisschmuck. David, der es gewohnt war, sie in Shorts, Hosen oder im Badeanzug zu sehen, küßte sie aufs Ohr und flüsterte: »Du siehst wundervoll aus.«

Craig gab ihr die Hand und sagte, wie sehr er sich auf das Wiedersehen gefreut habe.

Die Männer gingen ins Wohnzimmer, und etwas später gesellte Sylvia sich mit einer Käseplatte, Rohkost und Dips zu ihnen.

Craig erzählte von seiner Blockhütte und beschrieb die Überfahrt zur Insel auf dem winzigen Feuerwehrboot, das auf dem stürmischen Kanal wie ein Korken hin und her geworfen worden war.

Man konnte ihn sich leicht am Steuer vorstellen, die Windschutzscheibe klitschnaß von der Gischt, mit leuchtend blauen Augen in dem schmalen braunen Gesicht.

Craig und David waren beim zweiten Drink, als Sylvia die Pistole erwähnte. David sagte, die bräuchten sie zum Schutz.

»Du weißt, daß ich Pistolen hasse, David.«

»Ich kann mir noch ein paar andere Dinge vorstellen, auf die du auch nicht scharf wärst«, antwortete er. »Wie würdest du es finden, wenn man dir eines Nachts, während du schläfst, den Schädel einschlägt? Oder am Swimmingpool vergewaltigt zu werden, wenn du nach Mitternacht allein dort draußen bist?« Erregt wandte er sich an Craig: »Mindestens ein dutzendmal habe ich sie gebeten, das zu lassen, aber sie schert sich nicht im geringsten darum.«

»Wie soll mich eine Pistole oben im Schlafzimmer davor bewahren, im Garten vergewaltigt zu werden?«

Craig lächelte. David überging ihren Einwand. »Du wolltest ja keinen Wachhund haben.«

»Das wäre, als lebten wir auf einem Pulverfaß. Außerdem haben wir bereits einen Hund.«

»Du liebe Güte, Sylvia, du erwartest doch nicht von Millie, daß sie dich beschützt. Mit dreißig Pfund Übergewicht und Angst vor ihrem eigenen Schatten?«

Sylvia hegte den Verdacht, daß er den Wachhund nur wollte, um Ciba loszuwerden. Sie hatte immer noch das Gefühl, daß das ein Teil seines Motivs war, aber die Pistole war ein Hinweis, daß er sich ernsthaft Sorgen machte.

»David, Pistolen töten.«

»Menschen auch«, sagte Craig behutsam.

»Menschen tun aber auch noch andere Dinge. Pistolen nicht. Sie dienen nur einem Zweck. Dem Töten.«

»Verdammt noch mal, Sylvia«, explodierte David, »begreifst du denn nicht, mit was für Leuten ich zu tun habe? Glaubst du, ich verbringe meine Zeit in einer verdammten Sonntagsschule?«

Craigs Augen verengten sich. »Hat man dich bedroht, David?«

»Nein. Nicht ernsthaft jedenfalls. Aber es passiert einfach so viel. Ich erlebe das jeden Tag.«

Sylvia legte David die Hand auf den Arm, um ihn zu beruhigen. »Hast du deshalb unsere Telefonnummer nicht eintragen lassen?« Er nickte. »Aber wenn wir nicht im Telefonbuch stehen und niemand weiß, wo wir wohnen, dürfte es doch keine Probleme geben.«

»Erklär du es ihr, Craig.« Dann sah er Sylvia an: »Du kannst dich nicht vor Leuten verstecken, die dich finden wollen.« Er stippte einen Champignon in den Dip, der am nächsten stand, aß ihn und meinte nachdenklich: »Jedenfalls gibt es keine bestimmte Person. Es könnte irgendein Fremder auf der Straße sein. Er sieht dich. Verfolgt dich nach Hause. Beobachtet dich. Merkt sich deine Gewohnheiten. Wartet auf eine Gelegenheit. Peng. Eine weitere Zahl in der Statistik.«

»Du jagst ihr Angst ein, David«, protestierte Craig.

»Es wird Zeit, daß das jemand tut.«

»Ich glaube einfach nicht, daß eine Pistole die Antwort darauf ist«, sagte Sylvia. »Es sind schon Leute mit ihrer eigenen Waffe erschossen worden. Allein der Besitz einer Waffe lädt schon zur Gewaltanwendung ein.«

David war nicht zu beeindrucken. »Ich wollte nicht, daß du sie findest, Syl. Versuch, sie zu vergessen. Wenn es dich beruhigt, werde ich das Magazin unten im Schreibtisch aufbewahren.«

»Warum dann...« Das war unlogisch. Aber um die Diskussion nicht in Craigs Gegenwart fortzusetzen, beließ Sylvia es dabei. Die Pistole würde bleiben, wo sie war, und das Magazin ebenfalls.

Sie wechselten das Thema. Sprachen über Leute, die sie kannten, und über Orte, an denen sie gewesen waren. Als sie sich zum Essen setzten, war die Stimmung wieder heiter und unbeschwert.

Craig machte ihr ein Kompliment wegen der Bouillabaisse und bat ohne Umschweife um einen Nachschlag. Sie ließen sich Zeit beim Essen und machten es sich anschließend im Wohnzimmer bei

Kaffee und Likör gemütlich. David und Craig diskutierten über die Rechtsgültigkeit psychiatrischer Gutachten, während Sylvia ihre Gedanken schweifen ließ. Die Pistole fiel ihr wieder ein.

Vielleicht hätte sie es David erklären, ihm erzählen sollen, wie sie sich als Jugendliche gefühlt hatte, wenn sie oben im Norden die Jäger in den Ort kommen sah, die ihre Autos mit den erlegten Tieren geschmückt hatten wie mit Ehrenabzeichen.

Es gab ein Erlebnis, das sie nie vergessen hatte. Es existierte noch so deutlich, so lebendig und schmerzlich in ihrer Erinnerung wie an dem Tag, als es geschah. Es war ein strahlender Sonntagmorgen im Spätherbst gewesen. Sie begleitete ihre Mutter zur Kirche, als ein Wagen in die Hauptstraße einbog und vor ihnen anhielt. Auf dem Wagendach lag ein Reh. Seine Augen waren glasig. Der Kopf war verdreht und hing haltlos herunter. Geronnenes Blut klebte in seinem Mundwinkel. Selbst tot sah das Tier noch wunderschön aus. Sylvia wollte die Hand ausstrecken, es streicheln und wieder lebendig machen. Die Leute blieben stehen, um es sich anzusehen. Im Nu hatte sich eine kleine Menschenmenge angesammelt.

Der Fahrer stieg aus und ging um den Wagen herum auf die Beifahrerseite. Sie erwartete, daß die umstehenden Männer auf ihn losgehen würden. Statt dessen stießen sie sich gegenseitig an, lachten und scherzten. Einer der Männer, der einen Geschäftsanzug trug, stupste das Reh mit dem Finger und sagte: »Welch eine Schönheit. Es war bestimmt nicht einfach, sie zu erlegen.«

Der Fahrer blähte sich auf vor Stolz. Sylvia klammerte sich an den Arm ihrer Mutter. Die Männer waren aufgeregt. Das war keine Aufregung wie beim Hockey oder Baseball. Sie war fieberhaft. Intensiv. Erst viele Jahre später hatte Sylvia begriffen, daß sie sexuell erregt waren durch den toten Körper und den Gedanken an die Kugel, die in das weiche Fleisch eindringt, und an das Tier, wie es taumelt und sich in den letzten Augenblicken seines Lebens krampfhaft windet. Sie hatte nicht vergessen, daß sie das Tier automatisch mit »sie« bezeichneten.

Sie hatte den Jäger lange und hart angeschaut und dabei eine tiefe

Traurigkeit und einen ebenso tiefen Zorn empfunden. Er war klein und untersetzt, und in der Buschhose und dem dicken, karierten Hemd (knallrot, um sich vor seinesgleichen zu schützen) schien er plumper, als er in normaler Straßenkleidung gewirkt hätte. Die kniehohen Gummistiefel machten seinen Gang unbeholfen und schwerfällig. Seine Hände waren schmutzig und seine Wangen mit Bartstoppeln bedeckt.

Sie stellte sich vor, wie sich das Reh lebendig und graziös, mit geschmeidiger, langbeiniger Leichtigkeit durch den sonnendurchfluteten Wald bewegte. Es war eine Sünde gegen Gott, daß dieser schmierige, behäbige kleine Mann dieses wunderschöne Geschöpf in einen verwesenden Leichnam verwandelt hatte. Sie wünschte, sie hätte die Macht, ihn zu töten. Sie übergab sich im Rinnstein. Als sie nach Hause kam, übergab sie sich ein weiteres Mal und ging zu Bett, ohne das übliche Sonntagsessen, Roastbeef und Yorkshire-Pudding, anzurühren. Sie hatte mit niemandem über dieses Erlebnis gesprochen. Die Erinnerung daran war zu schmerzhaft, um sie hervorzuholen, zu persönlich, um sie preiszugeben.

Es entstand eine Pause in der Unterhaltung. Schließlich sagte David: »Sie wird nichts dagegen haben. Sie träumt gerade.«

Sylvia sah auf. Beide beobachteten sie. »Wogegen werde ich nichts haben, David?«

»Wir überlegten, ob wir eine Weile ins Arbeitszimmer gehen. Craig möchte den Apple sehen.«

»Ja, natürlich.« Sie streckte sich. »Ich glaube, ich gehe schwimmen.«

»Sylvia!«

»David«, sagte Craig, »laß ihr etwas Bewegungsfreiheit. Sie kann selbst auf sich aufpassen.« Er lächelte sie an. Seine blauen Augen sahen nachdenklich aus. Er betrachtete sie nicht wie ein Kind, das beschützt werden mußte, sondern wie eine Ebenbürtige, die er respektierte.

»Falls ich dich nicht mehr sehen sollte, bevor du gehst, Craig…«

»Zieh deinen Badeanzug an«, unterbrach David sie.

Craig reichte ihr die Hand. »Es war ein wunderschöner Abend.«

Sylvia drückte ihm kurz die Hand. »Komm bitte bald wieder. Wann immer dir danach ist. Wir sehen dich viel zu selten, Craig.«

Sie ging schnell nach oben. Ihre Hand war von dem leichten Händedruck ganz warm. Craig Faron war in ihrer Gegenwart immer ausgesprochen höflich gewesen. Trotzdem hatte sie vom ersten Augenblick an die Anziehungskraft verspürt, die von ihm ausging.

Sie schwamm nackt und ging zu Bett, als das Licht im Arbeitszimmer noch brannte.

Anne hatte einen neuen Mann kennengelernt und das Stadium erreicht, wo sie ihn vorzeigen wollte. Dreimal rief sie an, um Sylvia und David zum Abendessen einzuladen, aber jedesmal hatte David andere Termine. Beim vierten Anruf bestand sie darauf, daß Sylvia zusagte, mit oder ohne ihren erlauchten Gatten.

Sylvia, gerade ausgesprochen zufrieden damit, in ihrem eigenen Garten zu faulenzen, nahm die Einladung an und machte sich anschließend darüber lustig, daß Anne ihr Single-Dasein fast genauso plötzlich aufgegeben wie begonnen hatte.

»Warte nur, bis du ihn kennenlernst«, konterte Anne. »Du weißt, daß ich nicht grundsätzlich gegen Männer bin. Ich kann nur dieses ganze verdammte männliche Ego-Getue nicht ausstehen. Aber Bill hat glücklicherweise nicht diesen blöden ›Ich Tarzan, du Jane‹-Mist drauf.«

Sie trafen sich im Wilton Arms, einem Hotel in der Innenstadt, ganz in der Nähe des Vergnügungsviertels. Bill schien nett zu sein. Er war groß und von herber Attraktivität, und offensichtlich betete er Anne an. Zudem war er humorvoll, und das war eine angenehme Abwechslung nach Annes Ex-Mann.

So gab es einen Grund zum Feiern. Sylvia hatte seit jenem Sonntag im Mai, den sie mit Anne am Pool verbrachte, nichts mehr getrunken. Jetzt war es Ende Juli. Sie warf alle Bedenken über Bord und trank Wein zum Essen, einen Benediktiner zum Kaffee und zum Abschluß einen Brandy. Gegen Ende des Abendessens war sie beschwipst und fühlte sich mehr als ein bißchen beschwingt.

Bill fand sie charmant. Er war ein selbständiger Geschäftsmann mit einer kleinen Fabrik in Mississauga und hatte gerade angefangen, Ersatzteile und Geräte in die »Dritte Welt« zu exportieren. »Nach jahrelanger Mühe geht es allmählich bergauf.«

Obwohl seine Frau schon seit ein paar Jahren tot war, sprach er voller Zuneigung von ihr. Sie hatten eine traditionelle Ehe geführt. Als Sylvia ihn fragte, ob er denn mit einer Abtrünnigen wie Anne fertig werde, grinste er und meinte, er werde nicht nur mit ihr fertig, sondern stimme grundsätzlich mit ihr überein.

»Stimmt«, bestätigte Anne. »Zum Beispiel haben wir uns bei der Aktion gegen die Müllkippe von Stouffville kennengelernt.«

Sylvia lachte. Sie stellte sich vor, wie Anne im schicken Calvin-Klein-Kostüm von einem Geschäftsmann mittleren Alters im dreiteiligen Nadelstreifenanzug über einen Müllberg gezerrt wurde. »Was habt ihr in Stouffville gemacht? Und warum ausgerechnet auf der Müllkippe?«

»Wir waren nicht auf der Müllkippe. Es war eine Versammlung *wegen* der Müllkippe. Wegen des Chemiemülls. All diese armen Frauen hatten Fehlgeburten wegen des Wassers. Erinnerst du dich daran?«

Sylvia schüttelte den Kopf.

Anne wandte sich an Bill. »Sylvia hat die Welt angehalten und ist ausgestiegen. Sie aus dem Haus zu kriegen ist ein nahezu hoffnungsloses Unterfangen. Sie weiß überhaupt nicht mehr, was los ist.«

»Ich wünschte, ich wüßte es auch nicht«, sagte Bill. »Jedesmal wenn ich die Nachrichten höre, bekomme ich ein weiteres Magengeschwür.«

»Dann höre nicht hin.«

»Wenn das jeder täte«, wandte Bill ein, »würden wir alle den Bach runtergehen.«

»Das werden wir sowieso.«

»Das ist das Problem, Syl.« Anne schlug sich auf Bills Seite. »Wir müssen versuchen, etwas dagegen zu tun. Nimm zum Beispiel die Wirtschaft…«

»Oder die Regierung«, unterbrach sie Bill, »man sollte das ganze Parasitenpack aus Ottawa nehmen und zum Teufel schikken.«

Die Rechnung für das Essen kam, und Anne bezahlte. Sylvia wollte nicht, daß der Abend schon endete, und lud die beiden zu einem Drink ein. Erfreut folgten sie ihr in die volle Bar. Sie bahnten sich ihren Weg in den hinteren Teil des Raumes. Der frei werdende Tisch lag auf dem Weg zur Herrentoilette.

Sylvia bestellte Scotch und Wasser, und als Anne meinte, sie hätte genug Alkohol getrunken und ob sie nicht lieber ihr übliches Sodawasser trinken wolle, änderte sie ihre Bestellung liebenswürdig in einen doppelten Scotch mit Eis und Soda. Anne seufzte und ließ das Thema fallen. Falls nötig, würden sie Sylvia heimfahren. Sie könnte ihren Wagen dann am nächsten Morgen abholen.

Sie sprachen über Frauenemanzipation, die Abtreibungsfrage, die lähmende Wirkung von hohen Zinsen auf kleine Unternehmen – die Bill als »das Rückgrat des Landes« beschrieb, und »Gott hilf uns, falls sie jemals untergehen« – und über die schreckliche Gefahr, daß die Menschheit unfreiwillig auf ein globales Chaos zusteuerte.

Anne war glücklich darüber, wie gut sich ihr Herzallerliebster und ihre beste Freundin verstanden. Als Bill sich zu Sylvia beugte und ihr zuflüsterte: »Du hast einen heimlichen Bewunderer«, gab Anne ihm einen kleinen Klaps auf die Hand und schimpfte: »Nichts da, ich habe dich zuerst gesehen.« Es war eine gutmütige Bemerkung, bar jeder Eifersucht.

Verlegen lehnte Bill sich zurück und sagte zu Anne: »Ich meinte doch nicht mich.« Zu Sylvia gewandt, erklärte er: »Da ist ein Bursche, der dich nicht aus den Augen läßt. Er war schon ein dutzendmal auf der Toilette. Hast du nicht gespürt, wie er dein Haar berührte?«

»Wann?«

»Gerade eben. Auf dem Weg zum Klo.«

»Ich habe etwas an meinem Stuhl entlangstreifen gespürt. Das ist alles.«

»Wahrscheinlich sieht er, daß wir uns gut amüsieren, und würde gern mitmachen«, sagte Anne. Als ihr bewußt wurde, daß diese Bemerkung als Herabsetzung aufgefaßt werden könnte, fügte sie hastig hinzu: »Ich habe das nicht so gemeint, wie es klang, Syl. Du bist, weiß Gott, die schönste Frau hier. Aber einfach nicht der Typ für eine Nacht. Ich wollte sagen, daß sich außer uns niemand hier zu amüsieren scheint.« Sie schauderte. »Bars sind triste Orte. Voller einsamer Menschen. Selbst zusammen sind sie einsam. Und für Frauen ist das noch schlimmer.«

»Du solltest nachlesen, was Dorothy Parker schreibt«, witzelte Sylvia. »An ihrer Arbeitsstelle nahm sie das Schild von der Männertoilette und hängte es an ihre Bürotür. Sie rannten ihr buchstäblich die Tür ein.«

Bill lachte. »Ich habe schon immer gesagt, Frauen sind geistreicher als Männer.«

»Kein Wunder, daß sie immer solche Klosprüche erfand«, sagte Anne.

Bill und Sylvia stöhnten. »Wortspiele sind die primitivste Form von Humor«, zitierte Bill.

»Wo wir gerade von Humor sprechen, Syl, was ist denn aus diesem räudigen Kater geworden?«

»Ich kann dir nicht so ganz folgen«, beschwerte sich Bill. »Wie kommst du in einem Atemzug vom Humor auf Kater?«

»Es geht um Sylvias Kater«, erklärte Anne. »Er ist das dreckigste, schlechtest gelaunte Biest, das ich je gesehen habe. Was ist aus ihm geworden, Syl?«

»Er ist noch da. Du würdest ihn nicht wiedererkennen.«

»Ich dachte, David könne ihn nicht ausstehen.«

»Er ist ein kluger Kater. Er geht ihm aus dem Weg. Aus den Augen, aus dem Sinn.«

Bill stieß Sylvia unter dem Tisch an. »Er kommt gerade aus dem Klo«, murmelte er.

Anne sah auf. »Der da? Der große Blonde?«

Bill nickte. Anne starrte dem Mann nach. Sie wurde bleich. Als er außer Hörweite war, rüttelte sie Sylvia am Arm. »Das ist er. Das *ist* er.«

Weder Bill noch Sylvia wußten, wovon sie sprach. »Weißt du noch, als ich zum Gericht ging, um David zu hören? Das ist der Bastard, den er frei gekriegt hat. Mein Gott, das *ist* er. Laßt uns hier weggehen.« Sie begann, ihre Sachen in die Handtasche zu stopfen und Sylvias Wechselgeld einzusammeln.

Sylvia gab dem Kellner rasch ein Zeichen, als Anne gerade nicht guckte. »Wir können noch nicht gehen«, protestierte sie. »Wir haben noch eine Runde bestellt.«

Mit zusammengepreßten Lippen starrte Bill der sich entfernenden Gestalt nach.

»Er war wegen Vergewaltigung angeklagt«, erklärte Anne.

Bills Gesichtsausdruck wurde hart. »Zur Hölle mit ihm«, sagte er. »Warum sollten wir seinetwegen gehen?«

Sylvia spürte, wie die Aufregung ihren Körper ergriff. Sie wollte ihn sehen. Mit ihm sprechen. Ihn kennenlernen. Ein der Zukunft vorgreifender, übersinnlicher Gedankenblitz sagte ihr, daß sie miteinander verbunden waren. Das Schicksal hatte sie zu dieser Stunde an diesen Tisch an diesem Ort geführt. Das Schicksal hatte dasselbe mit ihm gemacht. Anne und Bill sollten gehen, wenn sie wollten. Sie würde bleiben.

Sie hörte Anne sagen: »Du hast recht. Ich hasse es nur, mit ihm im selben Raum zu sein. Er gehört hinter Gitter.«

»Der Richter war nicht der Meinung«, sagte Sylvia.

»Dank David.«

Sylvia sah Bill an. »Sag mir, wenn er wieder kommt.«

»Das werde ich«, erwiderte er grimmig. »Und wenn er dich noch einmal anrührt, hau ich ihm eine rein.«

Sylvia brachte das Gespräch wieder auf Bills Unternehmen, um ihn abzulenken. Er erzählte ihr gerade von einer neuen Metallbeschichtung, die er auf den Markt bringen wollte, als er plötzlich innehielt und sagte: »Er kommt wieder.«

Sylvia ging in Alarmbereitschaft, lauschte auf seine Schritte. Sie spürte ihn mehr, als daß sie ihn hörte. Die Füße fest auf den Boden stemmend, stieß sie plötzlich den Stuhl zurück und brachte den Mann aus dem Gleichgewicht.

Sie blickte auf. Lächelte. Erhob sich. »Es tut mir schrecklich leid. Ist alles in Ordnung?«

»Kein Problem.« Er war sehr groß, mit breiten Schultern und schlanker Taille. Er hatte regelmäßige Gesichtszüge und war sauber rasiert. Seine Augen waren von einem klaren Hellblau. Sie waren heller als Craigs, die Wimpern eher blond als dunkel und dick wie Craigs, aber dennoch attraktiv.

Sie musterten sich einen Moment lang. Dann trat Sylvia zur

Seite, und er quetschte sich am Stuhl vorbei und verschwand in der Toilette.

Anne war wütend. »Du mußt den Verstand verloren haben«, fuhr sie Sylvia an. »Das hast du absichtlich gemacht.«

»Ich wollte sehen, wie er aussieht.« Das klang selbst in ihren Ohren schwach.

»Er läuft rum und schlägt Frauen den Schädel ein, und sie will gucken, wie er aussieht! Mamma mia, bist du nicht ganz bei Trost?«

Sylvias Hochstimmung hatte nichts mit dem Alkohol zu tun. »Anne«, sagte sie, »du bist paranoid.« Sie sah so ruhig, so gelassen aus, daß keiner der beiden merkte, wie sie vor Erregung kochte.

Anne nippte lustlos an ihrem Drink. Bill meinte, es sei Zeit, aufzubrechen. Anne pflichtete ihm bei und sagte, es sei schön gewesen, aber die Party sei jetzt vorbei. Sylvia machte sich nicht die Mühe, ihr zu sagen, daß die Party alles andere als vorbei sei, sondern gerade erst beginne.

In der folgenden Woche ging Sylvia allein in das Restaurant. Sie trug ein Seidenkleid, das genau zu ihren Augen paßte. Sie hatte einen Kloß im Hals, so groß wie eine Faust. Als er nach zwei Stunden nicht erschienen war, gab sie auf und fuhr nach Hause. David, der die seltenen Abende, an denen er zu Hause war, im Arbeitszimmer verbrachte, schien nicht einmal bemerkt zu haben, daß sie fortgewesen war.

Ein paar Tage später versuchte sie es noch einmal. Wieder kam er nicht. Wieder saß sie an dem Tisch, an dem sie mit Anne und Bill gesessen hatte, auf Bills Platz, mit dem Rücken zur Wand. Am dritten Abend hatte sie Glück. Sie beobachtete die Tür, als er eintrat. Ihr Herz begann zu klopfen. Ihre Handflächen wurden heiß.

Er setzte sich an die Bar und trank ein Bier. In der grauen Hose und dem dunkelblauen Blazer wirkte er eher wie ein vielversprechender junger Mann auf dem Weg zum Erfolg als wie ein Außenseiter der Gesellschaft.

Seit jenem ersten Abend hatte sie ständig an ihn gedacht. Sie war nahezu von ihm besessen; er war untrennbar mit ihrem Dasein verknüpft. Als sie sein Profil studierte, wurde ihr klar, daß sie seit langer Zeit auf ihn gewartet hatte. Es war, als hätte sie in einem Vakuum gelebt und sich auf ihn vorbereitet. Obwohl sie nicht gewußt hatte, warum, war sie auf der Stelle getreten, bis ihre Gefühle diesen Fixpunkt fanden.

Sie fühlte sich nicht wie Sylvia Jenning. Sie fühlte sich wie eine Schauspielerin, die eine vorgegebene Rolle übernommen hat. Das Skript stand fest: ein Verhaltensmuster, das von einem bestimmten Glaubensmuster geprägt war. Sie wartete. Sie war sich sicher, er wußte, daß sie da war und auf ihn wartete.

Er trank sein Bier aus. Stand auf. Wandte sich in ihre Richtung. Kam zielbewußt auf sie zu. Sie beobachtete ihn, lächelnd. Sie wußte, daß sie ihn nie wieder so unpersönlich, so objektiv ansehen würde wie in diesem Augenblick.

»Darf ich?« fragte er, die Hand auf der Rückenlehne des leeren Stuhls.

»Bitte.« Sie überlegte, ob er sich an sie erinnerte.

»Sie waren letzte Woche hier.« Eine Feststellung. Als hätte er ihre Gedanken gelesen.

»Ja«, antwortete sie schlicht. »Ich wollte Sie wiedersehen.« Er lächelte über ihre Aufrichtigkeit.

Er erzählte ihr, er heiße Arthur Maitland und sei freiberuflicher Fernsehregisseur. Sie sagte, ihr Name sei Diana White und sie arbeite in einem Versicherungsbüro.

Er erklärte, er drehe gerade einen Werbespot, so richtig aus dem Leben gegriffen, und für eine der Rollen sei sie genau die Frau, die er suche. Sie erwiderte, das klinge aufregend, und sie könne das Geld sehr gut gebrauchen.

Er schlug vor, irgendwohin zu gehen und alles zu besprechen. Sie meinte, daß sie es hier besprechen könnten. Er fand, es sei einfacher, in ihrer Wohnung darüber zu reden. Sie erklärte, sie sei verheiratet, und ihr Mann sei sehr eifersüchtig.

Es war ruhig in der Bar. Während der Woche gab es hier nur einsame Geschäftsleute und einige Ehepaare mittleren Alters. Beim dritten Bier schlug er vor, irgendwohin zu gehen, wo sie tanzen könnten. Sylvia zögerte. Sie fühlte sich wohl, wo sie war. Sie wollte mit ihm sprechen, ihn kennenlernen.

Er ließ nicht locker. Schließlich erklärte sie sich bereit, ihn im

Taxi in eine der überfüllten, spärlich beleuchteten Bars in der Yonge Street zu begleiten.

In der neuen Bar war er sehr viel entspannter und fühlte sich offenbar wohl bei der lärmenden Musik und dem wilden Gedränge. Sie tanzten, und Sylvia versuchte sich seinen Bewegungen am Rand der kleinen Tanzfläche anzupassen, während er sich, eingezwängt zwischen den Körpern, der Musik mit sinnlichen Bewegungen in einem selbstvergessenen Solo hingab. Er merkte nicht, daß Sylvia zum Tisch zurückging, von wo sie ihn beobachtete und seine große, anmutige Gestalt bewunderte, die sich rhythmisch zu dem dröhnenden Beat bewegte.

Die Musiker verließen die Bühne. Er kehrte lächelnd und mit erhitztem Gesicht zurück und fragte: »Tanzen Sie nicht gern?«

»Ich beobachte Sie lieber«, antwortete sie. »Sie sind ein wunderbarer Tänzer.«

Er nickte und schien keineswegs verlegen über das Kompliment. Der Barmann schaltete auf die Pausenkassette um. Willie Nelsons »Stardust«. Arthur zog sie hoch und drückte sie fest an sich. Sie bewegten sich so mühelos miteinander, als hätten sie schon viele Male zusammen getanzt.

»Sie sind auch sehr gut«, sagte er. Sie waren fast gleich groß. Seine Lippen berührten ihr Ohr. Er drückte sie fester an sich. Sie konnte seinen schnellen und flachen Atem hören. Als die Musik zu Ende war, entzog sie sich ihm und nahm wieder Platz. Sie wollte nicht, daß die Dinge sich zu schnell entwickelten.

Sie tanzten nicht noch mal zusammen. Statt dessen hielt er über den Tisch hinweg ihre Hand und erzählte ihr, wie schön sie sei, daß er sie begehre und es eine Sünde sei, diesen Augenblick vorübergehen zu lassen. Er könne ein Hotelzimmer besorgen. Sie würden ein Erlebnis teilen, das sie beide nie vergessen würden.

Sie wollte ihn nicht verlieren, aber sie wollte auch nicht bei ihm bleiben. Es war zu früh. Sie war noch nicht so weit.

Als ihm klar wurde, daß sie die Nacht nicht mit ihm verbringen würde, bot er an, sie in ihrem Wagen nach Hause zu fahren, damit sie bei einer Alkoholkontrolle keine Schwierigkeiten bekäme.

»Seien Sie nicht dumm«, erwiderte Sylvia. »Sie sind es, der getrunken hat. Wie wollen Sie außerdem zurückkommen? Ich werde mir ein Taxi nehmen.«

Als sie sich erhob, um zu gehen, packte er ihr Handgelenk mit einem harten und schmerzhaften Griff. »Kann ich Sie morgen sehen?« Seine Finger gruben sich in ihren Arm. Sie sah in seine hellen Augen und wußte, daß er nicht die Absicht hatte, von ihr zu lassen. Sie war froh.

»Morgen nicht«, sagte sie sanft. »Die Wochenenden verbringe ich gewöhnlich mit meinem Mann.«

»Montag?« drängte er. Sie nickte. Dann gab sie ihm spontan einen Kuß auf die Wange. Er ließ sie gehen. Als sie die Tür erreichte, drehte sie sich um. Der Tisch war leer. Er stand am Rande der Tanzfläche und sprach mit einem lebhaften jungen Ding in Wickelbluse und Pluderhose. Sie verspürte einen kurzen Stich.

Das Wochenende zog sich hin. Sie ging mit Millie spazieren, bürstete Ciba und arbeitete an Davids Akten, dem Jenning Journal. Und zwischendurch wanderte sie rastlos von einem Zimmer in das andere, unfähig, sich auf irgend etwas länger zu konzentrieren.

Montag morgen fuhr sie zum nächsten Einkaufszentrum, Sherway Gardens, und kaufte sich einen neuen, beigefarbenen Hosenanzug. Dann aber hatte sie das Gefühl, daß er zu elegant aussah, und suchte sich noch ein rosafarbenes Jerseykleid aus. David würde die klare, klassische Linie des Hosenanzugs vorziehen, aber sie wußte instinktiv, daß Arthur das weiche, eng anliegende Futteralkleid gefallen würde, das ihre Weiblichkeit betonte. Aus einer plötzlichen Eingebung heraus betrat sie ein Perückengeschäft und kaufte eine sorgfältig frisierte schwarze Perücke. Ehe sie das Einkaufszentrum verließ, ging sie in einen Friseursalon und ließ sich frisieren.

Das Abendessen wartete bereits auf ihn, als David nach Hause kam. Nach dem Essen, als sie fertig zum Ausgehen war, teilte Sylvia ihm mit, daß sie wegginge und noch nicht wisse, wann sie zurückkäme. Er hörte nur mit halbem Ohr hin und nickte. Es war das erste Mal, daß sie extra darauf hinwies, er solle nicht auf sie warten. Sie war froh, daß er sie nicht um eine Erklärung bat. Wenn er es getan hätte, dann hätte sie lieber nichts gesagt, als ihm eine

Lüge erzählt. Nicht daß er besitzergreifend gewesen wäre. Er hatte sich immer mehr Sorgen um ihre Sicherheit als um ihre Tugend gemacht. Weder würde er sie der Untreue verdächtigen, noch hatte sie ihm jemals einen Anlaß dazu gegeben. Welch Glück, daß sie sich in der Vergangenheit so verhalten hatte. Dadurch hatte sie zumindest die Freiheit, zu kommen und zu gehen, wann sie wollte.

Sie kam ein paar Minuten früher in der Bar an und stellte fest, daß Arthur bereits wartete. Sie sprachen miteinander wie alte Freunde. Die Atmosphäre war diesmal nicht so fiebrig wie am Freitagabend, und ehe die Musiker eintrafen, hatten sie Zeit, sich miteinander auszutauschen. Diesmal kehrte er nicht den Fernsehregisseur heraus. Statt dessen erzählte er, wie er in einer kleinen Stadt im Süden Ontarios aufgewachsen war, wie er sich in der Schule übergangen fühlte, wie er sich von seiner Mutter gelöst hatte, die ihn abgöttisch liebte, und wie er sich in der Anonymität von Toronto sein Leben eingerichtet hatte.

Es sei schwer, Freunde zu finden, sagte er. Die Frauen, die er kennengelernt habe, seien zu billig, zu leicht zu haben gewesen. Sie sei der erste Mensch, den er in dieser Stadt kennengelernt habe, der sich für ihn als Menschen interessierte. Sie hatte das ungute Gefühl, daß er dasselbe schon öfter gesagt hatte. Die Sätze klangen mechanisch wie ein telephonisches Verkaufsangebot. Es spielte keine Rolle. Sie hatte ihn gefunden. Er gehörte ihr. Ihre Leben waren karmisch miteinander verschlungen.

Als die Musiker ankamen und er sie zum Tanzen aufforderte, bat Sylvia ihn, sie zu entschuldigen, da sie lieber zusehe als mitmache. Er war geschmeichelt und tanzte nur für sie, indem er sie über die Köpfe der anderen Tanzenden hinweg anlächelte. Als der Abend voranschritt und sich das Bier bemerkbar machte, das er ununterbrochen trank, vergaß er sie und tanzte in seiner eigenen kleinen Welt, ohne die Menschen um sich herum wahrzunehmen. In den Spielpausen kam er jedesmal zu ihr, um sich kurz um sie zu kümmern und dann wieder tanzen zu gehen, sobald die Musik einsetzte. Es war ein gockelhafter Auftritt, der an Stammesriten erinnerte, bei denen sich die Männer durch den Trommelrhythmus in Trance versetzten, während ihre Frauen zuschauten.

Während die Musiker ihre letzte Spielpause einlegten, fragte er sie wieder, ob sie die Nacht mit ihm verbringen würde. Wieder sagte sie nein. Er sah sie kalt an, und sie hatte das Gefühl, daß er nahe dran war, ihr zu entgleiten und sich statt dessen eine willigere Partnerin zu suchen. Sie drückte ihr Knie gegen seins, beugte sich zu ihm hinüber und nahm seine Hand: »Ich habe das noch nie getan«, erklärte sie. »Ich möchte, daß es gut ist.«

Er drehte ihre Hand um und küßte die Innenfläche. »Ich auch«, sagte er heiser.

Der Abend war fast vorüber, und er hatte noch nicht gefragt, ob sie sich wiedersehen würden. Sie spürte, daß seine Aufmerksamkeit zu einer jungen brünetten Frau am Nebentisch wanderte. Sie trug enge Jeans und einen kirschroten Mohairpullover. Sie flirtete ganz offen mit ihm. Sie war hübsch. Und jung, Arthurs Alter weitaus näher als Sylvia.

Um seine Aufmerksamkeit wiederzugewinnen, beschloß Sylvia, an sein Ego zu appellieren. »Arthur?«

»Mmmm?« Noch immer konzentrierte er sich auf die Brünette und hörte nur halb zu.

»Was ist mit dem Werbespot?«

Mit leerem Gesichtsausdruck sah er sie an.

»Du sagtest doch, du hättest vielleicht eine Rolle für mich, weißt du noch?«

Er runzelte die Stirn und versuchte sich zu erinnern, was er gesagt hatte. Festgenagelt auf eine Rolle, die er sich selbst gegeben hatte, murmelte er schließlich, er müsse ein paar Probeaufnahmen machen, um zu sehen, wie sie auf Fotos aussähe. Das könnten sie doch heute abend machen. Er würde seine Kamera holen, und sie könnten in ein Motel fahren...

Sie seufzte. Damit waren sie wieder am Ausgangspunkt. »Wie ist es mit morgen? Wäre natürliches Licht nicht besser?« Er schien unentschlossen. Sie drängte ihn: »Ich melde mich krank. Dann können wir den ganzen Tag zusammen verbringen. Das wäre schön.«

Der Gedanke an einen Tag auf dem Land ganz allein mit ihr gefiel ihm. Er grinste wie ein kleiner Junge, der ein unerwartetes Geschenk erhält. Sie verabredeten sich für zehn Uhr auf dem Parkplatz am Ontario Place, dem Vergnügungspark am Ufer des Sees.

Voller Zufriedenheit über die Verabredung machte er keine Einwände, als sie sich zum Gehen erhob. Sie vermutete, daß seine Bereitwilligkeit, sie gehen zu lassen, teilweise auf die beharrliche Brünette zurückzuführen war. Sie warf ihr einen warnenden Blick zu, als sie an ihrem Tisch vorbeiging. Die Frau sah sie an, und ihre Augen funkelten hart. Als Sylvia sich kurz vor der Tür noch einmal umwandte, sah sie die beiden, die Köpfe zusammengesteckt, in ein Gespräch vertieft.

Am nächsten Morgen stand sie früh auf und hatte ihr morgendliches Pensum an Gymnastik, Schwimmen und Duschen bereits hinter sich, ehe David zum Frühstück hinunterkam. Sie überraschte ihn mit einem Käsesoufflé, leicht und locker, mit einer goldbraunen Kruste. David war während der Woche nur Toast und Cornflakes gewohnt, und er freute sich über diese unverhoffte Aufmerksamkeit. Es gehört so wenig dazu, dachte sie und verspürte fast ein Schuldgefühl, als er gutgelaunt und mit schwungvollerem Schritt als sonst das Haus verließ.

Es war ein klarer, sonniger Tag. Es würde heiß werden. Sylvia packte den Picknickkorb und stellte eine Flasche Pouilly-Fuisse und zwei geschliffene Weingläser in die Gefriertruhe, ehe sie nach oben ging, um sich anzuziehen. Sie wählte eine weiße Leinenhose und ein weißes Seidenhemd, dessen Zipfel sie verknotete, so daß ihre gebräunte Taille zu sehen war. Als Farbtupfer fügte sie einen leuchtend bunten Seidenschal und einen Armreif hinzu und hoffte, Arthur würde mit dem Ergebnis zufrieden sein. Ehe sie das Zimmer verließ, tupfte sie sich Chanel auf ihre Handgelenke und hinter die Ohren. David zog Arpège vor. Arthur, vermutete sie, war ein Chanel-Mann.

Der Parkplatz war nahezu leer, und sie entdeckte Arthur sofort. Er hatte den Chevrolet neuerer Bauart, mit dem verräterischen Aufkleber einer Autovermietung auf der Heckscheibe, auf dem hintersten Teil des geteerten Platzes geparkt. Als sie vorfuhr, stieg er aus. Ihr fiel auf, wie jung er aussah, wie jungenhaft attraktiv er war in den ausgeblichenen Bluejeans und dem weißen T-Shirt. Sein blondes Haar war zerzaust und an den Spitzen noch feucht vom Duschen.

»Ich hatte Angst, du würdest nicht kommen.« Er lächelte schüchtern. Das war nicht derselbe Mensch, den sie am Abend zuvor verlassen hatte. Er zeigte nichts von der fieberhaften Spannung, die Musik und Stroboskopblitze mit sich brachten, nichts von der Wildheit, die durch den Alkohol genährt wurde. Der Tagesmensch schien mit dem Nachtmenschen nichts gemein zu haben.

Auf Sylvias Frage antwortete er, ja, er habe daran gedacht, die Kamera mitzubringen. Als sie erwähnte, daß sie einen Picknickkorb gepackt habe, sah er eher enttäuscht als erfreut aus. Es gäbe ein Fischrestaurant in der Nähe von Honey Harbor, einem Ausflugsort zwei Stunden nördlich von der Stadt. Es sei eines seiner Lieblingsrestaurants, und er habe die Absicht gehabt, sie einzuladen. Das sei doch unnötig, meilenweit zu fahren, wandte sie ein, wenn sie dasselbe auch hier in der Stadt haben könnten. Als er merkte, daß sie sich nicht davon abbringen lassen würde, gab er nach.

Sie setzten sich ins Gras und unterhielten sich. Er machte Fotos von ihr mit einer Kamera, die weitaus schlechter war als ihre eigene. Sie posierte auf dem Rasen, auf dem Steg, der über den Kanal führte, und am Ufer, wo der See als Hintergrund diente. Er sagte, sie sei ein wunderbares Modell, ein Naturtalent.

Als der zweite Film voll war, meinte Sylvia, es sei genug. Zeit zum Essen. Sie breitete das karierte Tischtuch auf dem Gras aus und deckte es mit Salaten, scharf gewürzten Eiern und einem Berg von gegrillten Hähnchen, während er zum Wagen zurückging, um die Kühltasche mit dem Wein und den Gläsern zu holen. Ungeschickt öffnete er die Flasche, und als sie ihm mit einem »auf uns« zuprostete, leerte er rasch sein Glas und griff nach einem Stück Hähnchen. Sylvia nippte an ihrem Wein und beobachtete ihn beim Essen.

Der edle weiße Burgunder lag kalt auf der Zunge, wärmte aber den Gaumen. Es war ein guter Jahrgang, reif, fruchtig und vollmundig. Arthur streckte ihr das Glas entgegen, und sie schenkte nach. Er trank es hastig aus und fuhr fort, mit der Effizienz eines geübten Schlemmers zu essen. Als er fertig war, legte er sich zurück ins Gras, verschränkte die Arme hinter dem Kopf und sagte, das Essen sei wundervoll, sie sei wundervoll. Seit langer Zeit hätte niemand so etwas »für ihn getan«.

Sie nahm seinen Kopf in ihren Schoß, strich ihm übers Haar und dachte darüber nach, wie schutzlos er aussah. Er öffnete die Augen und lächelte sie an.

»Arthur«, sagte sie impulsiv, »du bist schön.«

Er streckte die Arme aus und umfaßte ihren Kopf. »Eigentlich müßte ich das zu dir sagen«, sagte er sanft.

»Aber ich bin nicht so schön wie du.« Das war die Wahrheit. Er lächelte zustimmend.

»Ich wünschte, es könnte für immer so sein«, flüsterte er. Seine langen schlanken Finger verschlangen sich hinter ihrem Nacken. Sie waren stark wie Drahtseile.

Sie studierte sein Gesicht. Berührte es zärtlich. Fühlte die Traurigkeit, die sie immer angesichts von Schönheit empfand; die Traurigkeit, die dem Wissen entsprang, daß alle schönen Dinge flüchtig waren, nur einen Augenblick existieren konnten, nicht für immer; sie wußte auch, daß es kein Zurück mehr gab, daß das Szenario feststand. David würde es niemals erfahren. Keine ihrer Freundinnen brauchte es je zu erfahren. Der geheimste Teil ihres Wesens gehörte allein ihr, und sie konnte damit tun, was sie wollte.

Später schlenderten sie auf dem Vergnügungsgelände herum und kehrten in eines der Gartencafés ein. Wieder fragte Arthur, ob sie mitkommen und mit ihm schlafen würde. Sie sagte ja. Er war überrascht. Eine unerwartete Kehrtwendung nach ihren bisherigen Absagen. Er hatte gewußt, daß sie schließlich nachgeben würde, wenn er beharrlich wäre. Doch weil sie so anders schien, hatte er nicht erwartet, daß sie derart schnell und einfach zustimmen würde.

Er wußte nicht, daß sie ununterbrochen an ihn gedacht hatte und bereit war, bis auf eine kleine Ausnahme auf seine Bedingungen einzugehen. »Nicht in ein Hotel. Freitag nacht. Bei dir zu Hause.«

Er wandte ein, daß es woanders bequemer sein würde. Wenn sie Angst habe, gesehen zu werden, könnten sie außerhalb der Stadt übernachten. Sie sagte, Hotelzimmer seien etwas für flüchtige Abenteuer, schäbig und billig. Sie wolle ihre Beziehung nicht beflecken. Schließlich begriff er, daß sie nicht nachgeben würde, und willigte ein. Er gab ihr seine Adresse, fragte, ob sie sich am nächsten Abend auf einen Drink treffen könnten, und schmollte anfangs, als sie sagte, daß sie den Rest der Woche viel zu tun habe und ihn nicht vor Freitag wiedersehen könne.

Sie kam wenige Minuten vor David nach Hause zurück. Glücklicherweise hatte sie die Essensvorbereitungen schon vorher erledigt. Der Tisch war gedeckt, der Caesar-Salat mußte nur noch angemacht werden. Der eingelegte Kalbsaufschnitt war köstlich. David fragte nicht, wie er es sonst manchmal tat, was sie den Tag über gemacht habe. Seine gute Laune vom Morgen dauerte noch an und machte ihn gesprächiger als gewöhnlich. Er gab eine weitschweifige Anekdote über einen der Juniorpartner in der Firma zum besten. Ihre Gedanken wanderten zurück zum vergangenen Tag, eilten voraus zum kommenden Freitagabend.

David beendete seine Geschichte. Die folgende Stille riß sie aus ihren Gedanken. Er lächelte sie an und wartete auf eine Reaktion. Sie verstand den Wink und erwiderte sein Lächeln. Er hatte ihr einmal gesagt, sie sei eine gute Zuhörerin. Es war einfach. Man mußte nur daran denken, daß Zuhören und Schweigen ein und dasselbe waren. Schon zu Beginn ihrer Ehe hatte sie gelernt, daß Zuhören nichts anderes war, als den Mund zu halten. Wie immer genügte auch jetzt das Lächeln.

Nach dem Essen ging David ins Wohnzimmer, um sich eine Sondersendung über Ägypten anzuschauen, während Sylvia sich draußen auf die Terrasse setzte und den warmen, stillen Abend genoß. Als sie ins Schlafzimmer hinaufkam, lag er bereits im Bett und schlief fest.

Die Woche zog sich hin. Sylvia schwankte hin und her zwischen Anfällen von Zweifel und ruhiger Entschlossenheit. Ihre Zweifel ließen nach, je mehr die Zeit voranschritt. Am Freitag hatte sie sich entschieden und war mit sich selbst im Einklang.

Sie erzählte David, daß sie Anne treffen und wahrscheinlich sehr, sehr spät heimkommen würde. Er solle nicht warten. Nachdem sie Millie, Ciba und die anderen Katzen mit einer Sonderration Futter versorgt hatte, fuhr sie fort, ohne sich noch einmal umzusehen.

Statt in einem modernen Hochhaus, wie sie es sich vorgestellt hatte, wohnte Arthur in einem alten, sechsstöckigen Backsteinhaus in der Nähe der Yonge Street im Stadtzentrum. Glücklicherweise befand sich seine Wohnung im Parterre. So würde sie zumindest nicht Treppen steigen müssen und Gefahr laufen, irgend jemandem in dem schlecht beleuchteten Treppenhaus zu begegnen. Sie drückte auf den Klingelknopf neben dem handgeschriebenen Namensschild über dem Briefschlitz. Arthur öffnete sofort, bat sie mit einer einladenden Geste hinein und schloß rasch die Tür.

Die Wohnung war sauber, aber muffig. In dem kleinen Wohnzimmer standen ein zerkratzter Couchtisch, ein ausziehbares Cordsofa und ein Polstersessel. Die Fenster zeigten auf eine Mauer. Nichts in dem Raum wies auf den jungen Mann hin, der darin wohnte.

Er hatte eine Flasche kanadischen Sekt auf Eis gelegt. Sie tranken sie, während sie nebeneinander auf der Couch saßen. Sylvia nippte langsam, damit das Glas länger reichte. Sie hatte erwartet, daß er sie leidenschaftlich in die Arme nehmen würde.

Statt dessen sprach er über sich selbst und seine Pläne für die Zukunft. »Ich werde reich sein. Alle werden mich kennen. Ich bin nicht wie andere Männer. Ich brauche eine Frau, die nicht wie andere Frauen ist. Das ist mir an dir gleich aufgefallen. Du bist anders. Du hebst dich von den anderen ab. Ein Mann braucht eine Frau, auf die er stolz sein kann. Mit der er sich überall sehen lassen kann. Wir werden reisen. Nach Europa. Nach Südamerika.«

Er trank seinen Sekt aus und ging zu Bier über. Sein Gesicht rötete sich. Er begann zu lallen. Er wurde zunehmend betrunkener. Sie sagte sich, daß das ihr Fehler sei. Sie hatte ihn zu oft abblitzen, ihn zu lange warten lassen.

Sie erhob sich, um zu gehen. Ernüchtert stand er auf. »Wohin willst du?«

»Es ist schon spät.«

Er stand vor ihr und versperrte die Tür. »So spät ist es noch nicht.« Dann meinte er abrupt: »Laß uns ins Bett gehen.«

Sie hatte darauf gewartet, daß er das sagen würde, aber sie hatte nicht mit diesem plötzlichen Adrenalinstoß gerechnet. »Wo ist das

Badezimmer?« Ihre Stimme verriet nichts von dem Gefühl, das sie empfand.

Er deutete auf die geschlossene Tür neben dem Schlafzimmer. Sie nahm ihre Handtasche und sagte: »Ich brauche nur eine Minute.« Sie trat in den kleinen Raum mit der unverkleideten Badewanne, dem angeschlagenen Waschbecken und dem frotteeüberzogenen Toilettendeckel.

Schnell zog sie sich aus, faltete jedes Kleidungsstück ordentlich zusammen und legte es auf den unbenutzten Wäschekorb. Sie beugte sich gerade über das Waschbecken, als sie die Tür hinter sich knarren hörte. Sie sah ihn im Spiegel. Ein Goldkreuz auf dem feinen, goldenen Brusthaar. Nackt. Aufgedunsen. Die blauen Augen undurchsichtig wie Splitter von glasiertem Porzellan. Die Hände ausgestreckt, um sie von hinten zu nehmen.

Sie drehte sich zu ihm um. Ließ sich in seine Arme sinken. Fühlte, wie er sich mit einem langen, bebenden Schauder an sie drängte.

Es dauerte nicht so lange, wie sie erwartet hatte. Es läuteten keine Glocken. Es ertönten keine Posaunen. Sylvias Augenblick der Wahrheit kam lautlos und ohne Fanfaren. Nicht daß das etwas änderte.

Das Warten war vorbei. Die Zukunft war eins mit der Gegenwart.

Seit dem Augenblick, als Anne ihn ihr gezeigt hatte, wußte Sylvia, daß Arthur etwas Besonderes war. Dieses Gefühl hatte sie wie die meisten ihrer Intuitionen nicht getrogen. Es machte nichts, daß sie ihn während der folgenden Tage und Nächte nicht sah. Die Erinnerung an ihn und seine Berührung waren Teil ihrer selbst geworden wie ein verpflanztes Gewebestück.

Anne rief Mitte der Woche an. Einen verrückten Augenblick lang überlegte Sylvia, ob sie ihr von dem Abend mit Arthur erzählen sollte. Anne war der einzige Mensch, der es verstehen, wenn nicht sogar gutheißen würde. Aber Anne hatte selbst Neuigkeiten auf Lager.

»Syl«, platzte sie heraus, »er ist tot.«

Ein eiskalter Schauer lief Sylvia über den Rücken. »Wer?« Doch noch während sie fragte, wußte sie es schon.

»Dieser Mann. Den David freibekommen hat. Irgend jemand hat ihn schließlich doch erwischt.«

Sylvia holte tief Luft.

»Sie fanden ihn mit durchschnittener Kehle in seiner Wohnung. Er war splitterfasernackt. Das Schwein. Es hätte keinen Besseren treffen können...« Anne redete unentwegt weiter.

Sylvia legte den Hörer auf, ohne sich zu verabschieden. Nach einer Weile verließ sie das Haus, kaufte eine Zeitung und las die Einzelheiten. Er war kein Fernsehregisseur, wie sie von Anfang an gewußt hatte, sondern Lastwagenfahrer. Arbeitslos. Nachbarn sagten, er habe noch nicht lange dort gewohnt, aber soweit sie es mitbekommen hätten, sei er ein ruhiger, angenehmer junger Mann gewesen; kein Typ, der Ärger bereitet. Daß er wegen Vergewaltigung vor Gericht gestanden hatte, wurde nicht erwähnt. Das Foto zeigte einen typischen, gutaussehenden Jungen von nebenan, der in die Kamera lächelte. Dieses Bild und der Hinweis auf die zunehmenden Überfälle auf Schwule vermittelten den Eindruck, er sei homosexuell gewesen.

Es gebe keine Spuren, hieß es in dem Artikel, aber die Polizei habe eine Reihe von Hinweisen und rechne mit einer baldigen Festnahme.

Die Festnahme kam nicht zustande. Die Presse verlor schließlich das Interesse.

Zu der Zeit ahnte noch niemand etwas davon, aber es sollte sich bald herausstellen, daß der Mord an Arthur Maitland der erste einer bizarren Serie war, welche die Ermittler monatelang, von August bis zum folgenden Frühjahr, vor ein Rätsel stellte und die Stadt in Angst versetzte.

Mit dem Tod von Arthur Maitland war eine Kraft freigesetzt worden. Eine Herrschaft des Terrors hatte begonnen.

Jay Smith zog seinen Trainingsanzug an, schnürte sich die Adidas-Schuhe zu und verließ lautlos das Zimmer, um den Rest der Familie nicht zu stören. Ehe er das Haus verließ, trank er ein Glas Orangensaft und schluckte zwei Vitaminpillen.

Es war Ende August. Der Himmel war klar. Die Sonne ging gerade auf. Eine sanfte Brise ließ die Blätter des alten Weidenbaumes in der Mitte des Hofes rascheln. Er betrachtete ihn liebevoll. Seit seinem neunten Lebensjahr hatte er den Baum benutzt, um in sein Schlafzimmer, das auf der Rückseite des Hauses direkt über der Küche lag, zu gelangen oder es zu verlassen. Seine Eltern fürchteten, er könnte hinunterfallen und sich ein Bein brechen, und hatten damit gedroht, den Ast, der sich bis zu seinem Fensterbrett streckte, abzusägen. Sie hatten nie verstanden, warum er es vorzog, den Baum hinaufzuklettern, statt die mit Teppich ausgelegte Treppe zu benutzen. Sie konnten nicht begreifen, daß das eine Abenteuer und das andere Konformität bedeutete. Er hatte es aufgegeben, es ihnen erklären zu wollen. Schließlich hatte er, abgesehen von einem einzigen Rückfall, aufgehört, den Baum zu benutzen.

Die Smiths waren nachsichtige Eltern. Jay war ihr einziges Kind, ihr ganzer Stolz. Mit sechzehn war er nicht nur ein Starathlet, sondern außerdem ein ausgezeichneter Schüler. Der gutaussehende, fügsame Junge war ein Einzelgänger und geriet nie in Schwierigkeiten. Jay Smith war ein Sohn, wie ihn jede Familie schätzen würde.

Er streckte sich in der frischen Morgenluft und joggte auf der Stelle, um sich zu lockern, ehe er sich zu der fünf Meilen langen Strecke aufmachte, die er sommers wie winters jeden Morgen lief.

Als Jay mit dem Jogging begann, hatte er seinen Körper gezwungen, über die normale Leistungsgrenze hinaus zu laufen. Er hatte sich vorangetrieben, bis er das Gefühl hatte, seine Lungen würden zerbersten, bis jeder Schritt zur qualvollen Tortur wurde. Jetzt schaffte er die fünf Meilen mit Leichtigkeit. Jetzt ließ er sich dabei von einem erregenden Hochgefühl vorantragen, das ihn euphorisch machte. Er war süchtig danach.

Es war ein Glück, daß seine Familie in einer kleinen Stadt lebte, wo es Gelegenheit gab, auf Feld- und Waldwegen zu laufen. In der Stadt durch Betonschluchten zu joggen würde weniger Spaß machen.

Mit großen Schritten lief er den Hügel hinter dem Holzlager hinunter und dann am Ufer entlang. Landschaftlich war dieses der schönste Teil der Strecke. Das klare Wasser glitzerte, und der Schleier der Trauerweiden spendete dem Ufer Schatten. An dieser

Stelle hielt er gelegentlich an, um ein paar Augenblicke ganz für sich zu haben.

Er verlangsamte sein Tempo, als er sich der kleinen Lichtung im Zedernhain näherte. Irgend jemand hatte am Ufer ein Lagerfeuer gemacht. Baumstämme lagen rings um die Stelle mit dem abgebrannten Gras und der Asche, rustikale Sitzgelegenheiten für einen Grill- oder Liederabend. Jay setzte sich auf einen der Baumstämme, streckte die Beine aus und blickte auf den Fluß. Er genoß das Gefühl der Einsamkeit. Er hatte sich oft gefragt, wie es wäre, der einzige Mensch auf der Welt zu sein, sich nach Belieben und ohne Angst vor unerwünschten Begegnungen zu bewegen.

Jay Smith fühlte, und hatte immer gefühlt, daß er nur sich selbst gehörte. Sogar seine Eltern waren überflüssig. Sie waren gute Menschen. Auf seine distanzierte Art hatte er sie gern. Aber er würde froh sein, wenn er sich von ihnen freimachen könnte, wenn er alt genug sein würde, um sein eigenes Leben zu führen.

Die Joggingstrecke war seine Zuflucht. Seine private Welt. Er hatte sie vor drei Jahren abgesteckt, als er mit dem täglichen Laufen anfing. Nur einmal war hier jemand eingedrungen, und auch nur vorübergehend.

Dieses Mädchen. Er runzelte die Stirn, als er an sie dachte, an die Unruhe, die sie ausgelöst hatte, an die Störung in seinem Leben. Zuerst war er später gelaufen, so daß er sich gerade noch rechtzeitig vor der Schule zu Hause umziehen konnte. Dann hatte er ihretwegen seinen täglichen Lauf auf den Sonnenaufgang verlegt, seinen Zeitplan wieder und wieder geändert und ihn schließlich dem Zufall überlassen.

Sie war ungefähr in seinem Alter, vielleicht eine Idee älter. In der Zeitung hieß es, sie sei attraktiv gewesen. Den Eindruck hatte er nicht gehabt. Für ihn war sie bloß ein großes, dünnes Mädchen mit langem kastanienbraunen Haar, das an den Wurzeln feucht vor Schweiß war.

Als er sie das erste Mal sah, war er überrascht. Es war ihm nie in den Sinn gekommen, daß jemand in seine private Zeit, seinen privaten Raum eindringen könnte. Er verlangsamte sein Tempo, um sie vorbeizulassen, und starrte ihr nach, bis er sie zwischen den Bäumen aus den Augen verlor.

Am nächsten Morgen verließ er das Haus zur selben Zeit in der Hoffnung, sie würde nicht wieder auftauchen. Er sagte sich, daß sie wahrscheinlich nie wieder die Strecke nehmen würde. Als er hinter sich die gleichmäßigen Schritte nahen hörte, spürte er, wie sich seine Muskeln spannten. Er zwang sich, nicht hinzusehen. Sie überholte ihn und nahm den besten Teil des Tages mit sich.

Am darauffolgenden Tag lief er später los und holte sie fast am Ende der Strecke ein. Verschwitzt und keuchend erschien er kurz nach dem Klingeln im Unterricht.

Am nächsten Morgen startete er früher. Er war gerade auf der Seitenstraße, nur wenige Meter von zu Hause entfernt, als er sich umschaute und sie das Feld in der Nähe des alten Sampson-Hauses überqueren sah.

Eine Woche lang lief er überhaupt nicht. Da entdeckte er, daß er süchtig war, daß das Joggen ihn in einen Zustand versetzte, auf den er nicht verzichten wollte. So setzte er sein Training fort, aber das Vergnügen war vorbei. Die Gedanken an das Mädchen belasteten ihn beim Laufen. Selbst an den seltenen Tagen, an denen sie nicht erschien, war sie da. Er lauschte auf ihre Fußtritte. Blickte sich suchend um. Die pure Freude, die er bisher beim freien Laufen empfunden hatte, war ihm vergangen.

Er überlegte, ob er sie bitten sollte, woanders zu laufen, verwarf die Idee aber wieder. Etwas an ihrem lockeren Schritt, an der Haltung ihrer Schultern sagte ihm, daß sie schwer zu überreden sein würde. Er würde warten. Geduld, wußte er, konnte Wunder vollbringen.

Er hatte recht. Das Mädchen lief die Strecke ein paar Wochen lang. Dann wurde eines Tages am Flußufer ihre Leiche entdeckt.

Jetzt streckte sich Jay und atmete tief durch. Es war schön zu leben. Eine Rotdrossel, die sich oben in einer der Zedern niedergelassen hatte, brach mit lautem Zwitschern die frühmorgendliche Stille. Jay lächelte einfühlsam. Wenn seine Füße beim Laufen flüchtig die Erde berührten, sein Körper nahezu flog, fühlte er sich wie ein Vogel und hatte das Gefühl, er könnte vom Boden abheben und sich mit der anmutigen Leichtigkeit einer Möwe emporschwingen.

Da er in seine Tagträume versunken war, überhörte er das leise

Geräusch von Schritten. Erst als er jemand seinen Namen flüstern hörte, drehte er sich um, blickte auf und erstarrte vor Angst.

Eine große Gestalt stand reglos hinter ihm, die Hände umklammerten einen Zaunpfahl wie eine Keule, bereit zuzuschlagen.

Sie starrten einander wortlos an. Eine Brise ließ die Blätter der Birken entlang des Weges rascheln. Wasser rieselte über die Steine im Flußbett. Ein Vogel putzte sich, schlug mit den Flügeln; Geräusche, gerade noch unbemerkt, schienen plötzlich laut.

Jays Augen weiteten sich, dunkel vor Entsetzen. Einen Augenblick saß er wie erstarrt, sah das Schimmern eines blanken, makellosen Nagels, der aus dem rauhen Splitterholz hervorragte. Dann sah er, wie ein schwerer, schwarzer, scharlachrot durchsetzter Vorhang den Himmel auslöschte.

Der Schlag traf ihn mitten auf den Kopf, zerschmetterte ihm den Schädel. Sein Körper lag schlaff wie eine Stoffpuppe gegen den Baumstamm gelehnt. Erschreckt flog der Vogel davon.

Der Angreifer beugte sich kurz über ihn, bevor er durch die Zedern in Richtung Ufer ging, sich flußabwärts zu den vernachlässigten Sampson-Weiden wandte und den Feldweg zu dem verlassenen Gehöft nahm.

Der Wagen war im Geräteschuppen untergestellt. Es war ein alter, verbeulter und lehmbespritzter Ford. Er sah aus wie ein Autowrack, das die Sampsons bei ihrem Auszug zurückgelassen hatten, aber das war nicht der Fall. Die klägliche Karosserie enthielt einen starken Motor, den ein Kraftfahrzeugmeister nach Feierabend in einen hervorragenden Betriebszustand versetzt hatte. Der Wagen hatte dreihundert Dollar gekostet. Was seine Leistung betraf, konnte er viele neuere Modelle übertreffen.

Der Fahrer hielt hinter den Forsythien am Ende der Straße an, um sich zu vergewissern, daß niemand kam. Sobald der Ford auf der Hauptstraße war, verschwand er im Verkehr.

Die Fahrt zurück in die Stadt war kurz. Der Wagen wurde an einer Parkuhr in einem Vorort geparkt. Die Türen blieben unverschlossen, und der Schlüssel steckte im Zündschloß, um zum Diebstahl aufzufordern. Der Fahrer nahm die Straßenbahn zu einem Parkhaus in der Innenstadt.

Nach den unbequemen Sitzen des alten Fords war der erstklassige ausländische Wagen der reinste Luxus. Er ließ sich locker durch die spiralförmige Ausfahrt lenken, hielt kurz beim Häuschen des Parkwächters an und rollte dann leise hinaus auf die Straße. Innerhalb von Sekunden hatte der fließende Stadtverkehr Wagen und Fahrer verschluckt.

Der Tod ihres Sohnes war verheerend für die Smiths. Mildred, die eine führende Rolle in der gemeinnützigen Arbeit gespielt hatte, zog sich hinter herabgelassene Jalousien zurück. Jason, Jays Vater, verschanzte sich hinter einer Mauer des Schweigens. Alten Freunden gingen sie aus dem Weg, und bald gingen alte Freunde ihnen aus dem Weg. Jays Tod setzte auch ihrem Leben ein Ende.

Der Zaunpfahl, der benutzt worden war, um Jay den Schädel einzuschlagen, hatte sich in die Wunde eingegraben. Die ersten Beamten am Tatort dachten, er sei durch das getrocknete Blut festgeklebt. Als sie ihn schließlich entfernt hatten, entdeckten sie den Nagel. Der starke Nagel hatte die Schädeldecke durchbohrt und war in das Gehirn eingedrungen. Der Pfahl war alt. Der Nagel war neu. Die Polizei war ratlos.

Es gab keine Fingerabdrücke auf der rohen Waffe, und der Nagel war von einer gewöhnlichen Sorte, die es überall zu kaufen gab. Der einzige andere Gegenstand, der gefunden wurde, war ein Gepäckanhänger, der an Jays Schnürsenkel gebunden war. Auf dem Gepäckanhänger stand eine Nummer. Es war die Nummer 3.

4

September 1984

Das Nationalballett trat im O'Keefe Centre auf. Sylvia hatte Karten für den *Schwanensee*, ihr Lieblingsstück, und sie hatte sich schon seit Wochen auf diesen Abend gefreut. Den Abend vor der Vorstellung verbrachte David zu Hause, was immer seltener wurde.

Sie hatten es sich nach dem Essen im Wohnzimmer gemütlich gemacht, David mit der Tageszeitung und Sylvia mit einer Taschenbuchausgabe von Jack Abbotts *In the Belly of the Beast*, aufgrund dessen Abbott mit Hilfe von Norman Mailer vorübergehend aus seiner fast lebenslangen Haftstrafe freigekommen war. Als sie aufblickte und sah, daß David sie über den Rand der Zeitung beobachtete, legte Sylvia das Buch beiseite. Sein Gesicht trug diesen »Ich muß dir was erzählen«-Ausdruck. Was immer es war, an dem leichten Lächeln und der verhaltenen Aufregung in seinen Augen erkannte sie, daß es wichtig war.

»Ich bin um ein Interview gebeten worden«, sagte er leise, wie beiläufig.

»Das ist nichts Ungewöhnliches.« Das stimmte. David Jenning wurde allmählich einer der meist beachteten und meist befragten Rechtsexperten der Stadt. Da er keine Anstalten machte, fortzufahren, tat sie ihm den Gefallen, nachzufragen: »Wo gibst du das Interview?«

Seine Brust schwoll an. »In *Nightline*.« Nach einer effektvollen Pause. »In der Ted-Koppel-Show im ABC.«

»David, das ist ja toll!« Sie freute sich für ihn. Auf regionaler Ebene Interviews zu geben, war eine Sache, aber in einer der größten US-amerikanischen Nachrichtensendungen zu erscheinen, war etwas ganz anderes.

Er gab seine gespielte Gleichgültigkeit auf und grinste wie ein Junge. »Findest du das gut?«

»Natürlich finde ich das gut. Es ist großartig. Aber wie... warum...?«

»Sie machen eine Sendung über die juristische Auslegung von Unzurechnungsfähigkeit in verschiedenen Ländern. Es kommt jemand aus England. Deutschland. Lee Bailey für die USA.«

»Und David Jenning für Kanada. David, ich bin so stolz. Wann ist es?«

Er schluckte. »Morgen abend.«

»O nein. Was ist mit dem Ballett? Du hast versprochen...« Sie besann sich. Ein Abend im Ballett war die reinste Bagatelle im Vergleich zu dieser einmaligen Gelegenheit. »Das ist ja ziemlich kurzfristig, was?«

»Ich weiß schon seit ein paar Wochen davon«, entschuldigte er sich lahm. »Ich wollte dir nicht davon erzählen, ehe es nicht absolut sicher war. Du weißt ja, wie das ist. Wenn plötzlich irgend etwas Wichtiges passiert, werfen sie das ganze Programm um. Bei einer Live-Sendung mußt du bereit sein, wenn sie es sind.«

Sie verbarg ihre Enttäuschung. Diese Sendung würde David geradewegs auf die Ebene der internationalen Superstars unter den Anwälten katapultieren. Er hatte allen Grund, stolz zu sein.

Er räusperte sich. »Wegen des Balletts...«

»David, das ist nicht wichtig. Wir können nächstes Jahr hingehen. Außerdem kann ich auch allein gehen.«

»Das ist nicht dasselbe, Syl. Ich habe Craig gebeten, dich zu begleiten, und er war einverstanden.«

»O nein, David, das hättest du nicht tun dürfen. Das ist ja so, als hättest du deinem besten Freund eine Verabredung mit einem Mauerblümchen aufgeschwatzt.«

David brüllte vor Lachen.

»Das ist nicht witzig.« Sie war verärgert, weil er sie in eine so peinliche Situation gebracht hatte. Außerdem verwirrte sie der Gedanke, einen Abend allein mit Craig Faron zu verbringen. Zwischen ihnen war etwas, eine tiefverwurzelte Verbindung, die bisher keiner von beiden angesprochen hatte. Sie wollte nicht Gefahr laufen, daß sich einer von beiden fortreißen ließ.

»Das ist sehr wohl witzig, Syl. Ein Mauerblümchen? Du? Meine Güte, ich weiß doch, wie die Männer dich anschauen. Würde ich dich nicht so gut kennen, wäre ich schon längst vor Eifersucht verrückt geworden.«

Diesmal mußte Sylvia lachen, und es klang wie das Klirren von Eis in einem Glas.

»Sieh mal«, sagte David, »ich wußte, daß du gehen wolltest. Du hast dich schon lange auf diesen Abend gefreut. Mit Abendessen. Tanzen. Richtig Ausgehen eben. Und ich wußte, du würdest nicht allein gehen, oder du würdest Anne fragen, und das wäre nicht dasselbe. Außerdem...«, und jetzt kam das Entscheidende, »ist Craig der einzige Mann, dem ich dich anvertrauen würde. Er ist aus demselben anständigen Holz geschnitzt wie du, Syl. Die meisten Männer, die ich kenne, würden sich sofort an dich heranmachen. Das wollte ich dir nicht zumuten.«

Sein bester Freund. Seine liebste Frau. Bei jedem anderen hätte sie den Verdacht gehabt, er wolle ihr eine Falle stellen. Sie prüfen. Aber David würde so etwas nicht tun. Nicht, daß er dazu nicht fähig wäre. Ginge es um einen Mandanten, würde er vor nichts zurückschrecken. Aber sie wußte, was sie betraf, war er naiv wie ein Kind. Er nahm sie so, wie sie zu sein schien. Für einen Mann, der stolz darauf war, die menschliche Natur ergründen zu können, war das ein merkwürdiger blinder Fleck. Einst hatte sie sein Vertrauen in sie als einen rührenden Tribut, als einen Beweis für die Tiefe seiner Zuneigung betrachtet. Doch seit einiger Zeit kam es ihr eher vor wie die Selbstgefälligkeit eines Besitzers, der seinen Besitz vor dem Erwerb hatte schätzen lassen und ihn fortan als gegeben nahm.

»Der arme Craig. Vermutlich verabscheut er Ballett.« Sie haßte den Gedanken, ihn zu etwas zu zwingen, was er wahrscheinlich langweilig fand. Bei dem Gedanken, neben ihm zu sitzen und die männlichen Tänzer in ihren hautengen Anzügen zu beobachten, unter denen sich die Muskeln und die Geschlechtsteile deutlich abzeichneten, wurde ihr unangenehm warm.

»Sylvia«, sagte David mit geduldiger Stimme, »Craig liebt das Ballett. Und der *Schwanensee* ist zufällig sein Lieblingsstück. Er hat sich gefreut wie ein Kind, als ich ihn fragte.«

Craig Faron mit einem Kind zu vergleichen war, als vergliche man einen Panther mit einer Hauskatze. Sie wollte gerade sagen, daß sie nicht gehen würde und Craig beide Karten haben und jemand anderes mitnehmen könne, als David ihr zuvorkam und ihr vorschlug, zur Feier des Tages anzustoßen. Er schenkte sich einen Scotch ein und reichte ihr ein Glas Wein. Sie erhob das Glas: »Auf dich, David. Und *Nightline*. Und darauf, daß du Lee Bailey übertriffst.«

Er küßte sie auf die Wange und setzte sich wieder, froh, daß alles geregelt war. »Übrigens«, sagte er, »habe ich Craig gesagt, er solle einen Abendanzug tragen. Ich dachte, du würdest vielleicht gern dieses Ding mit den Spaghettiträgern anziehen. Oder das chinesische Seidenkleid.«

»Also wirklich, David. Manchmal kannst du einem den letzten Nerv töten.« Er grinste, als hätte sie ihm ein Kompliment gemacht. Sie schwiegen einen Augenblick.

Dann fragte sie und versuchte, nicht allzu interessiert zu klingen: »Warum hat er nie geheiratet?«

»Wer?«

»Du weißt, wen ich meine. Craig. Er spricht selten über sich. Jedenfalls nicht über sein Privatleben. Nie über Frauen. War er überhaupt schon einmal verlobt?«

David beugte sich vor und nahm seine Zeitung auf. »Er ist ein eingefleischter Junggeselle. Der beste Fang ist entwischt.« Er las weiter, wo er vorhin aufgehört hatte.

»David.« Sylvia war verärgert. »Warum hat er nicht geheiratet? Mag er keine Frauen?«

David senkte die Zeitung und sah sie kalt an. »Was willst du damit sagen?« Die Lippen waren zu einer schmalen Linie zusammengepreßt.

»Du meine Güte, nichts.« Sie war verdutzt über seine nahezu feindselige Reaktion.

Er musterte ihr Gesicht und kam zu dem Schluß, daß sie mit ihrer Frage keine Andeutung hatte machen wollen. »Er war einmal verlobt«, sagte er zögernd, als verletze er damit Farons Privatsphäre.

»Wann?«

»Vor langer Zeit. Ehe ich ihn kennenlernte. Ich weiß nicht viel darüber. Er hat es mal erwähnt, aber er spricht nicht darüber.«

»Was ist daraus geworden?«

»Sylvia, ich weiß es wirklich nicht.«

»Bedeutet sie ihm immer noch etwas?« Sylvia merkte, daß er dieses Gespräch nicht fortsetzen wollte, aber sie mußte es wissen. »Warum haben sie nicht geheiratet?« Sie konnte sich nicht vorstellen, daß eine Frau, die mit Faron verlobt war, ihn gehen lassen würde. Und wenn er ihr immer noch die Fackel hielt, war es sehr unwahrscheinlich, daß er ihr den Laufpaß gegeben hatte. »Trifft er sich noch mit ihr? Lebt sie hier in Toronto?«

»Sie ist tot«, antwortete David kurz angebunden.

»Tot?« Das Wort zeigte nur langsam Wirkung. »Tot? Wie? Wann?«

»Syl, ich weiß es wirklich nicht.« Er wurde immer ungeduldiger. »Ich weiß nur, daß er sie sehr geliebt hat. Sie wollten heiraten.

Kurz vor der Hochzeit ist irgendwas passiert. Ganz plötzlich. Irgendwas Gewaltsames. Es war tragisch. Er denkt immer noch daran. Und ich würde dir raten, es nie zu erwähnen. Ich habe es einmal getan. Ein einziges Mal. Und er hat mich zu Tode erschreckt. Er geriet in einen Schockzustand. Was immer es auch war, es war verdammt erschreckend. Ich glaube, er wußte nicht mehr, wer er war, wer ich war, nichts. Er geriet einfach in diesen... einen verdammt psychotischen Zustand. Er war ein völlig anderer Mensch.«

»Du glaubst, er ist psychotisch, und trotzdem willst du, daß ich einen Abend mit ihm verbringe?« Sie zog ihn auf, neckte ihn, um zu sehen, was er sagen würde. Sie konnte sich nicht vorstellen, vor Craig Faron Angst zu haben.

»Verdammt noch mal, der Mann ist genauso normal wie ich. Ich wußte, ich hätte dir das nicht erzählen sollen. In all den Jahren, die ich ihn kenne, ist das nur ein einziges Mal passiert. Und das war meine Schuld. Ich fing an, etwas hervorzuholen, was er begraben hatte, und das war zuviel für ihn. Er hat eigentlich gar nichts gemacht. Er war nur für ein paar Minuten völlig weggetreten.«

Er widmete sich wieder seiner Zeitung. Schloß sie aus. Sylvia wußte, daß David nie wieder darüber sprechen würde. Sie nahm ihr Buch auf, betrachtete die gedruckte Seite und versuchte, die Buchstaben zu lesen, aber sie sah nur flüchtige Bilder von Faron vor sich. Faron – lächelnd und entspannt an dem Abend, als er zum Essen gekommen war. Faron – konzentriert, mit gerunzelter Stirn, als er Verweise in Davids Akten machte. Faron – mit traurigem Gesichtsausdruck, mit dunklen und besorgten Augen, ins Leere starrend. Sie hatte seine Momente der Traurigkeit wahrgenommen, wußte, daß es hinter dem ruhigen, kontrollierten Äußeren dunkle Abgründe gab. Aber sie hatte nie das Gefühl gehabt und konnte es sich auch jetzt nicht vorstellen, daß er ein Mann zum Fürchten sei.

David hatte geplant, an dem Abend mit ihr essen zu gehen, und einen Tisch im Winston bestellt. Sylvia trug das Kleid mit den Spaghettiträgern, das er vorgeschlagen hatte, und als sie sich im Spiegel betrachtete, fühlte sie sich wie ein Schulmädchen bei der ersten Verabredung. David kam ins Schlafzimmer, als sie sich schminkte, und sagte, sie sähe hinreißend aus, und sie solle sich hinterher nicht beeilen, da es bei ihm ohnehin vermutlich spät werde.

Sie hörte Craig vorfahren. Als sie schließlich nach unten ging, fand sie beide Männer bei einem Drink an der Bar. David war in Hemdsärmeln, den Schlips gelockert und den Kragen geöffnet. Craig trug einen Smoking und ein gefälteltes Hemd. Im Abendanzug schien er sich genauso wohl zu fühlen wie in verblichenen Jeans und Turnschuhen. David sah im Smoking wie ein Kellner aus. Craig dagegen wirkte wie ein Mann, der Vorstandsetagen und Privatjets gewohnt war.

Lebhaft und mit beiden Händen gestikulierend, erzählte David von dem bevorstehenden Interview. Craig lehnte an der Bar, einen Fuß auf der Messingschiene. Er war ein aufmerksamer Zuhörer.

David hörte auf zu sprechen, als er sie bemerkte. Craig folgte seinem Blick, drehte sich um und lächelte. Sie hielt den Atem an. Das ernste Gesicht strahlte, und die dunkelblauen Augen leuchteten. Nie zuvor hatte er so gut ausgesehen wie in diesem Augenblick, in dem die untergehende Sonne ein bronzefarbenes Licht auf seine markanten, hohen Wangenknochen warf und das dicke schwarze Haar blauglänzend schimmern ließ.

»Bist du fertig?« Seine Lippen sagten nicht, was seine Augen verrieten. Sie hätte damit auch nicht umgehen können.

Sie nickte, reichte ihm ihren Umhang und wappnete sich gegen die Berührung, bevor er ihn um ihre Schultern legte.

David strahlte sie beide an. Was für ein herrliches Paar sie seien, sagte er, und daß er ihnen einen schönen Abend wünsche.

Sylvia küßte ihn und wünschte ihm Glück bei dem Interview. Er begleitete sie zur Tür und winkte ihnen nach.

Als sie rückwärts aus der Auffahrt setzten und Sylvia ihm zuwinkte, bemerkte sie, wie alt und müde er aussah. Von Schuldgefühlen geplagt, kurbelte sie das Wagenfenster herunter und rief: »Bist du sicher, daß ich nicht hierbleiben soll? Wenn du willst, könnte ich mit dir ins Studio fahren.«

»Sei nicht albern.« Er nahm Haltung an und setzte sein Gesicht für die Öffentlichkeit auf. »Du würdest mich nur stören. Ich muß mir noch ein paar Notizen machen, ein paar Dinge erledigen. Es gibt keinen Grund, warum du hier für nichts und wieder nichts herumsitzen solltest.«

Craig ließ den Motor wieder an. »Ich glaube, er will allein sein,

Sylvia. Der heutige Abend bedeutet ihm viel. Er will es gut machen.«

Er sah sie an und lächelte, und wieder spürte sie diese animalische Anziehungskraft, diese pure Energie, die er ausstrahlte wie feine, dünne Fühler. Seine Hände ruhten locker auf dem Lenkrad des Mercedes, und die langen, anmutigen Finger lenkten den Wagen mit einem Minimum an Bewegung.

Sie erinnerte sich, daß David ihr erzählt hatte, Craig besäße keinen Wagen. Als sie das erwähnte, sagte er, David habe recht, er zöge Taxis oder, wie heute abend, Mietwagen vor.

»Wir hätten meinen Wagen nehmen können. Du hättest dich nicht in solche Unkosten stürzen sollen«, protestierte sie.

»Ich wollte, daß es ein besonderer Abend wird«, antwortete er nur. Er blickte geradeaus und achtete auf den Verkehr. Sein Profil verriet ihr nichts.

Sylvia war seit Jahren nicht im Winston gewesen. Das beliebte Restaurant war genauso angenehm, wie sie es in Erinnerung hatte. Das Essen war ausgezeichnet und der Service ebenfalls. Craig war aufmerksam, wenn auch ein wenig förmlich. Sie unterhielten sich ungezwungen, und die Zeit verging im Nu.

Als Craig schließlich auf die Uhr schaute und sagte, es sei Zeit zu gehen oder sie würden den ersten Akt verpassen, fragte sie, ob das sein Ernst sei, so viel Zeit könnten sie doch noch nicht beim Essen verbracht haben. Erstaunt stellte sie fest, daß es stimmte. Die Zeit war viel zu schnell vergangen. Eingehüllt in das Licht der Kerze auf ihrem Tisch, hatte sie nichts anderes wahrgenommen als den erregenden, attraktiven Mann, der ihr gegenübersaß.

Widerstrebend erhob sie sich und wünschte, der vor ihr liegende Abend möge länger sein.

Sie erreichten das O'Keefe Center, kurz bevor die Lichter dunkler wurden. Mit Rücksicht auf David, der es haßte, sich durch enge Sitzreihen zu quetschen, hatte sie Plätze direkt am Mittelgang ausgesucht. Das war ein Glück, denn so konnten sie ohne Aufsehen ihre Plätze einnehmen, als die Lichter ausgingen.

Der *Schwanensee* hatte Sylvia schon immer gefallen, aber noch nie zuvor war sie so verzaubert gewesen wie an diesem Abend mit Craig. Nie war ein Prinz charmanter, eine Odette lieblicher, ein

Schurke böser gewesen. Nie hatte Tschaikowsky romantischer, melancholischer, erhabener und unheilverkündender geklungen.

Als nach dem ersten Akt die Lichter angingen, saß sie wie gebannt da, bis Craig seine Hand auf ihren Arm legte und sie sanft in die Wirklichkeit zurückholte.

Sie blickte zu ihm auf und sah, daß er von dem Zauber von Tschaikowskys Phantasiewelt genauso gefangen war. Sein sonst so ernstes Gesicht wirkte weich, der Blick der Augen mit den schweren Lidern war offen und heiter. Sie lächelten einander an, beide unwillig, den Blick abzuwenden, und beide waren sich seiner Hand auf ihrem nackten Arm bewußt.

Sylvia bewegte sich als erste, als sie von einer beleibten Dame, die sich an ihr vorbei auf den Gang zu quetschen versuchte, angerempelt wurde. Beide erhoben sich, um Platz zu machen. Der Zauber war gebrochen, und Craig fragte höflich, ob sie etwas trinken wolle.

»Nur wenn du etwas willst.«

Er betrachtete den Menschenstrom, der sich langsam die Treppe hinunterschob, und schüttelte den Kopf. »Es ist nur eine kurze Pause. Vielleicht in der nächsten.«

Nach dem zweiten Akt verließen sie ihre Plätze, allerdings nicht wegen eines Drinks, sondern um sich die Beine zu vertreten. Sylvia war sich bewußt, daß die Leute sie anschauten, vor allem Craig. Er bemerkte es nicht. Er schien nichts und niemanden wahrzunehmen außer ihr. Er erzählte ihr gerade von der Originalfassung des Werks, als sie eine Hand auf ihrer Schulter fühlte. Sie drehte sich um. Anne und Bill standen vor ihr. Sie freute sich nicht, sie zu sehen, hieß die Unterbrechung nicht willkommen. Anne zog sie am Arm fort von Craig und Bill, die sich höflich über die Vorstellung unterhielten. Außer Hörweite sah sie Sylvia mit zusammengekniffenen Augen und wissendem Blick an: »Ich wußte gar nicht, daß du etwas für diesen tollen, sexy Typ übrig hast. Wo zum Teufel ist David?«

Sylvia erklärte die Sache mit dem Interview. »Das nennt man Schicksal«, flüsterte Anne. »Ihr beide paßt perfekt zusammen. Wenn du diesen Kerl nicht ins Bett kriegst, mußt du mal deinen Kopf untersuchen lassen. Vergiß David ein einziges Mal. Wahrscheinlich hattest du seit deinen Flitterwochen keinen anständigen Fick mehr.«

»Das hier ist etwas anderes«, fuhr Sylvia sie an.

»Ach ja? Offen gesagt, meine Wenigkeit erkennt Hochspannung, wenn ich sie sehe, und ihr beide sprüht Funken.«

Die Lampen flackerten, und die Zuschauer begaben sich zurück in den Saal. Erleichtert machte sich Sylvia davon, aber fast während des ganzen dritten Aktes hatte sie Annes Stimme im Ohr. Erst bei der Sterbeszene, als blaues Licht die Bühne in Halbdunkel hüllte, die Ballerina sich zusammenkrümmte und die Arme wellenförmig wie zerbrechliche Flügel bewegte, wurde die Illusion wieder Wirklichkeit. Sie blieben bis zum letzten Vorhang sitzen und erhoben sich erst, als die Saalbeleuchtung anging und die Menschenmenge bereits kleiner geworden war.

Sylvia wartete unter dem Vordach, während Craig den Wagen holte. Als sie eingestiegen war, fragte er leise: »Was würdest du gern unternehmen? Etwas trinken gehen? Tanzen?«

Sie wollte nicht mit anderen Menschen zusammensein. Sie wollte mit Craig zusammensein. Sie wollte mehr über ihn erfahren, wollte sehen, wo er lebte, wollte etwas über die gelöste Verlobung und die Frau, die er geliebt hatte, wissen.

Als hätte er ihre Gedanken gelesen, sagte er beiläufig: »Warum gehen wir nicht auf einen Kaffee zu mir? Es ist gleich um die Ecke.«

Seine Stimme klang unpersönlich, frei von Andeutungen oder versteckter Bedeutung. Sie wußte, er versuchte ihr damit zu sagen, daß er sie als Freund einlud und diese Freundschaft nicht ausnutzen würde. Bereitwillig nahm sie das Angebot an. Dieser Abend konnte zu nichts führen, doch keiner von beiden wollte, daß er endete.

Das Gebäude war ein Phallus aus Glas und Stahl, der die umliegenden Geschäftshäuser überragte. Als sie im Expreßlift nach oben fuhren und Sylvia den schlanken Körper neben sich spürte, beschleunigte sich ihr Puls, und ihr Herz klopfte heftig. Äußerlich war sie ruhig. Innerlich war sie in Aufruhr. Wie ein Pulverfaß. Ein Funken, und sie wußte, sie würde fortgerissen werden jenseits jeder Angst vor Konsequenzen. Es war eine Erleichterung, aus dem engen Raum des Fahrstuhls in den Korridor, vom Korridor in das geräumige Apartment zu treten.

Craig nahm ihr den Umhang ab und schlug vor, sie solle es sich im Wohnzimmer bequem machen. Als sie darauf bestand, ihn in die Küche zu begleiten, war er erfreut. Während er den Kaffee mahlte und die Kaffeemaschine füllte, erzählte er ihr von den Anfängen des Nationalballetts, wie es sich zur Weltklasse entwickelt hatte und jetzt mit dem berühmten Sadler's Wells Ballet wetteiferte, das einst durch seine untadelige Präzision und vollendete Anmut berühmt geworden war.

Während sie darauf warteten, daß der Kaffee durchlief, zeigte er ihr seine Aussicht auf die Stadt, die blinkenden Neonlichter und den See, der im Mondlicht silbern schimmerte.

Sie spürte seine Wärme, roch den leichten Moschusduft seines Rasierwassers und schob dann David wie einen Schutzschild zwischen Craig und sich, indem sie vorschlug, den Fernseher einzuschalten, um vielleicht noch das Ende der Sendung zu sehen.

Craig reichte ihr die Fernbedienung und ließ sie den Sender suchen, während er den Kaffee holen ging. Die Sendung war fast zu Ende. Koppel spulte gerade sein Resümee herunter. Es hagelte Beifall. Sie schaltete das Gerät gerade aus, als Craig mit Kaffee und Likör aus der Küche kam. Er gesellte sich nicht zu ihr auf das Sofa, sondern entschied sich statt dessen für einen Ledersessel auf der anderen Seite des Couchtisches.

Auf dem Tablett stand eine Flasche Benediktiner. Sie wußte, daß sie da war, weil es ihr Lieblingslikör war. Er weiß alles, dachte sie, alles, was man über mich wissen muß. Aber ich weiß nichts über ihn. Für einen Augenblick geriet sie in Panik. Dann blickte sie auf, sah ihm in die Augen, sah die Warmherzigkeit, die völlige Akzeptanz ihrer Person, und wußte, daß sie von diesem fremden, unwiderstehlichen Mann nichts zu befürchten hatte. Und sie wußte, daß es in diesem Augenblick der Entrückung nichts gab, was sie nicht fragen durfte, nichts, was er nicht beantworten würde.

Sie nahm das kleine Likörglas mit einem Bendiktiner entgegen, atmete den süßen, nach Kiefern duftenden Geruch ein und fragte sanft und wie im Traum: »Wie war sie?«

Er blickte auf seine Hände hinunter, verschränkte die Finger ineinander, so daß die Knöchel weiß wurden. Die Ader an seiner Schläfe schwoll zu einem dünnen, blauen Strang an. Ein Wangenmuskel zuckte. Ergriffen von seinem Kummer beugte sie sich über den Tisch, um seine gefalteten Hände zu berühren. Er zuckte zurück, als hätte diese kurze Berührung ihm unerträglichen Schmerz zugefügt.

»Du solltest darüber sprechen«, sagte sie sanft und voller Sehnsucht, ihm zu helfen.

Langsam hob er den Kopf, und sein Gesicht war das Gesicht eines Fremden. Ihr stockte der Atem. Das war kein Kummer, der ihn quälte, sondern Wut – eine Wut, so urtümlich, daß sie sein Gesicht zu einer Maske des Hasses verzerrte.

Sylvia wartete reglos und ohne Angst. Sie begriff, welches Ausmaß an Disziplin und Willenskraft er aufbringen mußte, um nicht in einen Abgrund zu stürzen, ehe der Zorn vorbei war und der Druck nachließ.

Langsam zogen sich seine Pupillen, die sich bis auf einen schmalen blauen Rand vergrößert hatten, wieder zusammen. Das eben noch einer Totenmaske gleiche Gesicht verwandelte sich und wurde wieder vertraut. Sie reichte ihm seine Tasse Kaffee und wartete darauf, daß er sprach.

Er trank den Kaffee und preßte die Fingerspitzen gegen die noch geschwollenen Schläfen. Als er endlich sprach, mußte sie sich vorbeugen, um seine leisen, undeutlichen Worte zu verstehen. »Ich habe noch nie...« Er hielt inne, suchte nach Worten. »Das ist etwas, worüber ich nicht gern rede oder nachdenke. Ich habe noch nie darüber gesprochen...«

»Dann tu es nicht«, sagte Sylvia. »Ich weiß, daß du sie sehr geliebt haben mußt. Darum dachte ich, wenn du darüber sprichst, es rausläßt, könntest du es vielleicht verwinden. Wieder von vorn anfangen. Aber wenn es zu schmerzhaft ist, wenn du sie so sehr geliebt hast...«

Er stand auf und ging mit langen, gleichmäßigen Schritten auf und ab. »Sie geliebt? Ja. Auf eine Art. Nicht wie...« Er unterbrach sich. »Sie war jung. Wir beide waren jung. Jung und verletzlich.« Er blieb stehen. Kehrte ihr den Rücken zu und blickte über den Balkon hinaus.

»Avril. Hübsche kleine Avril. Siebzehn Jahre alt. Wir wußten nicht, wie jung wir waren. Alt genug, um einander zu wollen. Alt genug, um zu heiraten. Sie war so zart. So zerbrechlich. Ich wollte sie vor der Welt beschützen.« Er lachte hart. »Sie gab mir das Gefühl, unbesiegbar zu sein. Ihr Drachentöter.« Er drehte sich zu Sylvia um. »Sie vertraute mir. Ich habe sie im Stich gelassen. Meinetwegen ist sie tot.«

Da nahm Sylvia ihn in die Arme und wiegte seinen Kopf auf ihrer Schulter, bis sie spürte, daß seine Anspannung nachließ und seine Muskeln sich entspannten. Er war erschöpft, aber die Geschichte war noch nicht zu Ende. Sie wollte nicht mehr wissen. Aber genausowenig wollte sie diese Gelegenheit verstreichen lassen, das Ende der Geschichte doch noch zu hören. »Was ist passiert?«

Er entzog sich ihr und wandte sich ab, als wolle er sich vor ihr verschließen.

»Laß uns noch einen Kaffee trinken«, schlug sie vor. Sie trug das Tablett in die Küche und zwang ihn durch ihre Willenskraft, ihr zu folgen. Sie wollte, daß er seine Geschichte zu Ende erzählte und das Gespenst begrub, und die hell erleuchtete, sterile Küche war ein sicherer Ort zum Erzählen.

»Was ist mit Avril passiert?« fragte sie bewußt direkt.

Mit ruhiger Hand schenkte er den Kaffee ein. »Sie wurde vergewaltigt und in einen Gully geworfen. Es hieß, sie habe noch zwei, vielleicht drei Tage gelebt.« Seine Stimme war so ruhig wie seine Hand. »Am Tag, als wir heiraten wollten, wurde sie gefunden. Ihr Körper war noch warm. Nur wenige Stunden früher...«

Mit beiden Händen ergriff sie seine Hand. Er zog sie nicht weg.

»Sie wollte etwas für die Hochzeit abholen. Irgendeine Überraschung. Wahrscheinlich für mich. Sie wollte den Wagen ausleihen. Ich sagte nein, ich könnte sie nach der Arbeit fahren. Es war eine richtige Schrottkarre. Ich hatte Angst, sie könnte einen Unfall bauen. Sich verletzen. Darum beschloß sie, zu Fuß zu gehen. Und das war das letzte, was wir von ihr sahen, bis man sie fand. Wenn ich ihr das verdammte Auto gegeben hätte...«

Sie nahm sein Gesicht in beide Hände. »Craig, es ist vorbei. Du kannst es nicht ungeschehen machen. Akzeptiere es. Und dann laß es los.«

Er nahm ihre Hände und berührte eine der Handflächen mit den Lippen. »Wegen Avril habe ich David kennengelernt.«

Diese Bemerkung war eine Überraschung. Avril war schon seit Jahren tot.

»Nach ihrem Tod hatte ich das Gefühl, verrückt zu werden. Ich mußte weg von hier und trampte nach Vancouver. Dort heuerte ich auf einem Frachter an, in Sydney wechselte ich das Schiff. Ich habe alles mögliche gemacht. Ein Geschäft aufgebaut. Geld gemacht. Bin reich geworden. Aber sie war immer da, ich hatte sie immer im Kopf. Als ich zurückkam, fing ich an, mich für die Rechtsprechung zu interessieren und wie sie funktioniert. Ich war nie bei einem Gerichtsverfahren gewesen. So ging ich eines Tages hin und sah David.«

Sie hatte nie verstanden, warum ein finanziell unabhängiger Mann seine Zeit damit verbrachte, in den Sündenpfuhlen und Nepplokalen der Stadt nach unliebsamen Subjekten zu suchen. »Wegen Avril arbeitest du mit David zusammen?«

»In gewisser Weise, ja.«

»Aber du arbeitest für *Kriminelle*. Hilfst ihnen, davonzukommen, was immer sie getan haben.«

»Nein, das ist nicht wahr. Wenn ich glaube, ein Mensch ist unschuldig, ja. Aber abgesehen von Sonderberichten mache ich nur sehr wenig, Sylvia. Und das weißt du. Ich glaube, es ist ebenso wichtig zu wissen, wo diese wirklich gefährlichen Typen sind, wenn sie rauskommen, nicht nur bevor sie eingesperrt werden.«

Und jetzt begriff sie. »Der Mann, der Avril umbrachte...«

»Ja, der Mann, der Avril umbrachte, war ein Wiederholungstäter. Er hatte seine Zeit abgesessen, und sie ließen ihn gehen. Zwei Wochen später erwischte er Avril.«

»Aber sie haben ihn festgenommen.«

»Ja. Und er ist wieder frei. Aber diesmal ist es anders. Ich weiß, wo er ist. Und er weiß, daß ich es weiß. Ich kann ihn nicht daran hindern, es wieder zu tun. Aber ich laß mich einfach oft genug blicken, so daß er es sich noch mal überlegt.«

»Wenn du ihn siehst... macht es dir etwas aus?«

»Ja. Ich glaube, wenn ich noch in Kanada gewesen wäre, als sie ihn festnahmen, hätte ich ihn umgebracht. Jetzt ist er alt. Hat kein

Geld. Keine Familie. Wenn ich ihn tötete, würde ich ihn nur von seinem Elend befreien. Damals wäre er das wert gewesen. Heute nicht mehr.«

Sie hatten genug geredet. Sylvia bat ihn, ihr ein Taxi zu rufen, und erhob keine Einwände, als er sie im Fahrstuhl begleitete und in der Eingangshalle mit ihr wartete.

Er hielt ihre Hand und strich mit seinen Fingerspitzen leicht über ihre Wange. »Vielen Dank für den heutigen Abend, Sylvia. Du warst mir eine bessere Freundin, als dir bewußt ist.«

Als das Taxi vorfuhr, hielt er ihr die Tür auf. Er schaute ihr nach, als der Wagen sich in den Verkehr einfädelte und die Yonge Street hinunterfuhr. Er fühlte sich leer und allein und einsam. Avril gehörte der Vergangenheit an. Und Sylvia gehörte David.

Sylvia stand am Morgen nicht auf, um David vor der Arbeit auf Wiedersehen zu sagen, und es war schon später Nachmittag, ehe sie es schaffte, telefonisch zu ihm durchzudringen. Henny Henderson, seine Sekretärin, erzählte Sylvia, die Leitungen seien besetzt gewesen, weil die Leute anriefen, um David zu gratulieren. Sie sagte, er sei großartig gewesen, bei weitem der beste von allen. Im Vergleich zu David zähle Lee Bailey einfach nicht. Sylvia lächelte. Schon lange hatte sie den Verdacht gehabt, Miss Henderson habe eine Schwäche für David. Allerdings würde ihr das nicht viel nützen, der armen Seele.

Als Sylvia schließlich mit David sprach, meinte er bescheiden, es sei alles sehr gut gelaufen. Dank der Sendung habe er zwei neue Mandanten, und ein britischer Journalist habe aus dem Ausland angerufen und um eine Kopie seines Vortrags gebeten.

Er erkundigte sich nicht nach ihrem Abend mit Craig, und sie erzählte ihm weder jetzt noch später von Avril.

5

Mitte September 1984

Roly Burns lebte schon mehr Jahre aus dem Koffer, als er zählen mochte. In seiner Eigenschaft als Regionalvertreter einer Kosmetikfirma hatte er ein weiträumiges Gebiet zu bereisen. Während der Woche war er nie zu Hause und oft nicht einmal am Wochenende. Seine Frau und seine Kinder hatten sich schon lange daran gewöhnt. Sie betrachteten ihn eher wie einen entfernten Verwandten als den Haushaltsvorstand. Ihn störte es nicht. Er hatte in einem Moment jugendlichen Überschwangs geheiratet. Mit dem Reiz des Neuen verflog allmählich auch seine Begeisterung.

Normalerweise arbeitete Roly gern in Toronto, doch bei dieser Reise war der Verkauf flau gewesen, und er war niedergeschlagen. Es war ein trüber Herbsttag, der Himmel düster und bedeckt. Das Wetter trug nicht gerade zur Verbesserung seiner Stimmung bei. Er ließ seinen letzten Termin sausen und machte sich auf den Weg zum Marpole Hotel. Er ließ den Musterkoffer im Wagen und trug sich ohne Umschweife an der Rezeption ein. Im Zimmer schlüpfte er in eine bequeme Hose und einen Velourpullover mit V-Ausschnitt, erfrischte sein Gesicht mit kaltem Wasser und eilte wieder nach unten.

Im Marpole übernachtete Roly am liebsten. Die meiste Zeit verbrachte er in kleinen Städtchen, wo er nicht aus der Rolle fallen durfte. Seine Kleinstadtkunden waren ein ziemlich biederer Haufen. Verschlossen und kaum bereit, ein Wort mit ihm zu wechseln. In der Großstadt ging man in der Menge unter und konnte tun, was man wollte. Und was der einssechzig große Roly am liebsten mochte, waren große, langbeinige Frauen, die zur Sache kamen.

Das Marpole war ein Ort, an dem Roly immer Glück hatte. Nachdem er sich in der Empfangshalle ein Päckchen Zigaretten geholt hatte, nahm er den Fahrstuhl ins Untergeschoß und ging an die lange Bar, von der aus man den Unterwasserblick auf den Swimmingpool des Hotels genießen konnte. Er wählte einen Tisch an der Glaswand und beobachtete die Schwimmenden, während er seinen doppelten Whisky mit Eis nippte. Die leuchtend bunten Körper mit den blassen, flossenähnlichen Gliedern sahen aus wie exotische Meereswesen.

Der Pool erinnerte Roly an das Aquarium, das er als Kind gehabt hatte. Seine Eltern hatten es ihm einmal zu Weihnachten geschenkt, und es stand jahrelang in seinem Zimmer. Erst als die Fische anfingen zu sterben und ihre goldenen Körper an der Wasseroberfläche schwammen, wurde es gereinigt und verschenkt. An dem Tag, als das Aquarium weggegeben wurde, nahm er seine Spielzeug-Angelausrüstung, warf sie in eine Mülltonne an der nächsten Straßenecke und wartete, bis sie geleert wurde.

Der letzte Schwimmer verließ den Pool, und Roly wandte sich der schwach beleuchteten Bar zu. Es war früh. Die Abendgäste waren noch nicht da. An einigen Tischen saßen Büroangestellte, die auf einen raschen Drink gekommen waren, ehe sie heimfuhren. In einer Ecke saß ein händchenhaltendes Pärchen. Es gab nur einen einzigen anderen Gast, der allein war: eine attraktive, dunkelhaarige Frau mit einer übergroßen Designerbrille.

Es gelang ihm, ihren Blick auf sich zu lenken, und mit einem Selbstvertrauen, das sich auf mehr Siege als Niederlagen gründete, warf er ihr ein breites Lächeln zu. Als der Kellner vorbeikam, um zu sehen, ob er etwas brauche, bestellte er einen weiteren Whisky für sich – und für sie, was immer sie trinken wolle.

Als der Kellner es ihr brachte, sprach sie leise mit ihm. Mit einer Kopfbewegung deutete er auf Roly, und sie blickte in seine Richtung und hob dankend das Glas.

Nachdem der Kellner zur Bar zurückgekehrt war, ging Roly zum Tisch der Frau hinüber und fragte, ob er sich zu ihr setzen dürfe.

»Bitte. Ich freue mich über Gesellschaft.« Ihre Stimme war tief und leicht rauchig. Von nahem sah sie sogar noch besser aus als von fern.

Roly versuchte, sie einzuschätzen. Für eine Straßenhure hatte sie zu viel Klasse. Für ein Callgirl hatte sie nicht genug Klasse. Entweder war sie eine Geschäftsfrau auf der Durchreise oder eine gelangweilte Hausfrau, die Abwechslung suchte. Nicht daß das wichtig gewesen wäre. Er hatte auch schon bezahlt, wenn es sein mußte, obwohl er eine persönliche Beziehung vorzog.

»Sind Sie öfter hier?«

Sie schüttelte den Kopf. »Nur bei besonderen Gelegenheiten.«

Er überlegte, welche besondere Gelegenheit sie veranlassen mochte, allein in eine Bar zu gehen. »Ihr Geburtstag?« fragte er.

»Du liebe Güte, nein.« Sie lachte amüsiert über diese Frage. Er wartete auf eine Erklärung. Statt dessen deutete sie auf das Sichtfenster und sagte: »Man kann sich hier so gut entspannen, nicht wahr? Wasser hat etwas Hypnotisches an sich.«

Er legte seine Mann-trifft-Frau-Platte auf und scherzte: »Solange man es nicht trinken muß.«

Sie warfen sich locker die Bälle zu, zogen die Konversation der Kommunikation vor, und nach einigen Runden Drinks lud er sie ein, mit ihm essen zu gehen.

Sie bestellte weitere Drinks.

Der Kellner brachte eine kleine Schale mit Erdnüssen, und er aß sie anstelle des Abendessens. Gegen elf Uhr hatte Roly Burns mehr Alkohol intus, als er gewöhnlich in einem ganzen Monat trank. Als sie aufstanden, um zu gehen, waren seine Augen glasig, und seine Beine schienen wie Gummi.

Seine Begleiterin, nicht annähernd so betrunken wie er, sammelte sein Wechselgeld ein und steckte es ihm in die Tasche. Dunkel nahm er wahr, wie ihre Hand dabei über sein Bein strich. Nur das dünne Taschenfutter trennte sie von direktem Hautkontakt. Er war viel zu betrunken, um darauf zu reagieren. Als sie ihre Hand wegzog und den Arm um seine Taille legte, um ihn zu stützen, sackte er schlaff zusammen.

Halb ziehend, halb schiebend manövrierte die Frau ihn aus der Bar und in den Fahrstuhl. In der Eingangshalle bugsierte sie ihn in den nächsten Sessel und informierte den Mann an der Rezeption, daß ihm jemand in sein Zimmer helfen müsse.

Sie wartete, während Hotelangestellte in seinen Taschen nach dem Schlüssel suchten, den er bei sich haben mußte. Als sie ihn nicht fanden, sahen sie in seine Brieftasche, um ihn zu identifizieren. Schließlich stellten sie anhand des Hotelregisters seine Zimmernummer fest und nahmen den Zweitschlüssel vom Brett. Der Nachtportier und sein junger Assistent zogen Roly auf die Füße und hielten ihn aufrecht, während sie auf den Fahrstuhl warteten.

Die Frau schaute zu, wie der Assistent Roly in den Fahrstuhl manövrierte, wobei er versuchte, ihn mit einer Hand aufrecht zu halten, während er sich mit der anderen an der Wand abstützte.

Als der Portier mit einem angewiderten Kopfschütteln an die Rezeption zurückkehrte, verließ sie das Hotel durch den Haupteingang, wobei sie in eine Gruppe von Ehepaaren geriet, die nach Hause eilten, damit ihre Babysitter ihnen keine Überstunden berechneten.

Im zehnten Stock schleppte der junge Mann Roly den Korridor entlang. Als sie endlich das Zimmer erreichten, war er völlig außer Atem und hatte die Nase gestrichen voll. Es war seine erste Woche. Wenn das so weiterging, konnten sie sich ihren Job an den Hut stecken. Er konnte sich Besseres im Leben vorstellen, als Kindermädchen für betrunkene Männer mittleren Alters zu spielen. Er öffnete die Tür, schleppte Roly hinein und ließ ihn aufs Bett fallen. Mit einem letzten Blick über die Schulter trat er hinaus auf den Flur, schloß die Tür und verließ das Hotel.

Roly Burns wachte vor der Dämmerung mit rasendem Durst auf. Er war noch immer völlig angezogen, und seine Kleidung war zerknittert und feucht vor Schweiß. Abgesehen von dem schmalen Lichtstreifen an der Badezimmertür war es dunkel im Raum.

Er lag still da, mit dröhnendem Kopf, und versuchte sich zu erinnern, was am Abend zuvor passiert war. Da war eine Frau, die ständig Drinks orderte und jedesmal, wenn er vorschlug, etwas zu essen, eine weitere Runde bestellte. Da war ein großer junger Mann, der ihn in den Fahrstuhl und nach oben schaffte. Und da war irgendein Theater wegen eines fehlenden Schlüssels gewesen.

Roly fluchte leise. Er trank selten bis zum Exzeß. Er wußte nur zu gut, wie gefährlich Alkohol sein konnte und wie man einen kurzen Filmriß ein Leben lang bereuen konnte.

Er schwang die Beine aus dem Bett, blieb jedoch, den Kopf in die Hände gestützt, auf der Bettkante sitzen. Mehr als alles andere auf der Welt wünschte er sich einen Schluck Wasser. Wenn nur das Badezimmer nicht so weit weg wäre. Reglos saß er da. Die Handballen gegen die Schläfen gepreßt, den Blick auf den Teppich gerichtet. Es war heiß im Zimmer. Stickig. Ein schwerer Tag stand ihm bevor. Er hatte unter anderem einen Termin mit einem seiner größten Kunden. Wenn er den verlor, würde er bis zum Hals in der Scheiße sitzen. Er mußte geistig umnachtet, nicht ganz dicht gewesen sein, um in einen solchen Zustand zu geraten.

Er war so durcheinander, daß er, als er die Stimme das erste Mal vernahm, glaubte, sie sei nur in seiner Einbildung vorhanden. »Burns«, sagte sie. Und noch einmal: »Burns.« Und noch einmal, lauter, eindringlicher: »Roly Burns.« Er hob den Blick, sah den Lichtstreifen breiter werden und davor die Silhouette einer großen Gestalt. Eine Erscheinung. Er wußte, daß sie nicht wirklich war, daß Alkohol zum Säuferwahn führen konnte, zum Delirium tremens. Er schloß die Augen. Sagte sich, er halluziniere, wenn er die Augen öffne, würde das Phantom weg sein. Er öffnete sie, und es war immer noch da. Kam auf ihn zu. Lautlos wie auf Katzenpfoten.

Roly warf sich zurück aufs Bett, versuchte außer Reichweite zu krabbeln. Seine Arme und Beine waren schwer, wie bleiern, als hätte er zu viele Schlaftabletten genommen. Er verspürte eine schreckliche, erstickende Angst, hatte das Gefühl, als rase die Zeit jenseits seines Begreifens dahin.

Er rollte sich herum und tastete nach der anderen Bettkante, um sich hinüberzuziehen und außer Reichweite zu gelangen. Seine Finger umklammerten die Bettkante, als sich andere, noch kräftigere Finger um seinen Hals legten. Sein Körper bäumte sich auf, als er nach Luft rang. Er hatte das Gefühl, als würden seine Augäpfel, die durch einen dünnen roten Film verschleiert waren, aus den Augenhöhlen quellen. Ein schriller Ton explodierte vor seinen Trommelfellen.

Nach wenigen Augenblicken war es vorbei. Roly spürte nicht die schnellen, geübten Hände, die ihn nackt auszogen, oder die Shorts, die ihm um den Hals gebunden und fest zugeschnürt wurden. Er merkte nicht mehr, wie er vom Bett gezogen und ausgestreckt auf dem Teppich liegengelassen wurde, über den er noch vor wenigen Stunden gegangen war.

Der Mörder legte den Zimmerschlüssel auf den Nachttisch und öffnete behutsam die Tür. Der Flur war leer. In wenigen Stunden würden die Zimmermädchen ihren Dienst antreten, aber jetzt war es totenstill auf dem Gang. Die Gäste schliefen, und die Morgenschicht war noch nicht da. Es gab niemanden, der den nicht eingetragenen Gast die Treppe hinunterkommen und aus dem Seiteneingang auf die verlassene, noch dunkle Straße schlüpfen sah.

Das Zimmermädchen entdeckte Roly Burns' Leiche kurz vor Mittag. Er lag so, daß sie ihn von der Tür aus sofort sehen konnte: nackt, seine Shorts um den Hals gebunden und einen Gepäckanhänger mit der Nummer 4 an einem Zeh. Das Mädchen erstarrte. Sie schrie. Dann flüchtete sie einen Stock tiefer und berichtete der Wirtschafterin, was sie entdeckt hatte. Die Wirtschafterin verständigte den Geschäftsführer, und der Geschäftsführer verständigte die Polizei.

Außer der Leiche gab es im Zimmer keinerlei Hinweise auf eine Gewalttat. Man fand keine Spuren, es schien nichts zu fehlen. Rolys Gepäck und seine Brieftasche waren unberührt, seine Muster befanden sich im Kofferraum seines Wagens, und sein Wagen stand in der Garage.

Mrs. Burns sagte, ihr Mann habe keine Feinde gehabt, und seine Vorgesetzten beschrieben ihn als fleißigen, gottesfürchtigen Mann, der nur schwer zu ersetzen sein würde. In der folgenden Woche übertrugen sie sein Gebiet einem ehrgeizigen, jungen Aufsteiger, den sie aufgebaut hatten, um Roly bei der erstbesten Gelegenheit zu ersetzen.

Die Familie Burns, die für ihren Verlust durch drei Versicherungsverträge mit verschiedenen Zusatzklauseln bestens entschädigt wurde, nahm ihr gewohntes Leben wieder auf.

Als Mrs. Burns Rolys besten Freund heiratete, meinten die Nachbarn, es sei wundervoll, wie sie sich wieder gefangen habe. Schließlich, so sagten sie, müsse das Leben weitergehen.

Sylvias Leben, das während des Frühjahrs und Sommers ereignislos verlaufen war, kam allmählich in Schwung. Ob es an der kurzen Begegnung mit Arthur Maitland oder an Craig Farons Anwesenheit lag, jedenfalls waren die ruhigen Tage am Pool vorbei. Sie schwamm immer noch täglich, wenn das Wetter es erlaubte, machte ihre Übungen im Fitnessraum und genoß das gelegentliche

Nacktbaden um Mitternacht. Doch den Rest ihrer Zeit verbrachte sie damit, Davids Akten zu sortieren und die Informationen, die eines Tages die Datenbank des Computers bilden würden, zu katalogisieren.

David hatte beschlossen, Nägel mit Köpfen zu machen. Durch seinen Auftritt in der *Nightline* war er Kanadas bekanntester Strafverteidiger geworden. Er galt landesweit als *die* Autorität in Sachen M'Naghten, dem nach wie vor gültigen Gesetz aus dem neunzehnten Jahrhundert, das auf dem Attentatsversuch des geistesgestörten Daniel M'Naghten auf Sir Robert Peel basierte. Außerdem bekam er zunehmend finanzkräftigere Mandanten, die ihn eher zur Abschreckung für mögliche Prozeßgegner benötigten als für eine unmittelbar anstehende Verteidigung. Der Apple, entschied er, verfügte weder über die Vielseitigkeit noch die Kapazität, um den zukünftigen Ansprüchen zu genügen. Er vermachte ihn Sylvia anstelle des TRS und legte sich einen multifunktionalen, vernetzbaren Prime zu, dessen vielseitiges System außerdem noch kompatibel mit einer Reihe von Mainframes war. Damit würde er auf Datenbanken von Justizbehörden im In- und Ausland Zugriff haben. Darüber hinaus plante er, damit die Buchhaltung für die Kanzlei zu erledigen und Verträge und Prozeßunterlagen zu bearbeiten. Craig und Sylvia waren mit der Aufgabe betraut worden, eine Struktur für das Jenning Journal zu entwerfen. Diese Struktur sollte einem Analytiker übergeben werden, der sie dann für den Programmierer vorbereiten würde. Die Hardware war vorhanden, aber auf die Software würden sie noch ein paar Wochen warten müssen.

Craig und Sylvia verbrachten viel Zeit miteinander, aber sie achteten immer darauf, ihre Beziehung auf einer unpersönlichen Ebene zu halten. Sie sprachen nicht über sich selbst, erwähnten nicht den Abend im Ballett. Nur wenn David dabei war, erlaubten sie sich den Luxus, Freunde zu sein.

An einem solchen Abend, als sie lange gearbeitet hatten und David darauf bestand, daß Craig zum Essen blieb, erhaschte Sylvia erneut einen Blick auf den Mann hinter der Maske. Während eines Aufenthalts in Vancouver hatte Craig ein Treffen von Leuten besucht, deren Angehörige Verbrechen zum Opfer gefallen waren.

Er war beeindruckt gewesen und fand, daß zur Unterstützung solcher Gruppen mehr getan werden sollte.

David war anderer Ansicht und sagte, es sei falsch, sich ständig in seinem Leid zu suhlen. Man sollte lieber versuchen, es zu vergessen.

»Genau das hat man diesen Leuten erzählt«, sagte Craig. »Geht nach Hause und trauert. Dann begrabt eure Toten und vergeßt sie.«

»Das einzig Vernünftige, was man tun kann«, erwiderte David. »Reden macht sie nicht wieder lebendig.«

Sylvia, die zeitlebens den Gejagten näher stand als den Jägern und die Geschichte von Avril noch frisch in Erinnerung hatte, sagte: »Ich habe mich schon oft gefragt, David, was du tun würdest, wenn mich jemand umbringen würde?«

»Genau das ist der Punkt, Syl. Was sollte ich deiner Meinung nach tun? Den Rest meines Lebens darüber nachgrübeln? Würdest du dir das wünschen?«

»Vermutlich nicht. Ich glaube, ich wollte dich eigentlich fragen, ob du den, der dafür verantwortlich ist, verteidigen würdest.«

Craig und Sylvia warteten auf seine Antwort. Unbehaglich verlagerte David sein Gewicht. »Das ist eine hypothetische Frage. Es wäre gar nicht erlaubt.«

»Aber könntest du es? Wärst du in der Lage, solch einen Menschen zu verteidigen?«

»Wahrscheinlich nicht.«

»Wie würdest du dich dabei fühlen?« fragte Craig interessiert.

»Ich würde wütend sein. Am Boden zerstört. Ich würde ihn hinter Gittern sehen wollen.«

»Würdest du Rache wollen?«

»O nein.«

»Würdest du ihn hängen sehen wollen?«

»Wozu sollte das gut sein? Das würde Sylvia nicht zurückbringen. Du weißt, daß ich noch nie an die Todesstrafe geglaubt habe. Gewalt sät Gewalt.«

»Mein Herr und Beschützer«, sagte Sylvia.

»Würde es dich nicht stören, daß Sylvia tot wäre und ihr Mörder ein paar Jahre später wieder frei herumläuft?« hakte Craig nach. »Würdest du dann nicht gern die Hände um seinen Hals legen und ihn erwürgen?«

»Und mich auf dieselbe Stufe hinabbegeben? Ein gemeiner Mörder zu sein? Natürlich nicht. Glaubst du, daß es das wert ist... es wert ist, den Rest deines Lebens im Gefängnis zu verbringen?«

»Niemand verbringt sein Leben im Gefängnis. Nicht in Kanada.«

»Sylvia hat recht, David. Ich an deiner Stelle würde die paar Jahre riskieren. Und diese Sache, daß du dann ein Mörder bist, kannst du vergessen, denn du bringst ja einen Mörder um. Es gibt einen großen Unterschied zwischen Mord und Vergeltung.«

»Die Vergeltung ist das Recht des Staates, nicht des einzelnen.«

»Aber wenn der Staat sein Recht nicht nutzt, was dann? Lassen wir uns dann wie die Lämmer zur Schlachtbank führen?«

Sylvia wußte, daß selbst Craig Davids tiefe Überzeugung nicht erschüttern könnte. Während der Debatte über die Abschaffung der Todesstrafe hatte er an einer Regierungsvorlage mitgearbeitet. Einzelne Sätze und Wendungen aus dieser Vorlage waren ihr noch in Erinnerung.

»Die Todesstrafe ist kein Abschreckungsmittel. Wenn ein Individuum nicht das Recht hat, Leben zu nehmen, hat es auch der Staat nicht. Allein ein unschuldig Gehängter ist schon ein zu hoher Preis.« Er zitierte aus der Bibel, wobei er das Zustimmung erheischende Gebot »Auge um Auge, Zahn um Zahn, Hand um Hand, Fuß um Fuß« überging und statt dessen das rätselhafte Gebot »Du sollst nicht töten« wählte. Die Gesellschaft solle an Rehabilitierung und nicht an Bestrafung denken. Und er zitierte den Fall von Jim Henry, der, rehabilitiert und auf Bewährung entlassen, jetzt ein nützliches und produktives Mitglied der Gesellschaft sei. Sylvia hatte die Vorlage nicht gebilligt und sich gefragt, ob sie zur Entscheidung des Parlaments beitragen würde. Sie war zynischer als David und bezweifelte, daß die Argumente beider Seiten das Ergebnis beeinflussen würden. Sie hatte damals wie heute das Gefühl, daß der Ausgang von Anfang an feststand.

Um mit ihrem Budget auszukommen, hatte sie lernen müssen, praktisch zu denken und hauszuhalten: »Die Kosten für eine lebenslange Haftstrafe, selbst wenn es nicht wirklich lebenslänglich ist, gehen ins Astronomische. Wir können uns das nicht leisten. Früher oder später muß etwas geschehen.«

David war schockiert. »Willst du damit sagen, daß wir die Leute hängen sollen, weil es zu teuer ist, sie leben zu lassen?«

Craig ergriff Sylvias Partei: »Hast du jemals darüber nachgedacht, David? Es kostet zwischen vierzig- und fünfundvierzigtausend Dollar im Jahr, um eine einzige Person einzusperren. Ganze Familien müssen mit weniger leben. Mit verdammt viel weniger. Und in den Sonderabteilungen steigen die Kosten auf sechzigtausend im Jahr. Gleichzeitig können wir es uns nicht leisten, Menschen mit Sozialhilfe zu unterstützen. Das ist doch verrückt.«

»Politiker verprassen noch weitaus mehr«, antwortete David dickköpfig. »Es gibt keinen Preis für ein menschliches Leben.«

Sylvias Augen verengten sich. »Es läuft immer auf dasselbe hinaus, nicht wahr? Aber ist dir schon mal aufgefallen, daß es immer um das Leben des Mörders geht, für das man keinen Preis bemessen kann? Das Leben des Opfers ist keine zwei Cent wert.«

»Unrecht plus Unrecht ergibt noch kein Recht«, erwiderte David selbstgefällig. »Du kannst das Opfer nicht wieder lebendig machen. Wem ist damit geholfen, wenn ein weiteres Leben auf die Liste gesetzt wird?«

Sylvia beugte sich vor. »Wenn du wirklich glaubst, daß es keinen Preis für ein menschliches Leben gibt, bleibt die Frage offen. Wenn ein Leben mit Geld nicht aufzuwiegen ist, dann bleibt nur eine Währung übrig. Ein Leben für ein Leben.«

Craig lächelte. David machte ein finsteres Gesicht. »Das ist barbarisch.«

»*Mord* ist barbarisch. Und genauso barbarisch ist es, daß die Steuerzahler dafür bluten müssen, eine Bande von Mördern zu ernähren, die wieder freigelassen werden und erneut morden, und das Ganze geht immer weiter und weiter.«

»Die Wahrheit ist doch, daß die Todesstrafe kein Abschrekkungsmittel ist.«

»Bei der Mafia schon«, gab Craig zu bedenken. »Und was ist mit Massenmördern? Wie Manson. Dem Hillside-Würger. Bundy.«

»Alles Amerikaner.«

»Die Grenze spielt da keine Rolle. Menschen sind Menschen.«

»Manche Menschen sind aus dem Gleichgewicht geraten. Sie würden sowieso töten.«

»Genau. Also wie hindern wir sie daran?«

David lehnte sich zurück, verschränkte die Arme über der Brust und wandte sich an beide: »Was ihr begreifen müßt, ist die Tatsache, daß Mord eine irrationale Handlung ist. Diese Menschen sitzen nicht um den Küchentisch und diskutieren, was passieren wird, wenn man sie faßt. Sie planen diese Dinge nicht im voraus.«

»Manchmal tun sie es«, widersprach Craig. »Bonin, der Autobahnmörder, hat genau das getan. Er saß am Küchentisch, nachdem er ein Kind umgebracht hatte, und sagte: ›Ich bin immer noch scharf, laß uns noch eins holen‹, und, bei Gott, genau das haben sie getan.«

»Das hat nichts mit der Todesstrafe zu tun. Und schon wieder führst du einen Amerikaner als Beispiel an.«

»Wie ist es dann mit Betesh? Direkt hier in Toronto. Sie saßen um den Tisch herum, während der arme Junge gefesselt in der Ecke lag, und diskutierten, was sie tun sollten. Und sie kamen zu dem Schluß, es sei sicherer, ihn umzubringen, als ihn laufen zu lassen.«

Sylvia schnappte nach Luft. »Das wußte ich ja gar nicht. Das ist ja schrecklich.«

»Die Wahrheit ist«, wiederholte David, »daß die Todesstrafe kein Abschreckungsmittel ist. Du kannst keinen Preis für ein Menschenleben festsetzen. Und noch etwas. Die Geschworenen bestehen aus ganz gewöhnlichen Männern und Frauen. Sie würden lieber jemanden freisprechen, als ein Schuldurteil zu fällen, wenn sie wüßten, daß dieses Urteil den Strang bedeutet. Darum würden letztlich mehr Mörder frei herumlaufen als jetzt.« Dann signalisierte er das Ende dieser Diskussion, indem er fragte: »Was gibt es zum Essen, Sylvia?«

›Huhn.« Er zog eine Grimasse. »Marengo«, fügte sie hinzu.

Sein Gesicht erhellte sich. »Wieviel Zeit haben wir noch?«

»*Du* hast noch eine halbe Stunde«, bemerkte sie spitz.

Aus der Küche hörte sie, wie Drinks eingeschenkt wurden und das leise Murmeln einer Unterhaltung. Sie sprachen über das Wettrüsten. Sie schaltete das Radio an und hörte Musik, während sie den Spinat für den Salat wusch und in eine Papiertüte packte, damit er knackig blieb. Dann briet sie die Hühnerstücke an und legte sie in die gläserne Auflaufform. Um die Sauce zuzubereiten, mit Mehl zu binden und mit Wein, Knoblauch und Tomaten abzuschmecken, brauchte sie nur wenige Minuten. Ein Duft, der einem das Wasser im Mund zusammenlaufen ließ, erfüllte die Küche und zog ins Wohnzimmer.

»Du machst mich hungrig«, rief David.

»Es dauert nicht mehr lange«, versicherte sie ihm. Sie fügte frische Pilze, Petersilie und eine Prise Thymian hinzu und rührte die Sauce, bis sie locker und sämig war.

Millie, auf ihrer Matte in der Ecke, schnüffelte, erhob sich mühsam und trottete gemächlich zu Sylvia. Mit ihren braunen Augen blickte sie sanft und bettelnd auf. Sylvia nahm mit dem Spieß ein Stück Huhn aus der Auflaufform und bedeckte den Rest mit der Sauce. Sie stellte die Auflaufform in den Ofen. Dann schnitt sie Millies Portion in Stücke und fütterte sie damit.

Als sie einen Blick aus dem Fenster warf, sah sie Ciba, der geduldig unter der Hecke im Vorgarten wartete. Sie fütterte ihn schnell, stellte weitere Näpfe für die anderen Streuner hin und schaute anschließend kurz in den Ofen.

»Noch fünf Minuten«, rief sie David zu.

Beide Männer begaben sich ins Eßzimmer, und Sylvia begann zu jonglieren. Hummerschwänze in einen Topf kochendes Wasser. Frische Garnelen kurz in Butter anbraten. Brot toasten. Eier braten. Dann die Platte mit dem Huhn und der Sauce in der Mitte arrangieren, die Hummerschwänze, Garnelen und Eier auf diagonal geschnittenen Toastscheiben ringsherum. Das war ein Gericht, das einem guten französischen Restaurant zur Ehre gereicht hätte. David küßte sie, und Craig sagte, sie sei ein Genie.

Sie kamen nicht wieder auf das Thema Todesstrafe zurück, aber Sylvia fragte Craig nach Einzelheiten über das Treffen in Vancouver, und David hörte höflich zu. Er bat um den Salat und sagte nochmals, daß Rehabilitierung die Antwort sei, daß es mehr Geld geben müsse und weitere Programme erarbeitet werden sollten.

Sylvia reichte ihm die Salatschüssel und sagte nichts.

Craig erwiderte, daß es Programme gäbe, es sei an den Häftlingen, sie wahrzunehmen.

»Ja, Autoschilder und Schuhe herstellen«, sagte David verächtlich.

»Und Schreibmaschinen- und Computerkurse«, fügte Craig hinzu.

»Computer?« David sah erfreut aus.

»Tatsächlich?« fragte Sylvia.

»Ja. Sie haben fast hundertzwanzigtausend Dollar ausgegeben, um fünfzehn Computer in den Hochsicherheitstrakt von Collins Bay zu stellen.«

»Das Geld ist gut angelegt. Das ist endlich mal vernünftig.«

»Ja«, meinte Sylvia gleichmütig. »Wir leben im Computerzeitalter. Es heißt, Computerkriminalität sei das Verbrechen der Zukunft. Es geht doch nichts über einen Einstieg von der Pike auf.«

Gutes Essen hatte Davids Streitlust schon immer vermindert. Er überging die Bemerkung und nahm sich statt dessen noch einen Hummerschwanz und ein paar Garnelen. »Sylvia«, sagte er liebenswürdig, »ich werde nie verstehen, wie jemand, die so wenig ißt, so gut kochen kann.«

Friedlich beendeten sie das Abendessen, und Craig bestand darauf, den Tisch abzuräumen. David folgte seinem Beispiel. Er kratzte die Essensreste von den Tellern und spülte sie ab, bevor Sylvia sie in den Geschirrspüler räumte.

Craig ging früh. Er sagte, er müsse noch für einen Kurztrip pakken. Wieder eine seiner unerklärlichen Reisen. David begleitete ihn zur Tür.

Das Haus, das kurz zuvor noch voller Leben und Energie gewesen war, schien leer und verlassen.

Arthur Maitlands Tod ereignete sich im August. Die Leichen von Jay Smith und Roly Burns wurden beide in der ersten Septemberhälfte gefunden.

Die nächste Leiche war verstümmelt. Das Opfer, Nat Berger – er sei glücklich verheiratet gewesen, Vater von drei jungen Töchtern und eine Stütze der Gemeinde –, war mit einem, wie die Zeitungen es nannten, stumpfen Gegenstand übel zugerichtet worden. Seine Nase war gebrochen, eine Schläfe eingeschlagen und sein Adamsapfel zerschmettert. Ein Stück Rohr war ihm in den

After gestoßen und beide Brustwarzen waren mit einer Rasierklinge abgeschnitten worden.

Der diensthabende Beamte nannte es das widerwärtigste Verbrechen, das ihm in seiner bisherigen Laufbahn begegnet sei. Dasselbe hatte er achtzehn Monate zuvor bei der Entdeckung eines kleinen Jungen gesagt, der im Osten der Stadt vergewaltigt und erwürgt worden war.

Die ermordeten Männer hatten einander nicht gekannt. Die Überprüfung ihres Privatlebens schloß die naheliegende Erklärung Homosexualität aus. Aber daß es eine Verbindung zwischen ihnen gab, stand außer Zweifel. Jede Leiche trug einen numerierten Gepäckanhänger. Diese bedeutsame Information wurde der Öffentlichkeit ebensowenig preisgegeben wie die unerklärliche Reihenfolge der Nummern. Die Leiche Nummer 2 wurde nie gefunden.

Nummer 6 war der nächste. Einst hatte er wie gewöhnliche Menschen einen richtigen Namen gehabt. Jetzt war er nur noch als Bottle Bob bekannt. Die Bezeichnung war treffend. Bottle Bob hatte immer eine Flasche in der Tasche. Wenn er bei Kasse war, war sie voll. Wenn das Glück ihn im Stich ließ, war sie leer. So oder so diente sie ihm als Waffe gegen die Gewalt auf der Straße.

Flüchtige Bekannte betrachteten Bob und seine Flasche als einen Witz. Diejenigen, die gesehen hatten, wie er sie benutzte, wußten es besser. Trotz seines umnebelten Blicks und seines unsicheren Gangs konnte Bob blitzschnell sein, wenn die Gelegenheit es erforderte. Ältere Zeitgenossen sprachen noch immer von der Nacht, als er den Angriff von drei jungen Punks mit einer Flasche Bright Special abwehrte, die er mit einer einzigen schnellen Bewegung gegen den Kantstein geschlagen und in eine tödliche Waffe verwandelt hatte, mit der er gegen seine Angreifer ausholte. Überrascht von dem unerwarteten Widerstand, wichen die Jugendlichen zurück und ließen von Bob ab, um sich nach einer leichteren Beute umzusehen. Diejenigen, die von dem Vorfall wußten, schätzten Bob seitdem hoch ein.

So wie er herumlief, mit den zwei übereinandergezogenen schmutzigen Hosen und der alten Jacke über dem ausgefransten Pullover, dem schäbigen Hemd und dem dreckigen T-Shirt, konnte man kaum glauben, daß er früher einmal anders ausgesehen hatte. Es war unmöglich, ihn sich als Baby vorzustellen, das liebevoll im Arm gehalten wurde, als kleines Kind, das Laufen lernte, als Schuljungen, der sich zuversichtlich auf die Zukunft vorbereitete.

Vor langer Zeit war er verheiratet gewesen. Er hatte eine Familie, einen guten Job, ein abgezahltes Haus und zwei Autos gehabt. Er sprach nie über diese Zeit, nicht einmal mit den mitfühlenden Männern und Frauen von der Heilsarmee im Harbour-Light-Heim.

Jahrelang hatte Bob das Harbour Light als sein Zuhause betrachtet. Hier aß er, wenn er hungrig war, hier besuchte er sonntags morgens gelegentlich den Gottesdienst, wo die bekannten Lieder vage Gefühle aus der Vergangenheit wachriefen.

Die Tage waren nicht allzu schwierig. Einige genoß er. Wenn er im Sommer auf einer Parkbank saß, die Wärme der Sonne spürte und das Gewicht einer vollen Flasche in seiner Tasche, war er zufrieden. Aber die Nächte waren immer schlimm. Das Leben auf der Straße war gefährlich. Einen Schlafplatz zu finden war ein ständiger Kampf. Einen sicheren noch dazu war so gut wie unmöglich.

Aber er hatte mehr Glück als die meisten. Schon den ganzen September über hatte er sein Lager in einer leeren Garage aufgeschlagen, die sich hinter einem alten Wohnhaus, nur einen Straßenzug vom Harbour Light entfernt, zwischen einer baufälligen Reihe von Holzschuppen befand. Er war nur einmal gestört worden, als ein alter Trunkenbold durch die Hintertür hineinstolperte. Der Mann war zu betrunken, um bedrohlich zu sein, aber Bob hatte auch nicht die Absicht zu teilen. Eins wußte er, wenn erst einmal Leute in dein Territorium einzogen, war es nur noch eine Sache der Zeit, bis sie dich verjagten.

Die Garage gehörte ihm. Er hatte gesehen, wie der Mieter Kisten in den Kofferraum seines Autos geladen und Bügel voller Kleidung auf den Rücksitz gepackt hatte. Es war offensichtlich, daß der Mann auszog. Um ganz sicherzugehen, hatte er ein paar Tage gewartet. Eines Nachts war er dann lautlos wie ein Schatten eingezogen und seitdem geblieben. Das Dach leckte, wenn es regnete, und der Boden bestand aus nackter, ölverschmutzter Erde, aber allein die Tatsache, von vier Wänden umgeben zu sein, gab ihm ein fast vergessenes Gefühl von Sicherheit.

Die meisten Obdachlosen schliefen im Freien, selbst während der bitterkalten Tage im Januar und Februar. Sie kauerten sich auf die beheizten Auffahrten des Rathauses, unter die Schnellstraße, in offene Treppenhäuser. Sie hätten alles darum gegeben, über eine Unterkunft wie Bob zu verfügen. Er wußte das und verwischte jeden Abend sorgfältig seine Spur. Abgesehen von dem alten Trunkenbold, der zu besoffen war, um sich zu erinnern, war er überzeugt, daß niemand wußte, wo er sich verkroch.

Aber er täuschte sich. Jemand wußte es.

Eine Woche, nachdem Bob in die Garage gezogen war, folgte ihm eine große, dunkel gekleidete Person bis zum Eingang des Hofes. Er wußte, daß jemand hinter ihm her war. Ein schneller Blick sagte ihm, daß es keiner der Obdachlosen war. Er wartete im Schatten hinter dem Hofeingang und hörte die Schritte auf dem Bürgersteig vorübergehen, leiser werden und schließlich verstummen. Er war drinnen und schlief, als die Vordertür der Garage leise geöffnet wurde. Er wußte nicht, daß jemand eintrat, seinem Atem lauschte und ging, um ihn ungestört weiterträumen zu lassen.

Genausowenig wußte er, daß der Verwalter des Wohnblocks in der darauffolgenden Woche einen Anruf erhielt und gefragt wurde, ob er etwas frei habe. Der Verwalter erwiderte, es sei schade, daß der Anrufer sich nicht früher gemeldet habe, er hätte gerade seine letzte Wohnung vermietet. Der Anrufer sagte, das sei wirklich sehr schade, das Problem sei jedoch weniger, in der Innenstadt eine Unterkunft zu finden, da gäbe es immer ein Zimmer, sondern vielmehr einen Platz zum Unterstellen eines Autos. Der Verwalter strahlte und meinte, bei dem neuen Mieter handele es sich um eine junge Frau, die gerade in die Stadt gezogen sei und kein Auto habe, so daß ihre Garage frei sei. Für eine bestimmte Summe sei er gern bereit, sie zu vermieten. Bei dem Betrag handelte es sich um fünfzig Dollar pro Monat. Drei Tage später kam per Post ein Hundertdollarschein. Der Verwalter gratulierte sich zu diesem hübschen kleinen Geschäft und steckte das Geld in seine Tasche.

Als die Garage leer blieb, sagte er sich, daß der Anrufer eine bessere Lösung gefunden haben mußte. Ihm sollte es recht sein. Die Garage war bezahlt. Ob leer oder benutzt war nicht seine Sorge.

Bottle Bob hatte sich mit dem Unvermeidlichen abgefunden, als vor dem Gebäude das Schild aufgestellt wurde, daß nichts zu vermieten sei. Er benutzte die Garage weiterhin, aber er kam später, ging früher und schlief unruhig. Als ein paar Wochen vergangen waren und sich herausstellte, daß der neue Mieter offensichtlich kein Auto hatte, verfiel er wieder in seine alte Routine. Vielleicht konnte er den kommenden Winter doch hier verbringen.

Er und seine Freunde sprachen selten darüber, aber der Winter war eine Bedrohung, die sie jeden Tag mehr belastete. Im Freien zu schlafen bedeutete, daß man nie wußte, wenn man die Augen abends schloß, ob man sie am nächsten Morgen noch aufschlagen würde.

Gott sei Dank war der Frost noch Wochen entfernt. An diesem freundlichen Herbstmorgen, als er auf dem Weg zur Scott Mission die College Street hinaufschlurfte, dachte er nicht daran. An manchen Tagen aß er nichts bis zur Suppenausgabe der Heilsarmee am Abend. Heute war er hungrig. Die Mission begann um zehn mit der Essensausgabe. Er würde sich satt essen, und vielleicht stieß er auf jemanden, der eine Flasche zu teilen hatte. Wenn nicht, würde er zurück zur Jarvis Street gehen, den Nachmittag auf einer Parkbank verbringen und Sonne tanken.

Er beachtete die Passanten nicht. Sie sahen alle gleich aus. Einst hatte es ihn gestört, wenn Frauen und auch Männer auswichen, als würden sie von einer Berührung angesteckt. Jetzt interessierte es ihn nicht mehr, was sie taten.

An der Mission stand eine Schlange. Einige Gesichter erkannte er, doch es war niemand dabei, mit dem er mal zusammengehockt hatte. Nicht daß das wichtig gewesen wäre. Obdachlose gehörten zur selben Brüderschaft, waren aber meistens Einzelgänger. Es gab ein Kommen und Gehen in dieser Subkultur, die Fremde bei kurzen, unverbindlichen Begegnungen zusammenführte. Als drei der Männer, die die Wölbung in Bobs Tasche bemerkten, ihn fragten, ob er ihren Stoff mit ihnen teilen wolle, zögerte er nicht. Er wußte, daß man von ihm erwartete, seinen Anteil beizusteuern. Bob erzählte ihnen nicht, daß er nichts hatte. Er war oft aufgrund dessen, was man bei ihm vermutete, beteiligt worden. Manchmal, wenn die erste Flasche leer war und der von ihm erwartete Beitrag nicht kam, gab es Schwierigkeiten. Aber er vergaß nie, darauf hinzuweisen, daß sie ihn eingeladen hätten, es sei nicht sein Fehler, wenn sie vorschnelle Schlüsse zögen. Wenn sie noch etwas trinken wollten, könne er losgehen und sehen, was sich machen ließe. Abgesehen von ein paar verärgerten Flüchen und Anrempeleien gelang es ihm meistens, ohne allzu viele Probleme davonzukommen.

Die Männer führten ihn zu einer alten Pension in einer Gasse, die von der Spadina Avenue abging. Einer der drei lief nach oben, um die Flasche zu holen, die anderen beiden gingen in den Hof. Bob folgte ihnen.

Der von Unrat und Unkraut übersäte Hof wurde durch einen großen Holzzaun geschützt, der das Grundstück von drei Seiten einschloß. Sie setzten sich auf die abgesackte Veranda und sprachen darüber, wie sich das Leben auf der Straße verändert hatte: heutzutage wußte man nie, wie es noch kommen würde... Wußte jemand, was aus der alten Bessie, einer der Bag-Ladies, geworden war?

Sie tranken direkt aus der Flasche und machten sich nicht die Mühe, sie abzuwischen, ehe sie sie weiterreichten. Als sie bei den letzten Schlucken angelangt waren, stand Bob auf und sagte, daß er gehen müsse. Es war immer leichter, wegzukommen, solange noch etwas in der Flasche war. Er rechnete mit Einwänden, aber niemand schien ihn zu beachten. Als er sich zum Gehen wandte, sagte einer der Männer, daß er hochginge, um die andere Flasche zu holen. Bob hätte sich am liebsten selbst einen Tritt gegeben, weil er es so eilig gehabt hatte. Doch da ihm kein Grund zum Bleiben einfiel, schlurfte er leise fluchend davon.

Nachdem er zur Jarvis Street zurückgekehrt war, wobei er sich unterwegs die Schaufenster anguckte, machte er eine Pause am Springbrunnen vor dem Eaton Centre. Ein pummeliges kleines Mädchen in Shorts warf Pennies in das Becken, und er beobachtete es mit feuchten Augen, die starr und unbeweglich geradeaus gerichtet waren. Er mochte Kinder. Eine besondere Vorliebe hatte er für kleine Mädchen.

Als das Mädchen schließlich von seiner Mutter weggeholt wurde, setzte er seinen Weg fort und hielt noch mal an, um mit der Hamsterfrau zu sprechen, die auf einem leeren Grundstück neben dem Freundschaftszentrum, gegenüber vom Harbour Light, wohnte. Sie war damit beschäftigt, ihre Hamsterbrut in einen schiefen Kinderwagen zu befördern, eine Aufgabe, die sie ununterbrochen den ganzen Tag wiederholte. Während sie die kleinen Fellknäuel auf einer Seite in den Wagen packte, sprangen sie auf der anderen Seite wieder hinaus. Bob fand, daß sie genausogut versuchen könnte, Wasser in einem Sieb zu tragen.

Als sie ihn am Zaun lehnen sah, ging sie zu ihm hinüber und sagte: »Ich bin eine Unperson. Ich existiere nicht. Ich habe keine Nummer. Wenn du keine Nummer von der Regierung hast, bist du ein Nichts. So werden sie dich los. Hast du eine Nummer?«

Sie erwartete keine Antwort. Wann immer jemand in Hörweite kam, erzählte sie von dem Komplott der Regierung, unerwünschte Personen loszuwerden. Traurig hörte er ihr zu und dachte, es müsse jemand kommen und sie irgendwohin bringen, wo sie sicher war. Es war nicht gut für eine junge Frau, in einer Höhle auf einem leeren Grundstück mitten in der Stadt zu leben. Wieder und wieder sagte sie dieselben Dinge. Nach einer Weile war er es müde, ihr zuzuhören, und er verließ sie. Er schlenderte hinüber zum Park und legte sich ins Gras. Mit geschlossenen Augen lauschte er dem Lärm des Straßenverkehrs und der spielenden Kinder und einem bellenden Hund in der Ferne. Die Sonne wärmte ihn. Er schlief ein.

Als er aufwachte, waren die Schatten bereits länger geworden, und die Luft begann sich abzukühlen. Er stand auf und streckte sich. Es mußte jetzt Zeit für die Suppenausgabe sein.

Er ging hinüber zum Harbour Light und traf Jack und Scotty am Eingang. Sie setzten sich zusammen an einen der langen Holztische und aßen direkt von ihren Tabletts. Das Essen war heiß und nahrhaft. Als sie fertig waren, trugen sie die Tabletts nach hinten und kehrten zurück auf die Straße. Scotty teilte sich ein Zimmer mit einem Freund und fragte, ob sie Lust hätten, eine Weile mitzukommen, um Karten zu spielen. Bob und Jack waren erfreut. Das war besser, als auf der Straße herumzulungern.

Als er auf dem durchgesessenen Sofa in Scottys Zimmer hockte, ging Bob der vergangene Tag durch den Kopf. Es war ein guter Tag gewesen, viel besser als die meisten. Wenn man satt war, mit Freunden zusammensaß und einen Schlafplatz in petto hatte, schien die Welt weniger trostlos als gewöhnlich. Er war noch immer guter Dinge, als er schließlich seine Kameraden verließ und sich auf den Weg zur Garage machte, die er inzwischen als sein Heim betrachtete.

Er vergewisserte sich, daß niemand in der Nähe war, ehe er die Tür öffnete und hineinschlüpfte. Mit dem Fuß tastete er nach dem schweren Stein, den er benutzte, um die Tür geschlossen zu halten, und schob ihn an seinen Platz. Der Stein würde niemanden davon abhalten, hereinzukommen, aber er würde ihn wecken, wenn es jemand versuchte. Nachdem er die Tür gesichert hatte, begab er sich in seine Schlafecke und rollte sich in seinem Bett aus Zeitungen und alten Lumpen zusammen.

Es war ruhig. So ruhig, daß er seinen eigenen Atem hörte. Er lauschte dem regelmäßigen Auf und Ab, dem Ein- und Ausatmen durch die Nase und fragte sich, warum es ihm nie zuvor aufgefallen war.

Es dauerte einige Minuten, bevor ihm auffiel, daß es nicht synchron war.

Er hielt den Atem an, um sicherzugehen. Das Geräusch blieb; es klang wie ein automatischer Blasebalg.

Er lag ganz still, mit dem Rücken zur Wand, nur die Augen suchten verzweifelt, bis sein Blick auf einen Schatten in der Nähe der Tür fiel, der dunkler als die restliche Umgebung war.

Sein sechster Sinn, den er auf der Straße erworben hatte, sagte ihm, daß es sich hier nicht um einen umherziehenden Trunkenbold handelte, der einen Platz zum Schlafen suchte. Das war der Sensenmann, der, wie er immer gewußt hatte, eines Tages kommen und ihn mitnehmen würde, der Buhmann, vor dem er sich als Kind zitternd im Bett versteckt hatte, die Decke über den Kopf gezogen. Aber damals waren seine Eltern nebenan gewesen, bereit zu kommen, wenn er rief. Jetzt war niemand da. Bob und der Teufel mit dem Pferdefuß, endlich allein zusammen.

Er zwang sich, still liegenzubleiben, tief durchzuatmen, bis die

Panik nachließ und sein Verstand klar wurde. Er hatte schon öfter Gefahren ins Auge gesehen. Durch die Jahre des Überlebens im Untergrund der Stadt war er gewitzt geworden und wußte sich zu verteidigen.

Er griff vorsichtig an sich hinunter und war erleichtert, als sich seine Finger um den Flaschenhals legten. Die tiefschwarze Finsternis war von Vorteil. Dies war sein Ort, und er kannte ihn gut, kannte jedes Stück Abfall auf dem Boden, wußte, wie viele Schritte es von einer Wand zur anderen und von einer Ecke in die andere waren.

Er war auf einen plötzlichen Angriff vorbereitet, nicht jedoch auf das Aufblitzen des Lichtstrahls. Wie ein Tier, das auf einer Landstraße von Scheinwerfern geblendet wird, wurde er von dem Lichtstrahl gelähmt. Dann ging das Licht aus, und eine Stimme rief: »Robert Willard.«

Bob zuckte zusammen. *Robert Willard.* Seit Jahren hatte ihn niemand bei diesem Namen gerufen. Er klang nicht vertraut, sondern eher, als gehöre er jemand anderem, jemandem, den er in einem anderen Leben gekannt hatte. Der Klang des Namens und der Klang der Stimme, die ihn aussprach, erfüllten ihn bis auf die Knochen mit eisigem Grauen.

Er fingerte an der Flasche, zog sie aus der Tasche. Er brauchte eine harte Kante, etwas, woran er aus der harmlosen Flasche eine scharfzackige Waffe machen konnte. Der einzige harte Gegenstand war der Stein vor der Tür an der gegenüberliegenden Wand.

Er spannte die Muskeln an, bereitete sich vor, auf die Füße zu kommen und einen blitzartigen Satz quer durch den Raum zu machen. Als er zum Sprung ansetzte, bewegte sich der Schatten und war plötzlich hinter ihm. Ein Arm schlang sich um seinen Hals, drückte ihm den Kehlkopf ein und zwang ihn in die Knie. Er schlug mit der Flasche um sich, zerrte an dem Arm um seine Kehle. Die Flasche traf ins Leere. Der Arm drückte fester zu. Zwang seinen Kopf in den Nacken. Eine schmale Feuerspur brannte sich über seinen entblößten Hals.

Etwas Warmes, Klebriges lief ihm über die Brust. Die Flasche glitt ihm aus der Hand und zerbarst, zu spät, am Stein. Die Zeit hielt an. Drehte sich zurück. Er beobachtete das kleine Mädchen, das Münzen in den Brunnen warf. Er trank aus der Weinflasche im Hinterhof nahe der Spadina Avenue. Er löffelte den klumpigen Schokoladenpudding, den er und Scotty zum Abendessen bekamen.

Er krümmte sich zusammen und blutete. Dann lag er still. Es dauerte nur ein paar Augenblicke, um die Arbeit mit der zerborstenen Flasche zu erledigen und den Gepäckanhänger an einem Knopf des dreckigen Mantels zu befestigen.

Bottle Bobs Leiche wurde vom Verwalter entdeckt, der einer Beschwerde über den merkwürdigen Geruch auf dem Grundstück nachging. Eine Woche später kündigte er und sagte, er habe wichtige Geschäfte daheim in Nova Scotia zu erledigen. Er war überzeugt, daß die Tragödie sich nie ereignet hätte, wenn die Person, die die Garage gemietet hatte, sie nicht hätte leerstehen lassen.

Jack und Scotty wurden verhört und freigelassen.

Die Männer vom Harbour Light sagten, Bottle Bob sei ein guter alter Kerl gewesen.

Seine Familie, die nicht wußte, wo er war, erfuhr nie von seinem Tod.

6

Oktober 1984

Nichts deutete an diesem frischen Herbstabend darauf hin, daß John Simmonds Geburtstagsfeier einen nachhaltigen Einfluß auf den Verlauf kommender Ereignisse haben würde.

Die Party war bereits in vollem Gange, als David und Sylvia in dem imposanten Steingebäude am Kingsway ankamen. John hatte bereits einen im Tee, und Myra war aufgeregt. Die Gäste schienen sich gut zu amüsieren. Ebenso der Gastgeber, der in der Mitte des Wohnzimmers stand und von einer Gruppe von Leuten, meistens Frauen von Rechtsanwälten, umringt wurde.

»Das Problem bei der Frauenbewegung ist, daß ein Teil der Frauen dem anderen zu sagen versucht, wie er leben soll.« Die

Frauen nickten zustimmend und machten sich nicht die Mühe, darauf hinzuweisen, daß Männer genau das seit Jahrhunderten taten.

David gesellte sich zu der Gruppe, um John zum Geburtstag zu gratulieren, während Sylvia zur Bar ging, um den für den Abend engagierten Barkeeper um ein Glas Perrier zu bitten. Sie stand allein da und sah sich nach bekannten Gesichtern um. Ein paar Gäste kannte sie persönlich, einige hatte sie in der Vergangenheit bei gesellschaftlichen Anlässen gesehen, andere erkannte sie von Pressefotos und Auftritten im Fernsehen.

Bob White, Davids Kanzleivorsteher, unterhielt sich mit einer lebhaften, rothaarigen Frau in einem karierten Taftkleid und mit altmodischen Ohrringen. Harold Temple und ein Kreis von Anwälten huldigten Richter Pemberton, der ohne seine schwarze Robe befremdend aussah. Eine Frau in einem roten Chiffonkleid betrank sich, und zwei Männer mittleren Alters waren übereinstimmend der Meinung, daß die neuen Boxkampfregeln diesem Sport den Saft nehmen und ihn zu einem Zeitvertreib für Schlappschwänze machen würden.

Unter denen, die sie im Fernsehen gesehen hatte, war ein Mann namens Parker, der etwas mit dem Bewährungsausschuß zu tun hatte, Patrick Flaherty, der neue Staatsanwalt, und Alfred Bretz, der Mann, der die Untersuchungen über die Männermorde leitete. David, der Bretz zutiefst verabscheute, sagte, er sei ein Hundesohn, der vor nichts zurückschrecken würde, um einen Schuldigen zu finden, auch wenn er Beweise erfinden und Zeugen bedrohen müßte. Sylvia fand, daß er mit seiner vornübergebeugten Haltung und dem asketischen Gesicht mit den sanften grauen Augen, die durch eine dicke Brille vergrößert wurden, eher wie ein Schuljunge als wie ein Detektiv aussah.

Es gab niemanden, mit dem Sylvia hätte sprechen wollen. Im Gegensatz zu David fand sie große Parties langweilig. Sie hatte kein Talent für Konversation und kam mit Fremden nur schwer ins Gespräch. Es war nicht so, daß sie sich unwohl oder unbehaglich fühlte. Sie hatte einfach keine Lust.

Sie ging von einer Gruppe zur anderen, zufrieden damit, am Rande zu bleiben und Gesprächsfetzen mitzubekommen.

»Einen Gefangenen auf Bewährung zu entlassen, bedeutete ursprünglich, daß der Gefangene sein Ehrenwort gab, sich an die Bedingungen, die an seine vorzeitige Entlassung geknüpft waren, zu halten. Verstehen Sie, was ich meine?«

»Ich will die Prozesse, wo der Schuldspruch ausgehandelt wird, nicht rechtfertigen, aber damit sind den Steuerzahlern dieses Landes Hunderttausende von Dollar erspart worden. Das ist für die Justizverwaltung entscheidend.«

»Stimmanalysen sind tatsächlich problematisch. Sie sind zu subjektiv. Zu abhängig von dem Sachverständigen. Andererseits gibt es die Abdrücke von Handgelenken. Ich habe einen Fall anhand eines Handgelenkabdrucks gelöst. Ein kleines Mädchen war erwürgt worden. Die einzige Spur war der Abdruck eines Handgelenks an seinem Hals. Ich ließ nicht locker im Labor, bis sie sich überlegt hatten, wie man ihn abnehmen könnte. Er führte zum Schuldspruch. Problematisch beim Handgelenkabdruck ist nur, daß sich das Handgelenk im Laufe des Lebens verändert. Anders als Fingerabdrücke. Die bleiben dieselben.«

Unter dem Stimmengewirr bahnte Sylvia sich den Weg durch die drängelnden Menschen zu einem Sofa, auf dem zwei junge Frauen saßen, die in ein Gespräch vertieft waren. »Er treibt es mit seiner Sekretärin.«

»Was ist gegen Investitionen im Ausland einzuwenden, wenn Menschen dadurch ihre Arbeitsplätze erhalten bleiben?«

»Er fragte sie, ob sie zweisprachig sei, und sie antwortete, nein, aber sie könne es ihm auch auf Französisch machen, woraufhin er meinte, er könne nur Englisch.«

Endlich erreichte sie das Sofa und setzte sich an das andere Ende. Die beiden Frauen sprachen über eine junge Lehrerin, die eine Woche zuvor in ihrer Wohnung ermordet worden war.

»Also ließ sie ihn rein, und ehe sie sich versah, schlug er mit dem Hammer auf sie ein.«

»Warum hat sie denn einem Fremden einfach die Tür aufgemacht? Das ist doch geradezu herausfordernd.«

»Aber das kommt dir dabei doch gar nicht in den Sinn. Ich hätte ihn auch reingelassen. Und ich bin supervorsichtig, meine Liebe.«

»Nun, an mir käme er nicht vorbei. Ich mache keinem auf.«

»Quatsch. Dieses hinterhältige Schwein sagte, er käme von der Telefongesellschaft. Er trug auch die Bell-Uniform. Er hatte sogar auf ihrem Anrufbeantworter die Nachricht hinterlassen, daß er käme, weil ihr Telefon nicht in Ordnung sei.«

»Woher weißt du das alles, wenn die Frau tot ist?«

»Weil dieser Scheißkerl eine Woche später denselben Trick versucht hat. Nur kam diese Frau davon.«

Sylvia kannte den Fall, über den die beiden sprachen. Sie hatte gerade eine vorläufige Akte über den falschen Handwerker angelegt. Im Augenblick war er in Haft, aber wahrscheinlich würde er gegen Kaution freigelassen werden. Müde lehnte sie sich zurück und schloß die Stimmen aus. Langsam glitt sie in jenen entspannten Zustand zwischen Schlafen und Wachen, als sie plötzlich eine Hand auf ihrer Schulter spürte und David sagen hörte. »Ich habe dich gesucht. Was machst du denn hier ganz allein?«

Er zog sie gerade hoch, als Patrick Flaherty mit ausgestreckter Hand auf ihn zukam. »Mr. Jenning, ich habe Sie in *Nightline* gesehen. Sie waren ausgezeichnet.«

David errötete vor Freude. Er stellte Sylvia vor. Flaherty begrüßte sie und wandte sich wieder an David. »Aus Ihren Bemerkungen schloß ich, daß Sie von psychiatrischen Gutachten nicht unbedingt überzeugt sind.«

David erwiderte, daß psychiatrische Beurteilungen unerläßlich seien. Er habe nur etwas gegen die Anwesenheit von gegnerischen Gutachterteams im Gerichtssaal. »Sie widerlegen sich gegenseitig und verwirren die Geschworenen. Die gesamten Zeugenaussagen werden häufig vernachlässigt, weil es für den Laien unmöglich ist, sie noch zu verstehen. Mir scheint...«

Er wurde von John Simmonds unterbrochen, der sich auf unsicheren Beinen näherte. »David, mein Junge. Was hörte ich da von einem Computer?« Es klang fast, als sei es etwas Unanständiges.

David erklärte, daß die Kanzlei eine Reihe neuer Mandanten habe und er daher glaube, es sei an der Zeit, die Büroorganisation auf den neuesten Stand zu bringen.

»Soviel ich weiß, kann die Software aber zu einem echten Problem werden«, sagte Flaherty.

»Nichts ist ein Problem für David«, warf John ein. Sylvia vermutete, daß er unter den ersten Anzeichen von Neid litt. David hatte Johns Kanzlei immer bewundert und sie für eine der besten in der Stadt gehalten, aber in den letzten Jahren war sein eigenes Ansehen gestiegen, während Johns an Glanz verlor.

»Wir arbeiten gerade daran«, erklärte David Flaherty. »Sobald wir das Hauptmenü haben, wird es nicht mehr lange dauern.«

»Das Hauptmenü? Das klingt, als hätten Sie ein Restaurant.«

David lächelte und beschrieb die verschiedenen Programme, die der Computer erhalten würde. Diese reichten von der Buchhaltung über Standardverträge bis zur Verwaltung von Präzedenzfällen. Der Begriff »Hauptmenü« sei eine Sammelbezeichnung für diese verschiedenen Programme. David allein würde Zugang zu dem Gesamtmenü haben, während die Angestellten nur in die Bereiche hineingelangten, die für ihre jeweiligen Aufgaben notwendig seien. Als Beispiel führte er Bob White an. Anstatt Stunden damit zu verbringen, Gesetzesbücher nach Präzedenzfällen zu durchsuchen, könnte er einfach die Information, die er brauchte, über den Bildschirm eingeben. Jede Abteilung würde ihr eigenes Terminal bekommen, und alle würden gleichzeitig Zugang zum Zentralcomputer haben.

»Einschließlich Mrs. Jenning.« John sah Sylvia vorwurfsvoll an, als hätte sie nicht das Recht, sich in Davids Angelegenheiten einzumischen. Sie war überrascht. David versuchte nicht, sein Hobby zu verbergen, aber er legte auch keinen Wert darauf, darüber zu sprechen. Sie fragte sich, wer John von dem zusätzlichen Terminal erzählt hatte. Dann erinnerte sie sich, daß sie John vorhin mit Bob White hatte sprechen sehen. Bob wußte von der zusätzlichen Datenbank. Er wußte auch, daß Craig und Sylvia daran arbeiteten.

»So ist es«, antwortete David und erklärte, daß er ursprünglich vorgehabt habe, zu Hause einen kleinen Computer einzurichten, um die Informationen, die er über Verbrechen und Verbrecher gesammelt hatte, zu speichern. Eines Tages, sagte er verlegen, wenn er pensioniert sei, hoffe er, ein Buch zu schreiben.

Sylvia merkte, daß Bretz, der mit dem Rücken zu David stand, offensichtlich ihrem Gespräch lauschte. Er wandte den Kopf in ihre Richtung, dann drehte er sich um und sagte: »Ich wußte gar nicht, daß Sie ein persönliches Interesse an Verbrechen haben,

Mr. Jenning. Vielleicht befindet sich in Ihren Unterlagen etwas, das uns in unseren bisher gefehlt hat. Etwas, das uns bei der laufenden Untersuchung helfen könnte.«

»Das bezweifle ich«, sagte David höflich. Er lächelte Bretz an, und Bretz erwiderte sein Lächeln. Sie zeigen sich wieder mal die Zähne, dachte Sylvia.

Sie wandte sich von den Männern ab und entdeckte Myra, die mit einer etwas plump wirkenden Frau mit kurzem grauen Haar sprach. Die Frau stand mit dem Rücken zu Sylvia, aber irgend etwas an ihrer Haltung, an der Art, wie sie den Kopf hielt, kam Sylvia bekannt vor. Sie kämmte ihre Erinnerungen durch, knüpfte eine Verbindung zu ihrer Mutter und eine weitere zu einer lebenslangen Freundin ihrer Mutter, die mit ihr zur Schule gegangen war und sie eine Woche lang besucht hatte, als Sylvia noch ein Kind war. Selma May Roberts hieß sie. Jahrelang hatten sich Selma und ihre Mutter Briefe geschrieben, Geheimnisse ausgetauscht und Einzelheiten aus ihrem Leben miteinander geteilt. Der letzte Brief kam an, als Sylvia wegen des Verfahrens gegen Lucy Menard ihre Eltern besuchte. In dem Umschlag befand sich ein Foto von Selma, die von einer Gruppe gutaussehender junger Männer umringt war. Auf der Rückseite stand: »Was hältst du von meinen Jungs? In Liebe, Selma May.« Sylvia hatte die Gesichter auf dem Foto nie vergessen.

Die Frau hätte Selma May Roberts sein können. Aber Sylvia wußte, daß es unmöglich war. Selma May Roberts war tot.

Sie unterbrach David mitten in einem Satz. »Bitte bring mich nach Hause, David«, sagte sie. »Ich glaube, ich werde krank.«

Am ersten Wochenende im Oktober zeigte sich der Herbst von seiner schönsten Seite. Ein klarer, wolkenloser Himmel. Scharlachrote Ahornbäume. Eine Schar kanadischer Wildgänse, die in perfekter Formation Richtung Süden zogen.

Faron lud David und Sylvia zum Wochenende auf die Insel ein. David hatte zuviel zu tun. Sylvia lehnte ab. Craig machte sich allein auf den Weg, und Sylvia fuhr hinaus aufs Land, um sich die Farben des Herbstes anzusehen.

Unterwegs dachte sie über den Handtaschendieb nach und wie merkwürdig es gewesen war, im Zeugenstand zu sein und sich an die Ereignisse jenes Tages zu erinnern. Die alte Frau war immer noch im Krankenhaus. Sylvia war die Hauptbelastungszeugin.

Der Anwalt des Jungen war energisch und aggressiv. Sie antwortete kurz auf seine Fragen, und es überraschte sie nicht, als der Beschuldigte angesichts seiner Jugend und weil er kein Vorstrafenregister hatte, eine Bewährungsstrafe erhielt. Seine Familie klatschte Beifall. Sein Bruder Lou rief Hurra.

Er hatte sie im Zeugenstand angestarrt, und sie hatte zurückgestarrt, ungerührt von dem Haß, der aus seinen Augen sprühte.

Sie war verärgert über das Urteil, aber froh, daß es vorbei war.

Buddy Thompson hielt an der Tür inne, die vom Untergeschoß des Apartmenthauses in die Tiefgarage führte. Er hatte einen knapp sitzenden Anzug an und trug einen beigefarbenen Trenchcoat über dem Arm.

In dem trüben Licht konnte er gerade eben den glänzenden Kühlergrill seines neuen Cadillacs erkennen, der auf der gegenüberliegenden Seite geparkt war. Sein ganzes Leben hatte er sich einen Caddie gewünscht. Vor drei Monaten hatte er sich dann entschlossen, sein Bankkonto geplündert und sich den Rest geliehen, um eine Fleetwood-Limousine zu kaufen. Er trug die technischen Daten in der Tasche mit sich und spulte sie jedem herunter, der sie hören wollte.

»Achsenabstand einsvierundvierzig. HT 4100 Antrieb. V8-6-4 Einspritzmotor.« Er verstand den technischen Jargon nicht, lernte die Daten aber trotzdem auswendig.

Es war drei Uhr morgens. Er hatte vorgehabt, Wanda abzusetzen und früh zu Hause zu sein. Als sie darauf bestand, daß er auf einen Gutenachtdrink mit nach oben käme, und meinte, er könne seinen Wagen auf ihrem Stellplatz parken statt auf der Straße (was er wegen der ganzen verdammt schlechten Autofahrer haßte), dachte er, warum nicht? Ich werde Chrissie sagen, ich hätte eine geschäftliche Verabredung gehabt. Wer sollte das rauskriegen?

Wanda. Er rückte die Krawatte zurecht und grinste. Sie hatte nicht damit gerechnet, daß die Affäre dermaßen ausarten würde. Er allerdings auch nicht. Aber sie hätte ihn nicht so herausfordern dürfen. Nicht daß er sie geschlagen hätte oder über sie hergefallen wäre. So was hatte er seit langem nicht mehr gemacht.

Er begab sich auf den Weg zu seinem Wagen. Seine Schritte hallten in der abgestandenen Luft wider. Die eng geparkten Autos, die mit Betonpfeilern unterteilten Stellplätze und die schattengefüllten Nischen ließen ihn nervös werden. Die Erinnerung an Wandas weichen Körper machte einem vagen Unbehagen Platz. Auf Zehenspitzen überquerte er schnell den Gang, rechnete fast damit, daß ihn etwas aus dem Schatten anspringen würde. Als er den Cadillac erreichte, stieß er einen Seufzer der Erleichterung aus, dann runzelte er die Stirn, als er feststellte, daß die Fahrertür von einem verbeulten Dodge eingeklemmt war.

»Verdammt«, murmelte er. »Diese Parkplätze sind für Spielzeugautos gemacht.« Er stieg von der Beifahrerseite ein, schloß die Tür und rutschte auf die Fahrerseite. Sein Mund war trocken, und er zitterte. Er fühlte sich eingeschlossen und hatte Platzangst.

Er ließ den Motor an. Entspannte sich, als der Motor röhrend zum Leben erwachte. Mit verriegelten Türen, geschlossenen Fenstern und laufendem Motor fühlte er sich sicher. Es war, als trage er eine Rüstung oder sei in Stahl eingeschlossen. Die Limousine war fast zu groß für die engen Kurven. Er fuhr langsam, nahm jede Biegung im Schneckentempo, um sich keinen Kratzer im Lack zu holen. Ihm schien, als würde er beobachtet, als bohrten sich Augen in seinen Rücken. Als er die letzte Rampe erreichte, die automatische Tür aufglitt und ihm die Ausfahrt freigab, war das wie eine Befreiung von der Einsamkeit.

Die von Bäumen gesäumte Straße war wie ausgestorben. Er fuhr bis zur nächsten Kreuzung und bog dann in die Hauptstraße ein. Hier gab es endlich ein paar Zeichen von Leben: Ein Radfahrer, der den Fußweg benutzte, ein junges Paar, das eng umschlungen in einem Türeingang knutschte; ein Polizeiwagen, der hinter einem Wagen der Straßenreinigung im Schrittempo um die Ecke schlich. Er hatte vorgehabt, direkt nach Norden zu fahren, änderte aber seinen Plan, als er den Streifenwagen sah. Die Macht der Gewohnheit. Er zog eine Schleife um den Block und fuhr statt dessen in

Richtung Süden zur Schnellstraße, die vom See aus nach Norden führte und eine ungestörte Fahrt durch malerische Schluchten zu der neuen Siedlung bot, wo er und Chrissie sich ihr erstes Haus gekauft hatten.

Auf freier Strecke, ungehindert vom Verkehr, war es eine Freude, den Wagen zu fahren. Er schaltete das Radio ein und ließ die Gedanken schweifen. Es war so schnell so viel geschehen. Sein Leben, das so beschissen anfing, hatte jetzt grünes Licht bekommen. Endlich hatte er sich im Griff. Wanda spielte keine Rolle. Ein One-Night-Stand. Es war nicht das erstemal, daß er eine Mieze erobert hatte, seit er mit Chrissie zusammen war. Es würde nicht das letztemal sein. Solange sie nichts davon wußte... Er würde sterben, wenn sie ihn jemals verließ. Sie war verdammt noch mal das Beste, was ihm in seinem ganzen beschissenen Leben begegnet war, einschließlich des Caddies.

Der Himmel war wolkenlos und klar, die Sterne funkelten wie Diamanten auf Samt. Steile Schluchten fielen zu beiden Seiten der Straße ab. Links von ihm leuchteten die Lichter der Stadt. Rechts huschten Bäume und Buschwerk vorbei. Der Wagen schien mühelos durch den Raum zu gleiten.

Chrissie. Sie würde schon schlafen, wenn er heimkam. Er würde leise ins Bett steigen und in ihr drin sein, bevor sie aufwachte. Sie sagte, sie hasse es, wenn er das mache. Er glaubte ihr nicht. Außerdem war es ein Supergefühl für ihn.

Allein der Gedanke an ihren nackten Körper unter der Decke erregte ihn. Er bekam jetzt schon einen Steifen. Du meine Güte, wenn Wanda das wüßte. Er war so mit seinen Gedanken beschäftigt, daß er die sachte Berührung in seinem Nacken kaum bemerkte. Geistesabwesend strich er über seinen Kragen. Einen Augenblick später fühlte er es wieder. Strich nochmals über den Kragen. Wahrscheinlich ein loses Haar. Er nahm sich vor, seinen Haaransatz zu untersuchen. Wenn ihm mehr Haar ausging, als nachwuchs, war es Zeit, eine dieser Haarkliniken aufzusuchen. Glatzen waren das allerletzte.

Im Radio wurde zu »Laura« übergeblendet, und er summte die Melodie leise mit. Nach der Hälfte des Liedes spürte er es wieder. Eine Berührung. Ganz deutlich. Beharrlich. Hartnäckig.

Er hörte auf zu summen. Blickte in den Rückspiegel. Keine herannahenden Scheinwerfer. Keine Silhouette eines Passagiers auf dem Rücksitz. Nichts als der schwache Umriß der Heckscheibe. Dahinter Dunkelheit.

Mit dem Zeigefinger strich er zwischen Hals und Kragen entlang. Auf halbem Weg hielt er inne. Berührte es. Traf auf ein Hindernis, das sich kalt anfühlte. Hart. Schlank. Scharfkantig. Scharfes Metall, das sich wie kalter Stahl anfühlte.

Er verriß das Lenkrad. Der Wagen schlingerte zur Seite. Er lenkte ihn zurück auf die Straße, versuchte zu schlucken. Seine Kehle war wie zugeschnürt, er konnte kaum atmen. Er vernahm ein starkes Rauschen, das in Wellen heranrollte und auf sein Trommelfell traf, sich hob und senkte wie der Flügelschlag von Hunderten von Vögeln im Flug. Es erfüllte seinen Körper. Dröhnte in seinem Kopf.

Unter übermenschlicher Anstrengung begann er mit der Übung, die er immer zur Bekämpfung seiner Platzangst anwandte. »Entspanne den Stirnmuskel. Senke deinen Blutdruck. Verlangsame deinen Herzschlag.« Die Panik begann nachzulassen und damit auch das schreckliche, dröhnende Geräusch. Erst jetzt wurde ihm bewußt, daß das Geräusch von seinem eigenen Blut und Herzschlag kam.

Seine Körperfunktionen normalisierten sich, und er wagte erneut einen Blick in den Rückspiegel, der wieder nur den leeren Raum spiegelte. Er sagte sich, daß er sich etwas einbilde. Er mußte eingenickt sein und einen seiner Alpträume gehabt haben. Er sollte besser rechts ranfahren und ein kurzes Nickerchen halten, als einen Unfall zu riskieren. Er bremste leicht und fuhr auf den Seitenstreifen. Vom Rücksitz war eine raschelnde Bewegung zu hören. Ein sanfter, warmer Atemstoß in seinem Nacken. Eine Stimme. Leise, fast nur ein Flüstern. »Fahr weiter.« Ausdruckslos. Kurz und bündig.

Seine Kopfhaut prickelte. Sein Herz klopfte heftig und wurde dann langsamer. Sein Herzschlag schien auszusetzen. Sein Stirnmuskel, das Entspannungsbarometer, verspannte sich. Auf seiner Stirn erschienen besorgte Falten.

Er versuchte, nicht in den Spiegel zu schauen. Diesmal, wußte er, würde er keinen leeren Platz zeigen. Er versuchte, nicht hinzusehen, aber sein Blick wurde wie mit unsichtbaren Fäden hingezogen. Und da war es. Genauso wie er gedacht hatte. Ein Kopf und Schultern. Massig. Nur als Umriß erkennbar. Ohne Tiefendimension. Flach. Wie aus Pappe ausgeschnitten.

»Wer... wer sind Sie?« Seine Stimme war nur noch ein Fisteln, wie damals, als dieses Flittchen, das am Ende versuchte, ihn reinzulegen, ihm eine Hutnadel in die Eier rammte.

Ein leises Klicken, der Schein einer aufblitzenden Taschenlampe. Der kegelförmige Strahl kam von unten und verwandelte das Gesicht in einen Totenkopf aus Licht und Schatten.

Die Gesichtszüge waren nicht zu erkennen. Er konnte nicht sagen, ob er die Person kannte oder nicht. Er sah in die tiefen Augenhöhlen. Versuchte, im Bruchteil einer Sekunde in den Augen zu lesen und die Absicht zu erfahren. Der Blick war ausdruckslos. Nicht glasig oder weggetreten. Nicht voller Mordlust oder Zorn. Einfach unerbittlich, und diese Gefühllosigkeit machte ihn um so schrecklicher.

Ihm kam ein anderer Wagen aus einer anderen Zeit in den Sinn. Der Zeit, als er jung war, wirklich jung und sich nahm, was er haben wollte. Damals hatte er die Sängerin einer Combo, die in einem Treffpunkt in der Nachbarschaft spielte, gewollt.

Es war erstaunlich einfach gewesen. Am ersten Abend beobachtete er, wie die Frau in ihren Wagen stieg, und folgte ihr nach Hause. Als sie am zweiten Abend herauskam, hockte er hinten in ihrem Wagen. Er wartete, bis sie auf einer einsamen Strecke waren, die er sich am Abend zuvor eingeprägt hatte. Als er sich vom Boden erhob und das Messer an ihre Kehle hielt, sah sie auf, und ihre Blicke trafen sich im Spiegel. Als er ihre Angst sah, schoß eine Woge wilder Erregung in ihm hoch. Sie war die erste Frau, die er mit Gewalt genommen hatte. Diese Erfahrung war eine der befriedigendsten in seinem Leben gewesen.

Er hatte damals gewußt, daß die Frau Angst hatte. Aber erst jetzt begriff er das Ausmaß dieses Entsetzens.

»Da vorne rechts ist eine Abzweigung. Fahr da rein.«

Er kannte den Weg. Die zwei überwucherten Wagenspuren führten von der Schnellstraße zum Gebüsch am Ufer. Der Weg würde den Wagenboden aufreißen und den Lack ruinieren. Er beschloß zu versuchen, an der Abzweigung vorbeizujagen und geradeaus auf die hellen Lichter zuzusteuern. Auf der Schnellstraße wäre er sicherer als abseits im Gebüsch.

»Abbiegen!« Die rasiermesserscharfe Klinge berührte seine Kehle. Wieder erleuchtete das Licht der Taschenlampe das Gesicht im Spiegel. Der Blick hielt ihn gefangen. Die Klinge ruhte auf seinem Kehlkopf. Er bog ab und steuerte den Wagen vorsichtig in die eingefahrenen Spurrillen.

»Fahr da rüber. Zwischen die Bäume.«

Mechanisch lenkte er den Wagen durch das Gebüsch auf eine kleine Lichtung, bremste und stellte den Motor ab. Er löste den Sicherheitsgurt und suchte nach dem Türgriff. Zur Flucht bereit, wartete er auf den Augenblick, wo der Druck der Klinge nachlassen würde.

Aber der Druck ließ nicht nach. Mit einem einzigen Streich drang die Klinge tief ein und schnitt die Gurgel durch. Karmesinrot strömte es aus seinem Hals, ergoß sich über das Armaturenbrett, bildete kleine Pfützen und Rinnsale auf dem weißen Teppich und überzog die makellosen Polster mit einem bizarren scharlachroten Muster. Auf dem Vordersitz sah es aus wie im Schlachthaus. Auf dem Rücksitz waren keine Spuren zu sehen.

Eine Stunde später stieg ein Jogger an der Endstation in die U-Bahn. Der Schaffner, mürrisch und wegen seiner Nachtschicht neidisch auf alle, die von neun bis fünf arbeiten und jetzt zu Hause in ihren Betten liegen konnten, runzelte mißbilligend die Stirn. »Stadt der Bekloppten«, brummelte er. »Heimat der Wahnsinnigen.«

Der Jogger setzte sich, froh, daß der Wagen leer war. Der Zug wartete. Zeit für ein kurzes Nickerchen. Und am anderen Ende würde es ein warmes Frühstück und eine Kanne frischen heißen Kaffees geben.

Als Chrissie Thompson die Polizisten vor der Tür sah, wußte sie, daß Buddy etwas passiert war. Doch sie war nicht darauf gefaßt, daß er tot war. Sie wurde bleich, taumelte und war dankbar für den Arm, der sich um ihre Schultern legte und sie in das schöne Wohnzimmer zu dem neuen, noch nicht bezahlten Sofa führte.

Bis zum Tag der Beerdigung, als die Endgültigkeit ihres Verlusts Wirklichkeit wurde, weigerte sich ihr Verstand, Buddys Tod zu begreifen. Sie hatte Buddy auf eine kindliche, naive Art geliebt. Sie war ihm als Jungfrau begegnet, so unwahrscheinlich es bei den herrschenden Sitten auch schien. Buddy hatte ihre Jungfräulichkeit gepriesen und vor seinen Freunden damit angegeben. »Als fände man eine Nadel im Heuhaufen«, pflegte er zu prahlen. Er wußte nicht, daß sein Liebesspiel ihr nicht gefiel. Er wußte nicht, daß sie von ihm abhängig war wie ein Kind von seinem Vater. Doch gerade dieses bedingungslose Vertrauen hatte ihn zu ihr hingezogen, und genauso hatte das Bild, das sie sich von ihm machte, ihm geholfen, sein Leben zu verändern.

Chrissie hatte ihre Eltern als minderjährige Braut verlassen. Nicht einmal ein Jahr später kehrte sie als trauernde Witwe zu ihnen zurück. Sie heiratete nicht wieder. Buddy, fand sie, war unersetzbar.

7

Dezember 1984/Januar 1985

Im November machte der Mörder eine Pause. Es wurden keine Leichen mit numerierten Gepäckanhängern gefunden. Bretz und seine Leute waren dankbar für die Unterbrechung und arbeiteten hektisch, um den Rückstand an gesammelten Spuren und Telefonhinweisen aufzuarbeiten.

Erfahrene Leute bei der Polizei sagten, die Morde hätten aufgehört, weil der Mörder wegen Diebstahls oder eines anderen Vergehens verhaftet worden sei.

Ein Psychologe sagte, der Mörder habe seine innere Wut abreagiert und würde kaum wieder zuschlagen.

Ein Psychiater sagte, die Morde würden sich zyklisch ereignen und im folgenden Jahr in der gleichen Zeitspanne wieder auftreten.

Seit Sylvia den Abend mit Anne und Bill in der Stadt verbracht hatte, wollte sie das Paar zum Abendessen einladen. Doch erst kurz vor Weihnachten klappte es endlich.

David hatte sich gegen diese Einladung gewehrt, da Anne ihm auf die Nerven ging, doch Bill mochte er auf Anhieb. Als sie bei Kaffee und Cognac am Kamin saßen, amüsierte er sich bereits so gut, daß er sogar höflich mit Anne umging.

Es fing an zu schneien, und dicke, schwere weiße Flocken schwebten am Fenster vorbei. David legte Holz im Kamin nach. Es war warm und gemütlich im Zimmer. Sylvia fiel ein, daß Ciba noch draußen war, und sie erhob sich unter dem Vorwand, noch eine Kanne Kaffee machen zu wollen. Sie betrat die Garage durch die Küche und öffnete die Seitentür. Er wartete bereits. Sein dickes Fell war mit Schnee bedeckt. Er verschwand in der Kiste, die sie für ihn mit Teppich ausgelegt hatte. Sie stand hinter den Sachen für den Swimmingpool, und David wußte nichts davon. Die Ecke würde ein sicheres Versteck bieten, bis das Sprungbrett und die Poolleiter im Frühjahr herausgeholt würden.

Als sie ins Wohnzimmer zurückkam, drehte sich das Gespräch nicht mehr um die Unruhen in England, die Bill eher auf wirtschaftliche Ursachen als auf Rassismus zurückführte, sondern um die stolze Tradition der englischen Polizei. David sprach über die unterschiedliche Einstellung der Öffentlichkeit zur Polizei. »Wir nennen sie Bullen oder Schweine. In England heißen sie Bobbys. Das ist ein liebevoller Begriff.«

Anne unterbrach ihn. »Vielleicht ist das besser als Schweine, aber was bedeutet es?«

David erklärte, daß der Begriff aus der Zeit von Sir Robert Peel stammte, der im neunzehnten Jahrhundert das englische Polizeisystem neu organisiert hatte. Seine Idee bestand darin, Männer auf den Straßen zu haben, an die die Menschen sich wenden konnten, Männer, die Ärger verhindern würden. Darum waren sie nicht bewaffnet. Sie waren so was wie eine Vorform der Sozialarbeiter. »Ich frage mich«, überlegte Bill, »ob dieser Ansatz die Situation, in der wir uns jetzt befinden, hätte verhindern können. Diese schrecklichen Morde.«

Früher oder später mußten wir darauf kommen, dachte Sylvia.

»Der Yorkshire Ripper ließ sich davon nicht abhalten«, sagte Anne.

»Das ist was anderes«, erwiderte David schnell. »Er brachte Frauen um.«

Es herrschte ein überraschtes Schweigen, bis Anne mit rotem Gesicht ausrief: »Warum ist es etwas anderes, Frauen zu ermorden?«

Verlegen über diesen Patzer, stotterte David: »Ja... nun... weißt du... das passiert ständig. Ich meine... nun, du weißt ja, was ich meine. Männer bringen Frauen nicht *einfach so* um. Es gibt immer einen Grund dafür.«

Bill schien sich unbehaglich zu fühlen. Anne war sprachlos.

Sylvia kochte vor Wut, genau wie Anne. Aber im Gegensatz zu Anne zeigte sie es nicht. »Du meinst also«, sagte sie kühl, »daß wir die Saat für unsere eigene Zerstörung zwischen unseren Beinen tragen.«

»Du liebe Güte«, explodierte David, »mußt du denn so verdammt ordinär sein?«

»Ordinär. O Gott.« Anne barg das Gesicht in den Händen.

»Komm schon«, sagte Sylvia leichthin. »David hat recht. Ich hätte das nicht sagen sollen.«

Anne schaute sie an, als wäre sie nicht ganz richtig im Kopf. Bill überbrückte das peinliche Schweigen, indem er fragte: »Was glaubst du, wer hinter diesen Morden steckt, David?«

»Da hat bloß wieder mal ein Mann zugeschlagen«, sagte Anne sarkastisch. »Nichts, worüber man sich aufregen müßte.«

Bill sah Anne stirnrunzelnd an. »Darüber sollte man keine Witze machen«, sagte er mißbilligend.

Lieber Gott, laß sie nicht ihren ersten Streit in unserem Haus austragen, dachte Sylvia. Laut sagte sie: »Bill hat recht. Es ist scheußlich. Wenn ich ein Mann wäre, hätte ich Angst, aus dem Haus zu gehen.« Niemand bemerkte die Spur Ironie in ihrer Stimme.

Als Antwort auf Bills Frage sagte David: »Ich glaube nicht, daß wir es hier mit einem Massenmörder wie Olson oder Bundy zu tun haben. Es gibt nicht genug Ähnlichkeiten. Das ergibt keinen Sinn. Ich glaube, es handelt sich hier um Leute, die auf denselben Zug springen. Sie sehen das als Gelegenheit, alte Rechnungen zu begleichen. Das ist in solchen Fällen schon früher passiert.«

Bill schüttelte den Kopf. »Ich weiß nicht. Sie haben eine Sondereinheit unter der Leitung von Bretz eingerichtet. Das hätten sie nicht getan, wenn sie nicht der Meinung wären, es gäbe einen Zusammenhang. Wahrscheinlich kennen sie den Täter und warten nur darauf, ihn zu schnappen.«

David schnaubte verächtlich. Obwohl er die Polizei in der Öffentlichkeit lobte, wußte Sylvia, daß er sie für einen kläglichen Haufen hielt.

»Nehmen wir zum Beispiel den ersten: Maitland.« Sylvias Magen krampfte sich zu einem harten, heißen Klumpen zusammen. Anne warf ihr einen schnellen Blick zu. Bill fuhr unschuldig fort: »Das war der, den wir an dem Abend getroffen haben, als wir ausgingen, Sylvia. Mit dem du zusammengestoßen bist.«

David sah sie neugierig an. »Das hast du mir gar nicht erzählt, Syl.«

Bill überging die Bemerkung. »Meiner Meinung nach«, fuhr er fort, »gibt es bei Maitlands Mord einen Anknüpfungspunkt. Warum war er wohl nackt? Ich glaube, er war homosexuell, und einer seiner Liebhaber hat ihn erwischt.«

»Das ergibt keinen Sinn«, wandte Anne ein. »Er war ein großer, gutaussehender, maskuliner Typ.«

David und Bill lächelten sich wissend an. Sylvia biß sich auf die Zunge und sagte nichts.

»Davon abgesehen«, sagte Anne, »warum sollte er rumlaufen und Frauen vergewaltigen, wenn er schwul war?«

»Männer vergewaltigen Frauen nicht, weil sie sie mögen«, sagte David. »Sie tun es, weil sie sie hassen.«

»Und nennen sie kastrierende Weiber«, seufzte Anne. »Trotzdem klingt das für mich nicht nach einem Sexualverbrechen. Er war nicht zerstückelt oder so was.«

»Nein, aber er war nackt. Und es gab keinen Hinweis auf einen Einbruch. Das heißt, der Mörder war bereits in der Wohnung, und es war jemand, den er kannte.«

Anne, die allmählich beschwipst wurde, spöttelte: »Allein ihre Friseure werden es wissen.«

»Bei dem Handelsreisenden«, sagte Bill, »war es mit Sicherheit ein Sexualverbrechen.«

»Der mit dem Rohr im Arsch«, kicherte Anne.

David warf ihr einen bösen Blick zu. »Darüber macht man keine Witze«, sagte er kalt.

»Mr. Jenning, wenn eine Vergewaltigung unvermeidlich ist, sollten Sie sich entspannen und sie genießen. Das sagt ihr Männer uns Frauen seit Jahren.«

David betrachtete sie voller Abscheu. Bill ignorierte sie: »Ich hoffe, du hast recht, David. Wenn es bei den Morden darum geht, alte Rechnungen zu begleichen, dann gibt es zumindest für jeden ein Motiv. Das heißt, daß der Rest von uns aufhören kann, sich Sorgen zu machen.«

»Ob einer oder ein Dutzend, irgendein Motiv gibt es immer«, erwiderte David.

»Bloß weil du Arschloch es nicht findest, heißt das nicht, da is' keins«, nuschelte Anne.

»Anne«, protestierte Sylvia.

»Ich glaube, es wird Zeit zu gehen«, sagte Bill.

Es war nach Mitternacht. Bill half Anne in die Stiefel und den Mantel. An der Tür blieb er stehen, den Arm um ihre Schulter gelegt, und sagte, wie sehr ihm der Abend gefallen habe. Er und David schüttelten sich nüchtern die Hand und versicherten einander, daß sie sich wiedersehen und es wiederholen müßten.

Davids These, daß es sich um verschiedene Mörder handle, wurde von der Öffentlichkeit nicht geteilt. Der kleine Mann auf der Straße war überzeugt, daß die Morde miteinander verbunden waren und ein Massenmörder sein Unwesen trieb. Jeder Mord rief erneute Proteste wach. Der Druck auf die Polizei nahm zu. Die Öffentlichkeit war aufgebracht und ungeduldig.

Die Polizei ihrerseits stand vor einem Rätsel. Sie wußte, daß die Morde zusammenhingen, weil jeder Tote fein säuberlich numeriert war. Aber außer den verräterischen Gepäckanhängern gab es nichts. Keine Zeugen. Keine Fingerabdrücke. Und das Frustrierendste war, es gab weder ein Motiv noch eine einheitliche Tatmethode.

Bei Serienmorden, wo ein Unbekannter scheinbar wahllos x-beliebige Menschen tötet, wird die Tatmethode zur Handschrift. Doch bei den Morden in Toronto gab es keine einheitliche Methode. Kehle durchgeschnitten. Erwürgt. Erschlagen. Verstümmelt. Nicht verstümmelt. Der gemeinsame Nenner einer bestimmten Tatmethode fehlte.

Bei Morden aus Leidenschaft, wo der Mörder das Opfer kennt, ist das Motiv von größter Bedeutung. Obwohl ihm beim Prozeß nicht unbedingt viel Bedeutung beigemessen wird, ist es für die Ermittlungsbeamten ein erster Hinweis. Hier schien es zu fehlen.

Einige Beamte meinten, der Mörder sei ein Insider, der seine Lust am Morden befriedige, indem er aufs Geratewohl zuschlage, weil er wisse, wonach seine Kollegen suchten. Er ging auf diese Weise das geringste Risiko ein, entdeckt zu werden. Mit heimlichem Stolz erzählten sie sich, daß es einfach einer von ihnen sein müsse. Ein Anfänger hätte Fußabdrücke, Spuren unter den Fingernägeln der Opfer oder irgendeine, wenn auch noch so kleine Spur hinterlassen.

Man sprach von einer Verschwörung oder einem Geheimbund wie der Manson-Familie, der sich zusammengeschlossen habe, um das Gesellschaftssystem durch die Verbreitung von Terror und Mißtrauen zu zerstören. Andere waren überzeugt, bei den Morden handle es sich um Exekutionen unter Verbrecherbanden, was ein beruhigender Gedanke war, denn das bedeutete, daß gesetzestreue Bürger nichts zu befürchten hatten.

Ein Aufschrei der Männer: Sie forderten Schutz. Der Polizeichef empfahl, dunkle Straßen, Fahrstühle und Tiefgaragen zu meiden. Die Männer, die gewöhnlich genau diese Ratschläge ihren Frauen gaben, gerieten außer sich. Während die Männer, die bezahlt wurden, um sie zu beschützen, größere Waffen, kugelsichere Westen und Streifengänge zu zweit forderten, wurde den Steuerzahlern erklärt, daß sie auf sich selbst aufpassen müßten.

Die Frauen, von klein auf gewohnt, mit Angriffen zu rechnen, beobachteten gelassen, wie ihre Männer begriffen, was Angst bedeutete. Sie stellten fest, daß die Zahl der ermordeten Frauen geringer wurde, je mehr die Zahl der ermordeten Männer anstieg. Es wurden noch immer Frauen geschlagen, vergewaltigt oder in einzelnen Fällen sogar ermordet, aber das waren die normalen Verbrechen in einer normalen Gesellschaft. Selbst die sensationellsten Fälle standen nicht mehr auf den Titelseiten.

Eine unheimliche Macht war am Werk, und alle Männer fühlten sich verletzlich. Einige nahmen Beruhigungspillen, da sie nicht mehr mit einer Welt zurechtkamen, die anscheinend verrückt geworden war. Schneeketten wurden aus dem Kofferraum geholt und griffbereit auf den Vordersitz gepackt. Der Verkauf von Taschenmessern nahm sprunghaft zu. Machomänner, die nie zuvor Schmuck getragen hatten, entwickelten jetzt eine Vorliebe für schwere, kantige Ringe. Ein paar trugen Waffen und Jagdmesser bei sich. Als ihre Frauen ihnen sagten, daß es verboten sei, Waffen zu tragen, wollten sie es nicht glauben. »Ein Mann hat das Recht, sich zu verteidigen«, wandten sie ein. »Aber nur innerhalb bestimmter Grenzen«, erklärten ihnen die Frauen, die sehr wohl wußten, daß Selbstverteidigung ein eng gefaßter Begriff war, der beinhaltete, daß der Grad des Widerstands dem Grad der bei einem Überfall angewandten Gewalt angemessen sein muß.

Die Männer erwiderten, sie müßten verrückt sein, wenn sie solchen Quatsch glaubten. Der Überlebenswille sei ein Urinstinkt, sagten sie. Wie könnte ein Gesetz ihnen das Recht aufs Überleben verweigern?

Zuerst waren die Frauen erstaunt über die Naivität der Männer. Später merkten sie, daß es vieles gab, was die Männer nicht wußten, weil es für sie nie zuvor notwendig gewesen war, so etwas zu wissen.

Männer, die nie zuvor begriffen hatten, was Angst bedeutet, entwickelten allmählich eine Opfermentalität. Und mit dem Mord an Keith Hallworth steigerte sich diese Angst zur Hysterie.

Keith Hallworth war ein prominenter Geschäftsmann, der mit seiner attraktiven Frau und zwei Söhnen im Teenageralter ein exklusives Eigentumsapartment am Ufer des Sees bewohnte. Er war gutaussehend, dynamisch und hochbegabt. Sein Tod war Schlagzeilen wert.

Während seiner Routinerunde um vier Uhr morgens fand der Wachmann Hallworth in der Tiefgarage. Er lag ausgestreckt auf dem Boden, halb unter seinem Rolls-Royce-Oldtimer. Hallworths Hose lag auf der Haube des Rolls. Die Unterhose hatte man ihm in den Mund gestopft. Der eiserne Kreuzschlüssel, mit dem ihm der Schädel zertrümmert worden war, lag gleich neben seiner ausgestreckten Hand.

Das Opfer war nicht verstümmelt, aber es war etwas schmerzlich Obszönes an den schmalen weißen Pobacken, die unter dem zurückgeschlagenen Oberhemd und dem teuren Tweedjackett sichtbar waren.

Der Wachmann holte tief Luft und schloß die Augen. Er zählte bis drei und guckte noch mal. Der Mann lag immer noch da. Er streckte die Hand aus und stützte sich auf den Wagen. Er fing an zu zittern, und die Taschenlampe fiel ihm aus der Hand. Als er sich bückte, um sie aufzuheben, ging ein Zucken durch den Körper, und er hörte ein leises, gequältes Gurgeln. Der Wachmann riß sich zusammen, zerrte an der Unterhose und zog sie heraus, wobei ein Schwall Blut hervorquoll, der ihm über den Schuh floß. Er kniete sich hin und fühlte den Puls. Der Körper war noch warm. Er meinte, ein schwaches Pochen im Handgelenk zu fühlen.

Plötzlich wurde ihm bewußt, daß der Überfall gerade erst stattgefunden haben mußte. Vielleicht hatte er den Täter sogar gestört. Er beugte sich über den Körper, lauschte. Es war nichts zu hören außer seinem eigenen Herzschlag. Er duckte sich, auf einen Schlag von hinten gefaßt. Einen Augenblick später glaubte er zu hören, wie die Tür zum Treppenhaus geöffnet wurde.

Er wartete noch ein paar Minuten, wobei ihm schmerzlich bewußt war, daß Zeit eine entscheidende Rolle spielte, wenn Hallworth gerettet werden sollte. Als ihm klarwurde, daß er nicht länger warten konnte, nahm er den Kreuzschlüssel, um gewappnet zu sein für den Fall, daß der Eindringling zurückkehrte. Ehe er den Verletzten verließ, legte er das Werkzeug noch mal hin und deckte den nackten Unterkörper mit der Hose zu. Das nackte Hinterteil war für ihn beunruhigender als der eingeschlagene und blutige Schädel.

Keith Hallworth lebte noch, als er auf der Bahre in den Krankenwagen geschoben wurde, aber bei der Ankunft im Krankenhaus wurde er für tot erklärt.

Mr. Hallworths Tage als einer der führenden und tonangebenden Männer der Stadt waren vorbei. Seine Frau erhielt Beruhigungsmittel, und ein Verwandter wurde gebeten, die Söhne im Internat zu benachrichtigen. Die Bewohner des luxuriösen Apartmenthauses, die aus dem Schlaf gerissen wurden, als die Polizei vorsichtshalber eine Wohnung nach der anderen durchsuchte, waren entsetzt. Bretz und seine Leute triumphierten.

Obwohl der Schwerverletzte abtransportiert worden war, ehe die Fotografen und Beamten in Zivil eintrafen, war der Tatort ein Traum für einen Ermittler. Auf dem Kreuzschlüssel befand sich eine perfekte Reihe von Fingerabdrücken. Auf dem Rolls war der Abdruck eines Handballens, und es gab blutige Fußspuren, die auf einen ungewöhnlichen Schritt hinwiesen. Die Ermittler brauchten nicht erst den numerierten Gepäckanhänger, der später mit den persönlichen Sachen des Opfers aus dem Krankenhaus geholt werden würde, um zu wissen, daß es sich wieder um einen neuen Fall aus der Mordserie handelte.

»Findet die Schuhe, und ihr habt den Mörder«, sagte die Spurensicherung.

»Wenn wir ihn erst mal haben und Blutproben vergleichen können, ist er festgenagelt«, bestätigte einer der Beamten.

Es dämmerte schon, als die Spurensicherung fertig war. Die Beweise waren eingetütet und mit Schildern versehen. Der Rolls-Royce wurde abgeschleppt.

Die Geschichte machte Schlagzeilen in den Abendzeitungen. Sie wurde begleitet von einer Erklärung des Polizeichefs, der sagte, daß sie dank des günstigen Eintreffens des Wachmanns, der den Eindringling bei der Durchführung der Tat störte, jetzt solide Beweise hätten, die weiterführen würden. Es sei nur noch eine Frage der Zeit, versicherte er der Öffentlichkeit, bis der Täter gefaßt werde.

David, der mit Sylvia und Craig über den Fall diskutierte, meinte, für Mr. Hallworth wäre es noch weitaus günstiger gewesen, wenn der Wachmann ein paar Minuten früher eingetroffen wäre. Sylvia stimmte ihm zu. Craig sagte, daß er beinahe eines der Apartments in dem Gebäude gemietet hätte und nun froh sei, daß er es nicht getan habe. David meinte, er verstünde nicht, wie je-

mand an dem Sicherheitsdienst habe vorbeikommen können. Als er und Sylvia einmal eine von Hallworths zahlreichen Cocktailparties besuchten, hätten sie sich praktisch ausweisen müssen.
»Wo ein Wille ist, ist auch ein Weg«, erwiderte Craig.

In den folgenden Tagen wurde der Wachmann zur Berühmtheit. Sein Bild erschien in allen drei Tageszeitungen, und er wurde im Radio sowie im regionalen und nationalen Fernsehen interviewt. Bei den ersten Interviews ging er sparsam und sachlich mit den Einzelheiten um, aber allmählich besserte sich seine Berichterstattung. An dem Tag, als er beschrieb, wie er den Täter ertappte, als er mit erhobenem Kreuzschlüssel zum Schlag ausholte, wurde der Wachmann für die Auszeichnung zum Ehrenbürger nominiert.

Die Polizei fühlte sich auf die Schippe genommen, weil er den Täter nicht vorher erwähnt hatte, war aber erfreut, endlich einen Augenzeugen zu haben, und holte ihn, um ein Phantombild zu erstellen. Das Bild, das dabei herauskam, zeigte ein rundes, finster dreinblickendes Gesicht mit dünnem Haar, zottigen Brauen und einen grausamen Mund mit herabgezogenen Mundwinkeln. Der Gesichtsausdruck war von einer solch üblen Gesinnung geprägt, daß alle, die das Bild sahen, sagten, sie würden den Täter sofort wiedererkennen. Es wurde tausendfach vervielfältigt und an alle verteilt, vom Polizeischüler bis zum höchsten Beamten sowie an alle Ladenbesitzer.

Sämtliche Zeitungen und Fernsehstationen in ganz Kanada und in den Vereinigten Staaten erhielten Kopien des Phantombildes. Innerhalb der ersten drei Tage nach Veröffentlichung des Bildes wurde der Mann in New York, Halifax, Victoria, Los Angeles und Copper Cliff gesehen.

Die gesamte Polizei war aufgefordert, Spuren zu verfolgen und Alibis zu überprüfen. Urlaub wurde gestrichen, und die Beamten im regulären Schichtdienst wurden gebeten, Überstunden zu machen.

Keine der Spuren führte zum Erfolg. Die Fingerabdrücke waren nicht registriert. Beides, sie und der Abdruck des Handballens, war nutzlos ohne einen Verdächtigen zum Vergleich. Als nur noch die blutigen Fußspuren übrigblieben, begannen die Beamten,

Schuhfirmen und Schusterwerkstätten systematisch zu durchkämmen. Der Abdruck war so gewöhnlich, stellten sie fest, daß es unmöglich war, die Marke herauszufinden, solange sie nicht weitere Informationen hätten.

Die Beamten von der Mordkommission, die allzu oft das Pech hatten, einen Verdächtigen, aber keine Beweise zu haben, besaßen diesmal reichlich Beweise, aber keinen Hinweis auf einen Verdächtigen.

Die Polizei war überzeugt, daß sie den Mörder haben würde, wenn sie die Schuhe fände, an denen Keith Hallworths Blut haftete. Der Mann, der die Schuhe fand, war kein Polizist, sondern ein erfahrener Zeitungsreporter.

Joe Parsons war ein gestandener Polizeireporter und leidenschaftlicher Sammler von Kriminalfällen. Nichts faszinierte ihn mehr als ein schöner, brutaler Mord. Es hieß, er sei sogar schon mal beim ersten Ton seines Piepers aus dem Bett einer hingebungsvoll stöhnenden Dame gesprungen und zum Tatort geeilt. Seine Freunde warfen ihm vor, in die Fußstapfen eines berühmten Vorgängers treten zu wollen, der einst bei derselben Zeitung gearbeitet hatte und für seine lebenslange Beschäftigung mit dem Tod bekannt war.

Sie hatten unrecht, Joes Gefühle hatten nichts mit Hemingway zu tun.

Er betrachtete den Tod nicht als etwas Gutes und Erhabenes. Er verabscheute den Krieg, und ihm wurde übel beim Anblick von Blut.

Er fand Mord faszinierend, nicht weil er den Tod mit sich brachte, sondern weil er die dunkelste und primitivste Seite des Lebens offenbarte. Joe interessierte sich nicht für den Toten. Ihn fesselten immer nur die Gedanken des Tötenden.

Parsons kannte jeden Mordfall, der in den letzten hundert Jahren in Kanada registiert worden war. Er konnte Daten und Schauplätze, Zeugenaussagen und Urteile herunterrasseln wie andere Männer Sportereignisse. Die Bücherregale, Akten und Notizbücher in seiner unordentlichen Dreizimmerwohnung waren voll mit Informationen über Morde aus der Vergangenheit und Gegenwart.

Joe kannte fast jeden Polizeibeamten und die meisten Anwälte und Richter in der Stadt. Er verbrachte so viel Zeit auf Polizeistationen, daß viele Vertreter des Gesetzes ihn als einen der Ihren empfanden und in seiner Gegenwart so offen sprachen wie untereinander.

Joe wußte nichts von den numerierten Gepäckanhängern, aber er wußte von den Fußabdrücken. Er wußte auch, daß das die heißeste Spur war. Er meinte, wenn er die Erlaubnis bekäme, darüber einen Leitartikel zu schreiben, melde sich vielleicht jemand, der sie identifizieren könne. Das war ein winziger Hoffnungsschimmer, aber solange es nichts Besseres gab, war es einen Versuch wert. Wie sich herausstellte, war der Polizeichef einverstanden. Man gab ihm ein Hochglanzfoto der Abdrücke und forderte ihn auf, loszulegen.

Am Tag nach Erscheinen des Zeitungsartikels rief ihn ein Schuster aus dem Westend an und sagte, er habe einen Schuh, der zu den Abdrücken auf dem Foto passe. Er habe den Absatz besohlen sollen. Der Schuh sei frisch geputzt, habe aber rostbraune Flecken auf der Sohle. Er sei noch so, wie er gebracht worden war, und stehe für Joe bereit.

Fieberhaft vor Aufregung wies Parsons ihn an, ihn nicht herauszugeben, bevor er käme. Als er in dem Laden eintraf, war der Besitzer gerade dabei, eine aufgebrachte Frau zu beschwichtigen, die damit drohte, die Polizei zu rufen, wenn er nicht auf der Stelle den Schuh ihres Mannes fände.

Joe stellte sich vor und fragte den Schuster, ob er den Schuh untersuchen könne. Wütend versuchte die Frau, ihm den Schuh aus der Hand zu reißen. Joe brachte sich aus ihrer Reichweite und drehte den Schuh um. Als er die Sohle betrachtete, wußte er, daß er den Schuh in der Hand hielt, der die Abdrücke in der Garage hinterlassen hatte.

»Madam«, sagte er ernst, »dieser Schuh muß der Polizei übergeben werden.«

Die Reaktion kam prompt, und sie war eindeutig. »Der Schuh ist Eigentum meines Mannes. Entweder geben Sie ihn mir auf der Stelle, oder ich übergebe *Sie* der Polizei und erstatte Anzeige. Seit Jahren komme ich hierher! Es ist das letzte Mal, daß Sie mich hier sehen, Sie... Sie Scheißkerl. Sie sind wohl beide verrückt geworden...«

Sie hielt inne, um Luft zu holen, und Joe sagte: »Dieser Schuh könnte ein Beweisstück in einem Mordfall sein. Er muß der Polizei übergeben werden.«

Sie stand stocksteif da wie eine Aufziehpuppe, deren Mechanismus klemmte. Dann erhellte sich ihr Gesicht. »Ein Mordfall, sagen Sie? Meinen Sie den armen Mr. Hallworth, dem man eins über den Schädel gegeben hat und der jetzt tot ist? Ein Mann, der niemandem was getan hat und jedes Jahr zu Weihnachten eine Karte mit zehn Dollar schickte, damit wir uns was Schönes kaufen konnten, und dann stirbt er da ganz allein im Dunkeln. Eine Schande ist das...«

»Sie kannten Keith Hallworth?«

»Natürlich. War es etwa nicht mein armer Mann, der den Mörder mit derselben Waffe vertrieb, die der benutzt hatte, um den armen Mann niederzuschlagen? War es etwa nicht er, der den armen Mann zugedeckt hat, als er nackt und bloß vor aller Welt dalag, totgeschlagen von einem Perversen, der immer noch frei herumläuft...«

»Ihr Mann war es, der ihn fand?« Joe sackte vor Enttäuschung in sich zusammen und stützte sich auf den Tresen.

Sie griff nach dem Schuh und drehte ihn liebevoll in den Händen.

»Das war eine Nacht des Entsetzens, wirklich, und mein armer Liebling kämpfte um sein Leben gegen diesen mörderischen Schurken, der vor nichts zurückschreckte, um seine Mordlust vollends zu befriedigen, und das hier ist der Schuh, den er trug, als er über dem blutenden Körper des armen Mannes mit den Mächten der Finsternis kämpfte...«

»Ihr Mann hatte die Waffe in der Hand?« fragte Joe matt.

»Jawohl, und wenn sie nicht gewesen wäre, das einzige, was zwischen ihm und der Zerstörung stand...«

Wortlos drehte Joe sich um und verließ den Laden.

Er rief bei der Mordkommission an und empfahl ihnen, den Abdruck des Handballens und die Fingerabdrücke, die sie am Tatort gefunden hätten, mit denen des Wachmannes zu vergleichen. Der

Beamte, mit dem er sprach, sagte, das sei bestimmt schon geschehen, das sei Routinesache. Joe empfahl, daß sie es noch einmal tun sollten, bloß um sicherzugehen.

Als er später nachfragte, erfuhr er, daß die Abdrücke übereinstimmten. Verlegen sagten sie, daß sie bei dem ganzen Durcheinander in der Nacht, wo so viele Menschen gekommen und gegangen wären – Krankenwagenbesatzung, uniformierte Polizisten, Zivilbeamte, Spurensicherung, Reporter, Anwohner des Gebäudes –, vergessen hätten, den Wachmann zu überprüfen. Sie sagten, daß sie natürlich immer die Fingerabdrücke mit allen derjenigen, die am Tatort waren, verglichen – das sei Routinesache –, aber Fehler und Unterlassungen könnten eben vorkommen.

Empört legte Joe den Hörer auf. »Diese Stümper«, sagte er erbittert zu sich selbst. »Sie waren so nahe dran. Er war ihnen nur wenige Minuten voraus, und das war alles, was sie im Kopf hatten. Sie waren so damit beschäftigt, daß sie an nichts anderes denken konnten. Sie waren so verdammt nahe dran. So eine Scheiße.«

Er nahm den Rest des Tages frei und betrank sich.

Die Polizei formulierte eine Stellungnahme, in der es hieß, sie rechne mit einer baldigen Aufklärung des Falles, sei aber auf die Kooperation der Bevölkerung angewiesen.

Der Wachmann kündigte seinen Job und lebte vom Arbeitslosengeld, bis es auslief. Dann beantragte er eine Frührente mit der Begründung, er sei nervlich nicht in der Lage, weiterzuarbeiten.

Die männliche Bevölkerung vermied Seitenstraßen, und ein Teil der Männer ging nur noch in Gruppen aus.

Die Weihnachtszeit war freudlos für die Familien der Opfer. Für David und Sylvia war es eine ruhige Zeit. Zum Weihnachtsessen blieben sie zu Hause, und Craig sahen sie während der Feiertage nur einmal.

Mit einem allgemeinen Gefühl der Erleichterung wurde das alte Jahr aus- und das neue Jahr eingeläutet.

Sylvia haßte den Januar. Als Sonnenanbeterin gefiel ihr am Winter einzig und allein der jährliche Urlaub im Süden. An dem Tag, als David anrief und sie bat, ihm eine Tasche zu packen und mit dem Taxi ins Büro zu schicken, war sie gerade dabei, eine Liste der

Dinge aufzustellen, die vor der Reise noch zu erledigen waren. Er mußte eilig nach St. Catharines, würde aber nur eine Nacht wegbleiben.

Das Taxi kam in einem Wirbel feinpudrigen Schnees an. Der Mittagshimmel war dunkelgrau, und heftige Windstöße rissen Zweige von den Bäumen und trieben sie die Straße entlang, so daß die wenigen Fußgänger mit eingezogenen Schultern rückwärts gingen. Sylvia war froh, daß sie zu Hause war, aber sie fühlte sich unbehaglich allein.

Sie überlegte, ob sie Anne bitten sollte, die Nacht bei ihr zu verbringen, tat diesen Gedanken aber als kindisch ab. Dann, als es dämmerte und das Haus im klirrenden Frost ächzte und seufzte, änderte sie ihre Meinung und wählte Annes Nummer. Keine Antwort.

Die Straßenlampen gingen an und funkelten wie Diamanten in der stillen, frostigen Luft. Es kam Sylvia vor, als würden verschlagene und arglistige Augen sie von Raum zu Raum verfolgen.

Das Telefon klingelte. Sie nahm den Hörer ab. Es war nichts zu hören außer einem Atemgeräusch. Sie sagte: »Ja, wer ist da?« und am anderen Ende wurde aufgelegt. Statt des erhofften Anrufs von Anne hatte sich wieder einmal jemand verwählt.

Es war still im Haus, so still, daß das Klicken der anspringenden Heizung wie ein Gewehrschuß klang. Sie hörte Geräusche, die sie nie zuvor gehört hatte. Sie wußte, sie bildet sich was ein, aber das unbehagliche Gefühl blieb.

Als sie nach dem Spätfilm und den letzten Nachrichten ins Bett ging, holte sie die Pistole und legte sie unter ihr Kissen. Sie hatte all ihren Mut zusammengenommen, um ihre alten Vorurteile gegen Waffen zu überwinden und sie zu nehmen. Sie fühlte sich kalt an. Tödlich. Aber gleichzeitig schien sie auch gar nichts auszulösen, so wenig wie die zähe rote Flüssigkeit, die an dem Jungen heruntergetropft war, der die Tasche geklaut hatte. Die Erhebung unter dem Kissen beruhigte sie, und sie schlief besser, weil sie da war.

Am nächsten Morgen, als sie nach draußen ging, um die Vögel zu füttern, entdeckte sie die Fußabdrücke im Schnee. Als sie David von den Fußspuren erzählte, gab er sich sorglos, aber als er sich unbeobachtet fühlte, kontrollierte er die Türriegel. Später, als sie nach oben ging, um ihm beim Auspacken zu helfen, überraschte sie ihn, wie er das Magazin der Pistole überprüfte.

Als er vorschlug, zum Essen auszugehen, war sie sofort einverstanden. Beim Essen fragte er: »Erinnerst du dich an Jim Henry?«

Ihr fiel ein pickeliger Jugendlicher ein, der im Gefängnis zu einem attraktiven, selbstbeherrschten jungen Mann herangewachsen war. »War das nicht der Junge, der dieses Mädchen in Ottawa umgebracht und ihren Körper in einen Plastiksack gestopft hatte? Er hatte sie in Stücke zerhackt.«

»Er ist derjenige, dem man vorwarf, sie umgebracht zu haben. Er war noch ein Kind, als sie ihn verurteilten. Einige Beweise wurden unterschlagen.«

»Du hattest doch Berufung eingelegt.«

»Das stimmt. Eine Menge Leute glaubte, daß er unschuldg sei. Es wurde sogar ein Komitee gegründet, das für seine Freilassung kämpfte.«

»Ich erinnere mich daran, als es passierte. An seinem Körper waren Spuren. Blut an seiner Kleidung. Er war der letzte gewesen, der sie lebendig gesehen hatte.«

»Indizien«, sagte David ungeduldig.

»Wenn ich mich recht erinnere, hast du für ein sehr geringes Honorar sehr viel Zeit aufgewendet.«

»Der Junge brauchte jede erdenkliche Unterstützung.«

»Er wurde freigelassen, nicht wahr?«

»Ja, vor fünf Jahren. Wir haben ihm eine neue Identität gegeben. Ihm einen Job besorgt. Er hat geheiratet, und jeder mochte ihn.«

Unbewußt übernahm Sylvia die Vergangenheitsform von David: »Wußten sie, wer er war? Die Leute, bei denen er gearbeitet hat?«

»Nein«, sagte David mürrisch. »Das gehörte zur Tarnung.«

»Wußte die Frau, die er geheiratet hat, davon?«

»Nein. Ich sagte dir doch, daß wir ihm eine neue Identität gegeben haben. Ein nagelneues Leben.«

»Also lebte er in St. Catharines unter einem neuen Namen. Und jetzt ist er wieder in Schwierigkeiten. Und du mußtest hineilen, um ihn da rauszuholen.«

»Mein Gott, Sylvia, du kannst einem wirklich den letzten Nerv töten. Der Junge hat jahrelang wegen eines Verbrechens, das er nicht begangen hat, im Gefängnis gesessen, und du bist immer noch bereit, das Schlimmste anzunehmen.«

Sylvia hätte sich am liebsten selbst einen Tritt gegeben, weil sie ihn verärgert hatte. Wenn er eine Meinungsverschiedenheit witterte, machte er sofort dicht. Schon sehr früh in ihrer Ehe hatte sie gelernt, daß sein Mauern im Privatleben eine Reaktion auf sein Berufsleben war, wo er seine ganze Kraft darauf richtete, gegenteilige Ansichten zu widerlegen. »Entschuldige, David. Was ist passiert?«

Besänftigt erwiderte er: »Er wird vermißt. Seine Eltern riefen an und sagten, daß er vor drei Wochen zur Arbeit gegangen sei und seitdem nicht mehr gesehen wurde.«

»Warum haben sie so lange gewartet?«

»Haben sie nicht. Sie haben ihn als vermißt gemeldet. Aber ich vermute, daß sie damit rechneten, er würde wieder auftauchen.«

»Vielleicht hatte er Streit mit seiner Frau?«

»Nein. Wir haben sie befragt. Sie sagte, daß sie nie auch nur eine Meinungsverschiedenheit gehabt hätten.«

»Jeder hat mal Streit, David.«

»Syl, wenn du Mary kennen würdest... Sie ist eins der süßesten Mädchen, das ich je kennengelernt habe. Genauso die Kinder. Ein Junge und ein Mädchen. Beides noch Babys.«

»Wahrscheinlich war ihm das alles zuviel. Arbeiten. Für eine Familie sorgen. Vielleicht hatte er Ärger bei der Arbeit.«

»Er war einer ihrer besten Arbeiter. Hat nicht einen Tag gefehlt, seit er dort angefangen hatte. Sie hatten ihn zum Vorarbeiter befördert.«

»Er wird wieder auftauchen, David. Menschen verschwinden nicht einfach von der Bildfläche.«

Sie kannte David gut genug, um zu wissen, daß er zutiefst beunruhigt war, so beunruhigt, daß er sich nicht so einfach trösten ließ. »Es muß schwierig sein, jemandem eine neue Identität zu verpassen«, sagte sie schließlich.

»In mancher Hinsicht schon«, stimmte er ihr zu. »Es besteht immer die Gefahr, jemandem zu begegnen, den man kennt. Auch für die Eltern ist das hart. Mrs. Henry sagte mir eines Tages, am schwierigsten sei es für sie gewesen, ihn nicht mehr Jim zu nennen. Es sind die Kleinigkeiten…«

»Wie sucht man einen neuen Namen für jemanden aus?«

»Seeehr sorgfältig.«

Sie belohnte seinen Versuch, humorvoll zu sein, mit einem schwachen Lächeln. »Sucht die Person ihn selbst aus? Mir würde alles mögliche einfallen, wie ich lieber hieße als schlicht und einfach nur Sylvia.«

»Mir gefällt Sylvia«, sagte David automatisch. Er bestrich ein Stück Brot mit Butter und kaute, wie es empfohlen wurde, zweiunddreißigmal.

»Welchen Namen hat er sich ausgesucht?«

»Wir haben ihn ausgesucht. Wir fanden, das sei sicherer. Er hätte womöglich etwas aus dem Unterbewußtsein hervorgekramt, das ein tödlicher Wink gewesen wäre.«

Sie versuchte es noch mal. »Also, wie hieß er dann am Ende?« Er zögerte. »O David. Wenn du mir nicht vertraust, wem dann?«

Unentschlossen starrte er sie an. Dann beugte er sich über den Tisch und flüsterte. »Kevin McGregor.«

»Alias Kevin McGregor.« Der Name schien sie zu amüsieren. »Jetzt ist er also ein Schotte. Eine ganz schöne Abwechslung gegenüber dem schlichten alten Jim Henry. Hast du das einfach so aus der Luft gegriffen?«

Ohne zu antworten blickte David auf seinen Teller, und sie wußte, daß das Gespräch vorbei war. Er war irritiert von ihrem Mangel an Ernsthaftigkeit. Sie fuhren schweigend nach Hause, und als sie ihn fragte, ob er noch eine Tasse Kaffee wolle, sagte er, er sei müde und würde lieber sofort ins Bett gehen.

Kurz nach dieser Unterhaltung tauchte Kevin McGregor auf. Zwei Jungen, die am Kanal entlanggewandert waren, fanden seinen gefrorenen Rumpf in einem Plastikmüllsack. Erst als der zweite Sack einige Tage später gefunden wurde, konnte die Leiche identifiziert werden. In dem zweiten Sack waren die Arme, die Beine und der Kopf. An dem Sack befand sich ein Gepäckanhänger mit der Nummer 9. Die Hände und Füße wurden nie gefunden. Die Geschlechtsteile wurden ebenfalls nie gefunden.

Als David von der Entdeckung erfuhr, war er völlig am Ende. »Irgendein lausiger Bastard wußte, daß er auf dem Weg zum Erfolg war, und konnte es nicht ertragen«, wütete er. »Diesen lausigen Bastard sollte man erhängen.«

Dieser Ausbruch war so uncharakteristisch, daß es Sylvia die Sprache verschlug. David lehnte die Todesstrafe entschieden ab. Er verabscheute die, wie er es nannte, gesetzliche Gewalt. Auch ließ er sich in der Regel nicht gefühlsmäßig auf seine Mandanten ein. Offensichtlich hatte er eine persönliche Verpflichtung empfunden, was den Fall und die Interessen von Jim Henry anbetraf.

»Weiß man schon, wer es war?« fragte Sylvia.

Er knirschte mit den Zähnen. »Sie glauben, es sei einer aus dem Ort gewesen, diese Narren. Sie haben irgendeinen armen kleinen Schlucker eingesperrt, weil er sich ein paarmal mit Mary getroffen hat, ehe sie heiratete.« Er schlug mit der Faust auf den Tisch. »Sie werden noch so lange rumtrödeln, bis der Kerl über alle Berge ist. Mittlerweile ist er wahrscheinlich schon an der Küste oder unten in den Staaten und lacht sich krumm.«

»Weiß die Polizei, wer der Tote wirklich war?«

»Nein. Für sie war er Kevin McGregor. Niemand wußte es außer den Mitgliedern des Komitees.«

»Dann kannst du es ihnen nicht vorwerfen, daß sie sich in der unmittelbaren Umgebung umsehen. Vielleicht solltest du es ihnen sagen?«

»Du liebe Güte, Sylvia, weißt du, was das für Mary und die Kinder bedeuten würde? Das ist das letzte, was ich tun würde.«

Sylvia hatte das Gefühl, daß die Wahrheit irgendwann sowieso herauskommen müßte. Jeder, der mit Kevin McGregor zu tun gehabt hatte, wurde verhört. Seine Eltern hatten ihr Haus in Ottawa verkauft und waren nach St. Catharines gezogen, um in seiner Nähe zu sein. Auch sie lebten unter einem neuen Namen. Auch sie wurden verhört. Sylvia hielt es für sehr unwahrscheinlich, daß sie ihre Beziehung zu der jungen Familie würden erklären können, ohne mehr Fragen aufzuwerfen, als sie beantworteten. Sehr zu ihrer Überraschung tischten sie dann unter Davids Anleitung eine Geschichte auf, die niemand in Frage stellte. Nachdem sie ihn nicht ihren Sohn hatten nennen dürfen, als er noch lebte, hätten sie es gern getan, als er tot war. Doch Mary und den Kindern zuliebe nahmen sie davon Abstand.

Kevin wurde von der Presse auf der Halbinsel schon bald als »der geheimnisvolle Mann« tituliert. Die Reporter, die es gewohnt waren, ihre Geschichten mit intimen Details auszuschmücken, die bis in die frühe Kindheit zurückreichten, waren fasziniert von Kevins fehlender Vergangenheit. Sie belästigten seine Freunde und Arbeitskollegen und trieben Mary dazu, sich völlig zurückzuziehen. Die Gerüchte und Spekulationen blühten. Mal war Kevin der Sohn einer prominenten Familie, der es vorzog, seine eigenen Wege zu gehen, mal war er ein mit der Royal Canadian Mountain Police verbündeter Geheimagent. Die wenigen Menschen, die Kevins Identität kannten, waren entschlossen, sein Geheimnis zu wahren, selbst wenn das bedeutete, daß der Mörder dabei frei ausging.

Die Wahrheit wäre vielleicht nie herausgekommen, wenn nicht Joe Parsons und sein unglaubliches Gedächtnis gewesen wären.

8

Januar 1985

Joe Parsons quälte sich aus dem Bett und stolperte in die Küche seiner kleinen Wohnung. Er hatte einen Kater, und seine Hände zitterten, als er sich ein Glas Tomatensaft eingoß und den elektrischen Wasserkessel einstöpselte. Es war Sonntagmorgen, und er war froh, daß er keinen Auftrag zu erledigen hatte.

Er trank den Saft im Stehen und stellte das Glas zu dem schmutzigen Geschirr, das sich seit einer Woche ansammelte. Dann trug er den Kaffee und die Morgenzeitung, die ihm ein magerer Bursche mit Sprachfehler samstags und sonntags lieferte, ins Wohnzimmer.

Die Story war keine Schlagzeile mehr wert, sondern stand im Innenteil. Daneben war ein Foto von Kevin in Schlips und Kragen abgebildet, auf dem er in die Kamera lächelte.

Joe warf einen Blick auf das Bild und las den kurzen Absatz. Anschließend betrachtete er das Foto genauer. Irgend etwas kam ihm bekannt vor, aber er wußte nicht genau, was. Der Name Kevin McGregor sagte ihm gar nichts. Er zuckte die Achseln und schlug die Seite um. Mordfälle in Kleinstädten interessierten ihn selten. Meistens waren es simple Racheakte, um eine alte Rechnung zu begleichen oder um einen Rivalen zu beseitigen. Affekthandlungen, schlampig ausgeführt, bei denen die Lösung auf der Hand lag.

Bei seiner zweiten Tasse Kaffee, mit einem Schuß Rum, fiel der Groschen. Er holte die Zeitung aus dem Abfalleimer und sah sich das Bild noch mal an. »Heilige Maria, Mutter Gottes«, entfuhr es ihm. Er zog die Mappe von Jim Henry aus dem Aktenschrank und breitete den Inhalt auf dem Küchentisch aus. Kein Zweifel. Bei einem Artikel, der vor seiner Entlassung geschrieben worden war, waren Fotos von Henry vor und nach der Tat abgebildet. Das erste zeigte einen verängstigten Jungen, flankiert von zwei Detektiven. Das zweite war im Gefängnishof aufgenommen worden. Er sah braungebrannt und gesund aus und zeigte dasselbe leichte Lächeln wie auf dem Kevin-McGregor-Foto.

»Da soll mich doch der Teufel holen«, murmelte Joe. Vor Aufregung wurde ihm eng in der Brust, und seine Hände begannen zu zittern. Der Mord war vor einem Monat passiert, aber niemand hatte bisher einen Zusammenhang hergestellt. Er hatte den Finger auf einer der größten Stories seiner Karriere, wenn er sie nur für sich behielt und die Konkurrenz ausschaltete, bis er die ganze Geschichte in allen Einzelheiten hatte, vielleicht sogar die entscheidende Information, die zu einer erfolgreichen Lösung des Falles führen würde.

Die Telefonnummer der Henrys stand auf der Innenseite der Mappe. Joe wählte. Seine Hand war jetzt sicher und ruhig. Es überraschte ihn nicht, als die Person, die den Hörer aufnahm, sagte, er sei falsch verbunden. Über ein Jahrzehnt war vergangen. Die Henrys waren wahrscheinlich längst pensioniert oder sogar tot.

Er rief die Auskunft in St. Catharines an und fragte nach Kevin McGregors Nummer. Es gab keinen Eintrag. Ebensowenig unter dem Namen Henry.

Joe verfluchte sich, weil er den Mord nicht beachtet hatte, als das erstemal darüber berichtet wurde. Alles was er brauchte, war eine winzige Spur, eine Spur, die vielleicht in der lokalen Berichterstattung enthalten gewesen war.

Er war viel zu gewitzt, um einen seiner Kollegen in St. Catharines zu fragen. Er beschloß, den Nachrichtenchef eines regionalen Rundfunksenders anzurufen. Im Unterschied zu den Bluthunden von den Tageszeitungen, so dachte Joe, saß der gewöhnliche Nachrichtensprecher einfach nur im Sender und verlas, was ihm für die Sendung durchgegeben wurde. Beim Rundfunk anzurufen war garantiert besser, als wenn er einen dieser Spürhunde von der Zeitung anzuzapfen versuchte, die ständig auf der Suche nach einer heißen Story waren.

Joes Kontaktmann war nicht im Dienst. Er überredete die Telefonistin mit süßen Worten, ihm die Privatnummer zu geben, und kam durch. Der Nachrichtensprecher sagte, ja, er wisse von dem Fall, er habe ihn genau verfolgt, er sei mit Mary McGregor zur Schule gegangen, so daß man sagen könne, es gäbe da eine persönliche Verbindung. Ja, natürlich kenne er ihre Eltern. Ihr Name sei Hollander, und sie lebten auf einer kleinen Farm gleich außerhalb der Stadt. Er gab Joe die Telefonnummer der Hollanders und erklärte ihm, wo die Farm war und wie man am besten hinkäme. Joe dankte ihm und legte den Hörer auf. Sein Herz klopfte vor Jagdfieber.

Eine halbe Stunde später war er auf dem Queen Elizabeth Highway auf dem Weg zu den Hollanders. Es herrschte wenig Verkehr. Er brauchte nicht einmal eine Stunde bis St. Kits. Nach der Abfahrt befand er sich auf dem offenen Land. Er bog in den Privatweg ein und sah das Haus sofort. Es stand zurückgesetzt auf einem flachen, baumlosen Feld. Er hatte damit gerechnet, Reporter auf dem Grundstück herumschwärmen zu sehen, aber es war niemand in Sicht.

Das Haus sah verlassen aus. Die Gardinen waren zugezogen, und das einzige Lebenszeichen war ein von Kämpfen gezeichneter Schäferhund, der mit gesträubtem Nackenfell um das Auto strich. Joe trat nach dem Hund, als er aus dem Wagen stieg. Der Hund wich zurück und knurrte böse. Joe versuchte so zu tun, als sei er nicht da.

Als er die altmodische Veranda überquerte, bemerkte er eine Bewegung hinter einer der Gardinen. Das Haus erinnerte ihn an das Olson-Bauernhaus in Maine, das von Andrew Wyeth wieder und wieder gemalt worden war. Er klopfte. Und wartete. Klopfte lauter. Nichts geschah. Er spürte den Hund heranschleichen. Er wußte, daß der Hund ihn nicht angreifen würde, solange er ihn ansah. Er wandte sich halb um, so daß er ihn im Auge behalten konnte, während er weiter an die Tür hämmerte.

Als niemand antwortete, ging er um das Haus herum und hob unterwegs ein Stück Feuerholz auf, um es notfalls als Knüppel zu benutzen. Mißtrauisch wich der Hund zurück.

Der Hinterhof war von alten landwirtschaftlichen Geräten übersät. Die Hintertür hatte eine Scheibe ohne Gardine. Er stieg die Stufen hoch und trommelte gegen die Tür, bis die Scheibe klirrte. Er war fest entschlossen, wenn es sein mußte, die ganze Nacht zu bleiben. Er konnte direkt in die Küche sehen. Auf dem Herd kochte etwas. Er wußte, daß irgendwann irgend jemand auftauchen mußte, um den Topf vom Herd zu nehmen. Er wartete und hämmerte in regelmäßigen Abständen mit der Faust an die Tür.

Schließlich tauchte eine kleine, grauhaarige Frau an der Tür zur Küche auf. Unentschlossen blieb sie stehen, dann kam sie zur Hintertür und öffnete sie einen Spalt. Joe schob den Fuß in die Öffnung. »Mrs. Hollander?«

Sie versuchte, die Tür zu schließen, setzte ihr Gewicht gegen seins. »Ich möchte mit Ihnen über Kevin sprechen.«

»Bitte gehen Sie«, sie warf sich gegen die Tür. Joes Fuß war eine wirkungsvolle Bremse.

»Ich bin ein Freund von ihm«, log er. »Ich bin mit ihm aufgewachsen.«

Sie gab gerade so lange nach, daß Joe die Tür öffnen und die Frau beiseiteschieben konnte. »Ich habe eine Nachricht für Mary«, fuhr er fort. »Etwas, was er sie wissen lassen wollte.«

Joes scharfen Augen entging die leichte Kopfbewegung nicht, mit der Mrs. Hollander jemanden im Nebenzimmer warnte. Aus dem angrenzenden Zimmer war ein schwaches Geräusch, eine raschelnde Bewegung zu vernehmen. Er stand reglos da, mit verschränkten Händen, und hielt die Luft an. Das war mehr als erhofft. Es war so sicher wie das Amen in der Kirche, daß Mary McGregor im Haus war, und wenn er es richtig anstellte, würde sie zu ihm kommen.

Mrs. Hollander sah ihn mißtrauisch an. »Wie heißen Sie?«

»Joe Parsons.«

»Kevin hat Sie nie erwähnt.«

»Vielleicht nicht. Aber wir standen in Kontakt. Er hat mich noch wenige Tage vor dem ... ehm ... dem Unfall angerufen.«

Sie zögerte unsicher. Dann: »Wenn Sie eine Nachricht für Mary haben, werde ich sie weiterleiten.«

»Nein, tut mir leid. Es ist persönlich. Ich muß es ihr selbst sagen.«

Sie versperrte ihm den Weg und schüttelte den Kopf. Er beschloß, alles auf eine Karte zu setzen, und wandte sich von ihr ab, als wolle er gehen. Als er auf die Veranda trat, rief eine andere, jüngere und erschöpftere Stimme: »Warten Sie. Bitte. Gehen Sie nicht.«

Er drehte sich um, und da war sie. Eine schlanke, blasse, kindliche Frau in einer ärmellosen weißen Bluse und einem Wickelrock aus Jeansstoff. Ihr langes braunes Haar war glanzlos und strähnig, ihre hellblauen Augen wäßrig und rot vom Weinen.

»Ich bin Mary McGregor.« Sie sah hilflos und gebrochen aus. Joe wußte sofort, wie man mit ihr umgehen mußte. Ein wenig liebevolle Zuwendung, und sie würde sich öffnen und alles rauslassen. Er nahm sie in den Arm und drückte sie an sich.

»Er liebte Sie, Mary. Er sagte, Sie seien das Beste, was ihm je widerfahren wäre.«

Sie begann zu zittern. Er führte sie zu einem der gradlehnigen Holzstühle und hieß sie Platz nehmen. Dann, als wäre dies sein Haus und sie die Besucherin, holte er ihr ein Glas Wasser. Er setzte sich ihr gegenüber und legte seine Hand auf ihre.

»Kevin war einer der besten Menschen, die ich je gekannt habe«, sagte er, sich langsam vortastend.

Sie starrte ihn an. Sagte nichts. Er hatte erwartet, daß sie weinen würde. Als sie es nicht tat, schloß er daraus, daß sie sich ausgweint hatte, daß es keine Tränen mehr gab. Nichts mehr außer dem feuchten Film, der ihren Augen diesen merkwürdigen Unterwasserblick verlieh.

Er versuchte es noch mal. »Kevin sprach oft von Ihnen, Mary. Von Ihnen und den Kindern.«

Sie hob den Kopf und sah ihn mit leerem Blick an. »Er hat nie von Ihnen gesprochen.« Ein Echo ihrer Mutter.

»Aber er hat nie viel über die Vergangenheit gesprochen, nicht wahr?«

»Manchmal schon.«

Joe starrte sie ungläubig an. Dieser Scheißkerl hat es ihr erzählt, und sie hat ihn trotzdem geheiratet, dachte er. Er hatte von Frauen gehört, die von Mördern erregt wurden, von diesen Gefängnisgroupies, die wildfremden Todeskandidaten Briefe und Geld schickten oder sogar Heiratsanträge machten. Sie waren krank. Aber wie krank mußte eine Frau sein, um einen psychopathischen Sexualmörder zu heiraten? Mary McGregor paßte nicht in dieses Bild. Sie mußte nicht geglaubt haben, daß er schuldig war. Sie mußte geglaubt haben, daß man ihn reingelegt hatte. Er empfand Respekt für sie, wie er sich widerwillig eingestand. Was immer sie über Kevin gedacht haben mochte, sie hatte sein Geheimnis gewahrt, um ihnen ein gemeinsames Leben zu ermöglichen.

»Hat er Ihnen erzählt, wie er aufgewachsen ist? Wie er zur Schule ging?« bohrte Joe vorsichtig mit sanfter und einfühlsamer Stimme.

»Ja«, antwortete sie. »Er war nicht sehr glücklich.« Sie zog ein zusammengeknülltes Papiertaschentuch aus der Tasche und putzte sich die Nase. »Sind Sie mit ihm zur Schule gegangen?«

Joe nickte.

»In Vancouver?«

Joes Magen zog sich zusammen. Also wußte sie doch nichts über Jim Henry. Was immer er ihr erzählt hatte, es war nicht die Wahrheit gewesen. Er wägte seine Chancen ab. Er konnte ihr Vertrauen gewinnen, indem er die Lüge überging, oder aber alles auf eine Karte setzen und das Risiko eingehen, sie zu verlieren, ehe er hatte, was er brauchte. Er beschloß, auf Nummer Sicher zu gehen. So überging er ihre Frage und fragte statt dessen: »Mary, haben Sie eine Ahnung, wer es getan hat?«

Sie schüttelte den Kopf.

»Hat die Polizei einen Verdacht?«

Mrs. Hollander trat neben Mary und legte ihr die Hand auf die Schulter. »Wenn Sie Mary etwas zu sagen haben, dann tun Sie das besser gleich und gehen dann.«

»Glauben Sie, daß es jemand war, den er von hier kannte, oder jemand, den er von früher kannte?« beharrte Joe.

»Alle mochten ihn«, sagte Mary leise.

»Er war ein guter Mensch«, sagte Mrs. Hollander entschieden. »Wir wollen nicht darüber sprechen. Ich will, daß Sie jetzt gehen.«

»Sie wollen doch, daß derjenige, der das getan hat, bestraft wird, oder?« Diese Frage war an beide gerichtet. Mary nickte. Mrs. Hollander ergriff ihren Arm. »Es wird Zeit, daß du dich hinlegst, meine Liebe.« Und zu Joe gewandt sagte sie vorwurfsvoll: »Sie braucht ihre Ruhe. Sie müssen gehen.«

Joe holte tief Luft und spielte seinen Trumpf aus. »Ihr Mann kam nicht aus Vancouver. Er ist in Ottawa aufgewachsen.«

»Nein. Er lebte in Vancouver, bis er hierherkam.«

»Sie haben Kevin überhaupt nicht gekannt«, sagte Mrs. Hollander. Wütend. Anklagend. Ihr von Falten gezeichnetes Gesicht war bleich vor Zorn. »Ich will, daß Sie jetzt gehen und nie wiederkommen.«

Als hätte sie nicht gehört oder nicht begriffen, was ihre Mutter sagte, begann Mary mit monotoner Stimme zu reden: »Seine Eltern kamen um, als er noch klein war. Er lebte bei den Wilsons. Sie haben sich um ihn gekümmert. Sie haben ihn wie ihren eigenen Sohn geliebt. Sie zogen hierher, um in seiner Nähe zu sein.« Sie lehnte sich an ihre Mutter, zitternd und mit geschlossenen Augen. »Ich kann es nicht glauben, daß er von uns gegangen ist«, flüsterte sie. »Ich kann nicht glauben, daß er tot ist.«

Mit ruhiger Stimme fragte Joe: »Die Wilsons? Wo wohnen sie?«

»Sie haben genug Kummer gehabt. Für sie war das genauso hart wie für Mary. Wenn Sie jetzt nicht gehen, rufe ich die Polizei.« Mrs. Hollander war sehr, sehr böse.

Joe wußte, daß er nichts zu verlieren hatte. »Mrs. Hollander, ich habe hier etwas, was ich Ihnen gern zeigen möchte.« Er nahm den Zeitungsausschnitt über Jim Henry aus der Brieftasche, faltete ihn auseinander und legte ihn auf den Küchentisch. »Hier, lesen Sie.«

Mrs. Hollander warf einen Blick auf die beiden Fotos. »Das ist Kevin.«

»Nein«, sagte Joe. »Das ist Jim Henry.«

Mrs. Hollander beugte sich über Mary und runzelte verwirrt die Stirn, als sie den Artikel las. Neugierig las Mary mit ihr.

Mrs. Hollander beendete den Artikel und starrte Parsons an. Sie war verstört. »Wer ist dieser Mensch?« fragte sie und schob den Zeitungsausschnitt weg. »Warum zeigen Sie uns das?«

»Wissen Sie das nicht?« fragte Joe. »Können Sie sich das nicht vorstellen? Kevin war Jim Henry. Jim Henry war Kevin. Es ist ein und dieselbe Person.«

Beide Frauen starrten ihn wortlos an. Hastig fuhr er fort, und die Worte sprudelten nur so von seinen Lippen: »Als er noch zur Schule ging, hat er ein kleines Mädchen umgebracht und es mit einer Säge und einem Fleischermesser zerstückelt. Im Keller seines Elternhauses. Er stopfte die Teile in einen Müllsack und versteckte ihn am Ufer des Rideau. Man fand sie erst im Frühjahr. Ein paar Teile von ihr wurden nie gefunden.«

»Sie lügen«, schrie Mary. »Kevin hat in seinem ganzen Leben nie jemandem wehgetan.«

»Jeder hat einen Doppelgänger«, sagte Mrs. Hollander. »Außerdem«, fügte sie triumphierend hinzu, »steht hier, daß Jim Henry im Gefängnis ist. Warum also erzählen Sie so ein Lügenmärchen und machen Mary völlig verrückt, wo sie schon mehr gelitten hat, als ein Mensch ertragen kann?«

»Jim Henry wurde vor fünf Jahren aus dem Gefängnis entlassen. Er bekam einen neuen Namen. Eine neue Umgebung. Ein neues Leben.«

»Das ist nicht wahr«, schluchzte Mary.

»Es ist wahr.«

»So etwas hätte er niemals getan. Das glaube ich nicht.«

»Vielleicht glauben Sie das nicht. Aber da draußen ist jemand, der das glaubt.« Joe faltete den Zeitungsausschnitt zusammen und steckte ihn wieder in seine Brieftasche. »Begreifen Sie denn nicht? Das war eine Kopie der Tat von damals. Jim wurde umgebracht, weil er das kleine Mädchen umgebracht hat. Es könnte ein Verwandter gewesen sein. Vielleicht ein junger Bruder, der wartete, bis er groß genug war, um sie zu rächen.«

Die beiden Frauen sahen ihn an, als wäre er verrückt. Er gab den Versuch auf, sie überzeugen zu wollen. »Ich möchte gern mit den Wilsons sprechen.«

»Sie haben schon viel zuviel geredet. Und Sie haben nichts außer einem Haufen Lügen erzählt. Über einen Toten! Sie sollten sich schämen!« Schützend legte Mrs. Hollander den Arm um Mary.

»Sagen Sie mir, wo ich die Wilsons finde, und ich gehe.«

Die traurige, kleine Frau tat ihr Bestes, um bedrohlich auszusehen. »Mein Mann kommt gleich nach Hause«, drohte sie. »Wenn er Sie hier sieht, werden Sie Ärger kriegen. Mit Mary in diesem Zustand, für den Sie verantwortlich sind.«

Als sei es das Stichwort gewesen, hörte man draußen eine Autotür zuschlagen und den Hund aufgeregt bellen. Mrs. Hollander wurde bleich. Joe machte sich auf ihren Mann gefaßt. Die Haustür wurde geöffnet, und eine Frauenstimme rief: »Mary, wir sind zurück.«

Sie kamen in die Küche, eine Frau mit einem Baby auf dem Arm und ein leicht vornübergebeugter, weißhaariger Mann mit einem kleinen Jungen an der Hand. Mrs. Hollander streckte die Arme nach dem Baby aus. Joe stand da wie eine Salzsäule und starrte das Paar an. Er hatte die beiden seit dem Prozeß nicht mehr gesehen und hätte sie auf der Straße nicht erkannt. Aber jetzt, in diesem Zusammenhang, wußte er, wer sie waren.

Sie waren vorzeitig gealtert. Sein Haar, einst dicht und dunkel, war licht und weiß. Sie hatte graue Strähnen, und tiefe Falten durchzogen ein Gesicht, das Joe als frisch und ziemlich hübsch in Erinnerung hatte. Joe machte einen Schritt nach vorn. Beiläufig, als begrüße er alte Freunde, sagte er: »Mr. und Mrs. Henry... ich freue mich, Sie wiederzusehen.«

Der Mann taumelte zurück, als hätte Joe ihn geschlagen. Mrs. Henry schrie. Mary wurde ohnmächtig.

Joe wußte, er hatte sie, wo er sie haben wollte. Er durfte nur nicht lockerlassen.

Mrs. Henry konnte nicht aufhören zu reden. Der jahrelang unterdrückte Schmerz sprudelte in einem Schwall von Worten und Erinnerungen hervor. Joe nahm alles auf Band auf. Er mußte nichts weiter tun, als dasitzen und zuhören.

»Er war ein so guter Junge. Ein hübscher Junge. Alle Mädchen mochten ihn. Alle mochten ihn. Nie war er in irgendwelche Schwierigkeiten verwickelt; immer war er dabei, irgendwas zu bauen. Er wollte Architekt werden, wenn er groß wäre, und er sprach immer darüber, was wir zusammen machen und wohin wir reisen würden.«

In den ersten Minuten der Verwirrung im Haus der Hollanders war es Joe gelungen, die Henrys aus dem Haus, fort von Mary und ihrer Mutter zu schaffen. Er wollte mit ihnen allein reden. Sie weigerten sich, ihm zu sagen, wo sie wohnten. Als ihnen klarwurde, daß er die Absicht hatte, ihnen zu folgen, erklärten sie sich widerwillig bereit, ihn in ein Motel zu begleiten. Er bekam ein Zimmer im Parklane, und dort, in der unvertrauten Umgebung und auf neutralem Boden, packte Helen Henry aus.

»Er kannte das Mädchen. Sie wohnte gleich nebenan. Ein hübsches kleines Ding, aber reif für ihr Alter, wenn Sie wissen, was ich meine. Sie war es gewohnt, für sich allein zu sorgen, weil ihre Mutter arbeitete, und weil sie das einzige Kind war, besuchte sie immer die Nachbarn...«

Joe spitzte die Ohren. »Keine Brüder oder Schwestern?« Nein, keine Brüder oder Schwestern, bestätigte sie, und was das anbetraf, auch keine Onkel oder Vettern. »Die einzigen Besucher, die wir mitbekamen, waren Männer. Ihre Mutter war geschieden und hatte viele Freunde. Da war ein ständiges Kommen und Gehen. Es war einer von ihnen, nicht mein Jim. Aber die Polizei verhörte sie, ließ sie gehen, sagte, sie hätten Alibis für den Zeitpunkt der Tat, und beschuldigte Jimmie. Irgenwen mußten sie ja vorweisen, und so suchten sie sich ein Kind aus, das sich nicht verteidigen konnte.«

»Was ist mit dem Vater des Mädchens? Ist es möglich, daß er sich an Jim rächen wollte?«

»Er war unten an der Ostküste. Er liebte das Mädchen, aber die Mutter wollte ihn nicht an sie ranlassen. Er kam zum Prozeß, und wir versuchten, mit ihm zu reden, ihm zu sagen, wie leid es uns täte, und ihm zu erklären, daß unser Jimmie ihr nie etwas zuleide getan hätte, denn er liebte sie wie eine Schwester. Aber er verfluchte uns und sagte, eines Tages, und wenn es ihn den Rest seines Lebens koste, werde er dafür sorgen, daß mein Junge niemandem mehr schaden könne...« Sie begann zu weinen, die Erinnerung schien sie zu quälen, als sei es gerade erst passiert.

Joe wurde hellhörig. »Glauben Sie, er...?«

»Nein. Wir hörten, daß er kurz nach dem Prozeß starb. Wir wissen, daß das stimmt, weil wir Angst hatten, er würde zurückkommen und irgendwas tun. Darum baten wir einen Freund in Halifax, uns auf dem laufenden zu halten. Er schickte uns die Todesanzeige, darum kann ihr Vater es nicht gewesen sein. Wir waren so erleichtert, als wir erfuhren, daß er tot ist...«

Sie wurde ihm zu weitschweifig, und er unterbrach sie ungeduldig: »Ich kannte Jimmie, Mrs. Henry. Es hat ihn übel erwischt, als er in den Knast kam. Und jetzt hat es ihn noch mal übel erwischt. Um seinetwillen müssen wir rausfinden, wer dafür verantwortlich ist. Das wollen Sie doch auch, oder?«

Sie blickte ihren Mann an. »Ich weiß nicht«, erwiderte sie mit unsicherer Stimme. »Er war so ein lieber Junge, und wenn das jetzt alles rauskommt, werden die Leute wieder anfangen, diese schrecklichen Dinge über ihn zu sagen. Und das macht ihn auch nicht wieder lebendig. Darum ist es vielleicht besser, wenn wir versuchen, das alles zu vergessen, und Mary und den Kindern eine Chance geben...«

»Es ist schon rausgekommen«, erklärte Joe schonungslos. »Mary weiß es. Ihre Familie weiß es. Die Zeitungen werden es unweigerlich rausfinden. Glauben Sie, es war jemand, den er im Gefängnis kennengelernt hat?«

»Nein. Sie mochten ihn. Er war ein beispielhafter Häftling.« Sie klingt, als hätte sie einen Sprung in der Platte, dachte Joe. »Wissen Sie, daß er Gott gefunden hat? Er war ein wiedergeborener Christ. Die anderen Insassen kamen zu ihm, wenn sie Rat brauchten. Wir besuchten ihn jede Woche und brachten ihm etwas mit, und er teilte es mit den anderen. Als er entlassen wurde, gaben sie eine Party für ihn. Das war einer der glücklichsten Tage seines Lebens...«

»Im Gefängnis passiert so einiges, Mrs. Henry.« Er wollte sie nicht beleidigen, aber er mußte es wissen. »Hatte er dort einen Freund? Einen besonderen Freund?«

Sie nickte. »Es gab einen Wärter, der wie ein großer Bruder zu ihm war. Er kümmerte sich um ihn, und lange Zeit war er der einzige Mensch, den Jim sah, das heißt, solange er von den anderen Gefangenen isoliert wurde...«

»Gab es einen Gefangenen, der ihm... Sie wissen schon... näherstand?«

Böse mischte sich Mr. Henry ein: »Wenn Sie wissen wollen, ob mein Sohn... ehm...«, er warf seiner Frau einen raschen Blick zu, »...einer von denen war, so lautet die Antwort nein. Er war ein guter, gottesfürchtiger Junge. Hätte er sonst Mary geheiratet?« Selbst zornig wirkte er alt und geschlagen.

Joe wußte, daß es zwecklos war, darauf hinzuweisen, daß Männer im Knast taten, was sie tun mußten, um zu überleben. Die Henrys lebten schon so lange hinter einem Schutzwall aus Naivität und blindem Glauben, daß er Bestandteil ihres Lebens geworden war. Joe rief den Zimmerservice und bestellte Essen für drei Personen. Er würde Mrs. Henry ohne Unterbrechung reden lassen, solange sie wollte. Vielleicht würde er auf den stundenlangen Aufnahmen irgendwo einen Hinweis finden, eine Spur, die zu verfolgen sich lohnte. Immerhin hatte er jetzt ihre Autonummer. Ihre Adresse herauszufinden war damit kein Problem. Wenn er sie noch mal brauchte, würde er wissen, wo er sie finden konnte.

Joe brachte Henrys Tod nicht mit den Morden in Toronto in Zusammenhang. Da er von den numerierten Gepäckanhängern nichts wußte, hatte er keinen Grund, den Mord in St. Catharines mit der Mordwelle in Toronto in Verbindung zu bringen. Er wußte nicht, wer Jim umgebracht hatte, aber er wußte, warum er umgebracht wurde. Aus reiner, süßer Rache. Verübt von jemandem aus der Vergangenheit, jemandem, der das kleine Mädchen in Ottawa gekannt und über ein Jahrzehnt darauf gewartet hatte, dem Täter das zuzufügen, was er ihr zugefügt hatte.

Und Joe wußte, wenn er die Antwort fände, dann hätte er zwei

Knüller auf einen Streich. Die McGregor-Maskerade und den Henry-Mörder. Damit hätte er den Durchbruch geschafft. Andere Zeitungen würden ihn kennen. Ihn haben wollen. Er könnte eine eigene Kolumne bekommen. In mehreren Zeitungen gleichzeitig veröffentlichen. Das Leben würde ein einziges Zuckerschlecken sein. Und das Beste von allem wäre, daß er sich seine Stories selbst aussuchen könnte und sich ganz auf die Fälle würde konzentrieren können, die ihm am meisten zusagten.

Er nahm Mrs. Henrys Stimme, die das Band füllte, nur noch verschwommen wahr, machte sich lang auf dem ungemütlichen Stuhl, legte die Beine auf das Bett und verschränkte die Arme hinter dem Kopf. Es würde eine lange Nacht werden.

David sagte den Urlaub im Süden ab, weil er dasein wollte, wenn sich im Fall Henry irgend etwas Neues ergab. Als Sylvia fragte, ob er die Absicht habe, Jims Mörder mit der gleichen Hingabe zu verteidigen, wie er sie bei Jims Berufung an den Tag gelegt habe, stürmte er ohne Antwort aus dem Haus. Am nächsten Morgen erzählte er ihr, daß er für ein paar Tage nach Ottawa fahren würde, und sie wußte, ohne daß es ihr jemand hätte sagen müssen, daß diese Reise etwas mit Henry und der Gruppe in Ottawa zu tun hatte, die sich für seine Freilassung eingesetzt hatte. Jetzt tat es ihr leid, daß sie Davids Rat nicht befolgt hatte und ohne ihn in den Süden gefahren war.

Sie fühlte sich nicht länger wohl, wenn sie allein zu Hause war. Tagsüber war alles in Ordnung, aber nach Einbruch der Dunkelheit wurde sie nervös und fühlte sich unbehaglich im Haus. Sie dachte daran, in ein Hotel zu gehen, aber dann wäre niemand da, der sich um Millie und Ciba kümmerte. Schließlich rief sie Anne an und überredete sie, bei ihr zu bleiben, bis David zurückkam. »Es ist doch nur für eine Nacht«, sagte sie. »Ich bin sicher, daß du solange ohne Bill auskommen kannst.«

Es war dunkel, als Anne ankam, und sie hatte noch nichts gegessen. Als Sylvia vorschlug, essen zu gehen, sagte sie, das sei eine wunderbare Idee. Nur sie beide allein – wie in alten Zeiten.

Sie fuhren den Queensway hinunter zum Latina und bestellten beim Kellner, der sie an ihren Tisch führte, einen Liter Wein von der Hausmarke. »Das letztemal, daß ich dich trinken sah, war an dem Abend, als wir diesen, wie hieß er noch, trafen«, bemerkte Anne.

Sylvia horchte auf. Sie erinnerte sich daran, daß Anne nichts von ihrer Beziehung zu Arthur wußte. »Gelegentlich trinke ich schon«, erwiderte sie kühl. »Wie geht es Bill?«

Auf ihr Lieblingsthema angesprochen, erzählte Anne von Bill während der Vorspeise, der Cannelloni, eines Korbes voll warmem Knoblauchbrot und eines weiteren Liters Wein. Als sie schließlich bereit waren zu gehen, waren sie beide leicht angeheitert und mit sich und der Welt zufrieden. Sylvia wußte jetzt genausoviel über Bill wie über David.

Ihre gute Laune hielt an, bis sie in die Auffahrt der Jennings einbogen. Die Straße schien ausgestorben. Der dunkle Umriß des Hauses sah düster und bedrohlich aus. Sie saßen einen Augenblick schweigend im Wagen.

Es geht nicht nur mir so, dachte Sylvia bei sich. Anne fühlte es auch. Sie schauderte.

Als sie die Veranda entlanggingen, bemerkte Sylvia frische Fußabdrücke an der Vorderfront des Hauses. Da sie Anne nicht beunruhigen wollte, sagte sie nichts. Als sie sicher im Haus waren, knipste sie alle Lampen im Erdgeschoß an und redete laut und ununterbrochen auf Anne ein.

»Du bist nervös.«

»Ja«, gab Sylvia zu.

»Das liegt am Haus«, sagte Anne und schaute sich um. »Man hat das Gefühl, da ist jemand, der darauf wartet, über einen herzufallen.«

»Das liegt nicht am Haus, das liegt an diesem verdammten Winter. Er zieht und zieht sich.«

Anne nahm eines der Tranchiermesser vom Haken. »Laß uns sicherheitshalber nachschauen.«

Sie scheuchten Millie von ihrem Platz hinter dem Sofa auf und lockten sie hinter sich her, während sie von einem Zimmer ins nächste gingen. Anne, die mit dem Messer in der Hand voranging, blieb am Fuß der Treppe stehen. »Ich glaube, ich höre was«, flüsterte sie.

Sie lauschten. Ein leises, kratzendes Geräusch war von oben zu hören. Sylvia drückte den Lichtschalter, und oben im Flur ging das Licht an. Langsam gingen sie die Treppe hinauf, waren sich unablässig der Schatten im oberen Flur bewußt.

»Im Schlafzimmer ist eine Pistole«, flüsterte Sylvia Anne ins Ohr.

»Gut«, flüsterte Anne zurück. »Bleib du hinter mir. Wenn da jemand ist, rennst du da hin und holst sie, während ich ihn hiermit ablenke.« Sie schwang das Messer wie ein Schwert.

Langsam schlichen sie hinauf, erleichtert, als sie das Schlafzimmer ohne Zwischenfall erreicht hatten. Als das Licht brannte und die Tür hinter ihnen geschlossen war, begannen sie sich albern zu fühlen, wie zwei Kinder, die Gespenster spielen. Anne warf das Messer auf das Bett. »Wir verwandeln uns in neurotische alte Weiber«, grinste sie.

Das kratzende Geräusch ertönte wieder, diesmal viel lauter. Anne machte einen Satz auf das Messer zu. Beide wandten sich mit klopfendem Herzen zum Fenster um.

»Das sind diese verdammten Zweige«, flüsterte Sylvia und bemühte sich, das Zittern ihrer Stimme zu unterdrücken.

»Wo ist die Pistole?«

Sylvia öffnete die Schublade. Die Pistole war weg. »Sie ist nicht da.« Sie begann unkontrolliert zu zittern.

Anne griff zum Telefon und wählte den Notruf. Sie sprach von einem Einbruch und gab in klarem, geschäftsmäßigem Ton die Adresse an. Als Hilfe unterwegs war, gewann Anne ihre Zuversicht zurück. Sie überprüfte das Fenster, stellte fest, daß die spindeldürren Zweige des Flieders sich zwar leicht bewegten, nicht aber gegen das Fenster schlugen. Sie guckte genauer hin. Ganz unten in der Ecke war die Scheibe leicht beschlagen. Dahinter, kaum erkennbar, war ein Riß im Fliegengitter.

Wenige Augenblicke später fuhr der Streifenwagen vor. Die Warnlichter warfen ein blutrot geflecktes Muster auf den Schnee. Anne nahm Sylvia an der Hand und führte sie nach unten.

Die Beamten waren jung, gutaussehend und höflich. Sie überprüften das Grundstück, und anschließend, auf Annes Wunsch hin, durchsuchten sie das Haus. Sie fanden keine Anzeichen für einen Einbruchsversuch, keinen Hinweis auf die Anwesenheit Fremder.

Sylvia entschuldigte sich für die Belästigung. Sie versicherten, es sei nicht der Rede wert, und Vorsicht sei besser als Nachsicht. In der Hoffnung, sie würden eine Weile bleiben, bot Sylvia ihnen eine Tasse Kaffee an. Sie lehnten ab mit der Begründung, in dieser Nacht sei viel los, aber sie würden bei ihren Runden ab und zu vorbeikommen, obwohl sie überzeugt seien, daß es keinen Grund zur Beunruhigung gebe. Sie gingen, und mit ihnen verschwand das unheimliche Gefühl einer bösen Vorahnung, das die beiden Frauen vor ihrer Ankunft verspürt hatten.

»Wir hätten ihnen von der Pistole erzählen sollen«, sagte Anne reuevoll. Obwohl die verschwundene Waffe der Grund für den Anruf gewesen war, hatten sie vergessen, das zu erwähnen.

Sylvia meinte, das sei vielleicht auch besser so. David wisse, daß sie die Waffe nicht gern herumliegen habe. Wahrscheinlich habe er sie woanders hingetan.

»Erzähl es ihm lieber, nur für alle Fälle«, schlug Anne vor.

»Für welchen Fall?«

»Für den Fall, daß jemand mit eurer Pistole erschossen wird«, scherzte Anne. Doch dann fragte sie mit ernster Stimme: »Wo ist David? Läßt er dich oft so allein?«

»Ganz selten«, erwiderte Sylvia und erklärte die Geschichte von Jim Henry und dem Komitee für seine Freilassung und von Kevin McGregor. David sei entschlossen, herauszufinden, wer dafür verantwortlich war.

Anne war fasziniert. Als eifrige Krimi-Leserin fand sie, daß diese Geschichte einen Roman von Agatha Christie in den Schatten stellte. »Haben sie schon irgendwelche Spuren?« fragte sie.

»Vielleicht ist David deswegen in Ottawa. Obwohl ich es, offengestanden, bezweifle.«

»So wie ich es sehe«, überlegte Anne, »müßten sie als erstes feststellen, wer von beiden ermordet wurde. War es Kevin McGregor oder war es Jim Henry?«

»Ist das wichtig? Er ist tot, so oder so.«

»Stimmt. Aber sie werden den Mörder nicht finden, solange sie das Motiv nicht herausfinden. Und sie werden das Motiv nicht herausfinden, solange sie nicht wissen, ob es Jim oder Kevin war, der in den Sack gestopft wurde.«

»Wenn das so ist, werden sie sicher etwas herausfinden. In St. Catharines wird nach Kevins Mörder gesucht. Und David und das Komitee konzentrieren sich auf Jim Henry.«

Sylvia zündete den Kamin an, und sie beobachteten in behaglichem Schweigen, wie die winzige Flamme allmählich zum Leben erwachte.

Anne sprach als erste. »Glaubst du, er hat das kleine Mädchen umgebracht, Syl?«

»Ja.«

»Ich habe das auch immer gedacht. Aber als David sich in dieser Sache so engagierte... nun..., da hatte ich so das Gefühl, ihr beide hieltet ihn für unschuldig.« Sie sah Sylvia an, und ein vager Verdacht kam ihr in den Sinn. »David hielt ihn doch für unschuldig, oder?«

Nachdenklich blickte Sylvia ins Feuer. Schließlich sagte sie: »Ich weiß es nicht. Ich weiß nicht mehr, was David denkt. Am Anfang glaubte ich, er hätte Mitleid mit dem Jungen. Er war so jung. Und er hatte schon einige Zeit abgesessen. Und es schien Anlaß für Zweifel zu geben. Aber ich habe ihn noch nie so persönlich engagiert erlebt. Vielleicht ist das irgend so eine Ego-Sache. Er wollte Henry freibekommen. Und er bekam ihn frei. Vielleicht war das auch eine Machtgeschichte. Und jetzt ist jemand dahergekommen und hat alles kaputtgemacht.«

»Gab es jemand anders, der es getan haben könnte? Sie umbringen?«

»Ich glaube nicht.«

»Erzählte David bei der Berufungsverhandlung nicht plötzlich etwas von einem fremden Mann, den man an dem Tag in das Haus hatte gehen sehen?«

»Anne, sei doch nicht so naiv. David hat irgend jemanden gefunden, der am betreffenden Tag in der Nachbarschaft einen Fremden gesehen hat, und das hat er aufgebauscht.« Sie schwieg und fuhr dann leise fort: »Jemanden in Stücke zu hacken ist eine blutige Angelegenheit. Niemand kann nach einem solchen Verbrechen am hellichten Tag einfach davongehen.«

»David ist sehr gescheit, Syl. Ohne guten Grund würde er nicht glauben, Henry sei unschuldig.«

»David ist Strafverteidiger. Er verbringt sein Leben damit, Menschen wie dich und mich zu überzeugen, daß Jim Henry unschuldig wie ein Lamm ist. Manchmal glaube ich, daß er sogar sich selbst überzeugt.«

»Ich habe immer gedacht, wenn ich mal in echte Schwierigkeiten komme, hätte ich gern David auf meiner Seite.«

Sylvias Lächeln war kalt wie der Frost auf den Scheiben. »Ich auch, Annie. Glaub mir, ich auch.« Sie stand auf und streckte sich. »Wollen wir ins Bett gehen?«

Anne gähnte. »Sollen wir das Feuer ausmachen?«

»Das können wir so lassen.«

Auf dem Weg nach oben sagte Anne. »Weißt du, daß es in Toronto im letzten Jahr doppelt so viele Morde gab wie in Buffalo? Wir haben einen Rekord aufgestellt.«

»Zumindest waren es meistens Männer«, sagte Sylvia gleichmütig. »Das ist doch mal was anderes, oder?«

Sylvia brachte Anne im Gästezimmer unter und stieg auf Davids Seite ins Bett. Schläfrig dachte sie an den Streifenwagen, der draußen seine Runde machte, und an Anne im angrenzenden Zimmer.

Sie fühlte sich warm und beschützt und fiel in einen tiefen, ungestörten Schlaf.

Joe Parsons saß mit einem Freund von der Zeitung und zwei Polizisten, die nicht im Dienst waren, in einer Bar in der Yonge Street. Die Beamten sprachen über den sprunghaften Anstieg ungelöster Mordfälle in der Stadt und daß es kaum einen Unterschied mache, ob man die Täter fasse oder nicht, denn sie wären so schnell wieder draußen, daß es kaum die Mühe wert sei, sie festzunehmen.

»Denk nur an diesen Scheißkerl in Florida«, sagte der eine. »Er greift sich ein fünfzehnjähriges Mädchen auf der Straße, zerrt sie in sein Auto und sticht fünfundsiebzigmal auf sie ein. Das Mädchen war Cheerleader und gerade auf dem Heimweg von der Schule, und dieser Kerl stößt sie in seinen Wagen und macht Hackfleisch aus ihr. Dann wirft er sie auf die Straße und läßt sie verbluten.«

»Und?«

»Und der verdammte Bastard kommt frei. Sein Anwalt beruft sich auf Unzurechnungsfähigkeit und sagt, was er brauche, sei Hilfe; es helfe ihm nicht, wenn er eingesperrt würde. Jeder weiß, daß er schuldig ist wie kein Zweiter. Er ist dabei gesehen worden! Er leugnet es auch nicht, und die verdammte Jury folgt dem Antrag der Verteidigung, daß er in Behandlung kommen und für ein paar Jahre aus dem Verkehr gezogen werden sollte. Als er in die Klinik kommt, stellen sie fest, daß er gesund ist und keine Behandlung braucht, also lassen sie ihn wieder gehen. Jetzt ist er draußen, frei wie ein Vogel, und man kann nichts dagegen tun.«

»So viel zum Geschworenensystem.«

»Ja... Nun, fast alle Leute hassen sie wie die Pest, aber sie wußten es einfach nicht besser. Sie dachten, der müsse ja verrückt sein, um so etwas überhaupt zu tun. Dann werden sie auch noch von seinem Anwalt überzeugt, daß er verrückt ist – im juristischen Sinn –, und als es dann wirklich ernst wird, sagt der Psychiater, er sei gesund. Der Kerl, der den Papst angeschossen hat, kriegt lebenslänglich wegen Körperverletzung; *dieses* Arschloch kriegt für Überfall, Vergewaltigung und Mord nichts.«

»Wenn das meine Tochter gewesen wäre, würde der nicht frei rumlaufen.«

»Und was dann? Dann kriegst du Ärger mit dem Gesetz. Letzten Endes ist es doch so, daß die Ganoven, die nichts zu verlieren haben, davonkommen. Wenn aber Leute wie du und ich aus der Reihe tanzen, kriegen wir Ärger.«

»Wir können aber doch nicht zulassen, daß die Leute das Gesetz in die eigenen Hände nehmen«, warf der eine Beamte ein.

»Ja, das erzählt man den anständigen Kerlen. Die Schurken machen sowieso, was sie wollen, und von uns erwartet man, daß wir wie ein Haufen Tontauben herumsitzen.«

Joe hörte der Unterhaltung nur halbherzig zu. Das alles hatte er schon mal gehört. Von seinen vielen Freunden bei der Polizei wußte er, daß sie ihr Bestes taten. An guten Tagen fand er, daß das System vielleicht nicht perfekt war, aber besser als verdammt viele andere. An schlechten Tagen wußte er, daß die ganze Sache zum Himmel stank und irgendwann im Chaos enden würde.

Er war müde. Er hatte viel Zeit und Geld geopfert, um Jim Henrys Spuren innerhalb und außerhalb der Stadt zu verfolgen: in St. Catharines, Ottawa, Kingston. Das Interview mit Mrs. Henry hatte ihm nichts als Kopfschmerzen eingebracht. Stundenlange Tonbandaufnahmen, die er wieder und wieder abspielte, und nichts als belangloses Zeug. Genauso war es mit dem Wärter in Kingston. Er habe Jim gemocht, und die anderen Gefangenen hätten ihn auch gemocht, hatte er gesagt. Keiner der Mithäftlinge habe etwas gegen ihn gehabt. Das müsse jemand von draußen gewesen sein, wegen irgendeiner dummen Sache, vielleicht ein Kartenspiel oder ein Streit bei der Arbeit. Der Wärter war genausowenig hilfreich wie Mrs. Henry.

Joe hatte sogar die Mutter des kleinen Mädchens, das ermordet worden war, aufgespürt. Sie hatte wieder geheiratet, und es hatte ihn viel Zeit gekostet, sie zu finden. Sie wollte nicht über ihre Tochter sprechen. Ihr jetziger Ehemann hatte ein kleines Transportunternehmen, und sie führten ein ruhiges, unauffälliges Leben in einer Neubausiedlung außerhalb von Ottawa. Sie hatten zwei Kinder im Teenageralter, und es war offensichtlich, daß sie völlig in der Gegenwart lebte. Das konnte Joe ihr nicht verübeln. Wenn sie die Erinnerung an diesen schrecklichen Tag wachgehalten hätte, wäre sie verrückt geworden.

Ihr Mann, ein mürrischer, schwerfälliger Typ, wußte von der Tragödie, weigerte sich aber, darüber zu sprechen. Er hatte darauf bestanden, daß seine Frau alles beseitigte, was sie vor der Ehe besessen hatte. Sie hatte nicht einmal mehr ein Foto ihres ersten Kindes. Diese Strategie funktionierte so gut, daß Joe das Gefühl hatte, als bekäme er eine Schilderung aus zweiter Hand, als spräche jemand, der von dem Mord gelesen hatte und nur aus der schriftlichen Berichterstattung etwas darüber wußte.

Schon innerhalb der ersten Minuten wurde deutlich, daß keiner der beiden von Jims Tod wußte. Auch der Vater des Kindes nicht. Die Frau bestätigte, daß er tot sei. Selbst seine eigene Familie sei nicht traurig gewesen, als er starb. Er habe viele Feinde, aber keine Freunde gehabt und sein ganzes Leben lang große Reden geschwungen, aber nichts getan.

Der Freund, der damals unter Verdacht gestanden hatte, war auch tot. Er war kurz nach dem Prozeß in der Nähe von Parry

Sound auf einen Felsbrocken gerast, der auf der Straße gelegen hatte. Seine Freunde sagten, er habe es absichtlich getan.

Die Mutter des kleinen Mädchens hatte die Sache verarbeitet, indem sie sie aus ihrem Gedächtnis gelöscht hatte. Ihr Freund, der das kleine Mädchen wirklich geliebt hatte, beseitigte die Erinnerung, indem er sich selbst beseitigte. Auch diese Spur erwies sich als Sackgasse.

Ehe Joe Ottawa verließ, besuchte er das Haus, wo der Mord stattgefunden hatte. Zuerst wollte die Frau, die ihm öffnete, ihn nicht hereinlassen. Sie wußte, daß das Haus Schauplatz einer Tragödie gewesen war, aber sie kannte keine Einzelheiten. Sie war vor kurzem eingezogen und machte deutlich, daß sie nicht zu denen gehöre, die mit ihren Nachbarn verkehren. Erst als Joe ihr erzählte, er sei Journalist und arbeite an einer Serie über Häuser in der Nachbarschaft, war sie bereit, ihn hereinzulassen. Er zeigte ihr seinen Presseausweis und sagte, wenn sie nichts dagegen habe, würde er gern im Keller anfangen. Sie schaltete das Licht oben an der Kellertreppe an und sagte, er sollte sich allein umschauen, sie habe zu tun.

Er stieg die Treppe hinunter und stand in dem feuchten Keller und versuchte, sich den Greuel vorzustellen, der hier stattgefunden hatte. Der alte emaillierte Waschkessel stand noch immer unter dem Fenster. Das Fenster war streifig und schmutzig, und Spinnweben spannen sich vom Fenstergriff bis zu einem darüberliegenden Rohr. Durch die schmierige Fensterscheibe drang kein Licht.

Der Kessel war mit dunklen Rostflecken gesprenkelt, wo die Emaille abgeplatzt war. Die Flecken sahen aus wie altes, getrocknetes Blut. Joe dachte, daß es damals genauso ausgesehen haben mußte, als der Mörder die Körperteile des kleinen Mädchens wusch, ehe er sie in den Sack stopfte, und dann sich selbst säuberte, ehe er ging.

Neben der modernen Waschmaschine und dem Trockner stand ein alter hölzerner Klapptisch, und Joe fragte sich, ob es derselbe Tisch war, auf dem sie zerlegt worden war. Er entfernte das Wachstuch und strich mit der Hand über die hölzerne Oberfläche, die durch die jahrelange Benutzung glatt geworden war. Das Holz war fast knochenweiß geschrubbt. Er legte das Wachstuch zurück und betrachtete den Abfluß in der Mitte des Bodens. Der graue Zementboden war rauh und durchsetzt von kleinen Kieseln.

Hier stand er, dachte Joe. Vielleicht genau hier, wo ich jetzt stehe. Er hat seine Sachen ausgezogen, weil er wußte, daß sehr viel Blut fließen würde. Er spülte es mit dem Schlauch in den Abfluß, und dann spritzte er sich selbst ab, und als er ging, war bis auf ein paar kleine Spritzer, die er übersehen hatte, nichts mehr zu finden. Nichts als ein Junge in Tennisschuhen, der einen grünen Müllsack trug.

Als er die Augen schloß und die kalten, teuflischen Schwingungen spürte, die dieser Raum auszusenden schien, konnte er fast das Messer fühlen, das durch Fleisch schnitt, die Säge hören, die sich durch Muskeln und Knochen fraß.

Er sah die Szene vor sich wie in einem Horrorfilm. Einen dünnen, ernsten Jungen, der Körper naß vor Schweiß, das pickelige Gesicht verzerrt vor Konzentration, methodisch vorgehend, als zerlege er eine lebensgroße Puppe, die aus einem Baukasten zusammengesetzt worden war. Es gab keinen Grund zur Eile. Das Haus war leer. Es würde den ganzen Tag lang leer sein. Der Junge wußte, daß er sich Zeit lassen konnte. Niemand würde ihn stören.

Joe schauderte und öffnete die Augen. Der Keller war düster und häßlich. Die einzelne Glühbirne, die in der Mitte der Decke hing, warf Schatten in die Ecken. Dieser Ort war gespenstisch. Joe war froh, als er wieder oben in der hellen, sonnigen Küche war.

Die Frau bot ihm eine Tasse Kaffee an. Sie saßen in der Küche neben einem großen Fenster, von dem aus sie das Haus, das den Henrys gehört hatte, sehen konnten. Es gab eine breite gemeinsame Auffahrt und nebeneinanderliegende Garagen. Beide Häuser hatten neben der Auffahrt einen Seiteneingang.

Durch die Seitentür war er direkt in die Garage zu seinem Fahrrad gegangen. Falls jemand ihn gesehen hatte, überlegte Joe, hatte derjenige sich nichts dabei gedacht. Hier ging man ständig in den Häusern der anderen ein und aus.

»Wollen Sie sich nicht auch oben umsehen?« fragte die Frau.

»Ich glaube, ich habe genug gesehen«, antwortete Joe und fragte: »Der Tisch unten, war der schon da, als Sie einzogen?«

»Ja. Ich wollte ihn wegschaffen, aber er ist sehr praktisch, wenn ich die Wäsche mache. Außerdem sieht ihn da unten sowieso keiner.«

»Haben Sie im Haus etwas verändert?«

»Nur gestrichen und Tapeten gewechselt. Wir sind noch nicht sehr lange hier.«

Joe fragte sich, wie viele Menschen in diesem Haus gelebt hatten, seit die Mutter des kleinen Mädchens ausgezogen war. Und wie sich wohl die ersten Bewohner gefühlt haben mochten. »Gefällt es Ihnen?« fragte er.

Sie zuckte gleichgültig die Schultern. »Es ist in Ordnung. Die Zimmer sind schön groß. Aber manchmal hat man so ein Gefühl...« Sie zögerte. »Manchmal, wenn es regnet oder wenn die Sonne nicht scheint... dann ist es irgendwie deprimierend, verstehen Sie?«

Joe hatte verstanden. Selbst jetzt, wo er mit Freunden zusammensaß, umgeben von Lärm und Betrieb, konnte er noch die dunkle lauernde Macht fühlen, die diesen Keller beherrschte. Und es hatte nichts gebracht. Er war immer noch der Meinung, der beste Anknüpfungspunkt in einem Mordfall sei das Motiv, und er war überzeugt, daß das Motiv von Jim Henrys Mörder bei dem kleinen Mädchen zu finden war. Es schien nur keine Verbindung zu geben.

An einem der anderen Tische brach eine Schlägerei aus, und der Rausschmeißer ging hinüber, um sie zu beenden. Der Tumult lenkte Joes Aufmerksamkeit zurück in die Gegenwart, und er hob sein Glas, um einen weiteren Drink zu bestellen. Scherzhaft sagte einer der Polizisten: »Sie muß ja eine ganz schön heiße Nummer sein.«

»Wer?« fragte Joe.

»Die, an die du gedacht hast. Du warst ja eben in einer völlig anderen Welt.«

»Ich dachte gerade an den Kevin-McGregor-Fall unten in St. Kits«, gestand Joe. »Gibt es da irgend etwas Neues?«

»Nicht daß ich wüßte. Vielleicht weiß das Morddezernat etwas. Aber sie kriegen aus anderen Zuständigkeitsbereichen auch nicht so viel mit.«

»Vermutlich nicht«, meinte Joe resigniert. Dann fiel ihm etwas anderes ein: »Was machen die Toronto-Morde? Gibt es da etwas Neues?«

»Wieder 'ne Leiche«, antwortete der zweite Polizist lässig. »Ein junger Angestellter aus einem Supermarkt. Grauenhaft.«

»Grauenhaft? Wieso?«

»Man fand ihn in seinem Apartment, in einer dieser Junggesellenwohnungen in Parkdale, mit heraushängender Zunge und einem Bleistift in jedem Auge. Der Mann, der ihn fand, wurde ohnmächtig.«

Joe hatte das Gefühl, als hätte er einen plötzlichen Malariaanfall. Ihm war heiß. Kalt. Schweiß trat ihm auf die Stirn. »Hatte er ein Kreuz auf dem Körper?«

Die Polizisten starrten ihn an. »Woher weißt du das?«

»Trug er Make-up? Lippenstift? Lidschatten?«

Mißtrauisch starrten die beiden Polizisten ihn an. Die Einzelheiten waren nicht veröffentlicht worden. Diese Dinge sollte angeblich niemand außerhalb des Morddezernats wissen.

Joe las die Antwort in ihren Gesichtern. Seine Resignation war wie weggewischt. Hochspannung durchzuckte ihn. Das war mehr als ein Zufall. Die Teile begannen sich allmählich ineinanderzufügen.

»Was hast du, Joe?« Der andere Reporter wurde auch mißtrauisch.

»Nichts, gar nichts.« Er mußte jetzt allein sein und darüber nachdenken. Alles prüfen und nochmals prüfen. In seinen Akten nach weiteren zusammenpassenden Puzzleteilen suchen.

»Wenn du etwas weißt, Joe, solltest du es besser sagen. Wir sorgen dafür, daß die Jungs, die an dem Fall arbeiten, es erfahren.«

Joe schob seinen Stuhl zurück. »Freunde, ich schwöre, ich weiß überhaupt nichts. Ich war nicht in der Stadt. Bin nicht auf dem laufenden.«

»Vorenthalten von Informationen, Joe«, sagte ein Journalistenkollege bedeutungsvoll.

Joe schüttelte den Kopf. »Ich doch nicht. Da kennt ihr mich doch besser, Jungs.«

Nachdenklich starrten die drei Männer hinter ihm her. Er wußte mehr über die Verbrechen als sie alle drei zusammen. Was die Polizei aus beruflichen Gründen untersuchte, verfolgte er als Hobby. Was sie für Geld taten, machte er aus Vergnügen. Ihr Engagement war nicht zu vergleichen. Das wußten sie, und für einen kurzen Augenblick überkam sie ein Schuldgefühl.

Aber zum Teufel damit. Sie waren nicht im Dienst, trugen keine Uniform, hatten frei. Sie bestellten noch eine Runde und richteten sich auf den Abend ein.

9

Februar 1985

Das Apartment war in einem chaotischen Zustand. Jede waagerechte Fläche war mit alltäglichem Krimskrams bedeckt. Zeitungen und Zeitschriften stapelten sich auf dem Fußboden, Tische und Kommoden waren zugestellt mit überfüllten Aschenbechern, klebrigen Gläsern und halbleeren Kaffeetassen. Joes erstes Ziel war es, sich einen Platz zum Arbeiten freizuräumen.

Er bündelte die Zeitungen und schleppte sie in seinen Heizungskeller, stapelte die Teller im Plastikwäschekorb – Gott sei Dank war er unten geschlossen, so daß er Tropfen auffangen konnte – und stellte ihn auf die Spüle. Und dann war er soweit. Er holte seine Sammelmappen heraus, goß sich einen Drink ein und begann, die Zeitungsausschnitte Seite für Seite nach dem Clown-Mord durchzublättern.

Es war einer der groteskesten Morde im südlichen Ontario gewesen. Er erinnerte sich an dessen Ungeheuerlichkeit, aber nicht mehr an das Jahr oder in welcher der vielen kleinen Landgemeinden der Halbinsel er sich ereignet hatte. Er suchte bis weit nach Mitternacht, dann gab er sich geschlagen, denn sein Kopf zersprang fast vor Kopfschmerzen, die bald das Ausmaß einer Migräne erreicht hatten. Die Information befand sich in seinem Aktenschrank. Aber die Sammelmappe enthielt die Querverweise. Ohne das Jahr und den Ort des Verbrechens, Informationen, die

die Zeitungsausschnitte lieferten, wußte er nicht, wo er unter den Hunderten von Mappen, die er im Aktenschrank aufbewahrte, suchen sollte.

Als er merkte, daß er Hunger hatte, machte er sich ein dickes Sandwich und aß es in seinem Lieblingssessel, die Füße auf dem Couchtisch, während es in seinem Kopf arbeitete. Der Mord an Jim Henry war eine Kopie des Mordes, den Henry selbst Jahre zuvor begangen hatte. Jetzt gab es erneut einen Clown-Mord, der anscheinend wiederum die Nachahmung eines früheren Mordes war. War es möglich, konnte es sein, daß die Mordfälle in Toronto demselben Muster folgten?

Joe hatte für die Morde in Toronto eine neue Sammelmappe angelegt. Nicht, weil er geglaubt hatte, sie hätten etwas miteinander zu tun, befanden sie sich alle in einem Hefter, sondern weil sie sich innerhalb eines kurzen Zeitraumes und in oder um Toronto ereignet hatten. Er fand die Mappe und las die Ausschnitte nochmals. Der erste datierte vom August. Jetzt war Februar. Sieben Monate währten diese bizarren Morde schon, immer an Männern, jeder Mord anscheinend perfekt ausgeführt, jeder Mord entbehrte scheinbar eines Motivs. Aber angenommen, das Motiv war nicht beim Mörder, sondern beim Opfer zu suchen? Das war eine Möglichkeit. Aber diese Möglichkeit war reine Theorie, solange nicht in jedem Mordfall das Opfer und seine Vergangenheit überprüft worden waren.

Als erstes mußte er den Clown-Mord auf Ähnlichkeiten überprüfen, und er kannte nur einen einzigen Menschen, der die Informationen parat haben könnte. David Jenning. Dieser eiskalte Anwalt.

Joe hatte David ein paarmal interviewt, und einmal hatten sie sich sogar über ihre Materialsammlungen ausgetauscht. Joe hielt David für einen ausgesprochen kompetenten, aber völlig skrupellosen Mann, der sich rücksichtslos über jeden hinwegsetzen würde, der einem seiner Mandanten im Wege stünde. Sylvia kannte er nicht, aber er hatte sie mit David zusammen gesehen und fand, daß sie ein merkwürdiges Paar abgaben: sie groß, blond, unnahbar, fast so statuenhaft wie ein Mannequin; er klein, dunkel, gedrungen und phlegmatisch.

Joe griff nach dem Telefon. Die Geisterstunde war schon längst vorüber, nicht der Zeitpunkt, einen Feind anzurufen und schon gar nicht jemanden, von dem man Hilfe erwartete, aber er war zu aufgedreht, um dazusitzen und nichts zu tun.

Er suchte in seinem kleinen braunen Buch nach der Nummer und wählte. Es klingelte dreimal. Notfalls hätte er es die ganze Nacht lang klingeln lassen. Beim vierten Klingelzeichen wurde der Hörer abgenommen, und eine weibliche Stimme sagte in reserviertem Ton: »Hallo?«

»Mrs. Jenning?«

Eine lange Pause folgte. Schließlich wurde die Frage bejaht.

»Ist Ihr Mann zu Hause?«

Er hörte ein Klicken, und die Leitung war tot. Einen Augenblick lang saß er da und starrte das Telefon an, dann wählte er noch mal. Diesmal antwortete sie sofort. »Wenn Sie nicht aufhören, mich anzurufen, melde ich das der Polizei.«

Ehe sie Gelegenheit hatte, den Hörer aufzulegen, platzte er heraus: »Mrs. Jenning, hier ist Joe Parsons. Ich kenne Ihren Mann. Ich muß ihn dringend sprechen.«

Der Ton war freundlicher. Nicht warm, aber weniger reserviert. »Es tut mir leid. Ich dachte, es wäre...« Pause. Dann abweisend: »Mein Mann schläft schon. Sie können ihn morgen früh anrufen. Haben Sie seine Geschäftsnummer?«

»Es ist äußerst wichtig.«

»Wenn Sie mir vielleicht sagen wollen, worum es geht.«

Es war offensichtlich, daß sie nicht die Absicht hatte, ihren Mann zu rufen, solange es nicht ein dringender Notfall war. Aber vielleicht konnte sie die Informationen für ihn finden. Alles, was er brauchte, war das Jahr und der Ort. So erzählte er ihr von Jim Henry und den Interviews, die er geführt hatte, und wie alles in einer Sackgasse endete. Sie wirkte nicht besonders interessiert, obwohl es sie zu überraschen schien, daß er wußte, Kevin McGregor und Jim Henry waren ein und dieselbe Person.

Dann erzählte er ihr von dem Clown-Mord und seiner Vermutung, daß es sich, betrachte man beide Fälle zusammen, nicht mehr um einen Zufall handeln könne. Sie blieb unverbindlich. Als er fertig war, sagte sie, warum er ihren Mann anriefe, statt die Polizei.

Er erklärte, daß er mehr Informationen über den ursprünglichen Clown-Mord brauche; er wolle ihnen nicht mit halbgaren Spekulationen kommen.

»Mein Mann hat den Fall nicht vertreten«, erinnerte sie ihn.

»Aber er hat eine ungeheure Menge an Material. Haben Sie Zugang zu seinen Akten?«

Statt einer direkten Antwort sagte sie: »Ich teile seine Interessen nicht, wenn Sie das wissen wollen.«

»Aber bewahrt er die Akten zu Hause auf? Könnten Sie für mich nicht eben das Datum heraussuchen?«

»Es tut mir leid. Ich wüßte nicht einmal, wo ich anfangen sollte zu suchen.«

»Könnte ich kommen und selbst gucken?«

»Auf gar keinen Fall. Das müssen Sie mit Mr. Jenning besprechen.«

Ein eisiger Unterton schwang in ihrer Stimme mit. Joe, gewohnt, Widerstand durch schiere Beharrlichkeit zu brechen, gab sich geschlagen. Er dankte ihr und legte auf. Frustriert döste er vor dem laufenden Fernseher und wartete ungeduldig auf den Morgen und die Möglichkeit, seine Suche ernsthaft zu beginnen.

Das Läuten des Telefons erschreckte Sylvia, als sie das Haus betrat. Seit ein paar Wochen schon gab es diese merkwürdigen Anrufe. Sporadisch. Unregelmäßig. Immer spät nachts. Wenn sie antwortete, fragte eine höfliche Stimme nach David. Wenn er hörte, daß David schlief, legte der Anrufer auf. Als sie David von den Anrufen erzählte, sagte er, sie solle das Telefon klingeln lassen. Für ihn war das einfach. Er konnte ein klingelndes Telefon ignorieren.

Sie hängte ihren Mantel auf und ging direkt ins Arbeitszimmer. Sie wußte nicht, ob David wach war, aber sie wußte, daß er zu Hause war. Sein Wagen stand in der Auffahrt, und die Lichter im oberen Stockwerk waren aus. Ob er wach war oder schlief, sie hatte nicht die Absicht, ihn zu stören.

Sie schloß die Tür des Arbeitszimmers und zog die Schublade auf, in der sich die Akte über den Clown-Mord befand. Die Mappe war komplett mit Fotos, Zeitungsausschnitten und Informationen über den Prozeß und das Strafmaß.

Das Verbrechen hatte sich in Myron ereignet, einem kleinen Dorf mit einem Gemischtwarenladen, einer Tankstelle, einem Theater und einem Gemeindezentrum. Jenseits der Hauptstraße befand sich eine kleine Gruppe von Häusern, die großenteils von älteren Ehepaaren und alleinstehenden Rentnerinnen, die schon lange verwitwet waren, bewohnt wurden. In der Stadt lebten nur wenige junge Leute. Sobald sie älter wurden, zogen sie in größere, abwechslungsreichere Städte, die bessere Jobs und aufregendere Formen der Freizeitgestaltung boten. Die wenigen Jüngeren, die zu sehen waren, entweder weil sie gerade ihre betagten Eltern besuchten oder weil sie auf dem Weg sonstwohin hier Zwischenstation machten, hingen im Gemeindezentrum herum, wo es ein schmieriges Café, ein paar Spielautomaten, eine Musikbox und zwei Billardtische gab.

Myron war wie die Menschen, die dort lebten, es war eine Stadt, die darauf wartete zu sterben.

Elsie Abodeen lebte in einem kleinen Holzhaus am südlichen Ende des Dorfes. Ihr nächster Nachbar wohnte eine Viertelmeile entfernt. Das Haus lag ein wenig zurückgesetzt von der Straße, und ein kleiner Blumengarten und ein kniehoher Lattenzaun milderten den Anblick der schmucklosen Holzwände.

Elsie und ihr Mann waren zehn Jahre zuvor nach Myron gezogen, nachdem sie ihre kleine Farm verkauft hatten. Hinter dem Haus hatten sie genug Land für einen Gemüsegarten und ein paar Hühner. Als Mr. Abodeen starb, beschloß Elsie, in dem Haus zu bleiben. Wie sie ihren Freunden zu sagen pflegte, ginge doch nichts über ein eigenes Haus, zumal sie dort praktisch umsonst leben konnte.

Mrs. Abodeen war eine kleine, drahtige Frau Ende Siebzig. So wie sie ihr ganzes Leben lang aktiv gewesen war, hielt sie auch jetzt ihr Haus blitzsauber, fuhr zum Einkaufen mit dem Fahrrad ins Dorf und ging regelmäßig in die Kirche und zu ihrer wöchentlichen Kartenrunde in Myron. Das einzige, was sie nicht mehr allein schaffte, waren die Außenarbeiten. Wenn sie jemanden brauchte, der den Garten umgrub oder Reparaturen am Haus oder den Nebengebäuden durchführte, dann tat sie, was alle in Myron taten – sie brachte im Gemeindezentrum eine handschriftliche Notiz an.

Elsie wußte nicht, daß das Gesuch nach einer Hilfskraft, das sie an jenem schicksalhaften Frühlingstag aushängte, ihr Todesurteil war. Der junge Mann, der an ihrer Tür erschien, sah nicht wie ein Werkzeug des Todes und der Zerstörung aus. Vom Umherziehen sah er abgerissen und ungepflegt aus, aber aus seinem offenen Blick sprach die Unschuld ganz junger Menschen. Er trug Bluejeans, die steif vor Schmutz waren, eine Jeansjacke und einen Schlafsack auf der Schulter. Sein Name war Willie, und er war per Anhalter auf dem Weg nach Toronto, wo er sich einen Job suchen und zur Abendschule gehen wollte.

Elsie Abodeen gehörte nicht zu jenen, die Menschen nach ihrem Äußeren beurteilen. Wenn ihre Freundinnen über das lange Haar und die lässige Kleidung der jüngeren Generation sprachen, sagte sie ihnen, daß Gott für jeden Platz habe. »Richtet nicht, auf daß ihr nicht gerichtet werdet.« Alles, was die jungen Leute bräuchten, sei jemand, der sich um sie kümmere. Wenn die Frauen zu Hause blieben und ihre Kinder aufzögen, statt den Männern, die Familien versorgen müßten, die Arbeit wegzunehmen, säßen die jungen Leute nicht in der Klemme, in der sie sich jetzt befänden. Ihre Freundinnen sagten, sie sei viel zu tolerant und solle lieber vorsichtig sein.

Sie öffnete die Tür und bat Willie herein.

Er blieb zwei Wochen bei ihr, schlief auf der alten Couch im Wintergarten und arbeitete weit über seinen bescheidenen Lohn hinaus.

Er grub den Garten um, reparierte das Dach, wo es undicht war, und bot an, den abblätternden Außenanstrich zu erneuern, wenn sie die Farbe kaufe. Er war ein angenehmer, anspruchsloser Genosse, und sie hatte ihn gern um sich. Er rasierte sich weder den Bart, noch schnitt er sich die Haare, und sie bat ihn auch nicht darum, obwohl sie darauf hinwies, daß er es leichter haben würde, wenn er mehr so aussähe wie andere Menschen. Willie, der genauso aussah wie die meisten Menschen, die er kannte, hörte nicht auf sie.

Abends, wenn er nicht in die Stadt ging oder sich in sein Zimmer zurückzog, das für sie tabu war, da sie fand, jeder habe ein Recht auf seine Intimsphäre, saßen sie in der kleinen Küche und unterhielten sich. Er erzählte von seinem Stiefvater, der ihn schlug, und von seiner Mutter, die ihm nie beizustehen schien. Sie erzählte ihm von Mr. Abodeen und ihrem gemeinsamen Leben auf der Farm, und gelegentlich las sie ihm aus der Bibel vor, in der Hoffnung, ihn für Gottes Wort interessieren zu können. Er hörte höflich zu, manchmal mit einem abwesenden Ausdruck in den Augen, der sie überzeugte, daß er ein sehr religiöser junger Mann sei.

Das einzige, was Willie zu stören schien, war, angestarrt zu werden. Er erzählte ihr, wo immer er auch hingehe, starrten ihn die Leute an, und das mache ihn verrückt. Manchmal, wenn er im Bett lag, fühlte er, daß ihn im Dunkeln Augen anstarrten, große gelbe Tieraugen, die ihn, befürchtete er, irgendwann verschlingen würden, so daß eines Morgens nichts anderes von ihm im Bett übrigbliebe als ein Haufen Kleider. Einmal, als er am Spülbecken stand, um sich einen Schluck Wasser zu holen, fuhr er herum und warf ihr vor, sie würde jede seiner Bewegungen beobachten. Sie war so überrascht, daß sie sich entschuldigte, obwohl sie gerade die Wochenzeitung gelesen und kaum wahrgenommen hatte, daß er überhaupt im Raum war.

Der Tag, der sich als ihr letzter gemeinsamer herausstellen sollte, war ein strahlender Samstag im Frühjahr. Zwar half er ihr, die Kästen mit den Setzlingen zum Pflanzen ins Freie zu tragen, aber sie sah, daß er ruhelos und gereizt war. Gegen Mittag schickte sie ihn los, die Farbe zu kaufen, über die sie gesprochen hatten. Seine Nervosität hatte auch sie nervös gemacht, und sie war froh, allein zu sein.

Obwohl das Haushaltswarengeschäft, wie alles andere in Myron, zu Fuß bequem erreichbar war, kehrte er erst am frühen Abend zurück. Die Farbe hatte er nicht gekauft, da ihm die Marke, die sie führten, nicht gefiel. Sie hatte ihm einen Zwanzigdollarschein und zwei Zehner gegeben. Als sie das Geld zurückhaben wollte, sagte er, er würde am Montag nach London fahren und sich in den größeren Kaufhäusern wie Sears und Canadian Tire umschauen, so daß er es bis dahin ebensogut behalten könnte.

Der Nachmittag in der Stadt hatte ihm gutgetan. Er wirkte ein wenig müde, aber die vorherige Nervosität war spurlos verschwunden.

Sie machte ihm etwas zu essen, aber er spielte damit, indem er auf seinem Teller herummanschte wie ein kleines Kind. Sie betrachtete ihn geistesabwesend, ihre Gedanken waren noch beim Garten, den sie gerade bepflanzt hatte. Ein paarmal sah er von seinem Teller auf, und ihre Blicke trafen sich, aber er sagte nichts. Als er aufstand und in sein Zimmer ging, räumte sie den Tisch ab und stellte die Teller in das Spülbecken, um sie am nächsten Morgen vor dem Kirchgang abzuwaschen.

Sie machte sich fertig, um ins Bett zu gehen. Als ihr einfiel, daß sie die Tür mit dem Fliegendrahtgitter nicht verriegelt hatte, zog sie den Morgenmantel über und kehrte in die Küche zurück. Willie war da, saß am Tisch und starrte verträumt ins Leere.

Er sah so einsam und verlassen aus, daß sie am liebsten die Arme um ihn gelegt, ihn gehalten und getröstet hätte, aber sie wußte, daß er sich nicht gern anfassen ließ. So setzte sie sich ihm gegenüber und lächelte und versuchte, ihm allein durch ihre Anwesenheit zu vermitteln, daß sie seine Freundin war und ihn gern hatte. Er hatte die Augen weit geöffnet. Er starrte durch sie hindurch an die gegenüberliegende Wand. Er schien gar nicht wahrzunehmen, daß sie da war.

Sie streckte die Hand aus und berührte ihn leicht, so leicht, daß sie kaum Kontakt hatten.

Er riß seine Hand fort, als hätte sie ihn mit einem heißen Schürhaken versengt. Sein abwesender Blick wich unvermittelt einem Ausdruck des Entsetzens. Langsam, wie im Traum, stand er auf. Der Stuhl fiel polternd zu Boden. Er kam um den Tisch herum. Bedächtig. Mechanisch. Sein schlanker Körper war eine unerbittliche, vorwärtsstrebende Kraft. Elsie Abodeen saß wie gelähmt da, unfähig, sich zu rühren oder zu schreien.

Sie fühlte seine Hände um ihren Hals, jeder einzelne dünne Finger schien wie aus Stahl. Sie schlug nach ihm, ruderte mit den Händen durch die Luft wie ein sterbender Vogel mit den Flügeln. Das letzte, was sie sah, war Willies Gesicht, entrückt und gefühllos wie eine Porzellanbüste. Er ließ sie los, und sie fiel zu Boden. Ihr Gesicht war blau, und ihr Körper zuckte noch. Willie sah auf sie hinunter. Elsie sah zu Willie hinauf, ihre Augen blind und reglos. Langsam blickte Willie sich im Raum um, so als wären er, Elsie und der Raum Teile eines Traums.

Am Ende der Anrichte, unter dem Telefon, stand ein alter Kafeebecher voller Bleistifte, die Elsie für Telefonnotizen und ihr wöchentliches Kreuzworträtsel benutzte. Es waren kaum mehr als Stummel, deren Spitzen bis aufs Holz abgeschrieben waren. Er wählte zwei der Stummel aus und ging zu Elsies Leiche zurück. Sorgfältig wie ein Sechsjähriger, der Miniaturzaunpfähle in einer Modellandschaft aufstellt, zwang er die Stummel in die starrenden Augen. Er spürte eine immense Erleichterung, als er wußte, daß sie ihn nicht mehr sehen konnte.

Er hatte Elsie gern gehabt. Sie war eine nette alte Frau, und sie war gut zu ihm gewesen. Er war traurig, daß ihre Freundinnen sie mit zerzaustem Haar und ohne das Make-up, das sie immer trug, wenn Besuch kam, finden würden. Er ging in ihr Schlafzimmer und fand ihre Handtasche. Darin befand sich ein kleines Schminktäschchen. Er nahm das Schminktäschchen mit in die Küche und trug Lippenstift und Lidschatten auf die erkaltende Haut auf. Dann, aus einem Impuls heraus, holte er ein Schälmesser aus der Schublade und ritzte ein Kreuz auf ihre Brust. Er ritzte die Haut nur ganz leicht ein, um Elsie nicht weh zu tun.

Als Elsies Leiche entdeckt wurde, wohnte Willie bereits in einer Pension in Toronto. Der Fall wurde schnell gelöst. Die Leute in Myron wußten, daß der junge Mann, den Elsie eingestellt hatte, auf dem Weg nach Toronto war. Willie versuchte nicht, seinen Aufenthaltsort geheimzuhalten, da ihm nicht bewußt war, daß er etwas zu verbergen hatte. Als man ihn bei einer Drogenrazzia in einem Nachtclub aufgriff, wurde er schnell als der Clown-Mörder identifiziert.

Er versuchte nicht, sich zu verteidigen. Als man ihm Fotos von Elsies Leiche zeigte und ihm sagte, er habe sie umgebracht, wollte er es nicht glauben. Er erinnerte sich vage, daß irgend etwas Seltsames in Myron passiert war. Aber er wußte auch, daß er noch nie irgendeinem menschlichen Wesen ein Leid zugefügt hatte. Der Pflichtverteidiger hob insbesondere seine gewaltfreie Vergangenheit hervor und versicherte zudem, daß Willie nicht in der Lage gewesen sei, Recht von Unrecht zu unterscheiden, weil er unter dem Einfluß von Drogen gestanden habe. Deshalb gehöre er in Behandlung und nicht als Schwerverbrecher ins Gefängnis.

Sauber rasiert und mit kurzgeschnittenem Haar, in langen Hosen und Sporthemd, sah Willie aus wie der Musterknabe des Viertels. Es schien unbegreiflich, daß ein so ruhiger, höflicher junger Mann eine so ungeheure Gewalttat begangen haben sollte, wie sie ihm vorgeworfen wurde. Er wurde auf Bewährung freigelassen und für ein Drogenprogramm angemeldet. Die Zeitungsberichte endeten mit seinem Prozeß.

Sylvia schlug die letzte Seite der Mappe auf, wo zusätzliche, zufällige Informationen eingetragen wurden. Dort stand in Craigs energischer Handschrift Willies voller Name – William Stanley Alexander Stoneham –, gefolgt von zwei Adressen, von denen die erste durchgestrichen war, und einer kurzen Liste von Jobs, die er gehabt hatte. Sie schloß die Mappe und legte sie zurück in den Schrank. Wenn Joe Parsons Informationen aus der Akte haben wollte, sollte er sie sich von David holen.

Sie schaltete das Licht aus und ging nach oben. David schlief fest. Er lag auf dem Bauch, und ein Arm hing über die Bettkante. Sie öffnete das Fenster und dachte daran, daß es bald Frühjahr sein würde. Ehe sie sich versah, würde sie wieder im Pool schwimmen können, und die Blumen würden im Garten blühen.

Parsons rief David am nächsten Morgen um Punkt neun an. Als David um zehn Uhr dreißig ins Büro kam, lag seine Nachricht mit dem Vermerk DRINGEND! zuoberst auf dem Stapel. David, immer willig, mit der Presse zu kooperieren, rief umgehend zurück. Joe nahm sofort ab. David vermutete richtig, daß er neben dem Telefon gesessen und auf den Anruf gewartet hatte.

Wie bei dem Gespräch mit Sylvia begann Parsons mit Jim Henry. David war, wie Sylvia, überrascht. »Woher wußten Sie, daß Kevin McGregor Jim Henry war?«

Joe erzählte ihm von den Fotos.

»Mit wie vielen Leuten haben Sie darüber gesprochen?«

Ohne genau zu wissen warum, fühlte Joe sich in der Defensive und erwiderte: »Mit niemandem. Außer der Familie.«

»Weiß Mary Bescheid?«

»Ja. Und ein Wärter aus Kingston. Aber er weiß es nicht von mir. Henry selbst hat es ihm erzählt. Er schrieb ihm, nachdem er seinen eigenen Hausstand gegründet hatte. Sie standen sich ziemlich nahe.«

David fluchte leise. Joe fühlte sich schuldig, als hätte er etwas Falsches getan. Um sich zu entlasten, sagte er: »Dieses Komitee, das sich für ihn eingesetzt hatte... die wußten es doch auch, oder?«

»Ja, verdammt noch mal. Aber wir beschlossen, es geheimzuhalten, um Mary und die Kinder zu schützen. Jetzt bleibt ihr gar nichts mehr übrig. Nicht einmal eine anständige Erinnerung.« David klang verbittert.

»Gibt es das Komitee noch?«

»Wir treffen uns noch, falls Sie das meinen«, antwortete David bissig. »Wir haben alle viel Zeit aufgewendet. Wir mochten Jim und würden denjenigen, der das getan hat, gern zu fassen kriegen.«

»Das würde ich auch gern«, versicherte Joe. Das stimmte, obwohl er sich einen Dreck um Jim Henry scherte. Er wollte die Story haben, die Lösung des Falls. Da David offensichtlich verärgert war, weil er mit Mary gesprochen hatte, versuchte er, ihn zu beschwichtigen, indem er ihm von seinen Reisen nach Ottawa und Kingston erzählte.

David hörte ihm zu und sagte dann: »Das sieht nicht sehr gut aus, nicht wahr?«

»Der Meinung war ich auch. Bis gestern abend.« Er legte den Köder aus, und David biß an.

»Haben Sie einen Verdacht?«

»Nein. Aber etwas, das fast genausogut ist.«

David wartete. Als Joe nichts sagte, drängte er: »Was, zum Teufel, ist es also?«

»Niemand fand ein Motiv für den Mord an McGregor. Also muß das Motiv etwas mit Jim Henry zu tun haben. Stimmt's?«

»Vielleicht.«

»Vor ein paar Tagen wurde hier in Toronto ein Junge umgebracht. Er hatte Bleistifte in den Augen.«

Er hörte David stoßweise atmen. »Der Clown-Mörder.« Seine Stimme überschlug sich vor Aufregung. »Glauben Sie, es gibt da eine Verbindung?«

»Ich weiß es nicht. Aber es ist ein seltsamer Zufall.«

»Haben Sie schon mit jemandem darüber gesprochen?«

»Nein. Ich möchte erst noch ein paar Einzelheiten überprüfen. Das klingt so verrückt, daß niemand es glauben wird, solange es nicht etwas Handfestes gibt.«

»Gibt es, abgesehen von den Bleistiften, noch andere Ähnlichkeiten?«

»Darum wollte ich Sie sprechen. Können Sie mir sagen, wo der ursprüngliche Mord stattfand? Und wann?«

»In der Nähe von London. In Myron, glaube ich. Das war, Moment mal, vor ungefähr drei oder vier Jahren.«

»Okay, das ist alles, was ich wissen wollte.« Joe legte auf. Doch ehe er Zeit hatte, in seinen Unterlagen unter M nachzusehen, klingelte das Telefon wieder.

»Was haben Sie vor?« fragte David.

»Meine Akten durchzusehen.«

»Wir müssen mehr über den Jungen herausfinden. Einzelheiten.« Joe registrierte, daß David sich mit einbezog.

»Nun, es gibt die Bleistifte. Das Make-up. Und das Haar. Ich habe ein paar Kontakte in der Stadt, die nachprüfen, ob es noch etwas gibt.«

»Ich habe da jemanden in der Mordkommission«, fügte David hinzu. »Ich werde ihn anrufen. Er schuldet mir noch was.«

David rief kurz vor Mittag zurück. Er jubelte. »Ich habe es. Alles. Sogar ein paar Informationen, die niemand außer der Mordkommission weiß.«

»Zum Beispiel?«

»Hören Sie«, sagte David, »wir sollten das nicht am Telefon besprechen. Warum treffen wir uns nicht und tauschen unsere Informationen aus? Haben Sie Ihre Akte gefunden?«

»Ja. Es ist tatsächlich derselbe Junge.«

»Warum kommen Sie nicht zu mir und bringen alles mit, was Sie haben?«

»Gut. Wenn Sie Zeit haben...« Joe wußte, daß David einer der meistbeschäftigten Anwälte der Stadt war. Der Vorschlag überraschte ihn.

»Ich werde mir die Zeit nehmen.«

David kam gerade noch rechtzeitig nach Hause, um Sylvia zu erzählen, was er und Joe vorhatten. Sie sagte, es tue ihr leid, aber sie sei bereits mit Anne in der Stadt verabredet. Sie wäre gern dabeigewesen; es klinge sehr aufregend. David versprach, ihr später alles zu erzählen. Er war ungewöhnlich lebhaft. Sie dachte, wie jungenhaft er doch wirkt, wenn er sich mit etwas befaßt, das ihn wirklich interessiert.

Er ging sofort ins Arbeitszimmer. Als Parsons wenige Minuten später vorfuhr, ließ Sylvia ihn herein und führte ihn zu David. Sie fragte, ob sie ihnen etwas bringen könne, ehe sie ginge, und als sie verneinten, schloß sie leise die Tür und fuhr zu ihrer Verabredung mit Anne.

David hatte seine Myron-Akte hervorgeholt. Joe breitete sein Material zum Vergleich daneben aus. Abgesehen von ein paar Ausschnitten aus alten, regionalen Zeitungen, die Joe von Freunden aus den jeweiligen Zeitungsredaktionen bekommen hatte, handelte es sich im wesentlichen um dasselbe Material. Joe fehlten nur die Informationen, die Craig nach dem Prozeß besorgt hatte. Als sie beide Akten überprüft hatten, fragte Joe David, was er über den aktuellen Fall in Erfahrung gebracht habe.

»Es scheint so zu sein, wie Sie sagten. Es sieht aus wie eine exakte Kopie. Das Make-up. Sogar das Kreuz auf der Brust.«

»Und die Bleistifte. Die haben mich auf die Idee gebracht.«

»Richtig. Und an diesem Punkt wird es ganz deutlich. Es waren neue Bleistifte. Der Mörder hatte sie mitgebracht. Die Polizei geht zumindest davon aus. Sie waren nagelneu. Sie wurden erst angespitzt, und dann wurden die Spitzen abgebrochen. Wer immer es auch war, wußte über diese Bleistifte genausoviel wie Stoneham. Wahrscheinlich sogar mehr, denn der Junge war wirklich völlig weggetreten, als das mit Elsie passierte.«

»Wenn er die Bleistifte mitgebracht hat…«

David wußte, worauf er hinauswollte: »Nein. Die Sorte kann man überall kaufen. Keine Chance.«

»Fingerabdrücke?«

David schüttelte den Kopf. »Abgesehen von Willies keine.«

»Sie haben nichts gefunden? Keine Spuren?«

Grübelnd starrten sie einander an. Schließlich brach David das

Schweigen. »Keine Spuren. Das passiert verdammt selten. Ich dachte gerade an Jim und Stoneham. Glauben Sie, daß zu den anderen Morden womöglich eine Verbindung besteht?«

»Ja, das glaube ich«, sagte Joe leise. »Vielleicht nicht zu allen, aber zu einigen.«

»Aber wer kann das sein? Warum?«

»Ich weiß es nicht. Vielleicht eine Art Bürgerwehr. So etwas wie die Straßenpatrouillen in den Staaten.«

»Kanadier sind nicht der Typ dafür.«

»Das ändert sich«, sagte Joe. »Den Leuten reicht's allmählich. Da kommen Ganoven auf Urlaub raus und können verdammt noch mal machen, was ihnen gerade einfällt. Es kommt nicht besonders gut an, wenn sie jemandem den Schädel einschlagen und anschließend wieder frei wie ein Vogel sind.«

»Ja, die Leute schließen sich heutzutage öfter zu Gruppen zusammen als früher«, sagte David nachdenklich. »Wie diese Frauengruppe in Vancouver. Die demolieren tatsächlich Pornoläden.«

»Also handelt es sich um eine Horde wütender Leute, die beschlossen haben, das Gesetz selbst in die Hand zu nehmen. Um die Straßen von diesen Killern zu säubern.«

»Da steckt noch mehr dahinter«, überlegte David. »Bei den meisten Morden sah es so aus, als gäbe es ein sexuelles Motiv. Doch die Opfer waren keine Homosexuellen. Die Polizei hat das überprüft, und sie waren sauber. Wenn wir es also mit einer Reihe von Duplikaten zu tun haben...«

»Demnach waren die Opfer in irgendeiner Form in Gewalttaten gegen Frauen verwickelt?« Joe sah unschlüssig aus.

»Genau. Jim wurde beschuldigt, ein kleines Mädchen umgebracht zu haben. Stoneham ermordete eine alte Frau, weil sie ihn anschaute, während er total weggetreten war. Das paßt zusammen.«

»Das könnte ein reiner Zufall sein.«

»Das könnte es. Aber genau das müssen wir herausfinden.«

»Wir?« Joe starrte David an. »Wie?«

»Indem wir jeden einzelnen dieser Fälle untersuchen. Wenn die Opfer eine kriminelle Vergangenheit haben, oder wenn sie in der

Vergangenheit jemandem etwas angetan haben, was dann wiederum ihnen angetan wurde, haben wir es. Dann wissen wir, daß wir auf der richtigen Spur sind.«

»Warum überlassen wir diese Arbeit nicht Bretz? Er leitet doch die Untersuchung.«

»Bei dem jetzigen Stand würden sie uns bei Gericht auslachen. Wenn wir voreilig handeln und damit falschliegen, werden wir von Bretz nur Hohn und Spott ernten. Außerdem werden wir jede Menge Spaß haben.« Seine dunklen Augen funkelten.

Sie starrten einander an. Ihre Gedanken überschlugen sich. Sie waren einander fast fremd, zwei Männer, die nur eine Sache gemeinsam hatten. Aber dieses eine gemeinsame Interesse hatte sie zu einem Team vereint.

Anne und Sylvia aßen im Silver Rail zu Mittag. Am Nachmittag wollten sie gegenüber im Eaton Centre, einem geschäftigen, menschenüberfüllten Einkaufszentrum, das Sylvia normalerweise mied, einen Einkaufsbummel machen. Sie hatte diesem Vorschlag zugestimmt, als Anne ihr versicherte, daß sie das Einkaufszentrum während der Woche und außerhalb der Saison, wo es wenige Touristen gab, praktisch für sich allein haben würden. Sylvia zweifelte daran und war entschlossen, das Mittagessen so lange wie möglich hinauszuzögern.

Sie hatte Salat und Sodawasser bestellt. Anne Seetang und einen Gin Tonic.

»Du solltest zu Meeresfrüchten keinen Alkohol trinken«, mahnte Sylvia. »Ehe du dich versiehst, haut es dich um.«

Anne sah atemberaubend aus. Ihr kurzes dunkles Haar glänzte vor Vitalität. Sie trug einen leichten, weißen wollenen Anzug und eine cremefarbene Seidenbluse mit einem leuchtenden rotgelben Schal. Ihre glatte Haut war tief gebräunt von der Reise, die sie gerade mit Bill unternommen hatte. Sie ignorierte Sylvias Warnung. Die kleinen Ärgernisse des Lebens, einschließlich Allergien, standen nicht auf ihrem Spielplan.

»Wie läuft es mit Bill?«

»Großartig. Wie Reisende sagen – je mehr du siehst, desto mehr gefällt es dir.« Sie grinste. »Wie sieht es bei dir aus?«

»Langweilig.«

»Dann hast du es also nicht gemacht. Ich konnte es mir auch nicht vorstellen.« Sie sägte an dem dicken, knusprigen Brot.

»Was habe ich nicht gemacht?« fragte Sylvia.

»Dich mit Craig Faron eingelassen. Mit ihm würdest du dich garantiert nicht langweilen.«

»Du bist unverbesserlich. Denkst du niemals an etwas anderes?«

»In letzter Zeit nicht«, sagte Anne. »Wie geht es David?«

»Ihm geht es prächtig. Als ich ging, saß er mit einem Reporter zu Hause. Wie zwei Kinder, die Räuber-und-Gendarm spielen.« Sylvia erzählte von Jim Henry und dem Anruf am Abend zuvor und daß Parsons und David ihre Unterlagen nach einem Hinweis für die jüngsten sich überstürzenden Mordfälle durchgingen.

»Die Männermorde?« Anne grinste boshaft. »Erwarten sie, in einem Haufen von Akten einen Hinweis auf den Mörder zu finden? Na dann viel Glück.«

»Nun, zumindest denkt er mal an was anderes als an seine Mandanten.«

»Ihr versteht euch zur Zeit nicht besonders gut, oder?« Annes direkter Blick war irritierend.

»So gut wie alle, die so lange verheiratet sind wie wir. Er geht seinen Weg. Ich gehe meinen. Das ist kein schlechtes Arrangement.«

»Du meine Güte, Sylvia, es gibt Besseres im Leben als ein einigermaßen zufriedenstellendes Arrangement. Ich habe beobachtet, wie ihr euch angesehen habt, du und dieser sexy Typ. Mensch, wenn du dich nicht traust, diesen Weg zu gehen, den ich dir empfehlen würde, warum schleppst du David nicht für ein Wochenende auf diese Sexfarm. Happy Acres, oder wie, zum Teufel, es noch mal heißt.«

Sylvia brach in schallendes Gelächter aus. Der Gedanke an David, wie er nackt in einem Raum herumlief, in dem Menschen Gruppensex trieben, war so komisch, daß ihr vor Lachen die Tränen übers Gesicht liefen. Anne befürchtete schon, ihr würde die Luft wegbleiben. Sie stürzte um den Tisch herum und klopfte Sylvia auf den Rücken. Die besorgte Oberkellnerin, laut David eine der besten in der Stadt, eilte mit einem Krug eisgekühlten Wassers heran, um ihr Glas nachzufüllen. Als Sylvia sich schließlich wieder beruhigte, trocknete sie sich die Augen und erzählte Anne, daß die Sexfarm nach einer Razzia geschlossen worden sei.

»Das darf doch nicht wahr sein. Was, zum Teufel, geht das die Polizei an? Hat sich jemand beschwert?«

»Ich glaube nicht. Die Anwohner schienen sich nicht gestört zu fühlen. Sie fanden wohl eher, daß die Gegend dadurch aufgewertet wurde.«

»Was wurde ihnen denn vorgeworfen?«

»Alles, was du dir vorstellen kannst. Einschließlich der Führung eines ganz gewöhnlichen Puffs.«

»Waren die Frauen Prostituierte?«

»Aber nein. Es gab ein paar Singles, aber vor allem verheiratete Paare. Und sie machten das aus Spaß, nicht für Geld. Sex als Freizeitbeschäftigung nannten sie es.«

»Es gibt keinen Puff ohne Prostituierte. Und solange Frauen sich nicht verkaufen, gibt es keine Prostituierten. Ich verstehe das nicht.«

»Ich auch nicht. Aber so ist das eben.«

»Verdammt noch mal, dieses Land wird von Tag zu Tag heuchlerischer.« Anne trank ihr Glas aus und bestellte mit einem Wink einen weiteren Gin Tonic. »Was ist nur aus dem großgeschriebenen liberalen Gedanken geworden, wonach Erwachsene in ihrem Privatleben machen können, was sie wollen, wenn die Betreffenden damit einverstanden sind?«

»Vermutlich war es nicht privat genug.«

»Das ganze verdammte System stimmt nicht«, sagte Anne angewidert. »Die Polizei wird bezahlt, um Menschen zu schützen. Die Stadt ist voll von Strolchen und Rowdys. Und die Leute, die sich um ihren eigenen Kram kümmern und niemanden belästigen, kriegen eins aufs Dach.«

»Wir sind eine sehr moralische Gesellschaft, Mrs. Campbell.« Sylvias graue Augen funkelten belustigt. »Einmal hörte ich David sagen, daß es ein altes, noch immer gültiges Gesetz gäbe, wonach in Kanada nur die Missionarsstellung erlaubt sei.«

»Was, zum Teufel, ist das für eine Stellung?«

»Du liegst auf dem Rücken.«

»Du liebe Güte.« Anne spießte ein Stück Brotkruste auf und kaute aufgebracht. »Nun gut. Die Sexfarm ist also gestorben. Was hältst du dann von einem Eheberater?«

»Du lieber Himmel, Anne, es geht uns gut. Wir brauchen so etwas nicht.«

»Ihr behandelt einander fast wie Fremde. Ich erinnere mich, wie nahe ihr euch wart. Ich habe euch beneidet.«

»Menschen verändern sich. Es stimmt, ich empfinde nicht mehr dasselbe. Früher hielt ich David für den wunderbarsten Menschen der Welt. Ich hatte einen ungeheuren Respekt vor ihm. Vor seiner Integrität, seinen Idealen.«

»Und jetzt nicht mehr?«

»Es ist nicht mehr dasselbe. Das ist nicht Davids Schuld. So ist das Leben nun mal.«

»Ich verstehe dich nicht, Syl.«

»Ich fand es großartig, daß David Rechtsanwalt werden wollte. Ich war wirklich stolz auf ihn. Erinnerst du dich an die Frau aus dem Norden, die ihren Mann umgebracht hatte? David hat sie aus dem Gefängnis geholt.«

»Er holt immer noch Leute aus dem Gefängnis«, erwiderte Anne trocken.

»Ich weiß. Genau das beunruhigt mich. Er holt eine Menge Leute raus, die eingesperrt bleiben müßten.«

»Aber Syl, das ist sein Job.«

»Es scheint einfach nicht richtig zu sein. Dadurch wird er fast zum Komplizen.«

»Hast du mit ihm darüber gesprochen?«

»In letzter Zeit nicht. Ich weiß, was er sagen würde: ›Unsere Gerichte basieren auf dem Rechtsstaatsprinzip. Jeder hat das Recht auf die bestmögliche Verteidigung. Wir sind alle unschuldig, solange unsere Schuld nicht bewiesen ist. Lieber sollen hundert Schuldige freikommen, als daß einer, der unschuldig ist, leiden muß. Das System ist vielleicht nicht perfekt, aber es ist das beste, das wir haben.‹ Und so weiter und so weiter, ad infinitum. Ich habe das alles schon hundertmal gehört.«

»Aber das stimmt alles.«

»Das stimmt *nicht* alles. Das ist Quatsch. Man hat uns über den

Leisten gezogen. Wir sind so programmiert, daß wir diese Klischees akzeptieren, ohne auch nur darüber nachzudenken.«

»Ich weiß, das stinkt zum Himmel, Syl. Aber du kannst David nicht dafür verantwortlich machen.«

»Warum nicht? Er ist daran beteiligt. Habe ich dir jemals von Andy Fisk erzählt?

Fisk war ein junger Automechaniker, der sich nur für zwei Dinge im Leben interessierte: Autos und Vergewaltigungen. Das erste Mal wurde er wegen versuchter Vergewaltigung angeklagt, weil er beim Babysitting ein Kind belästigte. Da er noch unter sechzehn war, wurde er auf Bewährung nach Hause entlassen. Mit zwanzig hatten ihn bereits fünf verschiedene Mädchen der Vergewaltigung beschuldigt. Die Anklagen wurden jedoch alle zurückgezogen, nachdem die Mädchen begriffen hatten, daß sie einem größeren Druck von seiten des Gerichts und der Öffentlichkeit ausgesetzt sein würden als der Angeklagte. Erst als Fisk eine junge Mutter zu Hause vor ihren Kindern vergewaltigte, kam er tatsächlich vor Gericht. Seine Familie beauftragte David mit der Verteidigung.«

Anne hörte aufmerksam zu. Ihre dunklen Augen zeugten von Konzentration.

»Sie kamen zu uns nach Hause. Ich weiß nicht, warum. David würde das heute nicht mehr zulassen. Wir wohnten damals in der Nähe von The Beaches.«

»In diesem windschiefen alten Haus mit dem gruseligen Dachboden?«

»Ja. David hatte sein Büro im Untergeschoß. Direkt unter dem Wohnzimmer. Wir hatten eine gemeinsame Heizung. Und ich konnte über die Rohre jedes einzelne Wort verstehen. Sie alle wußten, daß er schuldig war. Seine Eltern. David. Er saß sogar da und erzählte David von den anderen Mädchen. Und er meinte, es gäbe noch ein paar Dutzend andere, die sich nicht beschwert hätten. Er lachte. Ich konnte es kaum glauben, wie großkotzig er war.

David sagte, er solle die anderen vergessen – sie seien nicht relevant. Seine Mutter hatte Angst, es würde schlimm ausgehen, wenn eines der anderen Mädchen sich melden würde, aber David meinte, das würde nicht passieren; sie müßten sich einzig und allein Gedanken über den vorliegenden Fall machen. Kannst du dir vorstellen, daß er ihm sagte, was er anziehen solle? Wie er sich verhalten solle. Er sagte, sein Verhalten würde bei den Geschworenen genausoviel Gewicht haben wie die eigentliche Zeugenaussage, und er solle, um Gottes willen, nur nicht arrogant oder besserwisserisch auftreten. Ich konnte es nicht fassen.«

»Was passierte dann?«

»Er wurde freigesprochen. Aufgrund einer juristischen Spitzfindigkeit. Irgend etwas, das nichts mit der Tatsache zu tun hatte, daß er die Frau halb totgeschlagen, die Kinder seelisch geschädigt und die Ehe ruiniert hatte. Der Ehemann der Frau ließ sich schließlich scheiden. Er sagte, er könne die Erinnerung nicht aus dem Kopf kriegen.«

»Dieser verdammte Hundesohn.«

»Nun, jedenfalls habe ich seitdem nie wieder dasselbe für David empfunden. Ich war so naiv gewesen zu glauben, daß ein Anwalt sowohl der Gesellschaft als auch seinem Mandanten verpflichtet ist. Unschuldig, solange die Schuld nicht erwiesen ist. Das habe ich ernst genommen, und das tue ich immer noch.«

»Aber David glaubt doch auch daran.«

»Nein. ›Sich als schuldig erweisen‹ bedeutet für David, daß es vor Gericht bewiesen wurde. Das hat nichts mit Schuld oder Unschuld zu tun. Das Ganze ist ein Spiel. Es ist schlimmer als ein Spiel. Uns allen wird ein böser Streich gespielt.«

»Also was sollte David deiner Meinung nach tun? Sich weigern, jemanden wie Fisk zu vertreten? Das würde nichts ändern.«

»Ich erwarte von ihm, daß er das Wohl der Gesellschaft genauso im Auge hat wie das der Leute, die ihn bezahlen. Andy Fisk ist ein gutes Beispiel. Er hätte irgendwohin zur Behandlung geschickt werden müssen, statt freigelassen zu werden. Und er hätte irgendeine Art von Strafe bekommen müssen. Kannst du dir vorstellen, was in einer Familie los wäre, wenn ein Kind wüßte, es könnte die anderen schikanieren und terrorisieren, soviel es Lust hat? Es würde nie gemaßregelt werden? Es erhielte einfach freie Hand zu tun, was es will, wann immer es wolle? Das wäre die reinste Hölle.«

»Ich glaube, Männer sehen das nicht so, Syl. Frauen neigen

dazu, die Gesellschaft als eine Erweiterung der Familie zu betrachten. Ich glaube, Männer betrachten die Familie als einen Teil der Gesellschaft. Das ist eine völlig andere Sichtweise.«

»Dann brauchen wir da draußen mehr Frauen, die Entscheidungen treffen.«

Anne rümpfte die Nase. »Und was hätten wir davon? Frauen in Spitzenpositionen neigen dazu, das System zusammenzuhalten, statt es zu bekämpfen. Und denk daran, Syl, einige der besten Anwälte in Vergewaltigungsprozessen *sind* Frauen. Die machen bestimmt ein Mordsgeschäft.«

»Nicht nur in einer Hinsicht«, sagte Sylvia mit harter Stimme.

»Vielleicht solltest du dich engagieren, Syl, statt so viel Zeit zu Hause zu verbringen und alles an dir vorbeigehen zu lassen.«

Sylvias rauchgraue Augen nahmen die Farbe von kaltem grauen Schiefer an. »Ich bin engagiert genug, Annie. Komm jetzt. Laß uns einkaufen gehen.«

Sie überquerten die Straße, mitten durch den Verkehr, und mischten sich in das Menschengedränge im Eaton Centre. Anne erstand ein paar Sachen in Eatons Designer-Läden, und Sylvia, entschlossen, etwas zu kaufen, erwarb im South Shop einen Badeanzug und bei Jaegers ein paar teure, kombinierbare Kleidungsstücke. Als sie mit ihren persönlichen Einkäufen fertig waren, schleppte Anne Sylvia zur Confiserie, wo sie ein kleines Vermögen für Schokolade für Bill ausgab.

Sylvia war müde, aber Anne hatte noch ein weiteres Ziel. Sie nahm Sylvias Arm und führte sie in ein Eiscafé, wo sie erklärte: »Ich gehe hier nie ohne einen Früchtebecher weg. Hier gibt es die besten in der ganzen Stadt.«

Da Sylvia völlig erschöpft war, begrüßte sie die Gelegenheit, sich ein paar Minuten hinzusetzen, abseits von der Menschenmenge, die sich im Einkaufszentrum drängelte. Sie machte sich nichts aus Eiscreme und war noch nie in Annes Lieblingscafé gewesen. Sie nahm eine Portion Vanilleeis. Anne bekam einen riesigen Eisbecher mit drei verschiedenen Soßen und einem Berg frischer Früchte.

Sie pickte die Maraschinokirsche aus der Schlagsahne. »Himmlisch«, sagte sie. Doch dann bemerkte sie so gewollt beiläufig, daß

Sylvia sofort wußte, jetzt kam der Grund für den Aufenthalt im Eisladen: »Erzähl mir von Craig Faron, Sylvia.«

Sylvia war überzeugt, daß Anne die Frage aus Interesse und nicht aus lüsterner Neugierde stellte. »Anne, er ist ein Freund von David. Er reist sehr viel. Gelegentlich spielt er für David den Spürhund. Was soll ich sonst noch erzählen?«

»Siehst du ihn oft?«

»Mehr als früher.« Annes Gesicht erhellte sich. Sylvia beeilte sich zu erklären: »Wir arbeiten an Davids Akten. Du weißt ja, wieviel Zeug er hat. Er hat beschlossen, alles im Computer zu speichern. Er wird entscheiden, was aufgenommen wird, aber das kann er nicht, ehe wir nicht die Unterlagen aufbereitet haben.«

»Hoffentlich dauert das noch lange. Ein bißchen Aufregung wird dir guttun.«

»Aufregung? Beim Aktensortieren?«

»Ich dachte dabei nicht an die Akten«, bemerkte Anne anzüglich. »Du solltest mal aus dir herausgehen. David muß das ja nicht mitkriegen. Wahrscheinlich würde es ihn nicht einmal interessieren, solange seine Freunde nichts davon erfahren. Die Zeiten haben sich geändert, Syl. Keuschheitsgürtel sind aus der Mode.«

»Du verstehst das nicht.«

»Ich verstehe das sehr wohl. Ich verstehe, daß du die besten Jahre deines Lebens wegen irgendwelcher idiotischer Moralvorstellungen, nach denen kein Hahn mehr kräht, an dir vorübergehen läßt. Du solltest mal kräftig wachgerüttelt werden.« Atemlos hielt sie inne.

Sylvia nahm die Rechnung. »Ich glaube, es wird Zeit zum Gehen.« Sie versuchte nicht, Anne zu erzählen oder zu erklären, daß sie genau wie Craig Faron zwar nach einem ethischen Kodex lebte, dieser aber nichts mit den Regeln, die die Gesellschaft aufstellte, zu tun hatte. Viel wichtiger als das allgemeine moralische Klima, das sich chamäleonartig der Sichtweise der Mehrheit anpaßte, war die kleine innere Stimme, der innere Monitor, der ihren Kurs bestimmte.

Sie empfand sich selbst weder als moralisch noch unmoralisch. Und sie wußte, Craig Faron ging es genauso.

10

März 1985

Joe packte die notwendigen Akten in eine Kiste und fuhr am nächsten Morgen wieder zum Haus der Jennings. Er und David stellten eine Liste aller Opfer auf und legten für jedes einzelne eine Karteikarte in doppelter Ausfertigung an. Auf den Karteikarten standen die Namen von Arthur Maitland, Jay Smith, Roly Burns, Nat Berger (der verheiratete Mann mit drei Töchtern), Robert Willard alias Bottle Bob, Buddy Thompson, Keith Hallworth, Willie Stoneham und Kevin McGregor alias Jim Henry. Es schien eine gewaltige Aufgabe zu sein.

»Dafür werden wir verdammt viel Zeit brauchen«, klagte Joe.

»Das kommt drauf an. Über Willie und Jim wissen wir Bescheid. Somit bleiben nur noch sieben. Wenn wir einen Monat weiter wären, müßten wir die Namen bloß in den Computer eingeben.« Er erzählte Joe von dem Prime, während er die Akten herausholte, die sie brauchten. Joe interessierte sich zwar für Davids Vorhaben, war aber in Gedanken mehr mit der vor ihm liegenden Aufgabe beschäftigt. Er betrachtete die beiden Aktenstapel auf dem Tisch und sagte: »Irgendwas irritiert mich an dieser ganzen Sache. Wenn wir recht haben, wieso ist Bretz dann nicht darauf gekommen? Die müßten doch alles wissen, was es über diese Kerle zu wissen gibt.«

David zuckte die Achseln. »Sie steckten bis zum Hals in Arbeit. Vielleicht sind sie so sehr mit den laufenden Ereignissen beschäftigt, daß sie keine Zeit haben, um in der Vergangenheit zu graben. Und vergessen Sie nicht, wenn nicht der Clown-Mörder und Jim Henry in dieser Kombination aufgetreten wären, dann wären Sie auch nicht darauf gekommen. Jim wurde in St. Catharines ermordet. Bretz ist ausschließlich für Toronto zuständig.«

»Aber du meine Güte, David, der Mann muß doch wissen, was los ist. Es ergibt keinen Sinn.«

David schob Joe einen Satz Karteikarten zu und sagte: »Vielleicht haben Sie recht. Aber lassen Sie es uns trotzdem versuchen.«

Schweigend arbeitete jeder an seinen eigenen Akten und machte sich Notizen auf den Karteikarten. Es ging schneller, als sie gedacht hatten. Als sie fertig waren, schoben sie die Akten beiseite und verglichen ihre Notizen. David las die Namen auf der Liste vor:

»Jim Henry.« Er hakte den Namen ab.

»Willie Stoneham.« Noch ein Haken.

»Jay Smith.« Joe hatte nichts über ihn. Davids Akte enthielt einen Bericht von Craig: »Jugendlicher. Nicht vorbestraft. Verhört nach dem Mord an einer siebzehnjährigen Studentin, die mit einem Zaunpfahl erschlagen wurde. Smith war Hauptverdächtiger. Aufgrund mangelnder Beweise freigesprochen.« Ein Haken für Jay.

»Roly Burns.« Joe berichtete. »Schuldig der fahrlässigen Tötung einer Prostituierten, die erwürgt wurde. Verurteilt zu lebenslanger Haft.«

David fügte hinzu: »Nach zwölf Jahren Haft auf Bewährung freigelassen. Gilt als rehabilitiert.« Noch ein Haken.

»Nat Berger.« Keiner von beiden hatte eine Akte über Mr. Berger. Kein Haken.

»Robert Willard.« Aus Joes Akte: »Wegen eines Sexualverbrechens an einem zehnjährigen Mädchen der fahrlässigen Tötung für schuldig befunden. Verurteilt zu lebenslanger Haft.« Aus Davids Akte: »Beim Prozeß wurden Fälle von Kindesbelästigung aus der Vergangenheit bekannt. Nicht vorbestraft. Verbüßte zehn Jahre seiner Strafe. Auf Bewährung.« Ein Haken für Bottle Bob.

»Arthur Maitland.« Joe hatte nichts. Auch David hatte keine Akte über Maitland. Er überlegte, ob er den Prozeß wegen der Vergewaltigung erwähnen sollte, fand dann aber, daß er wegen des Freispruchs irrelevant war. Kein Haken.

»Buddy Thompson.« Wieder hatte Joe nichts. Aber David besaß einen vollständigen Bericht, den Craig erstellt hatte: »Wegen bewaffneten Raubes zu lebenslanger Haft verurteilt. Verbrachte die ersten zwei Jahre zum Teil in Einzelhaft. Nach sieben Jahren unter Führungsaufsicht freigelassen.«

»Bewaffneter Raub. Scheiße«, sagte Joe.

David hob die Hand. »Ich hab' noch mehr. Nach seiner Entlassung wurde er wegen eines Mordes verhört. Es ging um eine junge Frau, die in einem Feld gefunden wurde, nachdem Buddy sie in einer Bar abgeschleppt hatte. Das war am Abend nach seiner Entlassung. Er wurde nicht angeklagt. Ihren Mörder haben sie immer noch nicht gefunden. P. S.« – um des Effektes willen machte er eine Pause – »Ihr Hals war von einem Ohr bis zum anderen aufgeschlitzt.« Noch ein Haken.

»Keith Hallworth.« Sie sahen sich verwirrt an. Keiner hatte eine Akte über Hallworth. Beide konnten sich nicht vorstellen, daß er jemals Schwierigkeiten mit dem Gesetz gehabt haben sollte.

David studierte die Liste. »Wie sieht's aus?« fragte Joe.

»Sie passen alle rein, außer Hallworth und Maitland.«

»Und Smith und Thompson – vielleicht, vielleicht auch nicht. Nicht gerade überzeugend.«

»Aber es könnte sein. Und das erklärt auch, warum anscheinend sonst niemand auf diese Theorie von den kopierten Morden kam. Weder Smith noch Thompson wurden jemals des Mordes angeklagt. Bretz konnte davon also nichts wissen.«

»Hallworth ist die Schlüsselfigur«, sagte Joe. »Diese absurde Szene am Tatort. Das verstehe ich immer noch nicht. Ich glaube, wenn wir Maitland und Hallworth einordnen könnten, dann hätten wir es.«

»In Ordnung. Wie wäre es, wenn Sie Hallworth nehmen und ich Maitland. Wir forschen nach. Sehen, was wir herausbekommen. Und wenn wir irgend etwas finden, nur den kleinsten Hinweis, dann übergeben wir es der Polizei.«

»Und ich schreibe meine Story.«

»Einverstanden.«

Die Maitlands wohnten noch in Stratford, wo Arthur aufgewachsen und zur Schule gegangen war. Als David anrief und fragte, ob er vorbeikommen könne, stimmten sie bereitwillig zu und sagten, daß ihr Haus immer dem Mann offenstünde, der bei der Verteidigung ihres Sohnes so hervorragende Arbeit geleistet habe.

Sie waren ein attraktives Paar, das immer noch unter dem Schock von Arthurs Tod stand. »Er hätte nie von zu Hause weggehen sollen«, vertraute Mrs. Maitland David mit Tränen in den Augen an. »Er war unser einziges Kind. Wir wollten so viel für ihn tun. Es brach Dad das Herz, als er nicht zur Universität gehen wollte.«

Dad, ein ruhiger, sanfter Mann, der still wie ein gut erzogenes Kind neben seiner Frau saß, schwieg.

»Hatte er viele Freunde?«

»Nicht so viele. Er war nicht so wie manche jungen Leute, die sich mit jedem einlassen. Er war sehr wählerisch bei den Menschen, mit denen er verkehrte.«

»Hatte er viele Freundinnen?«

»Er hätte jedes Mädchen haben können, das er wollte. Sie haben sich ihm an den Hals geworfen. Aber er sah sie, wie sie wirklich waren. Bereit, mit dem erstbesten Mann ins Bett zu gehen. Die Mädchen heutzutage sind nicht mehr so wie früher.«

»War eine darunter, die er mehr zu mögen schien als die anderen?«

»Keine, aus der er sich wirklich etwas machte. O ja, sie riefen an und ließen ihm keine Ruhe. Und manchmal traf er sich ein paarmal mit einer, aber er war vorsichtig. Machte immer Schluß, ehe es zu ernst wurde. Wir merkten es daran, daß sie nicht mehr vorbeikamen und wir nie wieder von ihnen hörten.«

»Hatte er was mit älteren Frauen?«

»Da war Selma May«, sagte Mr. Maitland. David hatte fast vergessen, daß er anwesend war. Mrs. Maitland wurde dunkelrot. »Sie kannten sich kaum«, sagte sie schnell, als sei es nicht der Rede wert.

»Er war oft bei ihr zu Hause. Sie war sehr gut zu ihm.«

Mrs. Maitland strich ihren Rock mit nervösen, zitternden Händen glatt.

»Vielleicht könnte ich mit ihr sprechen«, äußerte David.

Mrs. Maitland blickte ihren Mann an, dann David. »Das ist nicht möglich.« Erneut wandte sie sich an ihren Mann. »Dad, warum machst du uns nicht eine schöne Kanne Tee?«

Gehorsam erhob er sich und machte sich auf in die Küche. An der Tür hielt er inne, und ohne sich umzudrehen, als spräche er mit jemandem in der Küche statt im Wohnzimmer, sagte er mit leiser und ruhiger Stimme: »Selma May ist tot.«

David starrte zur Küchentür. Mrs. Maitland rutschte nervös auf ihrem Stuhl herum. Als ihr klar wurde, daß das Thema im Raum stand und nicht zu umgehen sein würde, sagte sie: »Es war schrecklich. Die arme Frau. Ich sagte Arthur, daß sie ein Flittchen sei und es böse mit ihr enden würde. All diese jungen Männer, die ständig bei ihr rumhingen. Wie eine Bienenkönigin war sie.«

Mr. Maitland erschien mit dem Teetablett. »Sie war schon in Ordnung, Mutter«, sagte er sanft. »Ich mochte Selma May immer. Einsam war sie, nachdem ihr Mann starb. Einfach einsam. Und freundlich, mehr nicht.«

»Was geschah mit ihr?«

»Ihr wurde die Kehle durchgeschnitten.« Bei seiner sanften Stimme klang es, als hätte man ihr den Blinddarm herausgenommen oder einen Zahn gefüllt.

Mrs. Maitlands Stimme klang nicht im geringsten sanft. »Unser armer Junge. Ihn hat das sehr getroffen. Nicht lange danach ist er von zu Hause weggegangen. Dafür werde ich immer Selma May die Schuld geben.«

»Weiß man, wer das getan hat?« Davids Kehle war so trocken, daß er kaum die Worte herausbekam.

»O ja. Es war einer der jungen Burschen, die immer dort waren. Sie haben ihn am nächsten Tag festgenommen. Auf dem Weg nach Calgary war er. Jeder wußte, daß er es war.«

David beugte sich vor. »Hat er gestanden?«

»Natürlich nicht. Sie erwarten doch nicht, daß er das zugibt. Das tun sie nie, oder?«

»Wo ist er jetzt?«

»In Kingston. Ray Foster. War immer ein wilder Bursche. Zerrüttete Familie und alles.«

Die restliche Zeit seines Besuches fühlte David sich wie ein Läufer, der am Starten gehindert wird. Während sie Tee tranken, kramte Mrs. Maitland Fotos von Arthur hervor, die sie in einer großen Pappschachtel aufbewahrte. Arthur als Baby in der Wiege. Arthur als Erstkläßler in einem leuchtendgelben Regenmantel mit Kapuze. Arthur als Teenager in Tennisshorts und Turnschuhen. Mrs. Maitland war nicht auf den Fotos. Sie hatte fotografiert. Aber ihre Anwesenheit war zu spüren, als stünde sie im Hintergrund, knapp außerhalb der Brennweite.

David drängte es, fortzukommen, aber sie bestand darauf, daß er sich vorher noch Arthurs Zimmer ansähe. Es war noch genauso eingerichtet wie an dem Tag, als er wegging. An der Wand hingen ein Poster von den Beatles und ein gerahmtes Foto von Arthur und seinem Vater auf einer Angeltour. Man hatte das Gefühl, als würde derjenige, der in dem Zimmer wohnte, jeden Augenblick zurückkommen. Es war ein heller, sonniger Raum, der durch den Tod verwaist war.

David war froh, dem Haus und Mrs. Maitland zu entkommen. Er fragte sich, ob Arthur an dem Tag, als er fortging, um ein neues Leben in der Stadt zu beginnen, dasselbe Gefühl von Freiheit empfunden hatte. Eigentlich hatte er vor Einbruch der Dunkelheit zu Hause sein wollen, aber als er sich der Stadt näherte, beschloß er, auf der Schnellstraße zu bleiben und direkt nach Kingston weiterzufahren. Er rief Sylvia an, sagte in seinem Büro Bescheid und holte sich Kaffee und ein paar Sandwiches aus einem Automaten, um beim Fahren etwas zu essen. Es war spät, und er war sehr müde, als er endlich in Kingston ankam.

Als er ins Bett ging, dachte er an Sylvia und hoffte, daß es ihr gutginge.

Sylvia war ein wenig verärgert, weil David ihr nicht früher gesagt hatte, daß er über Nacht wegbleiben würde. Sie legte den Hörer auf und überlegte gerade, ob sie Anne anrufen sollte, als Joe Parsons anrief. Als er hörte, daß David nicht in der Stadt sei, sagte er, daß er eine Information brauche, zögerte kurz und fragte dann, ob es sie stören würde, wenn er käme, um etwas in den Akten zu überprüfen. Froh über die Aussicht auf Gesellschaft und weil sie wußte, daß er sich im Arbeitszimmer beschäftigen und sie nicht stören würde, sagte sie, daß er gern kommen könne.

Ein paar Stunden später traf er ein, unordentlich, mit zerknittertem Anzug, und sie dachte, was für ein seltsames Paar er und David abgaben: David war in seiner Erscheinung immer peinlich genau, Joe dagegen schien sich fortwährend in einem Zustand der Auflösung zu befinden. Er ging direkt ins Arbeitszimmer, und Sylvia ließ sich vor dem Fernseher nieder.

Es war nach zehn, als das Telefon klingelte. Sylvia vermutete, daß es David war, der anrief, um zu sagen, daß er gut angekommen sei. Es war nicht David. Es war die Stimme. Eine Stimme, die sie in den letzten Wochen schon mehrmals gehört hatte. Eine Stimme, die immer dieselbe Frage stellte. »Ist Mr. Jenning zu Hause?« Bisher war das immer der Fall gewesen, und sie hatte die Frage bejaht. Der Anrufer hatte jedesmal aufgelegt. Sie antwortete automatisch: »Es tut mir leid. Er ist nicht in der Stadt.« Im selben Moment erkannte sie die Stimme. Sie hätte sich am liebsten selbst einen Tritt gegeben.

»Tatsächlich?« Die Stimme klang sanft und höflich. »Du erinnerst dich nicht an mich, nicht wahr, Sylvia?«

Die plötzliche Vertraulichkeit überrumpelte sie. Er erwähnte einen Namen, der ihr unbekannt war, sagte, sie hätten sich bei einer Party kennengelernt, hätten gemeinsame Freunde. Es täte ihm leid, daß sie sich nicht an ihn erinnere, weil er ihre Gesellschaft sehr genossen habe; er habe eine besondere Harmonie zwischen ihnen gespürt. Sie dachte nach, versuchte, sich zu erinnern, aber ohne Erfolg. Seine Stimme wurde leiser, weicher. Sie nahm einen seltsamen Rhythmus an, einen fast hypnotischen Tonfall. »Ich bin halb indianisch, weißt du. Die meisten Menschen merken das nicht, aber ich bin es. Du magst doch Indianer. Das hast du mir gesagt. Du findest, den Indianern sei in Kanada übel mitgespielt worden. Das gefällt mir. Es beweist, daß du dir Gedanken machst.«

Das stimmte. Sie hatte wirklich Mitgefühl für die Ureinwohner Kanadas und fühlte sich schuldig angesichts der Behandlung, die sie erfuhren. Aber der einzige Indianer, der ihr einfiel, war der sanftäugige Junge, der in dem Laden arbeitete, wo sie Obst und Gemüse kaufte. Er sprach nur wenig Englisch, war schüchtern und einsilbig.

Die Stimme klang wie ein gleichmäßiger Singsang in ihrem Ohr. »Ich mag Blondinen, Sylvia. Ich mag weiße Frauen mit blondem Haar.« Der Takt beschleunigte sich. Wissend, scharf: »Weißt du, was ich mit weißen blonden Frauen mache? Sag es mir, Sylvia. Sag mir, was du glaubst, was ich mit weißen Frauen mache. Mit Frauen wie dir.«

Kalte, eisige Angst ergriff ihren Körper. Sie wollte nicht mehr zuhören, wollte den Hörer auflegen und aus dem Haus rennen, aber sie konnte sich nicht bewegen. Die Hand, die den Hörer hielt, begann zu zittern. Die Stimme dröhnte in ihrem Ohr. »Indianer skalpieren hübsche blonde Frauen wie dich, Sylvia. Ich werde deine Fotze skalpieren und den Skalp meinen Freunden zeigen. Ich werde...« Sylvia schrie und ließ den Hörer fallen. Parsons stürzte aus dem Arbeitszimmer herbei. Sylvia starrte ihn in stummem Entsetzen an. Sie hatte vergessen, daß er im Haus war.

Er sah ihre Augen, sah den baumelnden Hörer und erriet, was passiert war. Er goß ihr ein Glas von dem Whisky ein, den er mitgebracht hatte, und legte den Arm um sie, während sie trank. Er wartete, bis das Zittern aufhörte, und fragte dann, was der Anrufer gesagt habe. Als sie es ihm erzählt hatte, fragte er: »Glauben Sie, daß Sie ihn wirklich irgendwo kennengelernt haben?«

»Nein. Zumindest nicht so, wie er gesagt hat. Ich würde mich daran erinnern.« Sie erzählte ihm von dem Jungen im Gemüseladen. Ein netter Junge. Er war der einzige Indianer, den sie in Toronto kannte. Er war es nicht. Das war unmöglich.

»Ich würde mir keine Sorgen darüber machen«, sagte Joe schließlich. Sie wußte, daß er versuchte, sie zu beruhigen. »Leute, die solche Anrufe machen, tun meistens nichts«, fuhr er fort. »Sie sind beunruhigend, aber ziemlich harmlos.«

Sie fing wieder an zu zittern. Joe setzte sich neben sie und legte ihr unbeholfen den Arm um die Schultern. »Könnten Sie heute nacht hierbleiben?« fragte Sylvia.

»Sicher. Ich muß nirgendwohin. Ich wollte sowieso noch eine Weile hier arbeiten.«

Joe blieb bei ihr sitzen, bis sie ihm sagte, daß es nicht mehr notwendig sei. Später ging sie nach oben und holte Kissen und Dekken. Sie bereitete ihm ein Bett auf der Couch im Wohnzimmer und für sich ein Lager vor dem Kamin. Sie schliefen beide in ihren Kleidern. Am Morgen fühlten sie sich beide steif und verspannt.

Sylvia hatte unruhig geschlafen. Sie stand als erste auf. Nach dem Duschen stellte sie die Kaffeemaschine an und rüttelte Joe wach. Auch er duschte sich. Als er herunterkam, sah er genauso unordentlich aus wie vorher.

Beim Frühstück mit Schinken und Eiern entschuldigte sich Sylvia. Sie habe sich wie eine neurotische alte Jungfer verhalten. Joe, der die Situation am Abend zuvor heruntergespielt hatte, um sie zu beruhigen, riet ihr nun, den Anruf der Polizei zu melden.

»Glauben Sie, daß es ein Indianer war?« fragte er.

»Nein. Ich kannte viele Indianer oben im Norden. Sie kämpfen vielleicht untereinander, aber ich habe nie gehört, daß sie so etwas tun. Das ist zu kaltblütig. Zu berechnend.«

Joe stimmte ihr zu. Er hatte Freunde in den Six Nations und hatte eine Artikelserie über die Reservate in British Columbia geschrieben. Er war der Meinung, die kanadischen Indianer seien zu lange unterdrückt worden, um zu der wahllosen Gewalt, wie sie unter Weißen herrschte, fähig zu sein.

Um das Thema zu wechseln, fragte Sylvia: »Wie kommen Sie mit Ihren Nachforschungen voran?«

»Es ist noch zu früh, um etwas zu sagen. Aber ich glaube, wir sind auf der richtigen Spur.«

»David ist in Kingston.«

»Oh, ich dachte, er sei in Stratford.«

»Das war er. Aber er rief an und sagte, er fahre weiter und würde heute zurückkommen.«

Joe sah verwirrt aus. »Ich frage mich, warum. Er arbeitet am Fall Maitland, diesem gutaussehenden Jungen, dem die Kehle durchgeschnitten wurde.«

Sylvias Magen zog sich zusammen, als Arthurs Name fiel. »Er war ein gutaussehender junger Mann«, sagte sie. Etwas anderes fiel ihr nicht ein.

»Nicht, als man ihn fand. Da sah er übel aus.«

Sylvia wechselte das Thema. Sie wollte die Einzelheiten nicht hören. Sie beendeten das Frühstück, während sie über die Welt im allgemeinen und im besonderen sprachen. Überrascht mußte sie feststellen, daß Parsons trotz seiner rauhen Schale und seines Ehrgeizes ein ernsthafter und sympathischer Mann war. Aber ihr wurde auch klar, daß er sich, genauso wie David, durch nichts aufhalten ließ, wenn er sich einmal zu etwas entschlossen hatte.

Er half ihr beim Abräumen des Tisches und verließ das Haus mit einem braunen Umschlag voller Zeitungsausschnitte. Als er fort war, fuhr Sylvia zum Polizeirevier 21 und meldete den Telefonanruf. Der Beamte im Dienst fragte, was sie erwarte, das er tun solle.

Sie ignorierte den Sarkasmus in seiner Stimme. »Er nannte seinen Namen«, log sie in dem verzweifelten Wunsch nach irgendwelchen Taten. »Ich möchte, daß Sie ihn notieren, das ist alles. Wenn mir dann doch etwas passiert, wissen Sie, wen Sie suchen müssen.«

»Lady, er würde Ihnen doch nicht seinen richtigen Namen nennen.« Er sah sie an, als wäre sie eine Irre, die man für einen Tag freigelassen hatte.

»Das weiß ich. Aber vielleicht finden Sie einen Hinweis auf seinen richtigen Namen.«

Der Beamte widmete sich wieder seinem Bericht. Ohne aufzublicken, sagte er: »Solche Anrufe finden täglich statt. Melden Sie es der Telefongesellschaft.«

»Aber er hat mich bedroht. Ich glaube, er meinte es ernst.«

»Hören Sie, Lady, wir können nichts machen, solange er nicht etwas macht. Tut mir leid, aber so ist es nun mal.«

Sylvia dachte an die überfallartigen Razzien in Torontos Schwulensaunen, die Schließung der Sexfarm, das kostenaufwendige R. I. D. E.-Programm, bei dem in der ganzen Stadt Streifenwagen postiert wurden, um betrunkene Autofahrer zu fangen.

Sie hatte um Hilfe gebeten, und man hatte geraten, sich an einen Dienstleistungsbetrieb zu wenden. Frustriert und böse verließ sie das Polizeirevier. Sie war mehr als ein bißchen ängstlich.

Ray Foster war ein großer, stämmiger Einundzwanzigjähriger mit rotblondem Haar und dunklen, tiefliegenden Augen. Unsicher polterte er in das Besucherzimmer, als hätte er sich so an das Unglück gewöhnt, daß alles Ungewöhnliche nur etwas Schlechtes für ihn bedeuten könnte.

David erklärte, wer er sei.

Foster sagte, er kenne ihn vom Hörensagen; er habe einige Mitinsassen über ihn reden hören. »Wenn ich Sie gehabt hätte, Mr. Jenning, dann säße ich nicht in dieser Klemme.«

»Darüber wollte ich mit Ihnen sprechen. Erzählen Sie mir von Selma May Roberts.«

Fosters Gesicht zuckte. »Sie war eine Freundin. Eine gute Freundin. Ich hätte ihr niemals etwas getan.«

»Wissen Sie, wer es war?«

»Ich habe viel darüber nachgedacht. Ich kann mir nicht vorstellen, wer das getan haben könnte. Niemand, der sie kannte.«

»Sie hatte eine Menge Liebhaber, nicht wahr?«

»Nicht, daß ich wüßte. Die Leute redeten über sie, weil sie eine Menge Jungs dort rumhängen ließ. Aber die Sachen, die man über sie sagte, stimmten nicht. Sie war wie eine Mutter zu uns. Mit Selma May konnten wir über Dinge sprechen, über die wir zu Hause nicht reden konnten.«

»Was war mit Arthur Maitland?«

Foster sah ihn ausdruckslos an. »Was soll mit ihm gewesen sein?«

»Könnte er etwas damit zu tun gehabt haben?«

»Mit Selmas Tod? Ich glaube nicht. Er war ein richtiges Muttersöhnchen.«

»Sie haben nicht viel von ihm gehalten?«

»Ich habe nie über ihn nachgedacht. Er hing ständig dort rum, aber er sagte nicht viel.«

»Haben Sie sie umgebracht, Ray?« Die Frage war absichtlich unverblümt, um eine ausweichende Antwort zu vermeiden.

»Ich schwöre bei Gott, daß ich es nicht war.«

David entspannte sich. »Ich glaube Ihnen. Wußten Sie, daß Maitland tot ist? Es geschah letzten Sommer. Man fand ihn nackt mit aufgeschlitzter Kehle.«

»Wow. Wer war es?«

»Das versuchen wir gerade herauszufinden. Wir glauben, daß es einen Zusammenhang zwischen seinem und Selmas Tod gibt.« Foster runzelte die Stirn, dachte angestrengt nach.

»Ich habe ihn in einem Vergewaltigungsprozeß verteidigt.«

»Arthur Maitland?« Sein Gesichtsausdruck verriet totale Ungläubigkeit.

David nickte.

Foster kratzte sich mit dem Daumennagel die Nase. »Er war seltsam«, sagte er schließlich, »aber so etwas hätte ich nie von ihm gedacht. Er war wie ein kleiner Hund. Folgte Selma überall hin. Er...« Ein merkwürdiger Audruck trat auf sein Gesicht.

David fühlte, daß er auf etwas Wichtiges gestoßen war. »Ihnen ist gerade etwas eingefallen?« drängte er.

»Da war einmal...«

»Erzählen Sie weiter.«

»Nun, er war irgendwie eifersüchtig. Nicht so wie bei einer Freundin oder so was. Mehr so, als hätte er das Gefühl, sie gehöre ihm. Und an diesem Abend, als alle Jungs da waren und wir feierten, merkte ich, daß er dasaß und irgendwie komisch aussah. So als wäre er nicht ganz da. Seine Augen waren glasig und sonderbar. Er starrte Selma an. Einfach nur so. Sagte kein Wort. Es war echt unheimlich.«

Das war genug. Kein Beweis, aber genug. David sah den Jungen an. Mitleid überkam ihn. »Haben Sie einen Anwalt, Ray?« So etwas hatte er am Anfang seiner Laufbahn empfunden, als er Mandanten eher aufgrund ihrer Notlage als aus finanziellen Gründen angenommen hatte.

Foster zuckte die Achseln. »Nein. Nicht mehr.«

»Nun, jetzt haben Sie einen.«

»Sie?« Er war den Tränen nahe. »Mr. Jenning, ich könnte mir das nie leisten.«

»Machen Sie sich darüber keine Sorgen. Einer meiner Partner wird sich mit Ihnen in Verbindung setzen.«

David war froh, dem engen Raum und den laut dröhnenden Türen zu entkommen. Er wußte, daß Foster unschuldig war. Er wußte auch, daß Arthur Maitland Selma May umgebracht hatte. Er würde es nicht beweisen können, aber das war egal. Das Muster nahm allmählich Gestalt an. Noch ein Fall war zu überprüfen, und dann würden sie es wissen.

Keith Hallworth war so bekannt, so oft in der Presse gewesen, daß Joe davon ausging, sein Leben würde ein offenes Buch sein. Aber die Aufgabe, seine Vergangenheit zu erforschen, war weitaus schwieriger als erwartet.

Hallworth hatte in einer vergleichsweise kurzen Zeit sehr viel Geld gemacht. Als Joe das Zeitungsarchiv durchstöberte, fand er haufenweise Informationen über seine geschäftlichen Aktivitäten und Gemeindeprojekte. Kein Artikel handelte von seinem früheren Leben. Er hatte keine kriminelle Vergangenheit. An seine Familie war nicht heranzukommen. Die Organisationen, mit denen er zu tun gehabt hatte, weigerten sich, mit Reportern über ihn zu sprechen. Joe war nahe dran, ihn als Fehlanzeige abzuschreiben, als David ihm den entscheidenden Anhaltspunkt lieferte.

David war aus Kingston zurück und hatte Joe gerade von seinem Gespräch mit Foster erzählt. Joe gestand, daß er kurz davor war, in Sachen Hallworth das Handtuch zu werfen. David meinte, er könne es ihm nachempfinden. Plötzlich fiel ihm ein, Joe zu fragen, ob er mit Sylvia darüber gesprochen habe. »Warum?« fragte Joe verwirrt.

»Er kam aus Sudbury. Ich glaube, er hat mal für Inco gearbeitet.«

»Darüber habe ich in den Artikeln, die ich gelesen habe, nichts gefunden.«

»Das war nicht allgemein bekannt. Aber es war auch kein Geheimnis. Ich vermute, daß das im Vergleich zu seinem späteren Leben keinen Artikel wert war.«

»Kannte Sylvia ihn?«

»Nein. Ich auch nicht. Aber ich erinnere mich, daß sie, als er einmal in den Nachrichten erschien, erzählte, er sei ein Junge aus ihrer Heimatstadt, der es zu etwas gebracht habe. Bis dahin hatte ich nicht einmal gewußt, daß er aus Sudbury kam.«

David hatte recht. Sylvia hatte Hallworth nicht gekannt. Sie konnte sich aber erinnern, daß er irgendeinen ausländischen Namen gehabt hatte, den er gegen einen eher amerikanisch klingenden Namen ausgetauscht hatte. Sie kannte den Familiennamen nicht, meinte aber, daß es nicht zu schwierig sein dürfte, ihn herauszufinden.

Am nächsten Morgen stieg Joe ins Flugzeug nach Sudbury. Am Flughafen nahm er ein Taxi und fragte den Fahrer, ob er jemals von Keith Hallworth gehört habe. Der Fahrer verneinte. Joe wies ihn an, den kürzesten Weg zum *Sudbury Star* zu nehmen.

Die Leute vom *Star* waren sehr hilfsbereit. Eines der Mädchen vom Empfang führte ihn nach hinten ins Archiv, und er verbrachte den ganzen Morgen mit der Durchsicht von Mikrofilmen. Nichts. Er stellte den Projektor ab und rieb sich die Augen. Sie brannten von der kleinen Schrift.

»Haben Sie, was Sie suchen?« Die Archivarin hatte Frühstückspause gemacht, als er ankam. Bei ihrer Rückkehr war er schon so tief in seine Arbeit versunken gewesen, daß sie ihn nicht hatte stören wollen. »Haben Sie gefunden, was Sie suchen?« fragte sie zum zweiten Mal.

»Nein.«

»Mary sagte, sie hätte Ihnen alles gegeben, was wir über Mr. Hallworth haben.« Mary war offensichtlich die Frau, die an der Ausgabe saß. »Was suchen Sie denn?«

»Seinen richtigen Namen«, sagte Joe müde.

»John Kolinski.« Sie sagte das, als gehöre es zum Allgemeinwissen.

»Mein Gott.« Joe blickte sie an, als wüßte er nicht, ob er sie umarmen oder schlagen sollte. »Warum haben Sie das nicht gleich gesagt?«

»Sie haben nicht danach gefragt. Mary sagte, Sie wollten alles, was wir über Hallworth haben. Das haben Sie bekommen.«

»Lebt seine Familie noch hier?«

»Ja.«

»Haben Sie die Adresse?«

Sie wühlte in einem Stapel von Papieren auf ihrem Schreibtisch und zog ein Telefonbuch hervor. »Hier drin. Unter K: Stephen Kolinski. Sie leben irgendwo im Donovan.«

Joe hatte keine Ahnung, was Donovan war, aber er fand die Adresse und kritzelte sie auf ein Stück Papier. Nachdem er sich bei der Archivarin bedankt hatte, eilte er aus dem Gebäude. An der Ecke war ein Taxistand. Er stieg in ein Taxi und gab dem Fahrer die Adresse. Wenige Minuten später war er da.

Das Haus, ein kleiner Holzbungalow mit einer Glasveranda in Höhe der Straße, stand auf einem Hang, der unmittelbar hinter dem Garten steil abfiel. Es sah verlassen aus.

Er reichte dem Taxifahrer einen Schein und bat ihn, zu warten für den Fall, daß niemand zu Hause sei. Er klopte an die Tür. Ein Hund bellte hinten im Hof. Er fuhr fort zu klopfen, bis nach einer ihm unendlich vorkommenden Zeit eine Gardine beiseite geschoben wurde und ein runzliges Gesicht durch den Spalt lugte. Er gab dem Taxifahrer ein Zeichen, daß er fahren könne, und wartete darauf, daß man ihm die Tür öffnete. Er dachte an seine Fahrt zu den

Hollanders. Beharrlich an Türen zu klopfen schien zu einer Freizeitbeschäftigung zu werden.

Schließlich wurde die Tür einen Spalt weit geöffnet, und ein kleines Auge spähte ihn an.

»Mrs. Kolinski?«

Das Auge fixierte ihn mißtrauisch.

»Ich möchte gern mit Ihnen über Ihren Sohn sprechen.« Das war genau das Falsche gewesen. Sie versuchte, die Tür zu schließen. Er faßte nach der Tür und drückte dagegen. Wenn sie genug Kraft hatte, um die Tür zuzuschlagen, würde sie ihm die Finger zerquetschen.

Da sie die Tür nicht schließen konnte, aber auch nicht öffnen wollte, sagte sie: »Ich nicht sprechen Englisch.« Das war ihr Zauberspruch, die Worte, die jeden Vertreter vertrieben, die Kommunikation unmöglich machten. Aber Joe Parsons war kein Vertreter.

»Ich möchte mit Ihnen über John reden.« Er artikulierte jedes Wort ganz deutlich, als spräche er mit einer Tauben.

Ihr Griff lockerte sich, und er schob die Tür so weit auf, daß er sich hindurchquetschen konnte. Er schaute hinunter in das dunkle, runzlige Gesicht. Sie trug ein Kopftuch, das unter dem Kinn zusammengebunden war. Ihr dunkles, hochgeschlossenes Kleid reichte bis zu den Knöcheln, und das meiste davon war unter einer riesigen weißen Schürze versteckt, die so steif gestärkt war, daß sie beim Gehen knisterte.

»Ich möchte mit Ihnen über John reden«, wiederholte er.

Er trat in ein kleines, düsteres Wohnzimmer. Sie eilte an ihm vorbei, ihre Füße unter dem langen Rock verborgen. Wie eine batteriebetriebene Puppenoma, dachte Joe, wenn ich an der Strippe ziehe, sagt sie, »Ich nicht sprechen Englisch« und weist mir die Tür. Er kämpfte gegen den Drang an, zu lachen, in ein verrücktes, idiotisches Gelächter auszubrechen. Dieser dämliche, irrationale Impuls nervte ihn. Es gab nichts Witziges an dieser Situation.

Mrs. Kolinskis gutturale Stimme brachte ihn wieder zur Besinnung. »John weg«, murmelte sie.

Joe durchquerte mit drei riesigen Schritten das Wohnzimmer und betrat die Küche. Sie war heller als das sonnenlose Wohnzimmer, der Linoleumboden war makellos sauber, und Pflanzen füllten die Fenster zum steil abfallenden Hof hinter dem Haus.

Mrs. Kolinski glitt auf ihren mechanischen Spielzeugfüßen an ihm vorbei. Sie rief zur Hintertür hinaus, und eine gebeugte Gestalt trat aus dem Schuppen in einer Ecke des Hofes. Sie winkte, und der Mann machte sich auf den Weg zum Haus und erklomm mühsam die rohen Stufen, die in den steil abfallenden Hang geschlagen waren. So ein Bastard, dieser Hallworth, dachte Joe, er lebte wie ein König. Wahrscheinlich hat er nie wieder einen Fuß in dieses Haus gesetzt, nachdem er fortgegangen war.

Mr. Kolinski kam in die Küche, und seine Frau sprach mit ihm in einer Sprache, die Joe nicht verstand. Der Mann nickte. Joe beobachtete ihn, dachte, daß er gut ausgesehen haben mußte, als er jung war. Selbst jetzt, nach jahrelanger, mühseliger Arbeit unter Tage, zeigte sein Gesicht eine schroffe, attraktive Stärke.

»Sie kennen John?« Sein Englisch war viel besser als das seiner Frau.

»Ja. Ich fragte mich, ob Sie mir erzählen können, wie er war, bevor...«

Mr. Kolinski unterbrach ihn. »John war guter Junge.« Er zeigte auf einen eingebauten Geschirrspüler neben dem Spülbecken. Er sah aus, als wäre er nie benutzt worden. »Er schickt Geld. Er kauft große Geschenke.«

Die alte Frau stampfte mit dem Fuß auf und brach in einen Schwall von Worten aus. »Er gibt Sachen. Aber er kommt nie nach Hause«, sagte Mr. Kolinski.

»Mein Sohn tot«, sagte Mrs. Kolinski. »Zwanzig Jahre mein Sohn tot. Kein John mehr.«

Mr. Kolinski drängte Joe in Richtung Tür. Trotz seiner gebeugten Bergarbeiterhaltung war er groß und muskulös.

»Hatte er hier Freunde? Gibt es jemanden, mit dem ich reden kann?«

Mr. Kolinski drängte Joe immer weiter zurück, durch das Wohnzimmer, die Sonnenveranda, auf die Straße. Dann wurde die Tür zugeschlagen. Joe war ausgesperrt. Er stand auf dem Gehweg und überlegte, was er als nächstes tun sollte.

Während er unschlüssig dastand und überlegte, in welche Richtung er gehen sollte, um eine Telefonzelle zu suchen, kam eine rundliche Frau, die Arme vollgepackt mit Lebensmitteln, die Straße herauf und betrat das Haus nebenan. Sie balancierte eine der Tüten auf dem Knie, während sie nach ihren Schlüsseln suchte. Joe witterte eine gute Gelegenheit. Er ging hinüber und bot ihr an, die Tüten zu halten. Sie lächelte freundlich, als sie ihm die Einkäufe übergab.

»Wohnen Sie hier schon lange?«

»Seit meiner Hochzeit.«

»Kennen Sie die Kolinskis?«

»Seit meiner Hochzeit.«

»Kannten Sie ihren Sohn?«

»Seit seiner Geburt.« Sie hatte die Tür geöffnet und griff nach ihren Tüten.

»Ich trage sie Ihnen rein«, sagte Joe schnell.

Er drückte sich selbst die Daumen, während er auf ihre Entscheidung wartete. Erleichtert atmete er auf, als sie eintrat und ihn folgen ließ.

»Wie war er?« Er stellte die Tüten auf den Küchentresen.

»Sehr clever. Hatte immer irgendwo seine Finger drin. Konnte nicht eine Minute stillsitzen. Er sagte immer, daß er reich werden würde, wenn er groß wäre. Das wurde er auch, wissen Sie, ein sehr wichtiger Mann.«

»Kam er jemals zurück, um seine Familie zu besuchen?«

»Einmal. Kurz nachdem er fortgegangen war. Er sah total vornehm aus. Hatte ein großes Auto. Einen Cadillac. Den hatte er gleich dort geparkt. Direkt vor dem Haus.«

»Mrs. Kolinski sagte, er starb vor zwanzig Jahren.«

Sie lachte freudlos. »Sie meinte nicht, daß er richtig tot war. Er hat seinen Namen geändert. Sie sprach nie wieder mit ihm. Was sie betraf, war er tot.«

»Und jetzt ist er es«, sagte Joe finster.

»Ich weiß.« Sie sah traurig aus.

»Wie alt war er, als er fortging?«

»Vielleicht zweiundzwanzig, dreiundzwanzig. Da arbeitete er schon im Bergwerk.«

»War er beliebt? Bei den Mädchen, meine ich.«

»Sie waren verrückt nach ihm. Immer.«

»Hatte er jemals Schwierigkeiten wegen der Mädchen?«

»O nein. Ein bißchen wild war er. Aber immer ein richtiger Gentleman. Meine Tochter ist auch mal mit ihm ausgegangen.« Sie klang stolz.

Joe hatte das Gefühl, sich im Kreise zu drehen.

»Möchten Sie ein Glas Wein?« Das war der beste Vorschlag, den er an diesem Tag gehört hatte.

Sie stieg in den Keller hinab und kam mit einer Flasche selbstgemachten Rotweins zurück. Er nahm einen Schluck und fühlte ihn warm und brennend die Kehle hinunterlaufen.

»Haben Sie hier viele Probleme? Gewalt, Leute, die zusammengeschlagen werden und so was?«

»Nicht mehr als anderswo. An Zahltagen war es früher schlimm. Eine Menge Schlägereien.«

»Wie ist es für die Frauen. Ist es gefährlich, nachts allein unterwegs zu sein?«

»Nicht mehr als anderswo.«

»Würden Sie sich daran erinnern, wenn vor zwanzig, dreißig Jahren ein Mädchen ermordet worden wäre? Man ihr den Schädel eingeschlagen hätte?«

»So was ist schon mal vorgekommen. Meistens Familienstreit.«

»Dieses Mädchen wäre vergewaltigt worden. Und erstickt. Mit ihrer eigenen Unterwäsche.«

»Vielleicht meinen Sie die kleine Pearl. Das Bertrand-Mädchen. Man fand sie oben auf den Felsen. Meinen Sie die?«

Joes Herz pochte gegen seine Rippen. »Können Sie mir genau erzählen, was passiert ist?«

»Die kleine Pearlie.« Sie ging in Gedanken zurück und starrte in ihr Weinglas wie in eine Kristallkugel. »Sie war ein hübsches kleines Mädchen. Meine Tochter kannte sie. Wohnte nur ein paar Straßen weiter. Sie arbeitete bei Kresge, um Geld zu verdienen, damit sie wieder zur Schule gehen und etwas Besseres werden konnte.«

»Ja?« drängte Joe.

»Sie war auf dem Weg von der Arbeit nach Hause, und das war das letzte, was man von ihr gesehen hat.«

»Wurde der Mann, der das getan hatte, jemals gefaßt?«

»Nein. Es hieß, das müßte irgendein alter Landstreicher gewesen sein. Die kletterten immer auf die Felsen und tranken billigen Fusel. Soweit ich mich erinnere, wurde nie jemand gefaßt.«

Joe dankte ihr für den Wein. Er kehrte zum *Star* zurück und bat die Archivarin um alles, was sie über Pearl Bertrand habe. Sie erinnerte sich an den Mord und an das Jahr, in dem es passierte. Er verließ das Archiv mit Kopien von den Artikeln, die über den Tod des Mädchens und den Fund der Leiche berichteten.

Als er am Flughafen auf seinen Aufruf wartete, rief er David an. »Wir haben noch einen«, sagte er. »Keith Hallworth hieß früher John Kolinski. Ich glaube, er tötete das Mädchen mit einem Kreuzschlüssel, stopfte ihr die Unterhose in den Mund und vergewaltigte sie, als sie tot war.«

Der Rückflug war kurz, und er schlief die ganze Zeit. Ihm war leicht ums Herz, nicht nur wegen des Weins, sondern auch vor Zufriedenheit über die erfolgreich ausgeführte Aufgabe.

An diesem Abend hatten David und Joe allen Grund zum Jubeln. Die letzten beiden Stücke des Puzzles waren eingefügt. Joe und David entspannten sich im Wohnzimmer bei einer Flasche Scotch. Sylvia saß bei ihnen und war gespannt darauf zu erfahren, was Joe über Hallworth herausbekommen hatte. Sie hörte zu, was er über die Kolinskis, ihre Nachbarin und die kleine Pearl zu berichten hatte.

»Aber es gibt keinen Hinweis darauf, daß Hallworth dafür verantwortlich war«, bemerkte sie.

»Das ist nicht der Punkt, Syl. Er war da. Er mußte das Mädchen gekannt haben. Wir versuchen nicht, ihm den Prozeß zu machen. Uns interessiert nur die Möglichkeit, nicht die Wahrscheinlichkeit.«

»David hat recht. Wir interessieren uns für seinen Mörder, nicht für Pearls.«

»Wenn ihr recht habt«, sagte Sylvia kalt, »war Pearl das eigentliche Opfer, nicht Hallworth.«

Joe hatte Sylvia seit der Nacht, als er bei ihr geblieben war, nicht mehr gesehen. Jetzt wandte er sich an sie und fragte: »Haben Sie Ihrem Mann von dem Telefonanruf erzählt?«

David hob den Finger an die Lippen, um Joe davor zu warnen, dieses Thema anzufangen.

»Er hat diese Woche dreimal angerufen«, sagte Sylvia. »Vorher vielleicht ein- oder zweimal im Monat.«

»Wir haben die Telefongesellschaft gebeten, eine Fangschaltung zu legen«, warf David ein. »Wir werden ihn kriegen.«

»Wenn er mich nicht zuerst kriegt«, sagte Sylvia kühl.

Joe war überrascht, wie gelassen sie war. Bei dem Anruf neulich abend war sie vor Angst wie gelähmt gewesen.

»Dabei fällt mir etwas ein, David. Was hast du mit der Pistole gemacht?«

»Du hast gesagt, du wolltest sie nicht herumliegen haben. Darum habe ich sie in den Safe getan.«

»Ich habe noch mal darüber nachgedacht. Wahrscheinlich ist es doch eine gute Idee, sie oben aufzubewahren.«

Sie macht sich Sorgen, dachte Joe. Sie zeigt es nicht, aber es ist so.

Sylvia kam auf die Telefonanrufe zurück. »Wenn ich sage, David sei da, hängt er auf.«

»Solange Sie das also weiterhin behaupten, dürfte es kein Problem sein.« Joe wirkte erleichtert.

David wollte vor Sylvia nicht über die Anrufe diskutieren.

»Ich glaube, wir sind soweit, um zum Staatsanwalt zu gehen, Joe.«

Hartnäckig fragte Sylvia: »Und was dann? Seit Monaten untersuchen sie diese Fälle schon. Welchen Unterschied sollte das machen?«

»Der Unterschied ist der«, sagte David und genoß dabei jedes Wort, »daß sie aufhören können, wie kopflose Hühner herumzurennen, und endlich anfangen, nach jemandem zu suchen, der Zugang zu alten Unterlagen hat.«

»Glaubst du, es handelt sich um so was Ähnliches wie die Zebra-Morde in den Staaten?«

Joe hätte nicht erwartet, daß Sylvia etwas über die Zebra-Morde wußte. Abgesehen von dem typischen Interesse einer Ehefrau an der Karriere ihres Mannes, hätte er sie eher für die Art von Frau gehalten, die sich für Mode und Rezepte interessierte. Die Zebra-Morde ereigneten sich in San Francisco Anfang der siebziger Jahre: Dreiundzwanzig Überfälle und Morde wurden innerhalb von sechs Monaten bekannt. Die Opfer waren weiß. Die Täter waren schwarz. Weiß und schwarz. Schwarz und weiß. Zebra.

»Das glaube ich nicht«, sagte Joe. »Das war ein religiöser Kult.«

»Töte neun weiße Männer, fünf Frauen oder vier Kinder. Verdiene deine Flügel als Engel des Todes.« Sylvia rezitierte die Worte, als handele es sich um einen Kinderreim. Ihr Mund verzog sich zu einem merkwürdigen halben Lächeln. Ihre grauen Augen waren dunkel wie aschgrauer Schiefer.

Joes Haut prickelte. David ignorierte sie. »Ich bin froh, daß es vorbei ist«, sagte er. Er wandte sich an Sylvia. »Jetzt, wo wir mit den Akten fertig sind, kannst du dich mit Craig und Gilbert zusammensetzen und mit der Programmierung anfangen.« Gilbert war der Programmierer. Er hatte die Speicherplätze für die Büroprogramme eingerichtet und stand auf Abruf bereit.

»Wenn wir jemals wieder so was machen«, sagte Joe, »wird das ganz flott gehen. Dann müssen wir nur noch auf einen Knopf drücken.«

»Erwarten Sie keine Wunder«, warnte Sylvia. »Ein System ist nur so aktuell wie die Informationen, die eingegeben sind. Bevor der Computer Ihnen etwas sagt, muß ihn jemand füttern. Ist es nicht so, David?«

Joe schrieb seine Story am folgenden Morgen. Sie erschien in der Nachmittagsausgabe. Die Schlagzeile schrie:

MOTIV DER MYSTERIÖSEN MORDE

Direkt darunter in Fettschrift: von Joe Parsons, *Toronto Star*.

Die lange Titelgeschichte ging auf der zweiten Seite weiter. Sie listete die Opfer auf, berichtete über deren Leben anhand von Informationen aus den beiden privaten Aktensammlungen und lobte David Jennings Unterlagen, die Schlüsselinformationen geliefert hatten, die in offiziellen Berichten fehlten und ihnen halfen, die notwendige Verbindung zwischen einigen Opfern und Verbrechen herzustellen, derer sie zwar nicht angeklagt waren, von denen sie aber wahrscheinlich zumindest gewußt hatten.

Der Artikel rief prompte und deutliche Reaktionen hervor. Er erregte Aufsehen bei den regionalen Justizbehörden, brachte die Polizei ins Rotieren und warf ein trübes Licht auf die Sondereinheit. Die Medien spielten die Tatsache hoch, daß ein Anwalt und ein Reporter in einer Woche mehr erreicht hatten als Bretz und seine Männer in acht Monaten.

David verbrachte den Nachmittag zu Hause, um die Schlagwörter und die in den Querverweisen genannten Akten fertigzustellen, welche die Grunddaten für seine private Datei liefern sollten. Er und Craig diskutierten gerade mit Gilbert die erforderliche Speicherkapazität, als es an der Tür klingelte. Sylvia öffnete und fand Inspektor Bretz und zwei Kollegen mit grimmigen Gesichtern und in stocksteifer Haltung auf den Stufen vor. Selbst wenn sie Bretz nicht gekannt hätte, wäre ihr sofort klar gewesen, daß sie drei Polizeibeamte in Zivil vor sich hatte.

»Wir haben im Büro Ihres Mannes angerufen, und seine Sekretärin sagte, er sei zu Hause. Dürfen wir ihn sprechen?«

Sein Verhalten amüsierte sie. Statt einfach nach David zu fragen, hatte er sie wissen lassen, daß er wußte, David war zu Hause. Sie trat zurück. »Kommen Sie herein. Ich sehe nach, ob er Zeit hat.«

Mit Bretz an der Spitze marschierten sie der Reihe nach ins Wohnzimmer.

Nein, sagte Bretz, sie brauche ihnen nicht die Mäntel abzunehmen. Nein, sie wollten sich nicht setzen, sondern zögen es vor zu stehen. Sie ließ die drei mitten im Wohnzimmer stehen, ging zu David und fragte, ob er sie jetzt sprechen wolle oder ob sie versuchen solle, sie abzuwimmeln?

Er antwortete, daß er nach Joes Story einen Besuch von Bretz erwartet habe und es genausogut gleich hinter sich bringen könne.

Er ließ sie mit Craig und Gilbert zurück. Wenige Augenblicke später rief er Craig und Sylvia zu sich.

»Der Inspektor interessiert sich für unsere Akten«, sagte er. Seine Augen zwinkerten, und seine Stimme klang leicht belustigt.

»O nein«, antwortete Craig. Die drei Männer sahen ihn an. Entschlossenheit war ihnen ins Gesicht geschrieben.

Sylvia wußte, daß er an die säuberlich sortierten Akten dachte, die wieder durcheinandergebracht werden würden.

»Gibt es da ein Problem?« fragte Bretz. Er starrte Craig an. Seine Augen, die durch die dicken Brillengläser vergrößert wurden, waren so groß und rund wie bei einer Eule.

»Ja, gibt es«, antwortete Craig kurz angebunden.

Bretz' Miene gefror. Er hatte keine kooperative Haltung erwartet. Unruhestifter, dachte er. Bereit, einem die Hölle heiß zu machen, aber nicht bereit, auch nur einen Finger zu rühren, um zu helfen.

David genoß die Szene. Er wußte, welche Überwindung es Bretz gekostet haben mußte, zu ihm, David Jenning, zu kommen und um Informationen zu bitten. Der Inspektor schien kühl, aber innerlich mußte er kochen.

Bretz wandte sich an David. »Haben Sie irgendwelche Einwände, Mr. Jenning?« Er war höflich. Überaus höflich. Aber jedes Wort kam in eisigem Ton.

David hatte überhaupt keine Einwände. Im Gegenteil, er hatte sich sogar auf diesen Augenblick gefreut. Gerade wollte er das sagen, als Gilbert, in jeder Hand eine Akte, an der Tür erschien.

»Mr. Jenning«, sagte er, »diese zwei Akten passen nicht in das System. Wollen Sie neben den Tätern auch die Opfer speichern?«

Sylvia erkannte die Akten sofort.

Craig, der mit dem Rücken zu Gilbert stand, wußte intuitiv, worum es sich handelte. Er hatte beabsichtigt, die Akten auszusortieren und zu vernichten. Er ging zu Gilbert, um ihm die Akten abzunehmen.

Verwirrt fragte David: »Was sind das für welche?«

»Eine über ein Mädchen namens Bertrand. Die andere über eine gewisse Selma May Roberts. Wir haben ein System für die Täter eingerichtet. Wenn Sie auch die Opfer eingeben wollen, müssen wir ein anderes System einrichten. Das würde aber bedeuten...« Er fuhr fort, ohne zu bemerken, welche Wirkung seine Worte erzielten.

David war verblüfft.

Craig war totenbleich.

Bretz und seine Männer hörten aufmerksam zu. Die volle Tragweite dessen, was Gilbert sagte, war ihnen noch nicht bewußt, aber sie spürten die Bedeutung.

»Wenn wir andererseits Bertrand und Roberts vergessen«, fuhr Gilbert fort, »und Maitland und Kolinski eingeben, ist das kein Problem.«

Craig war jetz bei ihm und riß ihm die Akten aus den Händen.

Bretz wandte sich an David und sagte: »Mr. Jenning, wenn Sie diese Informationen schon in Ihren Akten hatten, warum sind Sie dann nicht früher zu uns gekommen? Und warum hat Parsons diesen Riesenwirbel veranstaltet, ist extra nach Sudbury gefahren und hat die Kolinskis ausfindig gemacht, wenn Sie das alles schon vorher wußten?«

David ignorierte die Frage. Benommen und ohne jemand Bestimmtes anzusprechen, sagte er: »Ich verstehe das nicht. Als wir neulich nachschauten, war nichts da.«

Und dann erinnerte er sich, daß sie unter Maitland und Hallworth nachgesehen hatten. Über Selma May und Pearl hatten sie bis vor ein paar Tagen überhaupt noch nichts gewußt.

11

Ende März 1985

»Craig ist verhaftet worden.« David fegte wie ein Wirbelsturm ins Zimmer.

Sylvia blickte von dem Buch auf, das sie gerade las, und bemühte sich, ihn zu begreifen. Die Worte ergaben keinen Sinn. Sie waren zusammenhanglos und unverständlich. Kauderwelsch. Wortfetzen aus dem Kreuzworträtsel eines Wahnsinnigen.

»Sylvia, sie halten Craig auf dem Revier fest. Sie glauben, er sei für die Morde verantwortlich.« Er schüttelte sie, damit sie es endlich begreifen möge.

Langsam reihten sich die Worte aneinander. Bildeten Satzteile. Wurden ein Satz. Es traf sie wie aus heiterem Himmel, wie das Opfer eines Erdbebens oder einer Flut.

Das Telefon klingelte. David redete, schrie jemanden an. Sie stand auf. Ihr wurde schwindelig. Sie griff haltsuchend nach einer

Stuhllehne. Das Zimmer drehte sich um sie, schwankte hin und her, zog sich zu einer erstickenden Schachtel zusammen. Und dann gelangte sie durch den Tumult hindurch zu dem ruhigen Ort, dem langen weißen Raum in ihrem Kopf, dem Vakuum, dem Auge im Zentrum des Hurrikans.

David kam wieder hereingestürmt, sah sie ungerührt dastehen und mißinterpretierte ihre Gelassenheit als ein Anzeichen für einen Schock. Er goß sich einen Brandy ein, stürzte ihn hinunter, füllte das Glas erneut und bot es ihr an. Sie stieß es weg.

»Ich muß gehen«, sagte er geistesabwesend.

»Ich komme mit dir.«

»Du weißt, daß das unmöglich ist.«

»Ich will aber mit dir kommen.«

»Du weißt, daß das unmöglich ist.«

»Sie können ihn nicht im Gefängnis behalten. Er wird durchdrehen.«

Er war viel zu sehr damit beschäftigt, Papiere in seine Aktentasche zu stopfen, um zu antworten. Sie dachte an den Tag, als sie Ciba in den Käfig gesteckt hatte: die blutig aufgerissenen Krallen, das verzweifelte Verlangen nach Freiheit in den glühenden Augen. Doch Craig war keine Katze. Er war aber auch kein gewöhnliches, nüchternes menschliches Wesen. Er war ein Werk der Natur. Genausogut konnte man versuchen, den Ozean einzudämmen oder die Sonne abzudecken. Als David gehen wollte, stellte sie sich ihm in den Weg. »Was ist passiert? Ist er angeklagt worden?«

»Sylvia, ich weiß es nicht. Ich weiß nur, daß sie ihn abgeholt haben. Er hat bei Henry eine Nachricht hinterlassen.« Wie gut, daß es Miss Henderson gab, die treue Sekretärin. »Sie verhören ihn. Ich muß hin. Warte nicht auf mich. Ich komme zurück, sobald ich kann. Und sprich mit niemandem darüber. Egal, mit wem. Auch nicht mit Joe Parsons. Mit niemandem.« Er sprach in scharfen, abgehackten Sätzen. Das war nicht der professionelle David, der ruhige, kühle, beherrschte David. Er eilte hinaus.

Sie hörte die Tür zuschlagen. Hörte das Quietschen der Reifen, als er aus der Ausfahrt zurücksetzte und den Motor hochjagte. Nach seinem frenetischen Auftritt war das Haus kalt und still.

Sie ging in die Küche und kochte eine Kanne starken Kaffee. Sie goß ihn ein, dick wie Sirup, und trank ihn schwarz. Sie dachte daran, wie Bretz im Wohnzimmer stand. Die Akten hielt. Die Unterlagen las. Die Zeitungsausschnitte. Die getippten Anmerkungen. Hörte David: »Ich wußte nicht, daß es sie gab.« Bretz: »Wie sind sie dann hierhergekommen?« Craig: »Ich bin verantwortlich für Mr. Jennings Akten.« Sie selbst hatte erklärt, daß David die Akten manchmal zum Nachschlagen benutzte, aber schon seit Jahren nicht mehr daran gearbeitet oder irgend etwas hinzugefügt habe; daß Craig gelegentlich Nachforschungen anstellte, besondere Aufträge übernahm, aber nichts über die Akten wüßte. Sie hatten sie nicht beachtet, waren zu sehr mit der neuen Sachlage beschäftigt.

Später am Abend waren sie mit einem Durchsuchungsbefehl gekommen. Sie waren äußerst wählerisch. Sie nahmen nicht alle Akten mit, sondern suchten nur acht aus. Sie wußten vorher, welche Akten sie haben wollten.

Ihre Auswahl überraschte David nicht. Die Liste, so vermutete er, hatten sie anhand von Joes Zeitungsartikel erstellt. Aber er war überrascht, als sie sich nach Nat Berger erkundigten. Im letzten Jahr hatte es noch andere Morde gegeben. Warum fragten sie nur nach Berger?

Sylvia machte sich noch eine Kanne Kaffee und trank ihn langsam, während sie in Gedanken Ereignisse, Eindrücke und Stimmen sortierte. David, der Craig über die Akten befragte. Sie selbst, die ihm sagte, daß sie sie vor Monaten eingerichtet und dann vergessen habe; mit Craig hätten sie nichts zu tun.

Craig erklärte, wie er über die Hallworth-Geschichte gestolpert sei, als er im Norden war. Er war in Sudbury gewesen, sagte er. Für eine Woche, um Versorgungsgüter zu beschaffen. Baumaterialien zu besorgen und einen Motorschlitten für die Hütte zu mieten. Im Frood Hotel hatte er einmal ein Bier getrunken. Da waren Männer gewesen, die sich an Kolinski erinnerten und ihn nicht mochten. Er erzählte jede kleine Einzelheit, bis David völlig verwirrt war und nicht mehr wußte, was er glauben sollte. Und jetzt war Craig wegen dieser Akten in Haft. Es mußte ja wegen dieser Akten sein, weswegen sonst?

Sie hörte ein Kratzen an der Tür, gefolgt von einem scharfen, gebieterischen Schrei. Es war Ciba, der mit gespreizten Beinen dastand und einen Buckel machte. Noch nie zuvor hatte er darum gebeten, hereingelassen zu werden. Sie öffnete die Tür und nahm ihn hoch. Seine grünen Augen waren wachsam und bedrohlich, so als spürte er ihre Sorgen. Sie drückte ihn an sich und fühlte die Wärme seines massigen Körpers. Er knurrte, ein tiefes, gleichmäßiges Grollen, das beruhigender war als ein zufriedenes Schnurren.

»Mach dir keine Sorgen«, murmelte sie. »Es wird alles gut werden.«

David hatte erwartet, Craig in einem aufgelösten Zustand vorzufinden. Statt dessen sah er so frisch aus, als wäre er gerade nach einer langen Nachtruhe aufgestanden. In scharfem Gegensatz dazu machten die Vernehmungsbeamten den Eindruck, als seien sie seit Tagen nicht aus ihren Kleidern gekommen. Sie hatten Craig am Abend zuvor abgeholt und abwechselnd die ganze Nacht verhört. Jetzt wirkten sie ramponiert, übermüdet und gereizt.

David war wütend. »Warum, zum Teufel, haben Sie mich nicht angerufen?« brüllte er.

Es wimmelte von Menschen in dem Raum. Alfred Bretz, der die Verhaftung persönlich vorgenommen hatte, erwiderte bissig: »Fragen Sie ihn...« Mit dem Kopf wies er auf Craig.

»Ich wollte dich nicht stören, David«, sagte Craig ruhig. »Was sind schon ein paar Stunden?«

»Eine ganze Menge«, antwortete David zähneknirschend. Er warf seine Aktentasche auf den Tisch und brüllte Bretz an: »Sie sollten es besser wissen, statt solche Tricks anzuwenden.«

»Wir haben ihn über seine Rechte aufgeklärt. Er hätte Sie anrufen können. Wir haben ihm gesagt, daß er ein Recht auf einen Anwalt habe.«

»Freut mich zu hören«, sagte David kalt. Dann schaute er sich mit eisigem Blick im Raum um. »Ich möchte mit meinem Mandanten sprechen. Jetzt. Allein.«

Der Inspektor zuckte die Achseln. Er unterschätzte Davids Fähigkeiten nicht, aber er verachtete die Art, wie er sie einsetzte. Und Faron, dieser Bastard, war nicht viel besser. Stundenlang hatten sie ihn durch die Mangel gedreht und waren kein Stück weiter als in dem Augenblick, als sie ihn abholten. Dieser arrogante Hundesohn. Er war schuldig. Bretz wußte es. Seine Untergebenen wußten es. Jenning hin oder her, Craig Farons Chancen standen gleich Null.

Joe Parsons saß gerade auf seinem Bett, einen Schuh an, den anderen in der Hand, als er die Nachrichten hörte. Er humpelte zum Telefon und rief seine Zeitung an. Der zuständige Redakteur bestätigte den Bericht.

Obwohl er Faron nicht besonders gut kannte, fiel es ihm schwer zu glauben, daß er der Mörder sei. Er würde eher offen handeln und die Konsequenzen tragen, meinte Joe, aber er schien nicht der Typ zu sein, der nachts im Schutze der Dunkelheit herumschlich. Er machte den Eindruck, als lebe er nach einem inneren Kodex, der in Konfliktsituationen maßgeblich war.

Andererseits war er ein gutaussehender Kerl. Möglicherweise vergnügte er sich auf beiden Seiten. Vielleicht waren er und David andersrum. Vielleicht war Rache doch nicht das Motiv. Vielleicht war an den Gerüchten von den Überfällen auf Schwule doch etwas dran. Schwulenmorde statt Männermorde? Erpressung? Wie auch immer, eins mußte man ihm lassen. Er war glatt wie ein Aal. Joe wußte, daß die Jungs in Blau alles andere als unfehlbar waren. Selbst wenn Faron unschuldig war, saß er verdammt in der Klemme. Bretz war wie eine Bulldogge. Seine Abteilung war unter Beschuß, sein Kopf lag auf dem Richtblock. Er mußte jemanden vorweisen, um die Scharte auszuwetzen.

Sylvia schlüpfte in ihr Trikot und ging hinunter in den Fitnessraum. Ciba folgte ihr mit peitschendem Schwanz. Prinnie spähte unterhalb der Terrasse durch das Kellerfenster, im Schnee war sie fast unsichtbar. Prinnie. Ciba. Ciba. Prinnie. Laren und Penaten. Anima mundi. Bene, Benedicite, Benedictus.

David war der Verzweiflung nahe. »Sie können dich nicht ohne Anklage festhalten«, sagte er nochmals. Er klang allmählich wie eine Platte mit hängender Nadel. »Entweder legen sie die Anklage vor, oder wir gehen.«

»David, du hörst mir nicht zu. Ich werde ein Geständnis ablegen. Ich hätte es schon eher getan, aber ich wollte, daß du dabei bist. Es ist wichtig für dich, daß du dabei bist.«

»Ein Geständnis? Du mußt ja verrückt sein. Sie haben nicht einmal genug, um dich festzuhalten, und du redest davon, ein Geständnis abzulegen. Was zum Teufel geht hier vor? Was hast du ihnen gesagt?«

»Nichts.«

David atmete erleichtert auf. »Dann ist das kein Problem.« Als Craig etwas sagen wollte, brachte er ihn mit einer Handbewegung zum Schweigen. »Ich möchte, daß du dir keine Sorgen machst. Was immer sie glauben in der Hand zu haben, ist Mist. Wenn sie meinten, sie könnten dich anklagen, dann hätten sie es bereits getan. Ich werde einen Mann auf jedes einzelne Datum ansetzen. Wir werden beweisen, daß du nicht da warst.« Er wühlte in den Papieren in seiner Aktentasche und zog die Liste heraus, die er und Joe erarbeitet hatten. »Buddy Thompson«, sagte er triumphierend. »Ganz oben steht Thompson.«

»Was ist mit Thompson?« fragte Craig mit ausdruckslosem Gesicht.

»Das war an dem Wochenende, als du in deiner Hütte warst. Du wolltest, daß Sylvia und ich dich begleiten.«

»David, vergiß es.« Craig klang plötzlich überdrüssig. »Je schneller Bretz bekommt, was er will, desto leichter wird es sein.«

»Leichter?« explodierte David. »Leichter für wen? Für dich? Sie werden dich lebenslänglich einsperren. Und wofür?«

Craig zuckte gleichgültig die Achseln. »Was heißt schon lebenslänglich? Wenn man die Zeit abrechnet, die man für gute Führung bekommt, ist es nicht mehr als eine Verschnaufpause.«

»Wenn sie dich wegen dieser Sache einlochen, werden sie den Schlüssel wegwerfen. Ich werde dir nicht dabei helfen, dich selbst zu zerstören. Das kann ich nicht.«

Craig kannte David gut genug, um zu wissen, daß er den Tränen nahe war. Sein amüsiertes Grinsen verschwand. »David, vergiß es. Ich weiß, was ich tue. Es muß so sein.«

Sie sahen einander in die Augen, blitzendes Stahlblau begegnete sanftem, unergründlichem Braun. Schließlich sagte David mit leiser Stimme: »Du bist mein bester Freund. Ich habe dich gern. Findest du nicht, daß du mir eine Erklärung schuldest?«

Die Uhr tickte, und wie bei tropfendem Wasser klang jedes Tikken lauter als das vorherige. Craig saß totenstill da. David wartete. Nach langer, langer Zeit sagte Craig: »Bretz ist überzeugt, daß deine Akten etwas damit zu tun haben.«

David entspannte sich, und die Sorgenfalten gingen in ein Lächeln über. »Ist das alles? Mann, hast du mir einen Schreck eingejagt. Ihm geht der Arsch auf Grundeis, weil wir ihm eins voraus waren.«

»Vielleicht war das mal so. Aber jetzt ist es ernst, David. Erinnerst du dich an die beiden Akten, von denen du nichts wußtest?« Er hielt inne. »Es hat etwas mit ihnen zu tun. Ich weiß nicht, was. Aber sie haben etwas gefunden, was sie überzeugt hat.«

»Es interessiert mich, verdammt noch mal, nicht, was sie glauben gefunden zu haben. Wenn sie jemanden verhaften wollten, warum dann nicht mich? Die haben doch gar keine Chance, damit durchzukommen.«

»Das stimmt. Darum werden wir uns nicht dagegen wehren. Weißt du, David, was immer sie auch gefunden haben, sie sind überzeugt, daß der Mörder mit unseren Akten gearbeitet hat. Wenn ich es nicht war, gibt es nur noch eine andere Person.«

Schweißperlen traten auf Davids Stirn. Er fühlte Schweiß unter den Achseln, auf seinen Handflächen. Als er seiner Stimme wieder traute, sagte er: »Wenn du Sylvia meinst, ist das absurd.« Seine Gedanken rasten zurück zum Sommeranfang, zum Frühjahr. Annes und Bills Bemerkungen über Arthur Maitland. Sylvias leicht verändertes Verhalten, als der Sommer fortschritt, die Zeiten, als er nach Hause kam und sie nicht da war, Zeiten, für die er keine Erklärung verlangt und sie keine abgegeben hatte. »Das ist absurd«, wiederholte er, sowohl um sich selbst als auch Craig zu bestärken. »Die würden vor Gericht ausgelacht.«

»Wir denken vielleicht, daß es absurd ist, aber würdest du sie hier sehen wollen? In dieser Situation? Mit Bretz, der auf ihr rumtrampelt? Er wird nicht aufgeben, David. Er braucht einen Schuldigen, und er wird sich einen holen.«

David saß da, den Kopf auf die Hand gestützt, während die

Minuten verrannen. Craig wußte, daß er ihm weh tat, und fühlte sich hilflos angesichts dieses Schmerzes, so wie Eltern, die einem verletzten Kind keinen Trost bieten können. Als David schließlich sprach, war es ein kaum hörbares Flüstern. »Laß mich darüber nachdenken. Vielleicht gibt es einen anderen Weg.«

Und Craig antwortete entschlossen und endgültig: »Es gibt keinen anderen Weg, David. Es muß so sein.«

Bretz triumphierte. Jenning geriet anscheinend ins Schleudern. Mit dem kleinen Furz ging es bergab. Es war allgemein bekannt, daß ein Jenning-Mandant nie ein Geständnis ablegte. Aber kaum war er weggewesen, hatte dieser besserwisserische Hundesohn alles ausgespuckt. Und er hatte nicht einmal sein As zücken müssen, den leeren Gepäckanhänger, der in der Bertrand-Akte steckte. Gewiß, es war ein recht gewöhnlicher Anhänger, die Sorte, die man überall kaufen konnte. Es gab nur Indizien. Mit dem, was sie hatten, wären sie nicht einmal über die Vorverhandlung hinausgekommen; die Nachforschungen hätten noch Monate gedauert, ehe sie genug zusammengehabt hätten für ein richtiges Urteil, genug, um diesem Bastard den Prozeß zu machen. Und dann, einfach so, war alles gelaufen.

Detective-Sergeant Hagen, sein Stellvertreter, war nicht so sicher. Er vermutete einen Trick. »Jenning hat irgendwas vor«, warnte er.

Aber Bretz hatte mit dem Geständnis über seinem Kopf gewedelt und erwidert: »Nichts da. Hier steht alles drin. Orte, Uhrzeiten, Daten, der ganze Plunder. Den haben wir richtig bei den Eiern gepackt.«

Sylvia ging ihre Übungsrunde durch, wiederholte sie noch dreimal. Ciba lag flach auf einer Ecke der gepolsterten Matte und sah zu. Anne rief fünfmal an und bekam keine Antwort. Henny Henderson rief einmal an, weil sie David suchte, und kam nach zehnmaligem Läuten zu dem Schluß, daß niemand zu Hause sei.

David machte sich nicht die Mühe, im Büro anzurufen, um zu sagen, daß er nicht zurückkäme. Als er Craig verließ, stieg er in den Wagen und fuhr mit durchgedrücktem Gaspedal Richtung

Norden. Der Wagen schoß wie eine Düsenrakete über die mittlere Spur. Als die dreispurige Autobahn sich zu einer einzigen Spur verengte, zog er am Autobahnkreuz eine Schleife und fuhr Richtung Süden. Er fuhr die Sechzigmeilenstrecke zweimal rauf und runter. Am Ende der 240 Meilen hatte er die Lösung. Es war kein guter Plan, aber es war das Beste, was ihm unter diesen Umständen einfiel.

Craig wußte nicht, ob David seine Entscheidung, sich schuldig zu bekennen, akzeptieren würde oder nicht. Wenn nicht, würde er ihm einfach kündigen und einen anderen Anwalt engagieren. Nachdem er sich entschieden hatte, wollte er, daß die ganze Angelegenheit so schnell wie möglich vorbei und erledigt sei. Er wollte nicht gegen Kaution freigelassen werden. Das würde den Prozeß nur verzögern und das Warten verlängern. Aber er wollte David als Rechtsbeistand. Ein übereifriger Anwalt – entschlossen, seine Unschuld zu beweisen und sein Geständnis auf Schwachpunkte zu prüfen, um es in Frage zu stellen – wäre eine Katastrophe.

Er hatte versucht, David das klarzumachen. Er war nicht sicher, ob er erfolgreich gewesen war.

Hagen fuhr nach Hause, um sich schnell zu duschen und umzuziehen. Als er unter der Dusche stand und das heiße Wasser auf seine Haut prasselte, dachte er über Faron nach. Ja, er war ein harter Bursche. Hart wie Stahl. Hatte die ganze Nacht nicht ein Wort gesagt. Schien nicht einmal zuzuhören. Nicht bevor Bretz die Sache mit Jenning und seinen Akten zur Sprache brachte. Das kam an. Die meisten Menschen hätten das nicht bemerkt. Aber wenn man so viele Verhöre hinter sich hatte wie er, achtete man mehr auf die kleinen Dinge. Faron war kurz zusammengezuckt. In seinen Augen war ein flüchtiges Aufblitzen gewesen. Trotzdem war es merkwürdig. Er war seelenruhig geblieben. Und dann, Bingo. Wie aus heiterem Himmel sang er wie ein Kanarienvogel. Nachdem er mit diesem gerissenen, kleinen Winkeladvokaten Jenning geredet hatte. Sie waren dicke Freunde und beide gleich raffiniert, dachte er. Sie hatten irgendwas vor, das stand fest.

David kam zur üblichen Zeit nach Hause, erschöpft von dem Nachmittag auf der Autobahn. Sylvia hatte das Essen fertig. Abgesehen davon, daß sie etwas stiller war als sonst, benahm sie sich, als wäre nichts passiert.

David beobachtete sie heimlich und versuchte, sie so zu sehen wie ein Fremder. Es war schwierig. Seit Jahren hatte er sie nicht mehr richtig angesehen. Er hatte sie gesehen, aber nicht wahrgenommen. Sie war keine gewöhnliche Frau. Niemand würde sie für gewöhnlich halten. Sie war zu groß für eine Frau. So schlank, daß sie fast dünn war. Sie hatte nicht die üppige Sinnlichkeit, die eine richtige Frau nach Meinung mancher Männer haben sollte, dennoch strahlte ihr trainierter Körper eine animalische Grazie und eine gezügelte Sexualität aus, die mächtig und fast einschüchternd wirkte. Im Verhältnis zu der sparsamen, klaren Linie seiner Frau waren Brüste und Hintern überaus üppig, beinahe vulgär.

Sie reichte ihm die Salatschüssel, und er nahm sie an, seinen Blick auf ihre Hände geheftet. Sie waren lang und schlank, mit schmalen Handgelenken und spitz zulaufenden Fingern. Zerbrechlich genug, um bei einem kräftigen Händedruck zerquetscht zu werden. Trotzdem hatte er mal gesehen, wie sie ein Stück Sperrholz sauber in zwei Teile spaltete. Er war schockiert gewesen und hatte ihr besorgt verboten, sich mit solchen theatralischen Mätzchen abzugeben. »Bretter mit der bloßen Hand zu zerschlagen«, hatte er gesagt. »Du wirst dich noch verletzen.« Sie hatte gelacht und geantwortet: »David, man zerschlägt Bretter nicht mit den Händen. Das macht man mit dem Willen.« Er hatte den Vorfall nicht wieder erwähnt, und sie hatte es nicht wieder getan.

Sie aßen schweigend. David überließ es Sylvia, den Tisch abzuräumen, während er die Sechsuhrnachrichten sah. Die Hauptmeldung war Farons Geständnis. Er hatte halb damit gerechnet, aber trotzdem traf es ihn wie ein Fausthieb in den Magen. Sylvia kam gerade rechtzeitig herein, um Bretz zu sehen, der leutselig in eine Batterie von Mikrophonen sprach.

Am Ende des Berichts schaltete Sylvia den Apparat aus und sah David an. »Der Mann ist ein Narr«, sagte sie verächtlich.

»Craig?« Er lehnte sich zurück, von Müdigkeit überwältigt. Er war noch nicht bereit, darüber zu diskutieren.

»Nicht Craig. Bretz. Ein inkompetenter Schwachkopf.«

Sie erwähnte das Geständnis nicht. Fragte nicht, ob er bei dieser traurigen Geschichte dabeigewesen sei. Ihr Gesicht verriet keine Regung, kein Gefühl. Aber zum erstenmal bemerkte er in ihren ruhigen grauen Augen eine Spur von Grausamkeit.

Craig lag auf der schmalen Bettstatt und starrte an die Decke. Er dachte nicht über seine Umgebung nach. Er lebte in einer Welt, die sicher und unantastbar in seinem Kopf existierte. Er konnte sein, wo er wollte. An der zerklüfteten Küste auf der Insel. Auf einem Gipfel in den Rocky Mountains. Auf seinem Balkon hoch über der Stadt.

Die Hände unter dem Kopf verschränkt, die langen Beine über das Fußende des Bettes herausragend, fiel er in einen tiefen, traumlosen Schlaf.

David saß Craig gegenüber, sein Gesicht war gezeichnet von einer schlaflosen Nacht, aber sein Verhalten entsprach wieder dem kühlen, absolut professionellen Anwalt. Ohne Einleitung sagte er: »Du hast gestanden.«

»Ja.« Keine Erläuterung. Keine weitere Erklärung.

»Du kannst es zurückziehen.«

»Nein.«

»Nun gut. Ich schlage folgendes vor. Zunächst müssen wir dich hier rausholen.«

Craig schüttelte den Kopf. »Wir tun es jetzt und bringen es hinter uns.« Dann mit einem Lächeln: »Verstehe ich richtig, daß du dich entschlossen hast, mich zu vertreten?«

»Ja. Wenn man das so nennen kann.« Er betrachtete seine Hände, wich Craigs Blick aus. »Die Möglichkeiten sind begrenzt. Wir können auf Geisteskrankheit setzen...«

»Nein. Kommt nicht in Frage.«

»Es bleibt uns nichts anderes übrig. Auf diese Weise bleibt das Geständnis bestehen, aber du wirst nicht schuldig gesprochen. Wir können nicht Provokation, Selbstverteidigung oder Tod durch Unglücksfall geltend machen. So bleiben uns nur noch Wahnvorstellungen, Automatismus oder Geisteskrankheit.

Wahnvorstellungen und Automatismus kommen nicht in Frage. Darum bleibt nur Geisteskrankheit. Und das kann ich durchboxen.«

»Weißt du, was das heißen würde, David? In den Staaten ginge das vielleicht, aber hier? Ich würde für Gott weiß wie lange mit einem Haufen Verrückter eingesperrt werden. Möglicherweise komme ich da nie wieder raus. Das wäre noch schlimmer.«

David wußte, daß er recht hatte, aber wenn er an die Alternative dachte, brach ihm der kalte Schweiß aus.

»Dir ist ja wohl klar, daß du dann wegen vorsätzlichen Mordes verurteilt wirst. Fünfundzwanzig Jahre ohne Bewährung. Bei vorzeitiger Entlassung bist du, wenn du Glück hast, in zweiundzwanzig Jahren draußen. Das ist der Rest deines Lebens.«

»Dann soll es so sein.«

David sah auf. Entschlossenheit stand in seinen Augen. »Das einzige, was wir versuchen können, ist ein Handel. Wenn sie dich wegen fahrlässiger statt vorsätzlicher Tötung rankriegen, bist du mit etwas Glück in sieben Jahren raus.«

»Darauf werden sie sich nie einlassen. Bretz ist fest entschlossen, bis zum Äußersten zu gehen.«

»Das hat nicht er, sondern der Staatsanwalt zu entscheiden.« Craig zögerte. David sagte schnell: »Entweder bist du damit einverstanden, oder du besorgst dir einen anderen Anwalt.«

Die Antwort kam nur zögernd. Es war ein Zugeständnis. »In Ordnung, David. Aber du verschwendest deine Zeit.«

Als David ins Büro zurückkam, rief er Flaherty an. Der Staatsanwalt erklärte sich mit einem Termin am selben Nachmittag einverstanden, als David Farons Fall erwähnte. Bei seiner Ankunft warteten Bretz und Hagen bereits bei ihm. Bretz sah selbstzufrieden und zuversichtlich aus. Hagen schien eher mißtrauisch. Flaherty wirkte nachdenklich und sachlich.

David ignorierte Bretz und Hagen. Er wandte sich direkt an Flaherty: »Mein Mandant möchte so schnell wie möglich vor Gericht. Angesichts der ungünstigen Berichterstattung, die dieser Fall hervorgerufen hat« – er warf einen zornigen Blick auf Bretz und Hagen –, »wird eine baldige Verhandlung sicherlich auch Ihrer Meinung nach in jedermanns Interesse sein.«

»Eine Verhandlung?« zischte Bretz. »Das können Sie vergessen. Er hat die Absicht, sich schuldig zu bekennen.«

Verdammt, dachte David. Er hat mir nicht erzählt, daß er ihnen das gesagt hat. Laut sagte er: »Das war, ehe er juristisch beraten wurde. Er wird sich nicht schuldig bekennen. Außer...« Er machte eine effektvolle Pause, den Blick auf Flaherty gerichtet.

»Außer was?« schrie Bretz. Flaherty sagte: »Bitte, Alf.« Und zu David gewandt, wie ein Echo von Bretz: »Außer was?«

»Außer Sie reduzieren die Anklage. Fahrlässige Tötung. Dann werden wir nicht anfechten.«

»Gehen Sie zum Teufel«, schrie Bretz. »Zehn Morde. Alle vorsätzlich. Wir haben den Bastard längst in der Tasche, und Sie...«

»Sie haben gar nichts in der Tasche«, sagte David. »Sie haben ein Geständnis. Wir ziehen es zurück, und Sie stehen wieder da, wo Sie angefangen haben.« Er bluffte. Nie würde Craig das Geständnis zurückziehen. Außerdem, hatte David beschlossen, sollte er das auch nicht. Zu Flaherty sagte er: »Denken Sie darüber nach. Entweder gibt es jetzt schlicht und einfach eine Anhörung, oder wir gehen vor Gericht, und das kostet den Steuerzahler einen Haufen Geld. Und zieht sich über Monate hin. Und Sie, Inspektor, werden wieder draußen rumlaufen und sich abrackern, um einen handfesten Beweis zu finden, den Sie brauchen werden, um eine Verurteilung zu erreichen – wenn Sie bisher nichts gefunden haben, werden Sie auch jetzt nichts finden. Sie können ihn wegen vorsätzlichen Mordes anklagen. Aber durchkommen werden Sie damit nicht.«

Er griff in seine Aktentasche und zog seine Kopie von Craigs Geständnis heraus. Sorgfältig riß er es in der Mitte durch und warf es auf den Tisch. »Teilen Sie mir Ihre Entscheidung bitte mit«, sagte er. »Meine Sekretärin weiß, wo ich bin.«

Am späten Nachmittag rief Flaherty an, um David mitzuteilen, was er hören wollte. Die Anhörung, kaum mehr als eine Formalität, würde so schnell wie möglich stattfinden. Wahrscheinlich irgendwann in der folgenden Woche.

Langsam fuhr er nach Hause und überlegte, wie er Sylvia diese Neuigkeiten am besten übermitteln könnte. Plötzlich wurde ihm bewußt, daß er sie längst nicht mehr gut genug kannte, um ihre

Reaktion vorauszusagen. Vielleicht würde sie wie so oft reagieren und in Schweigen verfallen. Oder sich weigern, Craigs Schuld zu akzeptieren, und einen Kreuzzug planen, um seine Unschuld zu beweisen. Am besten wäre es, dachte er, wenn er vorher sowenig wie möglich sagte. Und wenn es vorbei wäre, würden sie den Urlaub nachholen, den sie im Januar verschoben hatten. Verwandte in England besuchen. Europa bereisen.

Das Haus war dunkel, als er in die Auffahrt einbog. Sylvia wartete im Wohnzimmer auf ihn. Sie schaltete die Lampe an und forderte ihn auf, sich zu ihr zu setzen. Er hielt an der Treppe inne. »Heute nicht, Sylvia. Ich bin müde.«

»David, ich muß wissen, was los ist. Ist Craig noch in Haft?«

»Ja«, sagte er und wünschte, er könnte gehen.

»Kümmerst du dich um eine Freilassung gegen Kaution?«

»Laß uns morgen darüber reden.« Er ging die Treppe hinauf.

Sie kam zum Fuß der Treppe und rief: »David, ich muß dir etwas sagen.«

Er drehte sich oben auf dem Treppenabsatz um, betrachtete ihre im Gegenlicht dunkle Gestalt mit Millie an der Seite und sagte: »Ich will es nicht hören, Sylvia.« Und dann sagte er spontan etwas, was er seit langer Zeit nicht mehr gesagt hatte: »Ich liebe dich. Was immer auch passiert, ich möchte, daß du weißt, daß ich dich sehr liebe.«

Er zog sich schnell aus, warf seine Sachen auf einen Stuhl und ging ins Bett. Es war acht Uhr. Fünf nach acht schlief er bereits. So früh war er seit Jahren nicht mehr ins Bett gegangen.

12

April 1985

Sylvia wußte nicht, wie lange das Telefon schon klingelte. Die Leuchtziffern des Radioweckers zeigten ein Uhr morgens. Noch halb im Schlaf langte sie über David hinweg nach dem Hörer und erkannte die tränenerstickte Stimme von Davids Schwester. Sie wußte, daß etwas passiert sein mußte, und vermutete richtig, daß es um Davids Mutter ging.

Sie rüttelte ihn wach und reichte ihm den Telefonhörer. Er lauschte und fragte: »Wann?«, dann »Wie schlimm ist es?«, legte den Hörer auf und schlug die Bettdecke zurück.

»Mutter hatte einen Schlaganfall.«

»David, wie furchtbar. Ist sie...«

»Nein. Sie ist auf der Intensivstation. Sie wissen nicht, wie schlimm es ist. Syl, kannst du mir ein paar Sachen einpacken?«

»David, du kannst jetzt nicht gehen. Es ist mitten in der Nacht. Du willst doch nicht etwa mit dem Auto fahren?«

»Anders komme ich da jetzt nicht hin.«

»Aber es wird genauso schnell gehen, wenn du bis morgen früh wartest und dann fliegst. Du bist müde. Und es ist keine gute Strecke.«

»Ich habe seit acht Uhr geschlafen. Bis die ersten Flüge gehen, bin ich schon da. Wenn ich warte, komme ich vielleicht zu spät.«

Sie packte, während er duschte, bot ihm an mitzufahren und machte ihm eine große Thermosflasche Kaffee, den er während der Fahrt trinken konnte. Erst als er weg war, dachte sie an Craig und welche Auswirkung Davids plötzliche Abreise auf ihn haben mochte. Sie wußte nicht, daß bereits alles abgesprochen war und die Verteidigung stand. Andererseits war sie auch nicht übermäßig besorgt. Craig konnte eigentlich nichts passieren. David würde das nicht zulassen. Und daß David versagte, würde sie nicht zulassen. Es war unvorstellbar, daß Craig Faron eingesperrt werden würde, begraben hinter feuchten grauen Steinen, wo die Welt mit Sonne und Wind und Regen für immer außer Reichweite war.

Am nächsten Morgen rief sie das Krankenhaus in Sudbury an und erfuhr, daß es Mrs. Jenning den Umständen entsprechend gut ginge. Diese Standardantwort sagte ihr nichts über Mrs. Jennings Zustand, aber zumindest erfuhr sie, daß sie noch lebte.

Am späten Vormittag rief David an und sagte, das Schlimmste sei offenbar vorbei; es würde ein Schaden zurückbleiben, eine leichte Lähmung, aber man habe ihm versichert, daß sie sich zumindest teilweise erholen würde. Er käme gegen Ende der Woche zurück. Er habe Miss Henderson gesagt, wie sie ihn erreichen könne, wenn es nötig sei. Als Sylvia sich nach Craig erkundigte, sagte er, es sei alles unter Kontrolle und es gäbe keinen Anlaß zur Besorgnis. Sie nahm an, das hieße, einer seiner Assistenten kümmere sich um die Kaution und die Vorverhandlung, die bei jeder Gerichtssache anstand.

Der Tag war hell und klar, die Luft kalt, aber nicht frostig. Sylvia zog einen dicken Skipullover an und lockte Millie hinaus auf die Terrasse. Ciba sprang über den Zaun und leistete ihnen Gesellschaft. Sie saßen Seite an Seite oben auf den Stufen und beobachteten die Eichhörnchen und Tauben, die um das Erdnußfutter kämpften. Später rief Sylvia bei Anne an in der Hoffnung, sie würde sich bereit erklären, bei ihr zu bleiben, bis David zurückkäme. Anne meldete sich nicht. Sie versuchte es in Bills Büro. Er hielt gerade ein dreitägiges Seminar für seine Verkäufer in einem Hotel in der Stadt ab und war für niemanden zu sprechen. Wo immer Anne auch war, bei Bill war sie anscheinend nicht.

Sylvia fütterte Millie und Ciba und überlegte, ob sie die Nacht in einem Hotel verbringen sollte. Sie versuchte es noch mal bei Anne und ließ das Telefon endlos lange klingeln. Schließlich gab sie auf und wollte gerade ein Zimmer im Valhalla reservieren, als es an der Tür klopfte. Millie, die sich hinter dem Sofa in Sicherheit wähnte, gab ein schwaches Knurren von sich. »Du wärst mir eine schöne Hilfe«, bemerkte Sylvia liebevoll. Millie klopfte mit dem Schwanz auf den weichen Teppich.

Auf der Veranda stand ein junger Polizist, groß und schlank in seiner makellosen Uniform. Ihr erster Gedanke war, daß David etwas passiert sein mußte.

Sie öffnete die Tür, und als der Beamte fragte, »Mrs. Jenning?«, nickte sie, unfähig zu sprechen.

»Ihr Mann hat angerufen und uns gebeten, ein Auge auf Ihr Haus zu haben, solange er weg ist.«

Schwach vor Erleichterung trat Sylvia zur Seite und bat ihn herein.

»Nein, danke, Madam. Ich wollte Ihnen nur sagen, daß es keinen Grund zur Besorgnis gibt. Wir fahren alle halbe Stunde draußen vorbei. Achten Sie nur darauf, daß alle Türen und Fenster geschlossen sind.«

Er stieg wieder in den Wagen. Sylvia befolgte seinen Rat und verschloß und verriegelte die Tür. Obwohl es noch früh war, ging sie durch das ganze Haus und überprüfte alle Türen und Fenster. Sie war gerührt, daß David sich in Sudbury, in einer Situation, die ihn sehr belasten mußte, die Zeit genommen hatte, an sie zu denken. Es fiel ihr nicht auf, daß es das erste Mal war, daß er während seiner Abwesenheit eine polizeiliche Überwachung angefordert hatte.

Beruhigt durch den zugesagten Schutz, verwarf sie die Idee mit dem Hotel. Von Natur aus war sie kein nervöser Typ. Sie hatte sich in der Stadt immer frei und ohne Angst bewegt. Und bis auf die jüngste Zeit hatte sie zu Hause immer ein tiefes Gefühl des Vertrauens empfunden. Nichts, hatte sie geglaubt, könnte jemals in die Privatsphäre dieses ruhigen Hauses in dieser ruhigen Straße im Westend der Stadt eindringen. Wenn da nicht dieses verdammte Telefon wäre...

Sie haßte die leichte Zugänglichkeit, die das Telefon ermöglichte. Jeder konnte sich von irgendwoher Einlaß verschaffen, indem er einfach nur die richtige Nummer wählte. Es gab keine Schlösser, keine Riegel, keine Wachen, die einen Verrückten daran hindern konnten, sein Gift in ein nichtsahnendes Ohr zu träufeln.

Einen Augenblick lang überlegte sie, ob sie den Hörer von der Gabel nehmen sollte. Sie widerstand jedoch diesem Impuls, weil sie entschlossen war, dieser neurotischen und irrationalen Angst nicht nachzugeben. »Worte, nichts als Worte«, beruhigte sie sich.

Der Abend verlief ereignislos. Einmal warf sie gerade einen Blick aus dem Fenster, als der Streifenwagen vorbeifuhr. Er blieb kurz vor dem Haus stehen. Weil Sylvia wußte, daß sie da waren, empfand sie keinerlei Angst. Sie las eine Weile. Sah fern. Versuchte, nicht an Craig zu denken.

Glücklicherweise klingelte das Telefon nicht.

Es war kurz vor Mitternacht, als sie ins Bett ging. Sie duschte, sah nach, ob die Waffe wieder an ihrem Platz war, und öffnete dann das Fenster einen Spaltbreit, weil es so stickig im Zimmer war. Kühle Luft wehte durch das Fliegengitter. Sie stieg schnell ins Bett und zog die Decke bis unters Kinn hoch.

Die Sonne strömte durch die Fenster, als sie aufwachte. Es war nach acht; sie hatte gut und lange geschlafen. Ciba balancierte unsicher auf den dünnen Zweigen des Flieders, krallte sich an das Fensterbrett und maunzte nach Futter.

Sylvia streckte sich. Sie fühlte sich gut. Sie warf die Decke zurück und stand auf. Der Tag hatte begonnen.

Sie erledigte schnell die wenigen Hausarbeiten und rief dann Henny an, um zu erfahren, ob es Neuigkeiten über Craig gäbe und ob sie mit demjenigen sprechen könne, der mit der Vertretung beauftragt war, solange David weg war. Henny sagte, soweit sie wisse, bearbeite David Mr. Farons Fall persönlich, und soviel ihr bekannt sei, gäbe es keine neuen Entwicklungen. Anschließend rief Sylvia im Polizeirevier 51 an und fragte, wo Craig Faron festgehalten werde. Der diensthabende Beamte sagte, er werde sie mit einem Inspektor verbinden. Der Inspektor sagte, er sei nicht berechtigt, diese Information weiterzugeben.

Frustriert wählte sie Annes Nummer. Seit der letzten Nacht wußte sie, daß sie auch sehr gut allein zurechtkam. Sie brauchte Anne nicht zu ihrer Beruhigung, würde sich aber über ihre Gesellschaft freuen. Wie am Tag zuvor meldete Anne sich nicht. Sylvia fragte sich, ob ihr etwas passiert sei. Anne hätte es ihr gesagt, wenn sie die Absicht gehabt hätte, wegzufahren. Sie beschloß, ihr noch ein paar Stunden Zeit zu geben, und wenn sie dann immer noch nicht antwortete, würde sie die Polizei anrufen und nachforschen lassen.

Eine Stunde später rief sie noch mal an. Die Erleichterung, die sie empfand, als der Hörer nach dem zweiten Klingeln abgenommen wurde, war wie das Hochgefühl nach drei Martinis. »Anne?«

»Anne ist nicht da. Ich bin ihre Mutter. Wollen Sie eine Nachricht hinterlassen?«

»Nein. Das heißt... Ich habe mir Sorgen um sie gemacht. Ist irgendwas passiert?«

»Du liebe Güte, nein. Nicht, daß ich wüßte. Sie kommt irgendwann nach dem Abendessen zurück.«

»Werden Sie sie noch sehen?«

»Nein, aber ich kann ihr eine Nachricht hinterlassen. Möchten Sie, daß sie zurückruft?«

Sylvia gab ihr die Nummer, und Annes Mutter versprach, sie an die Pinnwand neben dem Telefon zu heften, wo Anne sie bestimmt finden würde, wenn sie heimkäme.

Befriedigt verließ Sylvia das Haus, um frisches Gemüse einzukaufen und eine Zeitung zu holen. Als sie wieder in die Auffahrt einbog, fuhr gerade der Streifenwagen vorbei. Der Fahrer hupte und winkte. Sylvia lächelte und winkte zurück.

Sie machte sich einen Krug Eistee und nahm ihn mit der Zeitung ins Wohnzimmer mit. Die späte Nachmittagssonne schien warm durch die Fenster, und die blassen Strahlen wurden durch das dicke Fensterglas verstärkt. Es war still im Haus. Die Zeitung glitt zu Boden. Schläfrig und entspannt fiel Sylvia in einen leichten, traumlosen Schlaf.

Sie erwachte mit einem Ruck. Das Zimmer war pechschwarz. Sie war verwirrt und desorientiert und wußte nicht, wo sie war. Als sie wacher geworden war, knipste sie das Licht an und schaute auf die Uhr. Es war nach neun. Sie hatte vier Stunden geschlafen. Millie lag neben ihrem leeren Futternapf in der Küche und sah sie vorwurfsvoll an. Sie fütterte die Tiere und holte sich ein Glas Milch.

Die Zeitung lag verstreut auf dem Fußboden im Wohnzimmer. Sie legte sie sorgfältig zusammen und spülte das bißchen Geschirr, das sich angesammelt hatte. Als sie in der hell erleuchteten Küche mit ihren großen Fenstern arbeitete, fühlte sie sich wie in einem Goldfischglas, dem Blick eines jeden beliebigen Passanten ausgesetzt. Sie machte das Licht aus und sah hinaus. Die schwach beleuchtete Straße wirkte verlassen. Sie warf einen Blick nach hinten hinaus. Da der Swimmingpool noch abgedeckt war, war es zu dunkel, um irgend etwas jenseits des Lichtkegels aus den Fenstern zu erkennen. Sie hatte das Gefühl, beobachtet zu werden, jede einzelne Bewegung schien von verborgenen, unsichtbaren Augen verfolgt und registriert zu werden.

Das Telefon klingelte. Das Geräusch war so schrill, daß sie fast aufschrie. Dann erinnerte sie sich. Anne. Sie hatte eine Nachricht für Anne hinterlassen. Gott sei Dank. In ihrer Eile, das Telefon zu erreichen, ehe Anne auflegte, stolperte sie über Millie und löste ein entrüstetes Kläffen aus.

Sie erreichte das Telefon. Nahm den Hörer ab. »Hallo, bin ich froh, daß du anrufst!«

»Mrs. Jenning?« Die Stimme klang höflich, freundlich, unbekannt. Es war nicht »die Stimme«. »Ist Mr. Jenning da?«

Überrumpelt antwortete sie: »Nein, tut mir leid.«

»Kommt er später noch nach Hause?«

Vorsichtig geworden, erwiderte sie: »Ja. Aber ich schlage vor, daß Sie ihn im Büro anrufen.«

»Dort wird er erst Ende der Woche zurückerwartet, Mrs. Jenning.« Die Stimme klang angenehm. Freundlich. Sie enthielt ein leises Lächeln. Er legte auf. Sylvia ebenfalls.

Es war nicht derselbe Mann. Er hatte nichts Unschickliches gesagt. Trotzdem war sie beunruhigt. Sie starrte das Telefon an, als wäre es eine Schlange, die sich zusammengerollt hatte, ehe sie zuschlug. Sie nahm den Hörer auf und rief noch mal bei Anne an. Keine Antwort. Sie drückte auf die Gabel und legte den Hörer auf den Küchentresen. Für den Rest der Nacht würde es keine Anrufe mehr geben.

Da sie das Küchenlicht nicht wieder anschalten wollte, tastete sie unter der Spüle nach der Taschenlampe und überprüfte bei ihrem Schein die Türen und Fenster. Sie zog die Vorhänge im Wohnzimmer gegen den Einblick von der Straße zu. Die Rückseite, mit Ausblick auf die Terrasse und den Garten, bestand aus einer Glasfront mit einer Schiebetür. David hatte an der ganzen Rückfront bodenlange Vorhänge anbringen wollen. Doch als sie eingewandt hatte, daß Luftigkeit und Licht wichtiger seien als die Privatsphäre, hatten sie sich auf hauchdünne Stores geeinigt, die wenig besser waren als nichts. Jetzt tat es ihr leid, daß David sich nicht durchgesetzt hatte.

Die Stores waren an einer einzigen Gardinenstange angebracht, die von einer Wand zur anderen reichte. Damit die Schiebetür in der Mitte nicht blockiert wurde, waren die Vorhänge nie ganz geschlossen. Sie prüfte, ob die Tür abgeschlossen war, dann setzte sie diese Erfindung ein, die David aus New York mitgebracht hatte. Diese Vorrichtung, die in die Laufschiene der Schiebetür geklemmt wurde, war viel effektiver als das schwache Türschloß. Als sie sich hinkniete, um den Riegel vorzuschieben, sah sie hinten im

Garten ein Licht flackern. Zusammengekauert beobachtete sie, wie es sich im Gebüsch hin und her bewegte. Es war so still, daß sie ihren eigenen Atem hören konnte.

Das Licht kam näher. Geduckt und regungslos beobachtete sie es. Ein Prickeln lief über ihren Rücken. Alle Sinne standen auf Alarm. Sie hatte keine Angst. Wenn sie eine Gefahr erkannte, hatte sie noch nie Angst gehabt. Damit konnte sie umgehen. Es war das Unsichtbare, was sie zermürbte: ein gesichtsloser Telefonanruf, die Androhung einer plötzlichen und unerwarteten Gewalttätigkeit, überrascht zu werden oder in eine Falle zu geraten, wo sie keine Kontrolle über die Situation hatte. Wenn Sylvia ihrer Handlungsfähigkeit beraubt war und zum Opfer wurde, machte ihre Selbstsicherheit panischer Angst Platz.

Sie wartete, bis das Licht sich der ferneren Ecke des Hauses näherte. Vor Blicken geschützt, begab sie sich mit leiser, katzenähnlicher Behendigkeit in die unbeleuchtete Küche. Wenn sie um das Haus herumging und sich von hinten näherte, würde sie im Vorteil sein.

Geräuschlos drehte sie den Schlüssel. Der Türknopf bewegte sich leicht. Sie schob die Tür auf. Lautlos entriegelte sie die metallene Sturmtür. Sie hatte den Riegel geöffnet und die Tür halb aufgeschoben, als die große, schwarze Gestalt die Stufen zur Veranda heraufkam. Mit dem schwachen Straßenlicht im Rücken wirkte die gesichtslose Silhouette übermenschlich groß.

Schnell zog sie die Tür zu und schaltete das Außenlicht an.

»Mrs. Jenning?« Es war der junge Beamte, der mit der Hand am Pistolenhalfter in dem plötzlich grellen Licht mit den Augen blinzelte.

Die Spannung fiel von ihr ab. Sylvia lächelte schwach und trat zurück, damit er eintreten konnte. »Sie haben mich überrascht.«

»Ist alles in Ordnung? Wir sahen das Licht einer Taschenlampe in der Küche.«

»Das war ich. Als das Licht an war, fühlte ich mich ein bißchen nervös.«

»Haben Sie etwas gehört? Irgend jemanden herumschleichen sehen?«

Sie wollte ihm gerade von dem Herumtreiber im Garten erzählen, als der zweite Beamte mit einer Taschenlampe in der Hand um die Garage herumkam.

»Hinten ist nichts«, berichtete er.

Kraftlos lehnte Sylvia sich an den Küchenschrank. »Ich hielt *Sie* für Einbrecher«, erklärte sie.

»Was hat Sie denn so nervös gemacht?«

»Ich weiß nicht. Doch, ich weiß es. Da war ein Telefonanruf.«

»Ein obszöner?«

»Nein.«

»Was für ein Anruf?«

»Einfach nur ein Anruf, das war alles. Jemand fragte nach meinem Mann.« Sie kam sich idiotisch vor, wie eine neurotische alte Jungfer, die von Phantasien besessen ist. Die beiden Beamten sahen einander an. Es war dieser wissende Das-kennen-wir-ja-schon-Blick.

Verlegen erzählte Sylvia von ihrem Gefühl, beobachtet zu werden. Sie waren höflich und aufmerksam.

»Möchten Sie, daß wir Ihr Haus überprüfen?« Sie versuchen, mich zu beschwichtigen, dachte sie. Sie waren entschlossen, ihre Pflicht zu tun, egal wie überflüssig sie erschien.

»Nein. Nein danke. Es geht mir jetzt besser. Ich bin sicher, es ist alles in Ordnung.«

Sie gingen die Auffahrt hinunter und sprachen leise miteinander. Sie hatte das Gefühl, sie sprachen über sie, machten vielleicht sogar Witze über die maßlose Eitelkeit, die manche Frauen veranlaßte zu glauben, alle Männer seien hinter ihnen her. Die beiden jungen Beamten sprachen nicht über Sylvia; sie überlegten, wo sie Kaffee trinken könnten.

Millie trottete in die Küche und verlangte nach frischem Wasser. Sylvia füllte den Napf auf und fügte eine Handvoll Eiswürfel hinzu. Als sie ihn neben der Kellertür absetzte, hörte sie unten ein kratzendes Geräusch. Millie schlabberte das Wasser und hörte nichts.

Entschlossen, sich nicht ein zweites Mal Angst einjagen zu lassen, knipste Sylvia das Kellerlicht an und stieg vorsichtig die Treppe hinunter. Alle ihre Sinne waren alarmiert. Ihr Körper war reaktionsfähig wie ein Präzisionsgerät.

Der Gerätekeller schien unberührt, die ebenerdigen Fenster waren fest verschlossen. Auch im Partykeller war alles in Ordnung und an seinem Platz. Prüfend schaute sie hinter die Bar und die Chaiselongue, das Sofa und die Clubsessel. Der Raum strahlte die leblose Leere aus, die selten genutzten Räumen eigen ist. Auch im Fitnessraum gab es nichts Ungewöhnliches. Nach dem Verlassen jedes Raumes zog sie die Tür fest hinter sich zu, ließ nichts hinter sich offen, während sie den engen Gang zum Heizungskeller entlanggging.

Das war der einzige Raum im Haus, den Sylvia bewußt mied. Sie bekam Platzangst in diesem Raum, der von einem riesigen Gasofen beherrscht wurde, von dem sie immer halb erwartete, er würde explodieren, wenn sie ihm zu nahe kam. Sie zog an der Kette, und die Glühbirne an der Decke warf ein grelles Licht auf den schachtelartigen Raum. Auch er war leer.

Sie wollte gerade gehen, als sie einen Luftzug spürte und nach oben blickte. Das Fenster stand einen Spalt offen. Sie langte nach oben, um es zu schließen, und entdeckte, daß das Fliegengitter fehlte. David hatte Anfang des Monats einen Handwerker bestellt, damit er eine gesprungene Glasscheibe in dem Fenster ersetzte. Offensichtlich hatte er nicht sorgfältig gearbeitet. Sie machte sich in Gedanken eine Notiz, die Agentur anzurufen und sich über deren schlampigen Service zu beschweren. Glücklicherweise hatte er sich für diese Schludrigkeit den besten Raum im Haus ausgesucht. Die Tür zum Heizungskeller war die einzige Tür innerhalb des Hauses, die außen einen Riegel besaß.

Sie schloß und verriegelte die Tür. Auf dem Weg zurück zur Treppe überprüfte sie noch die Vorratskammer und -schränke. In der Vorratskammer stellte sie fest, daß ihre alte Teedose vom Regal gefallen war. Das war wahrscheinlich das Geräusch gewesen, das sie gehört hatte. Sie hob sie auf und hoffte, daß nicht schon wieder eine Invasion von Feldmäusen bevorstand.

Als sie am Partykeller vorbeiging, bemerkte sie, daß die Tür, die sie geschlossen hatte, aufgegangen war. Sie zog sie nochmals zu und vergewisserte sich, daß die Klinke einrastete.

Millie lag ausgestreckt mitten in der Küche und wartete auf sie. Sie gab ihr einen Keks und ließ sie zur Hintertür hinaus, damit sie vor dem Schlafengehen noch einmal ihre Runde machen konnte. Als Millie zurückkam, schloß Sylvia die Tür und schob den Riegel vor.

Ein Freund hatte ihr mal gesagt, daß es beim besten Willen keine Möglichkeit gäbe, eine Schiebetür zu sichern. »So eine Tür öffnet man nicht«, hatte er gemeint, »man entfernt sie. Gib mir ein stumpfes Messer, und ich heble dir die Tür in fünf Minuten aus dem Rahmen.« Sie hatte ihm nicht geglaubt, bis sie im Fernsehen eine Frau sah, deren Haus auf den Kopf gestellt worden war, während sie schlief. Sie stand vor dem Loch in der Wand, wo die Tür gewesen war. Die Tür lag unbeschädigt im Blumenbeet. Die Frau weinte.

Die Erinnerung an die weinende Frau brachte diese Angst wieder zurück. Sylvia hatte das Gefühl, als beherbergte das Haus einen fremden, unerwünschten Gast; als verfolgten Augen jede ihrer Bewegungen. Entschlossen, sich nicht kleinkriegen zu lassen, zwang sie sich, an etwas anderes zu denken, als sie die Lichter ausschaltete und die Treppe hinaufging.

Sie zog sich aus und regelte die Wassertemperatur der Dusche. Ein Bad wäre einfacher gewesen, aber sich zu duschen war ihre Art, sich zu beweisen, daß es nichts zu fürchten gab. Sie setzte Millie auf die Badematte, stieg in die Dusche und zog den Duschvorhang zu.

Als sie durch den transparenten Vorhang und das Geräusch des laufenden Wassers von draußen isoliert war, fiel ihr die klassische Szene in *Psycho* ein. Wenn sie duschte und niemand im Haus war, gingen ihr die Bilder aus dem Hitchcock-Film oft wie eine Serie scharfer Standfotos durch den Kopf: die verschwommene Gestalt, die krallende Hand, das im Abfluß gurgelnde Blut. Bildlich dargestellte Gewalt war nicht mit dem wahnsinnigen Terror zu vergleichen, den die Andeutung von Bösem, die Anspielung auf dunkle, schreckliche Taten hervorrufen konnten.

Sylvia duschte schnell und zog ihren flauschigen Bademantel an. Millie watschelte hinter ihr her und ließ sich zur Nachtruhe auf ihren üblichen Platz zwischen Wand und Bett fallen. Mit dem Rücken zur Tür griff Sylvia nach dem Sprühdeodorant auf der Kommode vor dem Fenster. Gleichzeitig vernahm sie ein leises, schlurfendes Geräusch hinter sich. Millie hob den Kopf und knurrte. Sylvia erstarrte. Sie wußte, sie war nicht allein.

Langsam, mit angespanntem Körper drehte sie sich um und sah ihn. Auf den Zehenspitzen verharrend, stand er in der Tür. Ihre Blicke trafen sich. Sie starrten einander an. Schweigend. Konzentriert. Erstarrt in Raum und Zeit. Sie kannte das Gesicht. Erkannte das lange, ungekämmte Haar und die böse funkelnden Augen. Der Junge, der die Handtasche stehlen wollte. Der Junge, dem sie ein Bein gestellt und den sie dann geschlagen hatte. Der Junge, der sie mit rasender Wut im Gerichtssaal angestarrt hatte. Er trug ein schmutziges T-Shirt und hautenge Jeans. In einer Hand hielt er ein Messer mit dünner Klinge. Sie sah rasiermesserscharf aus.

Geduckt, die Arme halb ausgebreitet, kam er auf sie zu. Wie angewurzelt stand sie da, beobachtete, wie er langsam näher kam, wie in Zeitlupe, und den Fluchtweg verperrte.

Als er sich ihr fast auf Armeslänge genähert hatte, blieb er stehen, mit offenem Mund. Sein Atem war flach und keuchend. Sylvia maß den Abstand zwischen ihnen. Sie hatte keine Angst mehr. Sie hatte die Angst überwunden und war an einem Punkt angekommen, der jenseits der Angst lag.

Es gab ein Spiel, das sie mit Ciba gespielt hatte. Ciba hatte es angefangen. Er ließ seine Spielzeugmaus vor ihre Füße fallen. Wenn sie versuchte, sie aufzuheben, schlug er nach ihr. Es war ein Spiel, das er immer gewonnen hatte, bis sie lernte, nicht die Maus anzusehen, sondern ihn zu beobachten. Da war immer etwas, das ihn verriet. Ein Anspannen der Muskeln. Ein Ausdruck in seinen Augen. Sie wurde so gut, daß er das Spiel schließlich aufgab. Sie beobachtete den Jungen, so wie sie Ciba beobachtet hatte. Der Kater hatte sie gut geschult.

Er machte einen plötzlichen, kurzen Satz. Testete sie. In der Erwartung, Sylvia würde wegspringen. Als sie sich nicht rührte, entspannte er sich grinsend. Er hatte Frauen und sogar Männer gesehen, die vor Angst gelähmt waren. Hier lag der Fall anders. Lou hatte recht. Das hier war ein Leckerbissen.

Das Messer bereit, trat er einen Schritt vor und griff nach ihrem Bademantel. Blitzschnell hob Sylvia den Arm und sprühte ihm Deodorant ins Gesicht. Er ließ das Messer fallen und taumelte zurück. Würgte. Rieb sich panisch die Augen. Sylvia trat vor und schlug ihm mit der Handkante unter die Nase. Er schrie. Seine Nase war nur noch eine formlose Masse, die Nasenlöcher aufgeplatzt. Blut rann ihm in den offenen Mund. Seine Lippen formten einen Namen: »Lou, Lou.«

Er zwang sich, die Augen zu öffnen, versuchte verzweifelt, etwas zu erkennen. Sie waren blutrot, die Tränen flossen in Strömen. Er tastete nach der Tür, um sich in den Flur zu retten. Sylvia packte seinen Gürtel und zog ihn zurück ins Zimmer. Panik ergriff ihn. Er drehte sich um und stürzte sich auf sie. Sie trat einen Schritt zurück und drehte sich aus der Schulter heraus zur Seite, traf seinen Nasenrücken und zerschmetterte den Knochen. Er taumelte gegen die Kommode. Sie versetzte ihm einen bewußt tödlichen Schlag gegen die Schläfe. Leblos glitt er zu Boden, Blut sickerte in den dicken grauen Teppich. Sie stieß ihn mit dem Zeh an. Dann beugte sie sich hinunter, um seinen Puls zu fühlen. Doch sie hätte auch so gewußt, daß der Junge tot war.

Es schien, als wären Stunden vergangen. Tatsächlich waren es nur ein paar Minuten. Sie nahm den Telefonhörer auf, um die Polizei anzurufen. Es kam kein Freizeichen. Sie erinnerte sich, daß sie den Hörer in der Küche abgenommen hatte. Sie mußte von unten anrufen.

Die Hände legten sich um ihren Hals, als sie sich umdrehte. Fassungslos, unfähig zu begreifen, wo dieser zweite Mensch herkam, blieb sie wie erstarrt stehen. Es war ihr nicht in den Sinn gekommen, daß der Junge nicht allein sein könnte. Dieser Mann war älter – sein Gesicht war rund und stoppelig unter der Pagenfrisur, die tiefliegenden Augen waren düster. Sie erkannte ihn wieder. Sie hatte ihn im Gerichtssaal gesehen, seine rachsüchtigen Seitenblicke. Lou. Lou Germaine. Der Bruder des Jungen, der jetzt leblos zu ihren Füßen lag.

Für den Bruchteil einer Sekunde starrten sie einander an, die Gesichter nur Zentimeter voneinander entfernt. Dann bewegte sich Sylvia, hieb beide Arme zwischen seine, befreite sich aus seinem Griff. Mit einem Satz war sie außer Reichweite. Der Mann wandte den Blick von ihr ab und sah den Körper hinter ihr auf dem Boden.

Sein Gesicht verzerrte sich vor Zorn. »Du Hexe«, zischte er. Er sah das Messer, hob es auf.

Sylvia wich zurück. Ihr Fuß stieß an etwas Weiches, und sie stolperte über die Leiche. Ehe sie ihr Gleichgewicht wiederfand, sprang er auf sie zu, hielt ihr das Messer an die Kehle und schlug sie auf den Kopf und ins Gesicht. Sie fiel aufs Bett, und er stand über ihr, ruhiger, die blinde Wut unter Kontrolle.

Er warf das Messer zu Boden, schien es nicht mehr zu brauchen. »Ist Mr. Jenning zu Hause?« fragte er spöttisch. Es war »die Stimme«. Als Sylvia sie wiedererkannte, spürte sie dieselbe krankhafte Angst, die die geisterhafte Stimme am Telefon ausgelöst hatte.

Sie versuchte, sich aufzurichten. Er schlug ihr mit dem Handrücken ins Gesicht. Schmerz hämmerte in ihrem Kopf. Sie versuchte, mit ihrem unverletzten Auge etwas zu erkennen, aber es war wie beim Schwimmen unter Wasser. Alles war unscharf, nichts in der richtigen Perspektive.

Sie wußte, daß er sie töten würde. Sie waren in der Absicht gekommen, sie zu töten. Der junge Germaine mußte gewußt haben, daß sie ihn würde identifizieren können. Er hatte es gewußt, und es war ihm egal gewesen. Er war absichtlich offen auf sie zugekommen, als wollte er, daß sie wußte, was geschehen würde und wer es war. Das konnte nur eins bedeuten. Er hatte nicht die Absicht, sie ein zweites Mal gegen ihn aussagen zu lassen.

Millie stieß, noch immer hinter dem Bett kauernd, ein tiefes, qualvolles Winseln aus. Germaine ließ sich kurz ablenken, war nicht länger in ihrem Blickfeld. Sie reagierte automatisch und rollte sich über das Bett. Griff nach Davids Schublade. Zog sie auf. Tastete hektisch nach der Pistole. Die Schublade war leer. Die Pistole war nicht da. Und dann war er schon auf ihr, schlug die Schublade zu, so daß ihr Handgelenk eingeklemmt wurde und der Schmerz in brennenden Stößen ihren Arm hochschoß.

Millie schlich mit eingeklemmtem Schwanz aus dem Zimmer. Da ihm klar war, daß sie keine Gefahr bedeutete, achtete Lou nicht mehr auf sie, sondern erhob sich und zog Sylvia in eine halb sitzende Position. »Haben Sie *danach* gesucht, Mrs. Jenning?« Er zog die Pistole aus seiner hinteren Hosentasche. »Sie haben doch nicht etwa geglaubt, daß wir so unvorsichtig sind, oder?« Er lachte leise, wahnsinnig.

Sylvia kannte den Tod. Sie hatte ihn in Arthur Maitlands Augen gesehen, als das Messer seine Kehle aufschlitzte. Sie hatte ihn in Keith Hallworths Kehle gurgeln hören, hatte gefühlt, wie das Leben aus Buddy Thompson und Jim Henry wich. Sie kannte den Tod in all seinen langsamen, quälenden Formen. Sie wußte, daß sie jetzt an der Reihe war, daß sie jetzt sterben würde, daß es qualvoll lange dauern würde, daß sie noch nicht dazu bereit war, nicht gehen wollte.

Blutig, schrecklich zugerichtet, holte sie mit der unverletzten Hand aus. Wütend umklammerte Germaine ihre Kehle und grub seine Daumen in ihre Luftröhre.

Sie rang nach Luft, kämpfte, um sich von seinem Gewicht zu befreien, als sie plötzlich ein metallenes, reißendes Geräusch hörte, ähnlich wie das Kratzen von Sandpapier auf rostigen Nägeln. Es war fern, weit entfernt und hatte nichts mit dem zu tun, was im Zimmer geschah.

Das Licht schwand. Ihre Trommelfelle dröhnten, als würden sie gleich zerspringen. Bilder aus der Vergangenheit blitzten vor ihr auf. Sie stürzte einen langen, dunklen, spiralförmig gewundenen Tunnel hinunter. Und während sie fiel, zerriß ein unmenschlich wütender Schrei die Luft. Und mit dem Schrei schoß eine große dunkle Gestalt durch den Raum.

Sie fühlte, wie die Hände losließen und das Gewicht auf ihr nachgab. Sie lag da, nach Luft ringend, und nahm nur vage einen heftigen Tumult am Fußende des Bettes wahr.

Der hohe, bestialische Schrei durchdrang den ganzen Raum. Jetzt begann auch der Mann zu schreien. Seine Stimme war nur ein schwacher Gegenpart zu dem schaurigen Kriegsgeschrei.

Verzweifelt versuchte Sylvia, etwas zu erkennen. Es war schwer, sich zu konzentrieren, und ihrem Auge war es fast unmöglich, den fieberhaften, hektischen Bewegungen zu folgen. Mit übermenschlicher Anstrengung rollte sie sich zur Bettkante und schwang die Beine hinunter. Ein Fuß landete auf der Brust des toten Jungen. Der Brustkorb gab unter dem Druck nach. Ruckartig zog sie ihren Fuß zurück.

Ihr Kopf fühlte sich an wie Brei. Ihr rechter Arm hing schlaff herunter. Sie tupfte sich mit dem Zipfel des Bademantels das Gesicht ab. Der Stoff war blutgetränkt.

Allmählich klärte sich der Blick ihres unverletzten Auges. Das Zimmer sah aus, als hätte ein Tornado darin gewütet. Das Fliegengitter vor dem Fenster war zerrissen. Die Schminkutensilien, die auf der Kommode unter dem Fester gestanden hatten, lagen auf dem Boden verstreut. Stühle waren umgekippt. Der Spiegel am Kleiderschrank war zerbrochen, und messerscharfe Glasscherben bedeckten den Boden. Teppich, Bettdecke und Wände waren blutbespritzt. Und inmitten dieser Trümmer hockte Lou Germaine. Reglos. Seine Augen waren weit aufgerissen, sein Gesicht war zerkratzt und blutig. Auf seinem Kopf hockte Ciba, die Krallen tief in der aufgerissenen Kopfhaut vergraben.

Mühsam erhob sie sich und stolperte hinüber zu der schluchzenden, vor Entsetzen gelähmten Gestalt. Das Messer lag auf dem Boden, wo er es hingeworfen hatte. In greifbarer Nähe. Er brauchte nur die Hand auszustrecken. Aber er saß wie erstarrt.

Sylvia betrachtete das Messer. Ein Schauer überlief sie. Sie wollte es beseitigen, aber sie wollte es nicht anfassen. Sie zog ein Papiertaschentuch aus ihrer Tasche, ließ es auf die Waffe fallen und hob sie auf. Sie öffnete die nächste Schublade und schob das Messer unter einen Stapel sorgsam zusammengelegter Unterwäsche. Außer Sicht, außer Reichweite.

Sie streckte Ciba die Hand hin. Er knurrte. Die grünen Augen blickten sie reglos und unnachgiebig an. Der schwere Körper, fast zur doppelten Größe angewachsen, war in Alarmbereitschaft. Vorsichtig, aus Angst, er könnte sich gegen sie wenden, streichelte sie seinen Kopf. Bei ihrer Berührung wölbte er den Rücken, und seine kräftigen Schultermuskeln entspannten sich. Vorsichtig nahm sie ihn hoch, schob eine Hand unter den gebuckelten Körper und löste mit der anderen seine Krallen aus der aufgerissenen Kopfhaut.

Lou blieb auf den Knien liegen und schluchzte krampfhaft. Er wußte nicht, wie ihm geschehen war. Er hatte schreckliche Schmerzen, aber schlimmer als die Schmerzen war das schier überwältigende Entsetzen. Er war hinterrücks von einer rasenden

Bestie angegriffen worden. Er würde bleiben, wo er war, bis ihn jemand fortführte.

Sylvia ließ ihn dort und humpelte aus dem Zimmer. Sie brauchte lange für den Weg vom Schlafzimmer in die Küche. Ciba folgte ihr die Treppe hinunter, hielt an, wenn sie eine Ruhepause einlegte, ging langsam weiter, wenn sie sich bewegte. Millie trottete hinterher.

Sie erreichte das Telefon, als der Streifenwagen mit rot blinkendem Signallicht die Straße herunterkam. Sie blinkte mit der Außenbeleuchtung, und der Wagen hielt an. Dann bog er in die Auffahrt ein. Es gelang ihr, die Tür zu öffnen, als der junge Beamte die Stufen hinaufkam.

»Mein Gott«, sagte er. »Was ist passiert?«

»Ich habe einen Mann umgebracht«, flüsterte Sylvia und sank ihm ohnmächtig in die Arme.

13

Mai 1985

Es war Anfang Mai, aber die Luft war so warm und angenehm wie an einem Junitag. Sylvia sonnte sich an einem Ende der Terrasse; David und Joe unterhielten sich leise am anderen Ende. Prinnie lag im Gras, und ihr langes Fell wirkte auf dem Grün noch weißer als sonst. Millie döste auf der obersten Stufe. Ciba lag unter Sylvias Liege. Er lag flach auf dem Rücken, die kräftigen Beine ausgestreckt, und schlief fest. Es war eine ruhige, friedliche Szene, und Sylvia war zufrieden.

Abgesehen von dem Handgelenk, das bei Regen schmerzte, hatte Sylvia sich von den Verletzungen vollständig erholt. Lou Germaine, der Mann, der sie überfallen hatte, war gegen Kaution freigelassen worden und wartete auf seinen Prozeß. Sein Gesicht würde für immer von Narben gezeichnet sein. Seit jener Nacht hatte er ein nervöses Zucken im rechten Augenlid und Angst vor Dunkelheit. Ciba gehörte jetzt zur Familie. Wegen der Bösartigkeit seines Angriffs auf Germaine hatten die Behörden angeordnet, daß er beseitigt werden müsse. David hatte sein ganzes Können aufbieten müssen, um den Kater zu retten. Sylvia war dankbar, bemerkte aber auch ironisch, daß er für Ciba bessere Arbeit geleistet hatte als für Craig.

Sie versuchte, nicht an Faron zu denken. Es war Joe gewesen, nicht David, der ihr von der Anhörung und dem sofortigen Strafantritt berichtet hatte. Zwanzig Jahre in Kanadas ältestem und meist gefürchtetem Gefängnis: Kingston Penitentiary. Sie hatte im Krankenhaus gelegen und sich die Szene lebhaft vorgestellt. Craig, der vor dem Richter stand, während die Anklagepunkte verlesen wurden. Zehn Morde. Zehn Geständnisse. Craig in Handschellen, wie er durch den dichten Schneesturm in die steinerne Festung am Ontariosee gefahren wurde. Craig, der durch den verliesähnlichen Eingang verschwand, über den gefrorenen Hof in das Aufnahmegebäude ging, wo sein Name eine Nummer wurde und sein Leben ein Alptraum in der Hölle. Und sie verstand, warum David sich geweigert hatte, darüber zu sprechen. Verstand auch, daß sie verrückt werden würde, wenn sie es sich gestattete, darüber nachzudenken.

Sie konnte das Gespräch, das am anderen Ende der Terrasse stattfand, nicht hören und war auch nicht daran interessiert. Seit ihre kurze gemeinsame Arbeit sie zusammengeführt hatte, trafen David und Joe sich regelmäßig. David fühlte sich wohl in Joes Gesellschaft, aber ihm war unbehaglich, wenn die Rede auf Faron und die Nachahmungsmorde kam. Joe spürte das und versuchte, nicht über Craig zu sprechen, aber es gab gewisse Aspekte bei dem Fall, die er immer noch nicht verstand. Ermutigt von der Wärme, dem Sonnenschein und der lockeren Atmosphäre, versuchte er es jetzt noch einmal. Warum hatte Craig keinen Einspruch eingelegt? Warum hatte er sich geweigert, über die fehlende Leiche Nummer 2 zu sprechen, wo er bei den anderen so offen war? Warum hatte er sie überhaupt numeriert?

David wußte die Antworten auf einige seiner Fragen, aber nicht auf alle. Craig hatte über die fehlende Leiche nicht gesprochen, weil er nichts darüber wußte. Eine Leiche konnte über Monate, Jahre, sogar für immer irgendwo verborgen bleiben. Die Nummer 2 hatte keinerlei Bedeutung außer der Tatsache, daß sie fehlte. Was die Numerierung betraf, hatte er auch keine Ahnung, aber er vermutete, daß es eine Botschaft sein sollte, ein Hinweis des Mörders, daß die Opfer aus demselben Holz geschnitzt seien und daß ihnen letztendlich Gerechtigkeit widerfahren sei.

Und warum kein Einspruch? Er sah Sylvia an, den seidig glänzenden Körper, der träge in der Sonne lag, mit geschlossenen Augen, die Lippen zu einem sanften, halben Lächeln verzogen. Er hatte sie vom ersten Augenblick an geliebt, als er sie lachend, mit erhobenem Kopf und in der Sonne glänzendem Haar auf dem Schulhof stehen sah. Er hatte sie immer geliebt. Aber in den letzten paar Wochen hatte er sich aus unerklärlichen Gründen und jenseits aller Vernunft in sie *verliebt*. Er empfand etwas für sie, was er seit der Zeit vor ihrer Hochzeit, als er noch von dem Gedanken, sie haben zu müssen, besessen war, nicht mehr empfunden hatte.

Er hatte Angst gehabt, ihr von Craig zu erzählen. Als Joe es ihr sagte, hatte er sich gewappnet und in Erwartung irgendeiner heftigen Reaktion schnell eine Reise ins Ausland vorgeschlagen. Als sie sich weigerte, die Stadt zu verlassen, fand er sich damit ab. Und war irritiert über ihre völlige Gleichgültigkeit. Sie erwähnte Faron nie, stellte keine Fragen, gab keinen Kommentar ab; es war, als hätte Craig Faron niemals existiert.

Er machte ihr keine Vorwürfe für das, was passiert war; er machte sich selbst Vorwürfe. Er hatte sie viel zu oft allein gelassen, war viel zu oft weggewesen. Aber er würde denselben Fehler nicht noch einmal machen. Abgesehen von einem Kurztrip, für den er vorher vereinbart hatte, daß Joe über Nacht bei ihr blieb, war er jeden Abend zu Hause gewesen. Er würde auf sie aufpassen, sich um sie kümmern, und wenn er doch mal auf Reisen gehen mußte, würde sie mitfahren.

Joe sprach immer noch über Faron, suchte immer noch nach Antworten. »Joe«, sagte David und versuchte zu lächeln, »ich weiß nicht mehr darüber als Sie. Er sagte, er hätte es getan. Darüber hinaus weigerte er sich, etwas zu erzählen.«

Sylvia streckte sich wohlig. Sie fühlte sich wunderbar beschwingt und lebendig. Die ersten Tage waren traumatisch gewesen. Als sie gegen die Einwände von David und ihrem Arzt aus dem Krankenhaus heimkehrte, schützte sie noch der Schock. Sie war als erstes nach oben ins Schlafzimmer gegangen. Sie wußte, wenn sie das nicht sofort täte, würde sie sich niemals wieder sicher in dem Raum fühlen. Obwohl sie nur ein paar Tage weggewesen war, sah der Raum fast wieder so aus wie vor dem Überfall. Das Fliegengitter war erneuert worden; ebenso der Spiegel. David hatte eine Frau engagiert, und sie hatte gute Arbeit geleistet. Sogar die Blutflecken auf dem Teppich waren weg.

Erst als Sylvia die Schublade öffnete und das in ein Papiertaschentuch eingewickelte Messer fand, wurden die Schrecken jener Nacht wieder lebendig. Heftig stieß sie die Schublade zu und wandte sich zum Fenster mit dem friedlichen Ausblick auf den Garten. Als sie sich umdrehte, sah sie unter der Kommode etwas blitzen. Sie beugte sich hinunter und entdeckte einen nadeldünnen Glassplitter vom Spiegel, der zu fein für den Staubsauger gewesen war. Auf einer Seite war Blut, und an dem Blut klebten ein paar Haare. Sie hob den Splitter vorsichtig auf und wollte ihn gerade in den Papierkorb werfen, als ihr Craig einfiel. Sie entfernte das Haar und legte es zu dem eingewickelten Messer in die Schublade.

Das Läuten der Kirchenglocken drang vom Seeufer herauf. Ciba bewegte sich ruhelos. Millie hob den Kopf und bellte der Form halber. Und genauso wie an jenem Frühlingstag vor einem Jahr kam Anne durch das Gartentor und zerstörte die Ruhe. Sie war blaß, außer Atem und schwenkte die Sonntagsausgabe von *The Sun* wie eine Fahne über dem Kopf. Ihre Ankunft war so laut, so unerwartet, daß David und Joe aufsprangen. Sylvia rührte sich nicht.

Anne lief die Stufen hinauf und warf David die Zeitung hin. »Es war nicht Faron«, rief sie, und ihre Stimme war nur ein Dezibel leiser als eine Kirchenglocke. »Er ist unschuldig. Er war es nicht.«

Joe riß David die Zeitung aus der Hand. »Mein Gott, es hat wieder einen Mord gegeben. Der Kerl, den man verdächtigte, als Handwerker von der Telefongesellschaft Überfälle begangen zu haben.«

David sah Sylvia an. »Da gibt es wahrscheinlich keinen Zusammenhang.«

»Doch«, bestätigte Anne. »Sie sind ganz sicher. Es hat etwas mit einem Schild zu tun. Einem Gepäckanhänger. Ich weiß es nicht genau. Jedenfalls handelte es sich um etwas, was nur der Mörder wissen konnte. Sie nennen das den Mord Nummer 11, und sie haben alle möglichen Spuren. Ein Messer mit Fingerabdrücken. Sogar ein paar Haare unter seinen Fingernägeln. Er muß einen richtigen Kampf geliefert haben.«

David war grün im Gesicht. »Ein Fingerabdruck ist nutzlos, wenn sie ihn nicht vergleichen können.« Seiner Stimme fehlte das übliche Timbre.

»Aber das können sie«, plapperte Anne. »Sie sagen, eine Verhaftung stehe unmittelbar bevor. Das muß heißen, daß sie ihn in ihrer Kartei haben. Dann müssen sie Craig doch freilassen, oder?«

»Das kommt darauf an.« David starrte Sylvia an. Sein grünliches Gesicht wurde totenbleich.

»Natürlich werden sie das«, sagte Sylvia gelassen. »Dafür muß man nicht einmal in die Berufung gehen, nicht wahr, David? Das Kabinett hat das Recht zur Begnadigung. Es bedarf nur eines Federstrichs.«

»Ich muß bei der Zeitung anrufen«, sagte Joe, wütend auf sich selbst, weil er die Story verpaßt hatte.

»Ich werde mich wohl besser mit Flaherty in Verbindung setzen.« David bewegte sich schwerfällig wie ein Roboter. Dann fiel ihm ein: »Sehen Sie zu, ob Sie etwas über den Verdächtigen herausfinden. Irgend jemand dort weiß vielleicht, wer es ist.«

Ungerührt von dem Chaos erhob Sylvia sich räkelnd von der Liege und sagte freundlich: »Ich glaube, ich mache uns Frühstück. David, warum schenkst du uns nicht einen Drink ein?«

Weil sie in der Küche beschäftigt war, hörte sie nicht, wie David Joe fragte, ob er in jener Nacht bei ihr gewesen sei, und wie Joe erklärte, daß er das vorgehabt hätte, Sylvia aber bereits vereinbart hatte, bei den Simmonds zu bleiben.

Joe nahm den Telefonhörer auf. David wartete darauf, Flaherty zu Hause anrufen zu können, schenkte drei große Gläser Scotch ein und trug sie auf die Terrasse. Wenige Augenblicke später rannte er zurück in die Küche, seine frische Gesichtsfarbe war wieder hergestellt, und seine Augen glänzten vor Erleichterung. »Sie haben ihn identifiziert. Du würdest nie darauf kommen. Ich überlasse es Joe, es dir zu erzählen.«

Sie stand in der Tür und wartete darauf, daß Joe seinen Anruf beendete. Als er endlich aufgelegt hatte, drehte er sich zu ihnen um und sagte: »Sie haben verdammt viel Glück gehabt, Sylvia. Es war dieser Germaine. Sie haben die Fingerabdrücke verglichen und überwachen ihn rund um die Uhr, bis sie einen Haftbefehl haben. Sie brauchen Flaherty nicht anzurufen, David. Anscheinend ist er übers Wochenende weggefahren.«

Annes Blick streifte Joe und blieb dann auf Sylvia haften. »Er hat all diese Menschen umgebracht, Syl, es ist ein Wunder, daß er dich nicht auch gekriegt hat.« Ihre Lippen formten sich zu einem O, so rund wie ihre Augen.

»Das ganze Polizeidezernat sucht nach ihm, und du bist diejenige, die ihn gefaßt hat. Du solltest eine Medaille bekommen.«

»Ciba«, korrigierte Sylvia. »Wenn er nicht gewesen wäre... Das kann aber bis morgen warten«, fügte sie träge hinzu. »Am Sonntag kann man ohnehin nicht viel tun.«

Sie stand abseits von den anderen und wirkte geistesabwesend. Unberührt. »Ich muß noch schnell zum Supermarkt. In ein paar Minuten bin ich zurück.«

David erhob sich halb, um sie zu begleiten. Sie hob die Hand. »Ich brauche nicht lange«, versprach sie. Prüfend sah er sie an, wollte darauf bestehen, überlegte es sich jedoch anders und sagte: »Nimm meinen Wagen, wenn du willst.«

Mehr amüsiert als erfreut über dieses besondere Zugeständnis schüttelte sie den Kopf. »Meiner steht in der Auffahrt.« Am Lakeshore Boulevard kaufte sie einen ofenwarmen Laib Käsebrot und ein Dutzend Croissants. Dann überquerte sie die Straße und ging zu einer Telefonzelle an der Ecke neben der Tankstelle. Hinter dem Futter ihrer Handtasche zog sie ein zerknittertes Blatt Papier hervor. Die meisten Namen auf dem Blatt waren durchgestrichen. Nur drei waren übrig. Sie strich sie ebenfalls durch. Da sie unten auf der Liste standen, waren sie nicht der Mühe wert.

Lou Germaines Name und Telefonnummer waren mit Tinte unten auf dem Blatt eingetragen. Mit dem Feuerzeug, das sie immer noch bei sich trug, obwohl sie schon vor Monaten mit dem

Rauchen aufgehört hatte, zündete sie das Papier an, verbrannte es auf der schmalen Ablage in der Telefonzelle und verstreute die Asche auf dem Asphaltboden.

Sie sah auf die Uhr. Die Zeit war genau richtig. Seine Frau mußte bei der Arbeit sein. Lou würde allein sein. Sie wählte die Nummer, bedeckte die Sprechmuschel mit einem Ende ihres Schals, und als er antwortete, sagte sie: »Mr. Germaine – ist Ihre Frau zu Hause?« Es war das dritte Mal, daß sie ihn anrief, und jedesmal spürte sie, wie sich das Entsetzen am anderen Ende der Leitung verstärkte. Sie hörte, wie jemand nach Luft schnappte. Dann folgte bedeutungsvolles Schweigen. Lächelnd legte sie auf, ohne auf eine Antwort zu warten.

Als sie wieder zu Hause war, kochte sie eine frische Kanne Kaffee und servierte dicke, vor Butter tropfende Scheiben Käsebrot und Croissants mit selbstgemachter Erdbeermarmelade. Später öffnete sie die Flasche Champagner, die für eine Gelegenheit wie diese auf Eis gelegen hatte. Die vier saßen im Sonnenschein auf der Terrasse und stießen auf das Ende des Winters und den Frühlingsanfang an.

Sylvia lag träge auf der Liege und bemerkte, sie freue sich schon auf einen langen, faulen Sommer.

Epilog

Mit der Verhaftung von Lou Germaine nahm die Welle der numerierten Morde ein Ende. Der letzte Mord ereignete sich, als Craig Faron im düsteren Gefängnis von Kingston eingesperrt war. Es gab zwar keinen Beweis für seine Unschuld – Nachahmungsmorde konnten ihrerseits Anlaß zu neuen Kopien geben –, aber die Beweise gegen Germaine waren erdrückend. Seine Fingerabdrücke wurden auf dem Messer neben der Leiche des Handwerkers gefunden. Die Haarsträhnen, die man unter den Fingernägeln des Toten fand, stimmten in zwanzig charakteristischen Punkten mit Lous Haar überein. Aber selbst diese Beweise seiner Schuld waren nichts im Vergleich zu der Karte, die bei ihm versteckt war. Diese Karte, die Bretz in der Spitze eines Winterstiefels fand, der über den Sommer im Keller von Germaines Haus gelagert war, enthielt, markiert durch Nummern, jeden einzelnen Tatort innerhalb der Stadt. Es war zwar so viel darüber berichtet worden, daß jeder, der sich für Verbrechen interessierte, einen ähnlichen Plan hätte erstellen können – ein Aspekt, der selbst von einem nur mäßig kompetenten Verteidiger erfolgreich hätte angefochten werden können, wenn die Markierungen nicht numeriert gewesen wären. Es fehlten nur die Nummern drei und neun, beides Morde, die sich außerhalb der Stadt ereignet hatten. Aber die anderen, einschließlich der fehlenden Nummer 2, waren da. Das X, das mit Tinte in einer Schlucht im Ostteil der Stadt eingezeichnet war, führte die Ermittler zu einem von Tieren abgenagten Skelett. Da sie nur ein paar Knochen als Anhaltspunkte hatten, war eine Identifizierung unmöglich. Die Leiche war entdeckt worden, aber der einstige Besitzer dieser Knochen blieb ein Geheimnis.

Obwohl er verzweifelt seine Unschuld beteuerte und sich stur weigerte, zuzugeben, daß das seine Karte sei, wurde Lou Germaine des vorsätzlichen Mordes in elf Fällen für schuldig befunden. Der Urteilsspruch war nicht überraschend, wohl aber die Strafzumessung. Statt die Strafe von elfmal lebenslänglich gleichzeitig absitzen zu können – eine mildernde Maßnahme des Gerichts, wodurch die Strafe für eine beliebige Anzahl von Morden mit einem Mord gleichgestellt wurde –, brach man bei dem Germaine-Urteil mit dieser Tradition. Die lebenslänglichen Strafen mußten nacheinander abgebüßt werden. Das ließ erwarten, daß Lou Germaine den Rest seines Lebens hinter Gittern verbringen mußte. Diejenigen, die sich mehr Sorgen um die Opfer als um die Täter machten, hofften, daß diese Entscheidung für die Rechtsprechung wegweisend sein würde, ein Wunsch, der bestärkt wurde, als ein Abgeordneter im Parlament den Antrag einbrachte, das Strafgesetz zu verschärfen und den automatischen Straferlaß und die Freilassung unter Führungsaufsicht abzuschaffen.

Craig Faron war wieder auf seiner Insel im Norden. Nachdem er per Kabinettsbeschluß, den der Justizminister auf Davids Antrag hin erwirkt hatte, freigelassen worden war, weigerte er sich, die Angelegenheit zu diskutieren, und erklärte dieses Kapitel für abgeschlossen.

Mit Sylvias Unterstützung, die seinen Entwurf tippte, redigierte und das Manuskript Korrektur las, schrieb David sein Buch über Verbrechen und Verbrecher.

Ciba wurde fett und faul und machte es sich in der Rolle eines verwöhnten Hauskaters bequem. Er hatte seinen letzten Kampf geführt – seinen letzten Krieg gewonnen.

Akif Pirinçci

Das Duell

Ein Felidae-Roman

Band 15992

Darauf haben Millionen Felidae-Fans gewartet: Francis ist zurück!

Ein junger, ebenbürtiger Rivale und ein geheimnisvoller Mörder, der die Katzen des Viertels in Angst und Schrecken versetzt: Francis, der Meisterdetektiv auf vier Pfoten, steht vor der größten Herausforderung seines Lebens ...

»Akif Pirinçci ist so etwas wie der
deutsche Stephen King.«
Allegra

Fischer Taschenbuch Verlag

fi 15992 / 1

Carlene Thompson
Sieh mich nicht an
Roman
Aus dem Amerikanischen von Anne Steeb
Band 14538

Deborah Robinson, ihr Mann Steve und die fünfjährigen Zwillinge Brian und Kimberley sind eine richtige Bilderbuchfamilie – bis zu dem Tag nach der traditionellen Vorweihnachtsfeier in ihrem Hause, als Steve spurlos verschwindet. Deborah hatte gespürt, dass Steve sich Sorgen machte. Was sie nun herausfindet, erschreckt sie zutiefst. Sie kann sich nicht länger sicher sein, Steve wirklich zu kennen. Und sie weiß, dass irgend jemand ihr Haus beobachtet, jemand, der skrupellos getötet hat – und bloß darauf wartet, wieder loszuschlagen …

Fischer Taschenbuch Verlag

fi 14538 / 1

Marcia Muller

Am Ende der Nacht

Roman

Aus dem Amerikanischen

von Cornelia Holfelder-von der Tann

Band 14352

Irgendetwas stimmt nicht, ahnt Sharon McCone, die eigenwillige Detektivin aus San Francisco, als ihre Freundin und frühere Fluglehrerin Matty sie Monate vor dem Fälligkeitstermin zur Überprüfung ihrer Fluglizenz bestellt. Und ihr Instinkt trügt nicht. Mattys Lebensgefährte ist unter mysteriösen Umständen verschwunden und hat seinen kleinen Sohn Zach in ihrer Obhut zurückgelassen. Als Matty dann während eines Schauflugs vor den Augen des entsetzten Publikums mit ihrer Maschine abstürzt, ist Sharon sicher, dass dies kein Unfall war und dass sie nun nicht nur den Vater des kleinen Zach, sondern auch einen Mörder suchen muss ...

Fischer Taschenbuch Verlag

fi 14352 / 1

Marcia Muller
Dunkle Schatten
Aus dem Amerikanischen von
Cornelia Holfelder-von der Tann
Band 15594

In einer kalifornischen Küstenstadt wird die Leiche einer jungen Frau angeschwemmt. Für die Polizistin Rhoda Swift ist dieser Mord die Fortsetzung eines jahrelangen Albtraums: Vor 13 Jahren hatte Rhoda als Erste den Tatort eines ähnlichen Mordes, der nie aufgeklärt wurde, begutachtet. Die damals frisch gebackene Polizistin war dem Vorwurf ausgesetzt gewesen, Beweismaterial übersehen zu haben. Ist der grausame Täter jetzt zurück?

»Unter den Frauen, die erfolgreich in
die Männerwelt der Privatdetektive eingedrungen
sind, war Sharon McCone die erste – und bleibt
die beste und sympathischste.«
FAZ

Kristín Marja Baldursdóttir
Kühl graut der Morgen
Roman
Aus dem Isländischen von Dr. Coletta Bürling
Band 15586

Thórsteina Thórsdóttir ist eine äußerst attraktive Lehrerin an einer isländischen Schule. Bei ihren Schülern ist sie wegen ihrer Strenge und Scharfzüngigkeit gefürchtet. Ihre Kolleginnen schwanken zwischen Faszination und Neid – Thorstéina hat einen rassigen Liebhaber in Frankreich, glänzt in ausgefallener Garderobe und man munkelt, sie sei unglaublich reich. Doch als ein junger Mathematiklehrer an ihre Schule versetzt wird, ist sie gezwungen, noch einmal ganz andere Saiten aufzuziehen ...

Fischer Taschenbuch Verlag

fi 15586 / 1

Rachel Klein

Die Sehnsucht der Falter

Aus dem Amerikanischen
von Susanne Goga-Klinkenberg

Band 15967

»Ich spreche nicht von Wahrheit oder Täuschung,
sondern vom Überleben.«

In einem amerikanischen Mädcheninternat beginnt ein neues Schuljahr. Eine Schülerin schreibt Tagebuch. Ihr Vater hat Selbstmord begangen, die Mutter igelt sich ein. Aber sie hat ihre Freundinnen, ihre Bücher, ihr Tagebuch. In der Schule scheint alles ganz normal: Unterricht, Sport, Dope rauchen. Doch das Treibhaus beginnt zu überhitzen. Eine unheimliche Außenseiterin spinnt Intrigen. Der Hund einer Lehrerin wird enthauptet aufgefunden. Eine Schülerin stürzt vom Dach in den Tod. Realität und Phantasie verschwimmen. Was geschieht hier?

»Authentisch und packend:
ein brillantes Debut in bestem Gothic-Stil.«
Kirkus Reviews

Fischer Taschenbuch Verlag

fi 15967 / 1